ハヤカワ文庫NV

〈NV1267〉

早川書房

7078

THE GRAY MAN

by

Mark Greaney

Translated by

Iwan Fushimi

First published 2012 in Japan by

HAYAKAWA PUBLISHING, INC.

This book is published in Japan by

arrangement with

TRIDENT MEDIA GROUP, LLC

through THE ENGLISH AGENCY (JAPAN) LTD.

エドワード・F・グリーニー・ジュニアと
キャスリーン・クレグホーン・グリーニーに捧げる
母さん、父さん、あなたたちがいなくなって淋《さび》しい

テネシー州カムデンのタクティカル・レスポンス社のジェイムズ・イェーガーと、優秀な教官チームに感謝したい。彼らは、ライフル、拳銃、緊急対応医療、チーム戦術について必要な情報を教えてくれ、そしてなによりも、わたしを興奮させたあとで、冷静になるまで大目に見てくれた。あなたがたに神の恵みがありますように。あなたがたと生徒たちの働きで、アメリカはより安全な場所になっている。さあ、睨《にら》みをきかせにいってくれ。

ジェイムズ・ローリンズ、デヴィン・グリーニー、カレン・オット・メイヤー、ジョンとキャリー・エコルズ、マイク・コーワン、グレグ・ジョーンズ、エイプリル・アダムズ、ニコール・ギーア－ロバーツ、ステファニーとアビー・ストヴァル、ジェニー・クラフトにも、お礼申しあげたい。書き手にとって読者はとてもありがたい。あなたがたみんなに感謝している。

トライデント・メディア・グループのエージェントのスコット・ミラーと、バークレーの担当編集者のトム・コルガンにも、心よりいつまでも変わらない感謝を捧げたい。楽しかった。またいつか仕事をしないか？

MarkGreaneyBooks.com

暗殺者グレイマン

登場人物

コートランド・ジェントリー…………グレイマンと呼ばれる暗殺者
サー・ドナルド・フィッツロイ………グレイマンの調教師《ハンドラー》。民間警備会社の経営者
フィリップ……………………………サー・ドナルドの息子
エリーズ………………………………フィリップの妻
クレア
ケイト ………………………………フィリップの双子の娘
マルク・ローラン……………………多国籍企業ローラングループのＣＥＯ
クルト・リーゲル……………………同保安危機管理業務担当副社長
ロイド…………………………………同法務部の弁護士
テック…………………………………ロイドの手下。通信係
パドリック・リアリ
ユーアン・マクスパッデン …………サー・ドナルドの見張り
セルジュ
アラン ………………………………シャトーの電子監視エンジニア
ジュリアス・アブバケル……………ナイジェリア大統領
イサアク・アブバケル………………同エネルギー大臣。ジュリアスの弟
フェリックス…………………………アブバケル大統領の代理
サーボ・ラースロー…………………身分証明書の偽造が巧みな悪党
キム・ソンパク………………………殺し屋
ジュスティーン………………………獣医の助手
モーリス………………………………銀行家。グレイマンのＣＩＡ時代の主任教官

プロローグ

遠い朝の空の閃光が、ランドローヴァーを運転していた血まみれの男の注意を惹《ひ》いた。偏光レンズの〈オークリー〉のサングラスが、朝陽のきつい光芒から目を護《まも》っていたが、それでも男は目を細くしてぎらつくフロントウィンドウごしに覗き、きりもみしながら地面に向けて突き進む航空機を、懸命に識別しようとした。くすぶっている彗星《すいせい》のように黒煙の尾をたなびかせ、それが上空を漂っている。

ヘリコプターだった。陸軍のチヌーク大型ヘリコプター。乗っている連中にとってはすこぶる恐ろしい状況にちがいないが、ランドローヴァーを運転していた男は、ほっと安堵《あんど》の息をついた。引き揚げの手段はロシア製のカモフKA‐32Tヘリコプターで、ポーランド人傭兵が搭乗し、トルコから国境を越えてくる。墜落するチヌークに乗っている連中には気の毒だが、KA‐32Tが墜落するよりはましだ。

制御を失い、燃える燃料の煙で真正面の青空を汚しながら、きりもみで落ちてゆくヘリコプターを、男は見守っていた。

男は右に急ハンドルを切り、ランドローヴァーを東に向けて加速させた。できるだけ早くここを離れたかった。チヌークのアメリカ人たちにやってあげられることがあればいいとは思ったが、彼らの運命は自分にはどうにもできないとわかっていた。

それに、男も問題を抱えるはめになった。男は自分がやった違法任務《ダーティ・ワーク》から逃れ、イラク西部の平地を五時間疾走していた。あと二十分足らずで隠密脱出《エクスフィル》できる。チヌークの撃墜は、そのころには武装戦士がこのあたりにひしめくはずだということを意味している。そいつらは死体を冒瀆《ぼうとく》し、アサルト・ライフルを空に向けて撃ち、狂ったように雀躍《こおど》りするだろう。

そんなパーティには、出られなくてもいっこうにかまわない。まして、パーティの景品になるのはまっぴらだ。

チヌークが左手に落ちてゆき、遠い茶色の尾根の蔭に見えなくなった。

ランドローヴァーを運転していた男は、前方の道路に目を据えた。おれの問題じゃない、と自分にいい聞かせた。捜索救難の訓練は受けていない。応急処置も教わっていない。まして人質救出の交渉の訓練は受けていない。

男が受けたのは殺しの訓練だった。シリア国境の向こうでその殺しをやったばかりで、いまは殺戮地帯《キル・ゾーン》から逃げる潮時だった。

靄《もや》と土埃《つちぼこり》に包まれたランドローヴァーが、時速一〇〇キロメートル以上に加速すると、男はひとり芝居のような対話をはじめた。心のなかの声は、戻れといっていた。チヌークの墜落した場所へ急行し、生存者がいないかどうかたしかめろ。だが、口から出た声は、もっと現実的だった。

「このまま走れ、ジェントリー。いいから走りつづけろ。あいつらはもうだめだ。おまえにできることはなにもない」

ジェントリーの口から出た意見はもっともだったが、心のなかのつぶやきは、消えようとしなかった。

1

墜落現場に最初にやってきた武装戦士たちは、アルカイダではなく、撃墜にも関係していなかった。木の銃床の古いカラシニコフを持ち、ヘリコプターが墜落した町の通りから一〇〇メートルのところでまとまりのない道路封鎖を行なっていた、地元の若者たちだった。ツイン・ローターのヘリが上から落ちてきたときに、物蔭に逃げた商店主や町の不良など、集まってきた野次馬の群れを、その若者たちがかき分けて進んだ。ヘリコプターをよけようとして、道路からそれたタクシー運転手たちもいた。若い武装戦士四人は、用心深くヘリコプターに近づいたが、戦術的な技倆《ぎりょう》はまったくなかった。燃えさかる火のなかで拳銃の弾薬がはじけ、大きなパンという音がすると、四人とも物蔭に隠れた。一瞬ためらってから首を出し、ライフルを構えて、ねじくれた機体に弾倉の全弾を撃ち込んだ。ライフルが反動で跳ね、けたたましく吼《ほ》えた。

米軍の黒っぽい戦闘服を着た男がひとり、残骸《ざんがい》から這い出して、二十数発を浴びた。最初の掃射で背中に何発もくらったとたんに、もがかなくなった。

わめいている一般市民の群れの前でひとり殺し、興奮しきって大胆になった若者たちが、物蔭から飛び出し、残骸に近づこうとした。弾倉を交換し、コクピットの搭乗員の燃えている体めがけて撃とうと、アサルト・ライフルを構えたとき、背後から車三台が近づいてきた。武装した外国のアラブ人が、ピックアップにめいっぱい乗っていた。

アルカイダ。

地元の若者たちは、分別をはたらかせて、ヘリコプターから離れ、一般市民といっしょに佇《たたず》んで、覆面の男たちがヘリコプターの残骸の周囲に散開するあいだ、神を称える言葉を唱えた。

兵士ふたりの無残な死体が、チヌークの後部から落ちた。三台目のピックアップから跳びおりたアルジャジーラの撮影隊三人が最初に捉えた映像は、その死体だった。


一・五キロメートルしか離れていないあたりで、ジェントリーは道路をはずれ、涸《か》れた川底にランドローヴァーを向けて、背の高い茶色の叢《くさむら》の精いっぱい奥へ乗り入れた。運転席からおりると、急いでテイルゲートにまわり、バックパックを背負い、ラクダ色の長いケースの把手《とって》を握って持ちあげた。

車を離れるときにはじめて、ゆるやかな現地の衣服のあちこちについている乾いた血をしげしげと見た。自分の血ではないが、だれが見ても血だとわかる。

だれの血かはわかっていた。

三十秒後、川底のそばの小高い尾根を登ったジェントリーは、装備を前にして押しながら、できるだけ静かに這い進んだ。砂山と葦《あし》の蔭になって見えないはずだと確信すると、バックパックから双眼鏡を出し、目に当てて、遠くで立ち昇る黒煙に焦点を合わせた。

こわばっていた口のまわりの筋肉を動かす。

チヌークは、アルバアジという町の通りに墜落し、残骸のまわりに早くも暴徒が集まっていた。その双眼鏡は、細かい部分が見えるほど高性能ではなかったので、ジェントリーは横向きに転がり、ラクダ色のケースの蓋《ふた》をあけた。

ケースにはいっていたのは、バレットM107アンチマテリアル・ライフルだった。ビール壜《びん》の半分ほどもあろうかという五〇口径弾を使用し、その重い弾丸を秒速八五〇メートルほどで撃ち出す。

ジェントリーは、弾薬は装塡《そうてん》せずにライフルを墜落現場に向けて、付属の高性能の光学照準器を覗いた。十六倍の照準器を通して、炎、ピックアップ・トラック、武装していない民間人、武装戦士が見えた。

覆面していないものもいる。地元のちんぴらだ。

あとの武装戦士は、黒覆面をするか、頭巾《クーフィーヤ》で顔を覆《おお》っていた。アルカイダの分遣隊にちがいない。外国から来る戦士どもだ。米軍とそれに協力する人間を殺し、不安定なイラクにつけ込もうとしている。

ギラリと光る金属が空にふりあげられ、さっと下にふられた。地面の人影を剣で叩き切っている。刃が食い込んだときに横たわっている男が死んでいたのか生きていたのかは、高倍率の狙撃照準器で眺めていたジェントリーにも、判断がつかなかった。

ジェントリーの口もとが、またこわばった。ジェントリーは米軍兵士ではないし、米軍にいたこともない。だが、アメリカ人だった。それに、米軍にはなんの責任も負っていないし、関係もないが、いま目の前で起きているような斬首の光景をテレビでさんざん見ている。胸が悪くなるだけではなく、かなり強い自制心の限界を超えそうなくらい怒りが燃えあがっていた。

ヘリコプターの周囲の男たちが、一体になって波打った。監視位置と墜落地点のあいだの乾ききった地面から立ち昇る陽炎《かげろう》がまぶしく、なにが起きているのか、ジェントリーには一瞬わからなかったが、墜落したヘリコプターの周囲で残虐な行為にふけっている連中が、有頂天になって騒いでいるのだと、すぐに察した。

あいつら、死体のまわりで踊ってやがる。

ジェントリーは、巨大なバレット・アンチマテリアル・ライフルの用心鉄《トリガー・ガード》にかけた指を放して、なめらかな引き金をなでた。レーザー測遠器で距離はわかっていたし、ダンスパーティとのあいだにあるテント群が風にはためいているので、風修正量も見当がつく。

だが、バレットで撃つのはまずいとわかっていた。弾薬を装塡して引き金を引けば、くそ野郎を何人か殺せるだろうが、付近に狙撃手《スナイパー》がいるという報《しら》せがひろまったとたんに、ここは危険地帯になる。八キロメートル離れた隠密脱出地点《エクスフィル》に到達する前に、思春期の若者がひとり残らず銃と携帯電話を持って追いかけてくるだろう。エクスフィルは中止され、自力でキル・ゾーンから脱出しなければならなくなる。

だめだ。ジェントリーは自分にいい聞かせた。貧弱な手段で仕返しするのは、正義であるかもしれないが、自分が対処する備えができていないクソの嵐を巻き起こす。ジェントリーは、賭博師《ギャンブラー》ではなかった。どこにも所属しない刺客《しかく》、雇われガンマン、契約で動く工作員だ。ブーツの紐《ひも》を結ぶぐらい簡単に、あいつらを五、六人始末できるが、そんな報復はコストに見合わないとわかっていた。

ジェントリーは、唾《つば》と砂が混じったものを目の前の地面に吐き出し、巨大なバレットをケースに戻した。

アルジャジーラの撮影隊は、一週間前にシリア国境からひそかに輸送されていた。イラク北部のアルカイダの勝利を詳しく報じることだけが、取材の目的だった。ビデオカメラマン、音声担当、レポーター兼プロデューサーが、アルカイダの専用ルートを運ばれ、アルカイダの隠れ家にアルカイダの細胞とともに寝泊まりし、ミサイル発射と、ミサイルがチヌークに命中し、火の玉が空で炸裂《さくれつ》するのを撮影した。

いまは、すでに死んでいるアメリカ人の儀式的な斬首を撮影している。中年の男の抗弾ベストに、手書きの布の名札が付けてあり、〝フィリップス――ミシシッピ州兵〟と書いてあった。撮影隊に英語がわかるものはいなかったが、自分たちが映しているのは全滅したCIA特殊工作員の精鋭チームにちがいないと全員が考えていた。

戦士たちの踊りと、空に向けての発砲とともに、例によってアッラーを称える言葉が叫ばれた。アルカイダの細胞は十六人だけだったが、道路のくすぶっている金属の骨組みの前で、武器を持った三十人がつぎつぎと踊りにくわわった。お祭のまんなかで踊っている地元の族長《ムラタール》に、ビデオカメラマンはレンズを向けていた。残骸《ざんがい》の前の族長を完璧なアングルで捉え、白い寛衣《ディシュダーシャ》が、背後で立ち昇る黒煙とすばらしいコントラストをなしていた。首を斬られたアメリカ人の上で、族長は片足で跳ね、右手の血みどろの新月刀を頭の上でふっていた。最高のショットだ。カメラマンはにんまりと笑い、ビデオカメラで捉えている、アッラーの偉大さを祝うリズムと踊りに乗らないように気をつけて、精いっぱいプロフェッショナルらしく撮影をつづけた。

族長が、群集とともに空に向けて叫んだ。「アッラーは偉大なり《アッラーフ・アクバル》！」覆面をつけた外国人戦士とともに有頂天で跳びまわり、通りに転がっているアメリカ人の焼け焦げた血まみれの肉塊を見おろして、髭《ひげ》もじゃの顔の歯をむき出して笑っていた。

アルジャジーラの撮影隊も、歓喜の叫びをあげていた。カメラマンは、揺るがない手で、それらすべてを撮影していた。

カメラマンはプロフェッショナルだった。撮影の対象に注意を集中し、カメラはふるえたり揺れたりしなかった。

が、それは族長の首が片側に折れ、葡萄《ぶどう》を押し潰したように腱や血や骨が四方に激しく飛び散るまでのことだった。

そのときには、カメラもさすがに揺らいだ。


ジェントリーは、我慢できなかった。

群衆のなかの武装戦士に向けてたてつづけに発砲しながら、その間ずっと、自分の修練の甘さをののしっていた。なぜなら、これで自分の時間割が台無しになり、作戦全体が大混乱に陥るとわかっていたからだ。とはいえ、そののしり声すら聞こえなかった。耳栓をしていてもバレットの銃声は耳を聾《ろう》し、巨大な弾丸をつぎつぎと発射するあいだ、銃口制退器《マズルブレーキ》の吹き戻し《ブローバック》で周囲の地面から砂や堆積物《たいせきぶつ》が飛び、顔や腕にふりかかっていた。

重い弾倉の二本目を押し込むために射撃を中断しているあいだに、ジェントリーは状況を確認した。諜報専門技能《トレードクラフト》の観点からすると、これほど愚かな行動はない。不倶戴天《ふぐたいてん》の敵がおまえたちのどまんなかにいると、四方の反政府勢力に大声で教えてやるようなものだ。

だが、正しい手順ではないと思えても、そんなことはどうでもいい。ジェントリーは、馬鹿でかいライフルを、反動ですでに痛くなっている肩に当て、ヘリコプター墜落現場に照準を合わせて、自分ひとりの正義の報復を再開した。巨大な弾丸が覆面の戦士の腹に命中し、ちぎれた体が舞い飛ぶのが、大きな照準器を通して見えた。

単純な復讐だった。それ以外の何物でもない。自分の行動は、クソ野郎の肉体を固体から液体に変えるだけで、幅広い視野からすれば、ほとんどなにも変えられないということを、ジェントリーは承知していた。肉体は蜘蛛《くも》の子を散らすように逃げまどう殺人鬼をなおも撃ちつづけていたが、意識はすでに自分の今後のことを案じていた。脱出地点には行かない。ヘリコプターが来れば、格好の攻撃目標《ターゲット》になる。怒り狂っているアルカイダが見逃すわけがない。だめだ、地に潜るしかない。排水溝か涸れ谷《ワーディ》を見つけて、土や堆積物で体を覆《おお》い、暑さのなかで一日じっと横たわっている。空腹や虫刺されや尿意は我慢する。

さぞかし不快だろう。

とはいえ、煙を吐いているライフルに最後の三本目の弾倉を押し込むとき、自分のお粗末な決断にも多少の利益があるとこじつけた。クソ野郎が六人死ねば、悪事を働くやつが六人減る勘定になる。

2

狙撃手の最後の射撃が終わってから四分たつと、生き残ったアルカイダ戦士のひとりが、身を隠していたタイヤ修理店の戸口から用心深く首を突き出した。ややあって、首を吹っ飛ばされる気遣いがないことを徐々に悟り、もう心配ないと考えた、その三十六歳のイエメン人が、道路に姿を現わした。じきに数人が出てきて、惨憺《さんたん》たる場面を囲んで、イエメン人は仲間たちと佇《たたず》んだ。七人が死んだと判断した。血みどろのぬかるみにころがっている脚を数え、二で割って導いた数字だった。死体には首も上半身も残っていなかったからだ。

死者のうち五人がアルカイダの同胞で、細胞の指揮官とその副官も含まれていた。あとのふたりは地元の戦士だ。

左手でチヌークがなおもくすぶっていた。イエメン人はそちらに向けて歩き、車やゴミ容器の蔭に隠れていた連中のそばを通った。ショックのせいで、みんな瞳孔が拡大している。ひとりは恐怖のあまり失禁し、体を汚したまま道路に倒れ、錯乱して身をよじっていた。

「立て、馬鹿者!」覆面のイエメン人はどなった。倒れている男の脇腹を蹴って、なおもヘリコプターのほうへ進んだ。仲間のうちの四人が、ピックアップの蔭にいて、アルジャジーラの撮影隊といっしょに佇んでいた。カメラマンは手をふるわせ、煙草《たばこ》を吸っていた。カメラは脇にぶらさげていた。

「生き残りはみんな車に乗れ。狙撃手を探しにいく」広い原野、乾燥した低山地帯、南への道路数本を、イエメン人は見渡した。一・五キロメートルほど離れた尾根の上に、土埃が漂っている。

「あそこだ！」イエメン人は指さした。

「おれたちも……あそこへ行くんですか？」アルジャジーラの音声担当がきいた。

「神が望まれるならば《イン・シャー・アッラーフ》」

そのとき、地元の少年がアルカイダ分遣隊に向けて叫び、見にきてほしいといった。少年が隠れていたカフェは、ヘリコプターのつぶれた機首から一五メートルと離れていなかった。イエメン人とその仲間ふたりは、ちぎれた黒い上着だけが血まみれの胴体をつないでいる死体をまたいだ。そのヨルダン人が、分遣隊の指揮官だった。ヨルダン人が倒れているところからカフェの壁と窓まで、点々と血がしたたった道ができていた。カフェは血で深紅に塗り直されているように見えた。

「なんだ、坊主？」イエメン人は、怒りのこもった声で、せかせかときいた。

過呼吸を起こしていた少年が、あえぎながらなんとか答えた。「見つけたものがあります」

イエメン人と戦士ふたりは、少年のあとから小さなカフェにはいっていった。血で汚れたところをまたぎ、倒れたテーブルの周囲やカウンターの奥に目を配った。そこにいた。若い米兵がひとり、壁にもたれて座っていた。目をあけ、しきりとしばたたいている。その腕に、もうひとりの不信心者を抱いていた。そちらは黒人で、意識を失っているか、死んでいるようだった。武器は見当たらなかった。

イエメン人がにやりと笑い、少年の肩を叩いた。ふりかえり、表の仲間に向かって叫んだ。

「車を持ってこい！」

十数分後、アルカイダのピックアップ三台が、十字路で分かれた。九人が二台で南に向かった。この九人は、携帯電話で地元の勢力に応援を要請し、付近で狙撃手を捜索する。イエメン人とあとのふたりは、負傷した米兵ふたりを乗せて、ハトラ近くの隠れ家に向かうことになった。そこで上級司令部に連絡し、見つけた獲物を存分に利用する方法を考える。

イエメン人がハンドルを握り、若いシリア人が助手席に乗った。茫然自失している米兵と死にかけているその相棒は荷台に乗せ、もうひとりのエジプト人が見張っていた。

二十歳のリッキー・ベイリスは、墜落時のショックからいくぶん回復していた。折れた脛《けい》骨《こつ》の鈍い痛みが、灼熱の激痛に変わったので、それがわかった。脚を見たが、見えたのは破れて焼け焦げた戦闘服のズボンと、ぞっとするような角度で右に曲がっている片方のブーツだけだった。ブーツの向こうに、もうひとりの兵士が横たわっていた。ベイリスは、その黒人の米兵を知らなかったが、名札でクリーヴランドという名前だとわかった。クリーヴランドは、意識を失っていた。死んでいるように思えたが、クリーヴランドの胸は、抗弾ベストの下でかすかに上下していた。本能と興奮のなせるわざで、ベイリスは墜落現場のそばのカフェに這い込むときに、クリーヴランドをひっぱっていった。ところが、その直後に、驚きで目を丸くしたイラク人の少年に見つかった。

チヌークに乗っていて死んだ友人たちのことをふと考えて悲しくなったが、信じられないという思いが、その悲しみを弱めていた。顔を起こし、ピックアップの荷台でこちらを見おろすように座っている男を見たとたんに、悲しみは消えた。死んだ友人たちは、むしろ運がよかった。不運なのはおれだ。おれとクリーヴランドは――クリーヴランドが意識を取り戻せばだが――斬首されるところをテレビで流されるだろう。

ベイリスを見おろしていたアルカイダのテロリストが、折れた脚をテニスシューズで踏んだ。残忍な笑みを浮かべ、牙みたいに折れた歯をむき出して、じわじわと力をこめた。

ベイリスは悲鳴をあげた。

ピックアップは道路を突っ走り、アルバアジの町の端にある尾根を越えて、町外れの検問所の手前で即座に減速した。地元の反政府勢力が設置している、どこにでもあるような検問所だった。二本の杭に巻きつけた太い鎖が、すこし垂れて、土埃にまみれた舗装道路に渡してある。武装した男がふたり、見えていた。ひとりはプラスティックの椅子にのんびりと座り、小学校の運動場の塀に頭をもたせかけている。もうひとりは、休憩しているその相棒のそばで、鎖のいっぽうの端に立っていた。銃口を下に向けてカラシニコフを肩にかけ、手にはフムス（ヒヨコ豆のペースト）と平たいパンを載せた皿を持ち、顎鬚《あごひげ》から食べたものがぶらさがっている。検問所のずっと向こうの道ばたでは、年寄りの山羊飼いが、みすぼらしい山羊の群れを追い立てていた。

イエメン人のアルカイダ戦士は、イラク北部の反政府勢力の戦意の低さをののしった。怠《なま》け者ふたりを検問所に配置するのが精いっぱいなのか。こんななまくらなことでは、スンニ派はクルド人やヤジーディー人（独自の宗教を持つイラク北部の少数民族）に支配を奪われたも同然だ。

イエメン人は、ピックアップの速度を落とし、サイドウィンドウをあけて、立っているイラク人をどなりつけた。「そこをあけろ！　南に狙撃手がいる！」

カラシニコフを肩にかけていた男が、食事を下に置いた。道路のどまんなかにとまっていたピックアップに向けて、きびきびと歩いていった。イエメン人のどなり声がよく聞こえなかったというように、片方の耳に手を当てた。

「そこをあけないと――」

イエメン人は、近づいてくる男から顔をそむけて、壁ぎわに座っていた男のほうを向いた。男の首は横向きに倒れて、そのままになっていた。つぎの瞬間、体全体が前のめりになって、椅子から地面に転げ落ちた。首の骨を折られて死んでいることは明らかだった。

ピックアップの荷台のアルカイダ戦士も、それに気づいていた。脅威があることは察したが、どういう状況なのかわからず、あわてて荷台で立ちあがった。そして、運転席の新指揮官とおなじように、道路の男に視線を戻した。

ピックアップに近づいていた顎鬚の男が、右手を体の正面で持ちあげた。なびいていた寛衣の袖から、黒い拳銃が現われた。

間髪をいれず速射された二発が、荷台のエジプト人戦士を斃《たお》した。

ベイリスは仰向《あおむ》けになって、真昼の焼けつく太陽を見あげた。車が減速してとまるのがわかり、運転手の叫び声と、信じられないくらい速いたてつづけの銃声が聞こえ、頭上の男が死んでまっすぐに倒れてくるのが見えた。

ふたたびまわりで拳銃の乾いた銃声が聞こえ、ガラスの割れる音とアラビア語の叫び声が耳に届いて、やがて静まり返った。

ベイリスは、脚をじたばた動かし、甲高《かんだか》い声で叫び、がむしゃらに血まみれの死体を上からどかそうとした。テロリストの死体が持ちあげられて、荷台から道路に投げ落とされ、もがく必要がなくなった。灰色の寛衣を来た顎鬚の男が、ベイリスの抗弾ベストをつかんで引き起こし、座らせた。

強烈な太陽のせいで、ベイリスの目に映る見知らぬ男の姿はぼやけていた。

「歩けるな？」

ショックのせいで幻覚を見ているのかと、ベイリスは思った。男はアメリカ英語をしゃべっていた。もう一度、こんどはどなり声でいった。「おい！　若造！　聞こえるか？　歩けるな？」

ベイリスは、男の姿に向けてのろのろと話しかけた。「おれ……脚が、折れてるし、こいつはひどい怪我《けが》だ」

見知らぬ男は、ベイリスの脚を調べて、診断を告げた。「脛骨骨折。命に別状ない」つぎに、意識を失っている黒人兵士の首に手を当てて、無慈悲な診断を下した。「助かる見込みはない」

男がすばやくあたりを見た。若いミシシッピ人のベイリスには、まだ男の顔が見えなかった。

男がいった。「こいつはこのまま乗せていく。できるだけのことはするが、おまえには助手席に乗ってもらわないといけない。顔を隠せ」

男は死んだテロリストの首から頭布《クーフィーヤ》を引きはがして、ベイリスに渡した。

「この脚じゃ歩けない――」

「我慢しろ。ここを離れないといけない。おれは装備を取ってくる。早くしろ！」男が背を向けて、暗い横丁へ駆け込んでいった。ベイリスはケヴラーのヘルメットを運転台に放り込み、頭布《クーフィーヤ》を頭に巻きつけると、怪我をしていないほうの脚をついて、荷台からおりた。右の脛から脳へ、すさまじい激痛が突きあげた。道路にはあらゆる年代の男たちが出てきて、暴力的な芝居の観客よろしく、遠巻きに見守っていた。

ベイリスが片脚で跳びながら助手席側にまわり、ドアをあけると、黒いワイシャツを着た覆面のアラブ人の死体が、道路に転げ落ちた。左目の上にひとつだけ射入口があった。もうひとりは、ぐったりとハンドルにもたれていた。低い喘鳴《ぜんめい》とともに、血の混じった泡が口からしたたっている。ベイリスがドアを閉めるとほとんど同時に、見知らぬアメリカ人が運転席側に来て、アスファルトにアラブ人をひきずり落とした。拳銃を抜き、ろくに目も向けずに、倒れているアラブ人に一発撃ち込んだ。それから、ピックアップに注意を戻し、茶色の装備バッグ、AK-47一挺、M4カービン一挺をほうり込んだ。運転席に乗り込み、ピックアップがガタガタと揺れて、下げてあった鎖を乗り越えた。

ベイリスは低い声でしゃべった。頭脳がまだ、周囲の戦闘状況を把握しきれていない。

「ひきかえさないと。ほかにも生存者がいるかもしれない」

「いない。おまえだけだ」

「どうしてわかる?」

「わかっている」

ベイリスは、一瞬口ごもった。「墜落現場でやつらを殺《や》った狙撃チームといっしょだったからだな?」

「かもな」

ピックアップが走るあいだ、ふたりは一分近く沈黙していた。ベイリスはフロントウィンドウごしに前方の山地を見てから、ふるえている自分の手を見おろした。ほどなく、運転している男に目を向けた。

男が即座にどなった。「おれの顔を見るな」

ベイリスはその言葉に従い、前方の道路に視線を戻した。「アメリカ人か？」

「そうだ」

「特殊部隊？」

「ちがう」

「海軍？　SEALだな？」

「ちがう」

「威力偵察海兵《フォース・リーコン・マリーンズ》？」

「いや」

「わかった。CIAかなにかだな？」

「ちがう」

ベイリスは、顎鬚の男に目を戻しそうになったが、こらえた。「それじゃ、なんだ？」

「通りかかっただけだ」

「通りかかっただけ？　冗談はよしてくれよ」

「質問は終わりだ」

一キロメートル進んでから、ベイリスはきいた。「あんたの計画は？」

「計画などない」

「計画がない？　それじゃ、おれたちはなにをやってるんだ？　どこへ行くんだ？」

「おれには計画があった。おまえを連れていくのは、その計画になかった。だから、おれがやっていることに、つべこべいうのはやめろ」

ベイリスは、しばらく黙っていた。やがていった。「了解。計画はあてにならないし」

一分ほどして、ベイリスが速度計を盗み見ると、荒れた砂利道で時速一五〇キロメートル近く出しているとわかった。

ベイリスはきいた。「バッグにモルヒネはあるかな？　脚がものすごく痛い」

「悪いな。おまえには意識をはっきりしていてもらいたい。運転してもらわなければならないからな」

「運転？」

「山地まで行ったら、この車をとめる。おれはおりる。おまえたちはふたりで行け」

「あんたはどうする？　タルアファルにＦＯＢ（前進作戦基地）がある。撃墜されたとき、そこへ向かっていた。そこへ行けばいい」前進作戦基地には最低限の施設しかなく、孤絶しているが、攻撃を撃退できるだけの装備が整っているし、見通しのきく道路をピックアップで走るよりも、はるかに安全だ。

「おまえはな。おれは行けない」

「どうして？」

「話が長くなる。質問はなしだ、兵隊。忘れるな」

「相棒、なにが心配なんだ。あれだけのことをしたら、勲章をもらえるぜ」

「クソを叩きつけられるのがオチだ」

数分後に、シンジャル山地の麓《ふもと》の低山地帯にはいった。見知らぬ男は、ピックアップを道端に寄せ、ナツメヤシの埃っぽい林に入れた。運転席からおりて、M4カービンとバッグを取り、ベイリスに手を貸して運転席に座らせた。ベイリスは、痛みのためにうめいた。

男はつぎに、荷台の米兵を見にいった。

「死んだ」感情のこもらない声でいった。インターセプター・ボディ・アーマーと呼ばれているクリーヴランドの抗弾ベストと戦闘服を手早く脱がせて、茶色のボクサーパンツとTシャツだけの姿で運転台に運び入れた。ベイリスはそういう遺体の扱いが不服だったが、黙っていた。この男が……いったいぜんたい何者かはわからないが、危険な敵地で生き延びてきたのは、感傷的にならず、さまざまな手段を応用してきたからにちがいない。

男は、装備をナツメヤシのそばの地面に投げおろした。「ブレーキとアクセルには、左脚を使うしかないぞ」

「わかりました《ウーオーーッ・サー》」

「おまえのFOBは一五キロ北にある。AKを膝に置き、弾倉は横に置け。できるだけひそやかにしろ」

「ひそやかって?」

「おとなしくするんだ。スピードは出さない。目立つな。顔は頭布《クーフィーヤ》で隠す」

「了解です」

「だが、触敵《コンタクト》が避けられないときは、なんでも気に入らないものを撃ちまくれ。いいな？」

それをつねに考えているんだ。これから三十分、生き延びるには悪辣《あくらつ》にならないといけない」

「わかりました。あんたは？」

「おれはとっくに悪辣だ」

リッキー・ベイリス陸軍二等兵は、脚の律動する痛みに顔をしかめた。左手は見ないで、前方の道路を眺めた。「あんたがだれか知りませんが……ありがとう」

「うちに帰って、おれの顔を忘れるのが、おれへの礼だ」

「了解しました」ベイリスは首をふり、うめいた。「通りかかっただけですね」

ベイリスは、林からピックアップを出し、道路に戻した。最後にもう一度、バックミラーで見知らぬ男の姿を見ようとしたが、ピックアップが捲《ま》きあげる土埃と陽炎が、背後の視界をさえぎっていた。

3

ロンドン中心部にあるのが場ちがいなほど牧歌的なハイド・パークとケンジントン・ガーデンを見おろす六階建ての商業ビルが、ベイズウォーター・ロードにある。その白いビルの最上階の広いスイートに、海外で業務を行なうイギリスや欧米の企業に経営陣の警護、施設警備、戦略情報サービスを提供する民間警備会社、チェルトナム・セキュリティ・サービス（CSS）の本社が置かれている。サー・ドナルド・フィッツロイという六十八歳のイギリス人が、それを発案し、創業し、そして毎日の経営にたずさわっている。

フィッツロイは、水曜日のそれまでの時間、仕事に専念していたが、いまはその仕事のことを頭から追い出さなければならなくなっていた。しばらくかけて思考をはっきりさせ、凝った造りの対面共用《パートナー》デスクを、肥った指でこつこつ叩いた。本来なら、秘書のところで礼儀正しく待っている男と会う時間はなかった――完全な集中を必要とする差し迫った問題がある――だが、追い返すことはできない。当面の危機のほうは、あとまわしにするしかない。

その若い男は、一時間前に電話してきて、きわめて急を要する件でフィッツロイさんと話をしなければならないと、秘書に告げた。CSSの本社には、そういう電話がよくかかってくる。ただ、その電話がふつうではなく、ぜひとも会いたいという相手に日をあらためてほしいといえなかった理由は、その男がローラングループに雇われているからだった。ローラングループは、海運、陸運、土木、ヨーロッパ・アジア・アフリカ・南米の石油・天然ガス・鉱業向け港湾施設を運営している、フランスの巨大複合企業だった。同社はフィッツロイの最大の顧客で、いくらほかの問題が差し迫っていても、断わりをいって男を追い返すことはできなかった。

フィッツロイの会社は、ベルギー、オランダ、イギリスのローラングループの支社の警備を担当していた。ただ、CSSにとってローランの契約は、他の企業との取り引きとは比べ物にならないくらい大きいとはいえ、マンモス企業であるローランが警備に使う年間予算のなかでは、雀《すずめ》の涙ほどにちがいない。ローラングループに分散型の警備部門があり、施設を保有している八十数ヵ国での腕力仕事には、地元の人間を雇っていることは、警備業界ではよく知られていた。クアラルンプールで秘書の身許照会というような人畜無害な仕事もあれば、いうことをきかないムンバイの港湾労働者の脚を折る、揉《も》め事を起こすグダニスクの組合集会を解散させる、といったような悪逆な行為もある。

また、問題を後腐れがないように片づけてしまいたい場合、ローランのパリ本社の経営陣には、その目的に使える男たちがいるということを、フィッツロイは知っていた。

警官よりも犯罪者が多く、組織をまとめて改革を行なう教育程度の高い人間よりも飢えた人間が多い地域で業務を行なう多国籍企業には、たいがいうしろ暗い恥部があるものだ。たしかに、ほとんどの多国籍企業は、会長の状況説明会では議題にならず、年次の財務諸表にも予算として計上されないような手段を用いている。しかし、ローラングループは、発展途上国の資産と資源に関して、ことに過酷な手段を用いる会社だという評判だった。

それに、そのことは株価に悪影響をあたえはしない。

ドナルド・フィッツロイは、他の問題についての懸念を頭から追い出し、インターコムのボタンを親指で押して、客を通すよう秘書に頼んだ。

顔立ちの整った若い男のスーツに、フィッツロイはまず目を留めた。ロンドンでは、それがならわしになっている。どこの仕立てか見分けられれば、相手のことがわかる。サヴィル・ロウの〈ハンツマン〉の仕立てだと見てとったフィッツロイには、客のことがかなりわかった。自分は、小粋だがビジネススーツ色が若干薄い〈ノートン&サンズ〉がひいきだった。それでも、相手の好みはなかなかのものだと評価した。世慣れた視線をちょっと投げただけで、この客は事務弁護士にちがいないとフィッツロイは判断した。イギリスのならわしや礼儀作法を心得てはいるが、教育程度の高いアメリカ人だ。

「ロイドさん、ちょっと当てさせてもらえませんか」愛想のいい笑みを浮かべてオフィスを横切りながら、フィッツロイは大声でいった。「法科大学院はこちらですね？　キングズ・カレッジじゃありませんか。アメリカの大学を出られたあとで。当てずっぽうでイェールといっておきますが、まずはお話をうかがわないと」

若い男がにやりと笑い、爪をよく手入れした手を差し出し、力強い握手をした。「キングズ・カレッジは当たりです。でも、アメリカではプリンストンを出ました」

握手をしたあとで、フィッツロイはロイドをオフィスの奥のソファに案内した。「ああ、なるほど、プリンストンですね」

コーヒー・テーブルを挟んで、向かいにフィッツロイが腰をおろすと、ロイドはいった。

「すごいですね、サー・ドナルド。人間観察の秘術は、どれも前のお仕事で憶えられたのでしょうね」

テーブルに置かれた銀器からふたりのコーヒーを注ぐときに、フィッツロイはもじゃもじゃの白い両眉をあげた。「わたしの記事が載りましたね。一年か二年前に、《エコノミスト》に。女王陛下の仕事をしたというおもしろおかしい話を、お読みになったんじゃありませんか」

ロイドが、コーヒーをひと口飲んでうなずいた。「ばれましたか。MI5（内務省情報局保安部）に三十年いらっしゃったんですね。ほとんどはテロ対策で北アイルランドにおられたとか。そのあと、企業警備に転業なさった。あの記事はだいぶ褒《ほ》めていましたから、ビジネスには役立ったでしょう」

「まあ、そうですな」作り笑いを浮かべて、フィッツロイはいった。

「それに、正直に申しあげると、ナイトの称号を持つかたにお目にかかるのは、はじめてなんです」

フィッツロイは、こんどは大声で笑った。「その称号を、わたしの元妻はいまだに友人たちのあいだで笑いものにしていますよ。貴族などではなく、上流を気取っている人間の肩書きじゃないのっていうんです。わたしはどちらでもないから、なおさら似合わないというわけですよ」フィッツロイはべつに辛辣《しんらつ》な口調ではなく、上機嫌に謙遜してそういった。

ロイドは、慇懃《いんぎん》に小さく笑った。

「いつもはロンドン支店のスタンリーさんと話をするんだが、ロイドさん、ローラングループでのあなたのお仕事は？」

ロイドが、カップをソーサーに置いた。「突然お目にかかりたいとお願いしたことをお許しください。それと、用件をすぐに申しあげますので、それもご寛恕《かんじょ》ください」

「いっこうにかまいませんよ。わたしはイギリス人のおおかた、ことに自分たちの世代とはちがって、アメリカのビジネスマンの鋭敏さを尊敬しています。お菓子を食べてお茶を飲んでだらだらするのが、イギリスの生産性を損ねてきたのはまちがいない。ですから、あなたがたアメリカ人がよくいうように、おたがい、遠慮のない議論をしましょう」フィッツロイは、コーヒーをひと口飲んだ。

ロイドが、身を乗り出した。「急いで用件を申しあげたいのは、わたしがアメリカ人であるからではなく、会社が対応を迫られている火急の事態のためなのです」

「お役に立てればさいわいですが」

「それはもうまちがいなく。じつは、二十時間前にアルハサカーで起きた出来事についてお話をしにきたのです」

フィッツロイは、太い首をかしげて、にっこりと笑った。「なんのことですか。その地名は知らないのですがね」

「シリア東部ですよ、フィッツロイさん」

フィッツロイの作り笑いが、すこし崩れかけ、言葉を失っていた。カップをソーサーに戻し、正面のテーブルに置いた。

ロイドがいった。「また先走りして申しわけありませんが、この問題では時間が重要であるばかりか、一刻を争うのです」

「聞いていますよ」十秒前のフィッツロイの温かな笑みは、死んで埋葬されていた。

「現地時間で昨夜八時ごろ、刺客《しかく》がイサアク・アブバケル博士を殺害しました。ご存じかもしれませんが、ナイジェリアのエネルギー大臣です」

フィッツロイが、さきほどとは打って変わった無愛想な口調でいった。「妙な話ですな。ナイジェリアのエネルギー大臣が、シリア東部でなにをやっていたのか、見当もつかない。シリアで掘り起こせるエネルギーといえば、イラクに潜入して紛争の火を焚《た》きつける聖戦主義者の熱意ぐらいのものでしょう」

ロイドが頰をゆるめた。「この優秀な博士は、急進的思想を持つイスラム教徒でした。その大義のための物的支援を提供するために、そこにいたとも考えられます。わたしは、その人物の行動を弁護するためにやってきたのではありません。関心があるのは刺客のほうです。じつはその殺し屋は生き延びて、イラクに脱出しました」

「運がいい」

「この男の場合、運だったとはいえません。凄腕の殺し屋ですから。すこぶる腕が立ちます。最高の殺し屋ですよ。目立たない男《グレイマン》という異名をとる人物です」

　フィッツロイは、脚を組んで、ソファに背中をあずけた。「作り話だ」

「作り話じゃありません。実在の人間です。とてつもなく腕が立つが、生身の人間です」

「それで、どうしてここへ？」さきほどまでのやりとりとはちがい、フィッツロイの声には恩着せがましい温情が感じられなかった。

「あなたがその男の調教師《ハンドラー》だからです」

「その男の、なんだって？」

「調教師《ハンドラー》。彼の契約をふるいにかけ、兵站《へいたん》上の必要物資を供給し、情報支援をあたえ、依頼人から代金を徴収し、彼の銀行口座に報酬を送金する」

「どこでそんな馬鹿げた話を仕入れた？」

「サー・ドナルド、時間があれば、ありとあらゆる当然の礼儀は払いますし、言葉のフェンシングもやって、わたしはフェイントをかけ、そちらは切っ先をかわし、どちらかの剣が致命傷の突きを入れるまで、部屋中を動きまわってもいいですよ。あいにく、わたしはたいへんなプレッシャーを受けていましてね。それで、いつもの前置きも抜きにしないといけないわけです」コーヒーをまた小さく飲み、苦かったのでちょっとしかめ面をした。「刺客がグレイマンと呼ばれる男だというのを、わたしは知っています。あなたがその男を使っていることも知っています。どうして知ったかとおたずねになってもいいですが、わたしは嘘をつきますよ。それに、これから数時間のわたしたちの関係は、率直に話ができるかどうかに左右されます」

「それで」

「いまもいったように、グレイマンは越境してイラクにはいりましたが、脱出手段をなくしました。愚かにも、優勢な反政府勢力と銃撃戦を行なったからです。十人以上を死傷させ、アメリカの州兵ひとりを救出、もうひとりの遺体を運び出しました。そしていまは逃亡中です」

「グレイマンがアブバケル博士を暗殺したと、どうしてわかっているのかね？」

「そんな任務のために送り込まれるような人間は、ほかにはいません。あの殺し《ヒット》ができる人間は、この世にはまたといないからです」

「それなのに、そんな男が、愚かな過ちを犯したというのか」

「わたしの推理が正しいことを示す証拠があります。グレイマンは以前、アメリカ政府の秘密工作員でした。なにかおかしなことが起きて、ＣＩＡに狙われるようになり、もとの飼い主から身を隠した。ＣＩＡ本部《ラングレー》との関係がまずくなっても、グレイマンはいまだに国を愛するアメリカ人なのです。ヘリコプター撃墜とアメリカ人十一人の死を見過ごすことができず、報復せずにはいられなかった」

「それが証拠か？」

ロイドが、スーツのジャケットの皺《しわ》が寄ったところを直した。「グレイマンがアブバケル暗殺を請け負ったことを、わたしたちはすこし前から知っていました。善良な博士が不審な状況で殺されたとなれば、犯人の身許は推理の必要もありません」

「失礼だが、ロイドさん。わたしも歳でね。点と点を結んでくれないか。わたしのオフィスには、どういう用件で来ているのかね？」

「わたしの会社は、御社との契約を三倍に増やす用意があります。グレイマンを無力化《ニュートラライズ》するのに手を貸していただくだけでね。お教えする必要のない詳細は省きますが、ナイジェリア大統領が弟を殺した犯人に正義の鉄槌を下すのを手伝うよう、われわれに求めているんです」

「なぜローラングループが？」

「それもお教えする必要のない詳細です」

「この話し合いをつづけるなら、どうしても必要になることがわかるはずだ」

4

ロイドはためらった。ゆっくりとうなずく。「いいでしょう。理由はふたつ。ひとつ、わが社には世界各地に及ぶ強力な保安組織があるので、今回の状況を処理するような手段を自由に使えると、大統領が考えています。過去にも、ナイジェリアのためにちょっとした仕事をやったことがありますからね。お察しのとおり」片手をふって、ロイドはつけくわえた。「顧客サービスの一環ですよ」

フィッツロイの両眉が持ちあがり、眉根が寄った。

「ふたつ、ジュリアス・アブバケル大統領は、われわれに対して一定の影響力を持っていると考えています。署名前の大きな契約がありますのでね。あなたの配下に大統領が弟を殺されたとき、契約書がちょうどデスクにあったんです。一週間以内に、大統領は退任します。それまでに弟を殺した人間に復讐しろと、わたしたちに条件をつけました」

「大統領の承認を待っているのは、どういう契約かね？」

「わが社が失うわけにはいかない契約ですよ。サー・ドナルド、ご存じでしょうが、ナイジェリアは、石油の産出が豊富なだけではなく、天然ガスがもっと豊富にあります。それがまったく無駄になっています。油田からあぶくとなって噴き出し、年間三〇〇億トンもの量が、大気中に拡散しています。エネルギーと利益の完全な浪費です」

「ローラングループは、そのガスがほしいんだな？」

「滅相もない。天然ガスはナイジェリアの善良な国民の所有する天然資源です。しかし、油田に蓋《ふた》をして、液化天然ガスをラゴスの港までパイプラインで輸送するテクノロジーは、わが社だけにあります。そこから、低温断熱設備の整った二重船殻タンカーに積み込み、精製所へ運んで、ナイジェリア国民のために精製します。このプロジェクトの研究開発に、四年間と三億ドルを費やしました。専用タンカーも建造しましたし、タンカー増産のために造船所の設備も更新しました。パイプラインを引くために地権者とも交渉しました」

「製品の輸出契約が整う前に、それをすべてやったのか？　ローラングループには、新しい弁護士たちが必要なようだな」フィッツロイは揶揄《やゆ》した。

まさにローラングループの弁護士のロイドは、むっとしていた。「アブバケルとは契約を結んでいたんですよ。その部下たちが、不備を見つけたんです。不運なまちがいは訂正したし、あとは書類に署名してもらえば、取り引きは完了し、開発をはじめられる。そんなときに、おたくの配下が大統領の弟を殺した」

「つながりがまだわからないんだが」

「つながりは、汚い言葉を使うのを許してもらえれば、アブバケル大統領がクソ野郎だからです」

ロイドの怒りの裏にはなにかがあると、フィッツロイは察した。

「そういうことか。きみたちの事務所が作成した契約に不備があった。ご主人様がこのお使いにきみをよこしたのは、自分の不始末は自分で片をつけろということなんだな」

ロイドが、薄い眼鏡をはずし、鼻梁《びりょう》をゆっくりとさすった。

「文明国の法廷なら五秒ばかりうろたえるだけですむような、しごく些細《ささい》な見落としですよ」

「ところが、取り引きの相手は、地球上でもっとも腐敗した国だ」

「じつは三番目です。でも、ご指摘はごもっともです」ロイドがいった。コーヒーをしばし味わうと、口もとにまた笑みが戻ってきた。「アブバケルは、わたしたちと競合する会社と開発契約を結ぶと、脅してきました。入札すらしていない会社にね。その会社では、わが社のインフラ資産や土木工学のノウハウのレベルに達するまで十年かかるでしょうし、その間に、ナイジェリアは何十億ドルもの利益をあげそこねることになります」

「ローラングループもな」

「まあ、うちはナイジェリア政府の社会サービス部門ではありません。自分たちの利益が原動力です。グレイマンを見つけて殺せなかった場合、ナイジェリアのあわれな愚民が失う相互利益の話をしているだけですよ」

「そのあわれな愚民は、年間数十億ドルのオイルマネーがすでに流れ込んでいても、あわれな愚民のままなんだ。あらたに天然ガスのパイプラインができても、暮らし向きがそう変わ

ると は思えないね」

ロイドが、肩をすくめた。「目の前の問題から話がそれていませんか」

「殺しの契約《コントラクト》に金を出した人間はどうする？　大統領はどうしてそっちを追わないんだ？　グレイマンはきみの情報が正しければ、下っ端の殺し屋にすぎない」

ロイドが、ユーモアの感じられない笑みを浮かべた。「ご承知でしょうが、コントラクトに金を出した人物は、数カ月前に飛行機墜落事故で死にました。グレイマンは、受け取った金はそのままで、仕事を放棄してもよかったし、そうすべきだった。しかし、あなたの刺客《しかく》は任務を続行した。なにか高潔なことでもやっていると思っていたんですかね」

「わたしはどうなんだ？　イサアク・アブバケル暗殺の調整に一役買っていると思うのなら、わたしも始末しようとするんじゃないのか？」

「コントラクトの依頼人が安全器《カットアウト》――秘密の仲介人――を通していたことが、わかっています。二重、三重の安全器を介して、あなたとの交渉が行なわれた。ジュリアス・アブバケル大統領は、そういう複雑な仕組みを考えるほど注意力がつづかないのですよ。弟を殺したやつの首を持ってこい。それだけです」

「首といったが……比喩的な意味合いだろうね」

「だといいのですがね、サー・ドナルド。いいえ、任務完了を確認するために、大統領が側近のひとりをわたしの事務所によこしたんですが、その男がいいましたよ。グレイマンの首をアイスボックスに詰めて、外交行嚢《こうのう》で大統領に届けたいと。とんでもない野蛮人だ」最後の言葉は、ひとりごとだった。

「ほかの方法でアブバケル大統領を買収することはできないのか？」フィッツロイはきいた。

発展途上国の公共セクターの取り引きがどんなものかは、よく知っていた。

ロイドが、壁の一点を見据えた。遠くを見つめる目が、横顔よりも老けて見えた。「ああ、賄賂《わいろ》ならさんざん使いましたよ。現金、売春婦、麻薬、屋敷、船。アブバケルは、飽くことを知らない強欲な男です。ラゴスの契約には、月や星も差し出しましたよ。それなのに、アブバケルは、わたしたちと競合する会社と交渉しているんです。弟を殺した男の首を渡すことだけは、どこの会社にもできない。だからこそ、それで脅しをかけているわけです」

「アブバケルはそんな暴君なのに、どうしてみずから権力を譲り渡そうとしているんだ？」

答は目に見えているというように、ロイドが宙《レイプ》で手をふった。「もうぞっとするくらい金持ちですからね。アブバケルは、自分の国を陵辱した。自分の行為の余韻を楽しみたいんでしょう」

「それできみがここに来たのか」

「ありていにいって、そうなんです、フィッツロイさん。お邪魔してほんとうに申しわけありませんが、わたしたちがチェルトナム・セキュリティに依頼する仕事は、刺客ひとり失った分を埋め合わせて余りあると思いますね。いくら優秀な刺客であっても」

フィッツロイはいった。「ロイドさん、わたしは……きわめて頼りになる男たちを雇っている。忠誠、信頼、名誉の意識に、敏感に反応する男たちだ。置きちがえられることも多いが、それが彼らの原動力なんだ。うまみのある契約を得るために、そういう男ひとりの命を、それも最高の男の命を捨てるのは、わたしにとってあまり利益があるとはいえないんだよ」

「むしろその逆でしょう。あなたのところのこういう殺し屋も、他の品物とおなじ製品ですよ。それも貯蔵寿命の短い製品です。六カ月か一年、まあ三年未満でしょうね。それまでにこの男も、死ぬか使いものにならなくなっている。売上に貢献できない無用の存在になる。わたしは、あなたの会社が存続するかぎり潤うような提案をしているんです」

「商売のために配下を犠牲にはできない」

短い間があった。「わかります。パリと話をしましょう。もうちょっと味付けしてもいいですよ」

「シチューの味付けで変わる問題ではない。気に入らないのはシチューそのものだ」

ロイドが、さらに身を乗り出した。恫喝《どうかつ》の気配が声にこめられていた。「味付けがお気に召さないなら、シチューをかきまぜるしかないですね。こちらは、あなたの刺客をどうしても始末する必要があるんです。飴《あめ》のほうが好きですが、笞《むち》を使ってもいいんですよ」

「気をつけたほうがいいぞ、坊や。この話し合いが向かっている方向が気に入らない」

ふたりは、数秒のあいだ睨《にら》み合っていた。

ロイドがいった。「今夜、おたくの揚収チームがグレイマンを迎えにいくことになっていますね。始末するよう、そのチームに命じてもらいたい。電話を一本かければ、この問題を財政的な優遇策《インセンティヴ》が片づけてくれるはずです」

フィッツロイの目が鋭くなった。「どこでそれを聞いた?」

「情報源を開示する自由は、あたえられていません」

「はったりだな。なにも知らないんだ」

ロイドが、にやにや笑った。「わたしが知っていることをちょっぴり教えましょう。それを聞いてから、はったりかどうか、判断してください。あなたの配下のことは、わたしのほうがずっとよく知っていると思いますね。刺客の本名は、コートランド・ジェントリー、通称コート。三十六歳。アメリカ人。父親がフロリダ州タラハシーでSWAT学校の校長をつとめていて、そこで成長した。戦術部隊の将校たちといっしょに毎日訓練にいそしんでいた。十六のときには、SWATチームに近接戦闘の技術を教えていた。十八になると、マイアミの悪党どもと付き合いはじめ、コロンビア人ギャングの手先になり、キーウェストにいるところを、フォート・ローダデールでキューバ人麻薬密売人三人を射殺した容疑で逮捕された。父親の射場で訓練を受けたことがあるCIA幹部が、刑務所からジェントリーを拉致《らち》し、秘密工作本部の秘密部門で働かせた。ジェントリーは数年のあいだ世界各地で隠密作戦に携わった。ほとんどが非合法工作だった。9・11を契機に、特殊活動部に配属され、CIAの非合法なテロリスト引き渡し特務部隊で働いた。公式名称は特殊作戦支隊GS《ゴルフ・シエラ》で、それについて知っている少数の人間は、愛情をこめて特務愚連隊《グーン・スクワッド》と呼んでいる」

「きみは話をでっちあげるのが上手だな」

ロイドは意にも介さずにつづけた。「にわか作りの特殊暗殺戦術チームで、われわれビジネス界の言葉でいうなら、高速・低抗力特殊工作員《ハイスピード・ロードラッグ・オペレーター》から成っていた。最高のなかでも飛びぬけて最高の男たちですよ。ジェイムズ・ボンドみたいなやつではありません。まったくちがう。この男たちは、短剣と袖なし外套《マント》というスパイの象徴でいえば、マントよりも短剣のほうにかなり重点を置いていた。数年のあいだ、彼らはＣＩＡでも最高の殺戮部隊《ウェット・ユニット》だった。犯罪者引き渡しの対象にならないテロリストを暗殺し、もう有益な情報が得られないと思われる人間を暗殺し、その人間を殺すことでテロリストの感情と理性に大きな恐怖の種を蒔《ま》くことができるような人間を暗殺した。

それが、四年前にまずいことになった。政治が関係しているというものもいれば、ジェントリーが作戦をどじって無用の存在になったのだと確信しているものもいる。ジェントリーが悪事に手を染めたからだという意見まである。理由はどうあれ、ジェントリーの解雇通知《バーン・ノーティス》が通達された。つづいて、〝目撃しだい射殺《シュート・オン・サイト》〟指令が出た。特殊活動部のもとの同僚に、ジェントリーは付け狙われるようになった。黙って死にはしなかった。自分を殺そうとしたゴルフ・シエラの仲間数人を殺し、地下にもぐって、捜索の網の目から脱け出した。ペルー、バングラデシュ、ロシアにしばらくいて、あとはどこにいたのか皆目《かいもく》わからない。六カ月で持ち金が底をついた。民間セクターに転向して、あなたのために働き、自分がもっとも得意なことをやりはじめた。頭を撃ち、喉を切り裂く。狙撃銃と飛び出しナイフ」

オフィスのドアがそっとノックされた。フィッツロイの秘書が顔を見せた。「失礼します。お電話がかかっています」秘書はドアを閉めた。

フィッツロイが立ちあがり、ロイドがついていった。ロイドがいった。「外で待っています」

「それには及ばない。用事は終わった」

「わたしを追い返すのは、たいへんな過ちですよ。揚収チームにグレイマンを始末するよう命じてもらわないといけません。さきほどの提案では不足だとお考えでしたら、もうすこしなんとかできないか、電話をかけて努力してみます。フィッツロイさん、この問題を解決せずに、わたしの雇い主のところへ戻ることだけは、どうしてもできないんですよ」

フィッツロイは、もう我慢できなくなった。「きみの会社は判断を誤ったな。わたしはアフリカの悪辣《あくらつ》な独裁者とはちがって、買収できない」

ロイドの目に、厳しい表情が浮かんだ。「それでは、あらためて謝罪いたします」ふたりは握手を交わしたが、友好的な仕種《しぐさ》は、ふたりの冷ややかな目つきにまでは至らなかった。

ロイドはドアに向かいかけたが、途中で左に向きを変え、額に入れて壁に飾ってある《エコノミスト》の記事に近づいた。〝元スパイの親玉、企業セキュリティの帝王に〟という見出しだった。ロイドがそれを指さし、フィッツロイのほうをふりかえった。

「いい記事ですね。情報がいっぱい盛り込まれている」

ロイドはつぎに、若き日のフィッツロイとその妻とティーンエイジャーの息子が写っている壁の写真を、しげしげと見た。「たしか、ご子息には奥様とお嬢様がふたりいますね。ロンドンにお住まいで、わたしの思いちがいでなければ、《エコノミスト》の記事によると、サセックス・ガーデンズのタウンハウスだったような」

「それは《エコノミスト》の記事にはなかった」

「そうでしたか」ロイドが肩をすくめた。「ほかのところで見たんでしょう。それでは失礼します、サー・ドナルド。また連絡します。一時間後に荷物をお届けしますよ」

背中を向け、ドアを通って出ていった。

フィッツロイは、一瞬、オフィスにひとり佇んだ。

フィッツロイはめったなことでは怯《おび》えないが、まごうかたのない恐怖のさむけを感じていた。

5

夜明けまで二時間あるのに、放置された飛行場はすでにうだるような暑さになっていた。不格好なロッキードL-100-30が、遠くから見えないように灯火を消して、滑走路の端に駐機していた。エンジンはアイドリングさせ、搭乗員は座席についたまま、スロットルレバーのあたりで神経質に手をひくつかせていた。プロペラの起こす風が、おろした傾斜板の先で舗装面に立っている五人の男の風雪に荒れた顔や渇ききった喉《のど》に、乾燥した土埃と鋭く尖《とが》った砂を吹きつけた。五人とも視線を南に釘付けにしていた。ターミナルの小屋や金網のフェンスの先には、イラク西部の果てしなくつづく暗黒があった。

五人は三〇センチほどの間隔をあけて立っていたが、ふつうに話をするのは無理だった。アイドリングとはいえ、四枚羽根のプロペラをまわしているアリソン・エンジン四基が、地響きを起こすほどの間断ない爆音を響かせていた。〈ハリス・ファルコン〉短距離無線機と喉《スロート》マイクがなかったら、男たちの言葉は、彼らの暗視ゴーグルでも見えない遠くの地形とおなじように、かき消されてしまったはずだ。

マーカムが、胸に吊るしたヘッケラー&コッホのサブ・マシンガンを左手でまさぐり、重い装備を満載したベストの送信ボタンを右手で押した。「やつは遅いな」

ペリーニが、肩から垂れているチューブの端を嚙《か》み、バックパックの半分空《から》になった軟式水筒から、生ぬるい水を吸った。自分のブーツの前、砂にまみれた滑走路に、ほとんどを吐き出した。モスバーグ・ショットガンは、右手からだらりと垂らしている。「このクソ野郎、たいそうやばいことになってるっていうじゃないか。なのに、どうして隠密脱出《エクスフィル》の時間を守れねえんだ」

「クソ野郎にはちがいない。グレイマンが遅れるっていうんなら、それなりの理由があるんだろう」両腰に手を当て、銃身の短いサブ・マシンガンを胸に水平に吊っているデューリンがいった。「油断するな。ほんの短い作戦だ。やつを乗せて、国境まで子守して、あとは会ったことも忘れる」

「グレイマンか」マクヴィーが、敬意をこめていった。「ミロシェヴィッチを殺した男だよな。国連の刑務所に忍び込んで、毒殺したんだ」マクヴィーのヘッケラー&コッホMP5サブ・マシンガンは、負い紐《ひも》からぶらさがり、太いサイレンサーが地面を向いている。ずんぐりしたサブ・マシンガンに、マクヴィーは肩肘をついた。

ペリーニがいった。「そうじゃねえよ。話が逆だ。やつはミロシェヴィッチを殺したやつを殺したんだ。ミロシェヴィッチが口を割ると、名前がいろいろ出てくる。ボスニアとコソヴォでミロシェヴィッチの虐殺に手を貸した国連関係者がいた。国連がミロシェヴィッチを毒殺する殺し屋を送り込み、そいつがことを終えたところを、グレイマンが殺したんだ」またごくりと飲んで、生ぬるい水を吐き出した。「グレイマンていうのは、とんでもない悪党だぜ。情け容赦がなくて、怖れを知らねえ」

マーカムが、さきほどの指示をくりかえした。「遅れてる。それだけのことだ」

デューリンが、時計を見た。「待たなければならないと、フィッツロイがいってた。戦闘になるかもしれないと。五〇キロ以内のイスラム教徒がひとり残らず、グレイマンを追ってる」

それまでずっと沈黙していたバーンズが、そこで口をひらいた。「キエフでやつが例の仕事をやったと聞いた」歩き出して、L‐100が駐機している場所から遠ざかり、M4カービンの三倍暗視照準器で、闇を横に見ていった。

「嘘っぱちだ」デューリンがいい、ふたりが即座に相槌《あいづち》を打った。

だが、マクヴィーはバーンズの肩を持った。「おれもそう聞いた。グレイマンは単独《ソロ》であれをやったんだ」

マーカムがいった。「ありえない。キエフは単独作戦《ワンマン・オプ》じゃなかった。最低でも十二人のAチームだ」

バーンズが、暗がりで首をふった。「射手はひとりだったと聞いた。グレイマンだったと」

マーカムが反駁した。「おれは魔法は信じない」

そのとき、五人の耳に同時に空電雑音が聞こえた。デューリンが片手をあげて、チームの面々に沈黙するよう命じ、胸部縛帯《チェスト・ハーネス》の送信ボタンを押した。「いまの送信をくりかえせ」

また空電雑音。と、ようやくとぎれとぎれの言葉が、空電雑音を通して聞こえてきた。

「三十秒……移動……追撃！」声を聞き分けるのは不可能だったが、切迫した状態を伝えていることはわかった。

「やつか？」バーンズがきいた。

だれにも答えられなかった。ふたたび無線機が息を吹き返し、今度はだいぶ明瞭になった。

小さな飛行場の向こうにあるゲートを、五人は見据えた。「急速接近中！　射撃を控えろ！」

デューリンが応答した。「信号が断続的だ、位置をいえ」

バリバリという雑音。「……北西」

そのとき、北のほうで衝突音がして、クラクションが鳴らされた。五人とも南に目を向けていた。首《こうべ》をめぐらし、銃口を音の方角に向けると、片方のヘッドライトが消えて黒くなっている民間のピックアップ・トラックが、フェンスを突き破り、砂地から飛び出して、滑走路に着地した。信じられないような猛スピードで走り、L‐100にまっすぐ向かっていた。

また通信機から声が聞こえた。「おまけがついてくる」

そのとき、激しく跳びはねているピックアップのうしろの広い道路に、ヘッドライトが現われた。まず二台、いや四台かそれ以上いた。

デューリンは、即座に状況を判断した。エンジンの爆音に負けない大声で、部下に指示した。「傾斜板に乗れ！」

五人全員が乗ったL-100が滑走路を走り出すと、汚れた装備と抗弾ベストをつけて武器を持った男が、傾斜板に跳び乗った。マクヴィーが、その〝荷物〟を手袋をはめた手でつかんで、急な傾斜をひっぱりあげ、マーカムがレバーを片手で叩いて、傾斜板を閉じた。貨物室のインターコムでデューリンが機長と副操縦士に指示し、離陸に向けてターボプロップ・エンジンの回転があがった。

傾斜板がしっかりと閉じると、〝荷物〟は金属がむき出しになった貨物室のまんなかで、ニーパッドに護られた膝をついた。M4カービンは一般支給装備の胸部縛帯《チェスト・ハーネス》の上に吊ってあった。ハーネスに付けてあった弾薬はほとんどなくなり、茶色い耐火素材の上着が、ところどころ破れていた。ゴーグルをかけた男の顔は、迷彩用ドーランが塗られ、汗にまみれていた。男はヘルメットを脱いで、離陸態勢ですでに傾いている貨物室の床にほうり出した。濡れそぼった濃い茶色の髪から湯気が立ち、蛇口から水が漏れているみたいに顎鬚《あごひげ》から汗がしたたった。

デューリンが、グレイマンを床から引き起こして、機体側面のベンチに座らせた。ベルトをかけてから、隣に座った。

「怪我は？」デューリンがきいた。

相手は首をふった。

「装備をはずすのを手伝ってやろう」エンジンの咆哮《ほうこう》のなかで、デューリンが叫んだ。「付けたままにする」

「勝手にしろ。たった四十分のフライトだ。トルコに着いたら、隠れ家へ行き、あすの晩にフィッツロイから指示がある。それまで、あんたを掩護してやるよ」

「そいつはありがたい」からだの汚れた男は、荒い息で答えた。しゃべっているあいだ、床に視線を落としていた。両腕は、首から吊っている黒いカービンの上から垂らしている。チームのあとの四人は、胴体側面の赤いメッシュのベンチに座って、座席ベルトを締めていた。四人とも〝荷物〟をじろじろ眺め、隣に座っているその月並みな外見の特殊工作員と超人的な評判を結びつけようとしたが、どうにも結びつかなかった。

グレイマンとデューリンは、床のまんなかに平打ちのストラップで固定された装備のパレットのそばに座っていた。

デューリンがいった。「フィッツロイに電話する。離陸したことを報《しら》せる。水を持ってすぐに戻ってくる」向きを変え、急上昇している輸送機の機内を、操縦室に向かって登っていった。歩きながら、衛星携帯電話を出した。

ロンドンでは午前三時過ぎで、ベイズウォーター・ロードの白塗りのビルの六階では、ピンストライプのスーツが皺《しわ》になっている年配の男が、デスクを指でコツコツと叩いていた。顔には血の気がなく、肉付きのいい首を汗が流れ落ちて、エジプト綿のオクスフォード地のシャツに染みができていた。ドナルド・フィッツロイは、声に明らかな不安がにじまないように、気持ちを楽にしようとつとめた。

衛星携帯電話が、ふたたび鳴った。

フィッツロイは、デスクの額縁入りの写真を見た。これでもう二十回ぐらい見ている。四十歳になる息子が、ビーチでハンモックに腰かけ、隣に美しい妻がいる。双子の女の子が、それぞれ父と母の膝に載っている。四人ともにっこり笑っている。

フィッツロイは、写真から目をそむけて、分厚い手に持っていた写真の束に目を向けた。二十の異なる光景を写した写真だった。おなじ四人家族だが、双子はすこし成長している。典型的な監視映像だった。公園にいる家族。グロブナー・スクェア近くの学校にいる双子。市場でショッピング・カートを押している母親。角度と、被写体との距離からして、写真を撮った人物は、四人に容易に近づいて手をかけられることを伝えようとしているらしいと、フィッツロイは推理した。

ロイドがいわんとしていることは、明白だった。おまえの家族をいつでも殺《や》れる。

衛星携帯電話が、三度目の着信音を発した。

フィッツロイは大きく息を吐き出して、写真を床にほうり出し、しつこく鳴っている衛星携帯電話を取った。

「スタンドスティルだ。感明度は、フルコート?」

「感明度良好《ファイヴ・バイ・ファイヴ》、スタンドスティィル」エンジンの爆音のなかでも聞こえるように、デューリンは衛星携帯電話のスピーカー部分を耳にきつく押しつけた。「そちらは？」

「明瞭に聞こえる。現況を報告しろ」

「スタンドスティィル、こちらフルコート。荷物を載せ、ターゲット位置からエクスフィルしました」

「了解。荷物の状態は？」

「見かけはひどいですが、大事ないと本人がいってます」

「了解。ちょっと待て」フィッツロイがいった。

デューリンは、手袋をはめた手で顔をこすり、部下の戦闘員四人が乗っている後部を見やった。それから、ベンチのいちばん端に座っているグレイマンをじっと観察した。ゴーグルをかけ、顎鬚《あごひげ》を生やし、ドーランを塗っているので、顔は隠れている。それでも、疲労困憊《こんぱい》しているのが見てとれた。機体の壁に背中をあずけて、M４の上に両腕を垂らしている。遠くに視線を据えている。デューリンの部下たちは、その右手にいて、四人ともほとんどおなじ体勢だが、〝荷物〟とはやや距離を置いてベンチに座っている。

三十秒後、フィッツロイが連絡してきた。「フルコート、こちらスタンドスティィル。作戦に変更があった。きみと部下は、むろんそれに応じて報酬が支払われる」

デューリンは、座ったまま、すこし背すじをのばした。眉根を寄せる。「了解、スタンドスティィル。変更された作戦の詳細を教えてください」

「荷物の配達は中止する」

デューリンは、小首を傾げた。「無理です、スタンドスティル。飛行場には戻れない。敵がうようよいるし――」

「そういう意味ではない、フルコート。荷物を……破壊してもらいたい」

沈黙。「スタンドスティル、こちらフルコート。最後の部分をもう一度」

衛星携帯電話から聞こえる声の調子が変わった。客観的ではなく、人間らしい声だった。

「こちらは……非常事態《シチュエーション》が起きた、フルコート」

デューリンも、通信規約《プロトコル》どおりのきびきびした口調ではなくなっていた。「ああ、でしょうね」

「あの男を始末してほしい」

デューリンは、手袋をはめた手で顔を支えた。頬を指で叩きはじめた。「本気ですか？　おたくの配下なんですよ」

「わかっている」

「おれもおたくの配下だ」

「込み入った事態なんだ。いつものビジネスのやり方とはちがう」

「これはまちがってますよ」

「いましがたいったように、もとの作戦から逸脱した分の報酬は払う」

デューリンは、〝荷物〟を見つめたままできいた。「額は？」

　五分後、デューリンは部下のほうを見ながら、チェスト・ハーネスの周波数セレクターに手をのばした。円盤状のスイッチを、数目盛りまわした。

「応答するな。聞こえたらただうなずけ」バーンズ、マクヴィー、ペリーニ、マーカムが顔を起こし、あたりを見た。隔壁のところにいるデューリンを見つけて、四人が同時にうなずいた。グレイマンはそれと気づかず、正面の装備のパレットを茫然《ぼうぜん》と見つめている。

「よく聞け。スタンドスティルが荷物を片づけろと命じた」照明が明るい貨物室のなにもないスペースの一〇メートル向こうで、部下たちの顔に驚愕の色が浮かぶのを、デューリンは見た。肩をすくめる。「おれにもよくわからん。おれもただ雇われてるだけだ」

　ベンチの四人は、ならんで座っている〝荷物〟のほうを見た。〝荷物〟は、傾斜板寄りにいて、座席ベルトを締め、胸にM4カービンを吊るして、顎鬚ののびた顔を貨物室の床に向けていた。

　四人は、チームリーダーのほうをふりかえり、同時にゆっくりとうなずいた。

6

コート・ジェントリーは、閉じた傾斜板のそばにひとり座り、エンジンのうなりに耳を澄ましながら、息を整え、感情を抑えようとしていた。L－100の貨物室で、メッシュのベンチに尻を載せていても、意識は地上の闇と砂に残されていた。苦境に陥った地上に。

すぐ右手にいた戦闘員が立ちあがり、パレットをまわって、向かいのベンチに座った。ジェントリーはさりげなく右に視線を投げ、チームリーダーが装備のぐあいを直しているのに気づいた。あとの三人のようすを見ようとしたが、やはり隔壁のそばのリーダーに目が向いた。

ようすがおかしい。

チームリーダーは、背すじをぴんとのばし、厳しい表情を浮かべているが、ことになにかを見ているわけではなかった。MP5は横向きに胸に吊ってある。右手の手袋をいじっている。

それに、口を動かしている。近接戦闘用無線機で送信し、部下に指示を出しているのだ。

ジェントリーは、自分の〈ハリス・ファルコン〉無線機を見おろした。ずっとチームとおなじ周波数を使っていたのに、いまはなにも聞こえない。

妙だ。

ベンチの横に座っている三人のほうを向いた。姿勢と表情からして、リーダーとおなじように、危険地帯から脱出したあとなのに、緊張を解いたようすがない、とジェントリーは判断した。いや、これから戦闘を開始するような動きと面構えだ。隠密作戦に十六年携わってきたジェントリーは、表情を読み、脅威を評価することを生業《なりわい》にしている。戦闘が終わったときの戦闘員がどんなようすかは知っている。戦闘がはじまる直前の戦闘員のようすも熟知している。

だれにも気づかれないように、ベンチに体を固定している座席ベルトをはずし、上体をまわして、周囲の男たちのほうを向いた。

チームリーダーは隔壁のところにいる。もう送信していない。じっとこちらを見ている。

「どうした?」エンジンの轟音よりひときわ高く、ジェントリーは叫んだ。

チームリーダーが、のろのろと立ちあがった。

やかましい貨物室の向こうに、ジェントリーはまた大声でいった。「おまえがなにをやろうと思っているにせよ、ただ——」

ベンチに座っていたマーカムが、すばやく体をまわし、ジェントリーのほうを向いた。早くも正面に拳銃を構えている。ジェントリーは、ベンチの下の壁にブーツをつっぱり、貨物室の向かいに身を躍らせ、床に固定された装備のパレットを楯《たて》にしようとした。戦いがはじまった。救出しにきた連中が襲いかかってきた理由はわからないが、それは関係ない。ジェントリーは、事態の急変を忖度《そんたく》する手間をかけなかった。コート・ジェントリーは、相手を殺すためにいる。

この男たちが、殺す相手だ。

それだけのことだ。

マーカムが、SIGザウァーから一発を放ったが、高くそれた。パレットの装備の蔭に隠れる前に、ジェントリーはマーカムとバーンズが、すばやく座席ベルトをはずすのを見た。

ジェントリーがパレットの蔭でうずくまったとき、左手にいたのはマクヴィーだけだった。マクヴィーは、一〇メートル離れた操縦室のドアに面して座っていた。デューリンは、そのドアに近い隔壁のきわに立っている。あとの三人は、右斜め前にいる。左手の男を倒せば、射界の一端を消去できると、ジェントリーにはわかっていた。左肩を下にして転がり、M4を構えてパレットの蔭から出ると、その戦闘員めがけて長い連射を放った。ゴーグルをかけた戦闘員の頭が、うしろの壁に叩きつけられ、MP5が手から抜け落ちた。

マクヴィーは、ベンチに倒れて死んだ。

殺したのはジェントリーだった。だが、理由は見当もつかない。

L-100の後部に乗っていた全員が、たちまち発砲しはじめ、四挺がジェントリーの位置に向けてメタルジャケットの銃弾を浴びせた。

ジェントリーが装備の蔭で身を縮めていると、背後の壁から悲鳴のような音が聞こえてきた。十数発の弾丸が機体に穴をあけ、与圧された貨物室の空気が吸い出されている音だった。外板の穴がたてている甲高《かんだか》い音は、搭乗員には聞こえなかったかもしれないが、銃撃の音は聞きつけたようだった。L-100が急降下を開始した。高度を下げて気圧の差をすこしでも減らし、機体がバラバラに分解するのを防ごうとしているのだ。

急降下のために、ジェントリーと、暗殺者と化した戦闘員四人は、一種の無重力状態を味わった。比較的安全だったパレットの蔭から、ジェントリーの体が浮きあがり、逆宙返りで二回転してから、天井にぶつかり、傾斜板のほうへ滑っていった。いまでは、そこが貨物室でもっとも高い場所になっていた。

戦闘員ふたりも浮きあがって、頭上のターゲットを狙い撃った。

MP5の九ミリ弾が二発、ジェントリーの戦術ベストの防弾板をかすめた。衝撃で一瞬バランスを崩したが、まっさかさまの姿勢からジェントリーが見ると、戦闘員ひとりがまだ座席ベルトをはずしておらず、右手の壁から動けずに必死でもがいているのが見えた。

格好の的だ。

ジェントリーは、その戦闘員——ペリーニ——の頭を、M4で撃ち抜いた。ぐんにゃりしたペリーニの手足が、急降下による無重力状態のなかで踊った。

それから十秒間、生き残りの戦闘員三人とジェントリーは、乾燥機のなかの靴下みたいに貨物室をぐるぐるとまわっていた。チームリーダーのデューリンが、戦闘員ふたりよりも下にいた。操縦室寄りの隔壁の平打ちのストラップをなんとかつかみ、そこに片腕を通して、一〇メートル上のジェントリーをサブ・マシンガンで狙い撃とうとしていた。だが、完全に制御を失って宙を舞っているマーカムとバーンズが、ジェントリーにぶつかった。三人は、長い銃では撃ちづらいほど近づくたびに、銃床やブーツや拳《こぶし》でやりあった。

貨物室で無重力を味わっていたとはいえ、じつは三人とも、最大速度で地面に向けて空を落下していた。ただ、機体もおなじ速度で急降下しているので、自分たちがまっしぐらに落ちているのを実感できる基準がなかった。

足がかりを失って全員がわめき散らしている大混乱のなかで、ジェントリーはふたたびうしろ向きに宙返りを打ち、M4カービンが手から滑り出し、負い紐《ひも》から首が抜けた。M4カービンがくるくるまわって、手の届かないところへ離れていった。ジェントリーは、グロック19セミ・オートマティック・ピストルを抜き、狙いをつけずに撃とうとしたが、そのとき、銃弾一発が右腿に食い込み、激痛が走った。衝撃で、ハンマーで叩かれたみたいに脚がうしろに飛ばされた。ジェントリーは、傷には目もくれなかった。それに、おかげで足がふたたび傾斜板に届いていた。顔を起こして真下を見ると、デューリンを照準器に捉えた。チームリーダーは、隔壁のストラップを片腕に巻きつけ、反対の手でサブ・マシンガンを頭上に構えて、ジェントリーに狙いをつけていた。ジェントリーが六発放つと、股間と腹に弾丸がぶち当たったデューリンの体が衝撃で動くのが見えた。

ジェントリーはつぎに、最後のターゲットふたり――バーンズとマーカム――を狙おうとしたが、マクヴィーの死体が宙を漂って、射界を横切った。そのとき、眼前に迫る砂漠を見て、機長がおそれをなしたらしく、すばやく機首を起こして、急降下を脱した。貨物室にいたものは、死者も生者も、鋼鉄の床に叩きつけられ、ボウリングのボールみたいに前部隔壁に向けて転がっていった。衝撃で手から拳銃が離れ、ジェントリーは前部に向けて弾んでいった。ぶつかるたびに、太腿《ふともも》の銃創の灼《や》けるような激痛に襲われた。

機体が水平になるにつれて、前部隔壁の網に向けて転がっていったジェントリーは手がかりをつかみかけたが、そのとき機長がL－100を上昇させた。弾みでしばらく進んでいったが、貨物室の床が急激に傾き、四五度を超す傾斜になると、ついに惰性が失われた。デューリンの動かない体のそばで、ナイロンの平打ちストラップに指先で触れたのが精いっぱいだった。

そこで、ジェントリーはうしろ向きに進みはじめた。体を揺すってしゃがんだ姿勢になって、倒れ、滑り、また転がって、体が床を離れて、貨物室のなかごろまで飛ばされた。尾部の手前で腰から着地したときの太腿の痛みはすさまじかったが、マーカムの体が胸に激突した衝撃にくらべれば、たいしたことはなかった。マーカムはうしろ向きで、激しい衝撃にジェントリーよりもさらに茫然としていた。ジェントリーはなんなくマーカムの首を両腕で締めつけ、容赦なくねじって首をへし折った。脊椎を折られたマーカムが即死した。

マーカムは、サブ・マシンガンをワンポイント式の負い紐で首から吊っていた。わかりやすくいえば、銃が飾り物《チャーム》になっているネックレスだ。ジェントリーは、それをはずそうとしたが、負い紐が装備満載のベストにひっかかっていた。そこで死体の肩までサブ・マシンガンを持ちあげて、揚収チームの最後の生き残りにすばやく照準を合わせようとした。その男は、長いベンチの脚を梯子《はしご》代わりに昇り、前部隔壁にある空中輸送員《ロードマスター》の調理室《ギャレー》を目指していた。

　ジェントリーは引き金を引いたが、カチリという音がしただけだった。マーカムのチェスト・ハーネスをまさぐって弾倉を見つけ、MP5に押し込んだ。ターゲットを撃とうとしたとき、相手はギャレーに姿を消した。機体がまた水平になり、重力が正常に戻った。ジェントリーは、パレットの傾斜板寄りに伏せて、相手がドアの蔭から覗くのを待った。

と、なんの前触れもなく大きな音がして、うしろの傾斜板が動きはじめるのが感じられた。

風が吼《ほ》えた。

　バーンズが貨物室前部から操作して、傾斜板をあけていた。つぎの瞬間、L‐100がまた急上昇を開始した。

　ジェントリーが、目の前の床に固定されたパレットにかけてある網をつかもうとしたとき、バーンズが隔壁のそばに姿を現わした。黒い戦闘服の上にパラシュート・パックを背負っている。輸送機の損傷がひどいと判断したのか、それとも機長と副操縦士が流れ弾で死んだのではないかと思っているのだろう。バーンズが、隔壁のストラップに必死でしがみついて、片手でM4カービンを持ち、ジェントリーの方角にたてつづけに連射を放った。その間、ジェントリーのうしろでは、傾斜板が完全におりていた。

ジェントリーはあいた手をうしろにのばし、マーカムの首からサブ・マシンガンをはずした。とたんにマーカムの死体が転げ落ち、外の闇に呑み込まれた。機長はなおも上昇をつづけていて、ほどなくマクヴィーの死体がジェントリーのそばを通り、夜の闇に落ちていった。ペリーニの死体は座席ベルトでベンチにくくりつけられているし、デューリンの死体は隔壁のストラップにひっかかったままだった。

生き残ったのはジェントリーとバーンズのふたりだけだ。

ジェントリーは、サブ・マシンガンを右手に持ち、左手でパレットの網を握り締めた。指を覆《おお》う手袋がねじれている。長くはぶらさがっていられないことがわかっていた。機体の角度がいよいよ急になり、ジェントリーは足がかりを求めてブーツで床を蹴った。

あと数秒で、仰《あおむ》向けに傾斜板を滑り落ちてゆくことになる。

だが、ジェントリーには最後のチャンスがあった。マーカムのサブ・マシンガンを持ちあげて、パレットの上から、バーンズめがけて長い連射を放った。それが胸の防弾板に命中し、バーンズは隔壁で頭を強く打って気絶した。機体の傾斜はいまや四五度になっていた。力が抜けたバーンズが、ストラップを放して膝をつき、尾部傾斜板に向けて転がりはじめた。

それが、損壊した輸送機から脱出する乗り物になる。乗り遅れるわけにはいかない。行動能力を奪われたバーンズが跳ねながらそばを通るときに、ジェントリーは網から手を放して、ブーツとニーパッドで床を蹴った。右に身を躍らせ、意識を失っているバーンズのパラシュートの縛帯《ハーネス》をつかんで、ふたりいっしょにあけ放たれた尾部ハッチから夜空に飛び出した。

ジェントリーは、バーンズの体に両腕をまわし、両脚を巻きつけて組んだ。L−100が頭上に見えなくなり、やがてエンジンの爆音が風の咆哮《ほうこう》に取って代わられた。

ジェントリーは、うめき、わめきながら、渾身の力でしがみついていた。パラシュートの手動曳索《リップコード》を引こうとはしなかった。あぶなっかしくつかんでいる手を放したら、暗い夜空でこいつを二度と捕まえられない。合理的な理由から、このパラシュートには、サイバネティ《C》ッ《Y》クス・パ《P》ラシュート・リ《R》リース《E》・システム《S》のたぐいの自動開傘装置が付いているにちがいないと確信していた。自由落下中に、高度七〇〇フィートで予備傘がひらくはずだ。

暗殺者と化した戦闘員の生き残りとジェントリーは、上になり、下になりながら、寒い闇を落ちていった。

パラシュート・パックのショルダー・ストラップを、片手でしっかりと握れたので、ジェントリーは反対の手もおなじように持ち直そうとした。手を放すと同時に、ビーッという電子音が一秒弱鳴った。

そして、予備傘がひらいた。

ジェントリーは、片手でしがみついた。ふたり用のパラシュートではないし、ひとりは脚で蹴ったり体をよじったりして、必死でもっとちゃんとつかまろうとしている。そのため、落下速度が速すぎたし、独楽《こま》みたいにぐるぐるまわっていた。

それがしばらくつづき、ジェントリーは眩暈《めまい》がして吐き気をもよおした。落下はまもなく終わるはずだったが、なにも出てこないままゲエゲエやっているうちに、ふたりいっしょに地面に激突した。

パラシュートを背負っていたバーンズの上にまともに着地したおかげで、ジェントリーの受けた衝撃は和らげられた。ジェントリーは、バーンズのようすを見た。バーンズは、ジェントリーを背負った格好で、顔から落ちていた。脈はなかった。

しっかりと大地を踏みしめると、ジェントリーは込みあげる吐き気を抑え、太腿をつかんで、一瞬痛みに身をよじった。やがて、座れるくらいに回復した。朝の最初の色が左手で輝いていて、そちらが東だとわかった。

方角がわかったところで、ジェントリーはあたりのようすを見た。ゆるやかな谷の底の平地にいた。水音が聞こえるくらい近くに小川があり、遠くで山羊《やぎ》が鳴いている。首が折れて死んだ戦闘員の死体。その向こうで、予備傘が夜明け前の冷たい風にはためいている。ジェントリーは、死体を探って、腰につけたパンク修理キット《ブロウアウト》（小さなナイロン・バッグ入りの救急用品セット）を見つけた。

草の上に座り、闇のなかで精いっぱい傷の手当てをした。国境まで長い距離を歩かなければならないと想定し、それに耐えるように脚にしっかり包帯を巻かなければならない。きれいな貫通銃創で、血管の断裂や下肢が不自由になるような損傷はなかった。早めにきちんとした手当てをすれば、心配はいらない。数日、あるいは数週間、ずきずきと痛むのを気にしなければいいだけだ。この五分間の混乱状態に肉体と意識がようやく追いつき、ジェントリーはまた胆汁を吐いた。

それから立ちあがり、北のトルコに向けて、ゆっくりと歩き出した。

7

フィッツロイは、オフィスでロイドと向き合って座っていた。衛星携帯電話の相手の話に耳を傾けているあいだも、怒りのこもった目は若い弁護士の顔から片時もそらさなかった。「わかった」フィッツロイは、電話の相手にいった。「ご苦労だった」通話終了ボタンを押して、衛星携帯電話をそっと目の前のテーブルに置いた。

ロイドが、期待をこめて見返した。

フィッツロイは、睨《にら》めっこをやめて、カーペットに視線を落とした。「全員死んだようだ」

「だれがですか?」ますます楽観的な声で、ロイドがきいた。

「搭乗員を除いた全員だ。機内でちょっとした争いが起きたそうだ。ジェントリーは、そう簡単には殺《や》られない。それは予想していた。機長が貨物室でふたりの死体を見つけた。あとの四人はどこにも見あたらなかった。壁も床も天井も血まみれで、機体には銃弾で五十以上の穴があいていた」

「損害はわたしの会社が弁償します」ロイドが、さばさばといった。咳払いをした。「でも、ジェントリーの死体は見つかっていない。生き延びた可能性は？」

「それはないだろう。装備が多数なくなっていた。傾斜板がおりたままで、何キロも飛んだからだ。パラシュートもひとつなくなっていたが、だからといってそう思い込むのは——」

ロイドがさえぎった。「ターゲットが、パラシュートとともに貨物室から姿を消したとなると、仕事が完了したというのを例のナイジェリア人に納得してもらうのは、無理でしょうね」

「ジェントリーは一対五で、圧倒的に不利だった。五人はすべてもとはカナダの特殊部隊員だ。わたしが取り引きの義務を果たしたことは明らかだな。こんどはそちらが約束を果たす番だ。わたしの家族についての脅しはやめてもらおう」

ロイドが、それを斥《しりぞ》けるように手をふった。「アブバケルは証拠をほしがっています。アイスボックスに入れたジェントリーの首をね」

「馬鹿をいうな！」フィッツロイはいった。「わたしはいわれたことをやった！」フィッツロイは怒っていたが、もう息子一家のことは心配していなかった。ロイドが来る前に息子に電話し、妻と娘ふたりを迎えにいって、午前中の二本目のフランス行きユーロスターに乗れるようにセント・パンクラス駅に行けと指示してある。いまごろはノルマンディ海岸の南にある一家の夏別荘に着いているだろう。そこならロイドの手先にも見つけられないと、フィッツロイは安心していた。

「ええ、あなたはいわれたとおりにやった。これからも、そうしてもらいましょう。非常に物静かだが非常に無気味なナイジェリア人が、わたしのオフィスにいましてね。わたしが請け合わないと帰らないんですよ。輸送機の飛行ルートを確認して、調査チームを派遣してもらいたいと――」

フィッツロイのデスクの電話が、ビーッビーッという独特な短い着信音を発した。フィッツロイはさっとそちらを向いてから、ロイドに視線を戻した。

「彼ですね」フィッツロイが見るからにショックを受けているのに気づいて、ロイドはいった。

「そうだ」

「それなら出てください。スピーカーホンにして」

フィッツロイはオフィスを横切り、デスクの多機能電話機のボタンを押した。「チェルトナム・セキュリティ」回線を伝わってくる声は遠かった。荒い息のあいまに言葉が発せられていた。「あれが救出といえるか？」

「声を聞いてほっとした。なにがあった？」

ロイドが、即座にブリーフケースから手帳を出した。

「こっちがききたいね」

「負傷したのか？」

「命に別状ない。あんたがよこした揚収チームのおかげとはいわないがね」

フィッツロイは、ロイドのほうを見た。ロイドが手帳になにかを書きつけて、差しあげた。

ナイジェリア。「混戦があったのは搭乗員から聞いた。あれはいつも雇っている連中ではなかった。一度だけ使った傭兵だ。例のポーランド人が手を引いたので、急いでチームをかき集めなければならなかった」

「イラクで起きたことのせいで？」

「そうだ。きみがきのうちょっとした威嚇行動《デモンストレーション》をやったもので、あのあたり全域が潜入不能地帯になった。こんどの揚収チームは、どんなに危険でも金次第でなんでもやるといってきた。だれかが手をまわして、買収したようだな」

「だれが？」

「わたしの情報源は、ジュリアス・アブバケルだといっている。ナイジェリア大統領が、きみの首を狙っているというんだ」

「おれがやつの弟を殺ったことを、どうして知った？」

「きみの評判のせいだろうな。困難で目につく仕事はきみがやったにちがいないと思われるような地位を得ているわけだ」

「くそ」電話の声の主がいった。

フィッツロイはきいた。「どこにいる？　もう一度迎えのチームを送ろう」

「冗談じゃない。やめろ」

「いいか、コート。手を貸してやる。アブバケルはあと数日で退任する。想像を絶する富を抱えて引退する。一般人になったら、権力も影響力も弱まる。きみがさらされている危険は、まもなく消え去る。きみを迎えにいって、危険が去るまで目を光らせていよう」

「ひとりで潜伏できる。おれを狙ったやつについて、もっと情報がはいったら連絡しろ。おれを捜そうとするな。わかったか」

そこで電話は切れた。

ロイドが拍手した。「おみごと、サー・ドナルド。なかなかの名演技でしたね。彼はこれっぽっちも疑っていなかった」

「わたしを信用しているからだ」フィッツロイは、腹立たしげにいった。「四年間、わたしが友人だと思えるだけのことがあったからだ」

ロイドは、フィッツロイの怒りを無視してたずねた。「彼はどこへ行きますか？」

フィッツロイはソファに戻り、禿《は》げた頭を両手でなでた。さっと視線をあげる。「替え玉だ！　アイスボックスに首がはいっていればいいんだ。きみの首でも入れてやろうか！　アブバケルにちがいがわかるはずがない」

ロイドが、あっさりと首をふった。「数週間前のことですが、グレイマンを殺せという前に、大統領はグレイマンに関するあらゆる情報を要求したんです。写真、歯科医の記録、完璧な履歴書、その他もろもろがありました。それを送ってやったんです。ジェントリーが大統領の弟の暗殺を実行する前に、大統領がジェントリーを殺すのを期待してね。アブバケルは、グレイマンの顔を知っています。死体だろうと首だろうと、替え玉は使えませんよ」

フィッツロイは、ゆっくりと首を傾げた。「どこでそんな情報を仕入れたのかね？」

ロイドは、その質問についてかなり長いあいだ考えていた。ズボンの膝についた糸くずをつまんだ。「パリに移ってローランに入社する前に、グレイマンといっしょに仕事をしたことがあったんですよ」

「きみはCIA局員か？」

「〝もと〟がつきますけどね。完全に縁を切りました。あいにく、愛国主義では金は稼げない」

「愛国主義者を狩るのは金になる。子供を痛めつけると脅すのも」

「それがたいそうな金でしてね。世の中は不思議ですね。CIA《エージェンシー》にいたときに人事ファイルをコピーした。CIAに付け狙われたら、それを取り引き材料にしようと思っていたんです。その書類がいまの仕事で役に立ったのは、思いがけない僥倖《ぎょうこう》でした」ロイドは立ちあがり、フィッツロイのオフィスを歩きはじめた。「ジェントリーがいまどこにいるのか、どこへ行くのか、身を隠すときにはいつもどうするのかを、知る必要があります」

「あいつが身を隠すときには、ただ姿を消す。天然ガスとはおさらばだな。グレイマンはこれから何カ月も、だれのレーダーにもひっかからないだろう」

「そんな話では困りますね。なにかを教えてもらう必要があります。ジェントリーについて、まだわたしが知らないことを。わたしたちのところで働いていたときのジェントリーは、まるで機械だった。友だちもおらず、気にかけるような家族もいない。仕事のあとの長い夜をいっしょに過ごす恋人もいない。彼のSAD（特殊活動部。CIAの特殊作戦部門で元特殊部隊員が多数を占める）ファイルほど退屈な読み物はない。悪癖も弱みもない。すこし年をとったから、個人的な付き合いができたり、こちらがつぎの手を読むのに役立つような性癖が身についたりしているはずです。なにか教えられることがあるはずですよ。どんな些細《ささい》なことでもいい。彼を狩り出すのに役立つようなことが」

フィッツロイが、すこし笑った。ロイドがやけっぱちになっているのが感じられた。

フィッツロイはいった。「なにもない。まったくない。逆探知できない衛星携帯電話と電子メールで連絡をとっている。仮に家があるか、女か家族を隠しているとしても、どこだか知らないから、きみには教えられない」

ロイドが、デスクの奥の窓へ歩いていった。まるで自分がチェルトナム・セキュリティを経営していて、フィッツロイのほうが客だというようなそぶりで、招かれざる客が歩きまわるのを、フィッツロイはソファから見ていた。

不意にロイドがふりむいた。「仕事をやればいい！　簡単で報酬がいい仕事を。危険のすくない仕事でたんまりもらえるとなれば、彼は断わらないでしょう。あなたが新任務に彼を送り込んだ場所で、こちらのチームが待ち伏せ攻撃を仕掛ける」

「だめだな。これまで生き延びてこられたのは、そんな馬鹿じゃないからだ。いまは金を稼ぐことには興味がないはずだ。周囲に溶け込むのに余念がないだろう。殺すチャンスは一度しかなく、きみはそれにしくじった。オフィスに戻って傷をなめるがいい。わたしと家族には手を出すな！」

ロイドが神経質に顔をひくつかせているのが、フィッツロイの目に留まった。それがゆっくりと笑みに変わった。

「ジェントリーの弱味を使って狩り出すのを手伝ってくれないのなら、あなたの弱味を使って狩り出しますかね」ポケットから携帯電話を出して、フィッツロイに笑顔を向け、話しはじめた。「フィリップ・フィッツロイと家族を迎えにいけ。ノルマンディの夏別荘にいる。シャトー・ローランにお連れしろ」

フィッツロイは立ちあがった。「くそったれ！」

「罪状を認めます」フィッツロイの口調をまねて、ロイドがいった。「わたしの助手たちが、ご子息とそのご家族を、ノルマンディにあるローラングループの閑静な館でお預かりします。この問題が解決するまで、丁重にお世話しますよ。グレイマンに連絡してその場所を教え、ナイジェリア人どもにひとり息子とその愛妻とかわいいお嬢さんたちを人質にとられているといってください。三日以内に野蛮なナイジェリア人どもがお母さんをレイプし、あとの三人を虐殺するといっているので、こうするしかなかったと」

「それがなんの役に立つ？」

「わたしはジェントリーを知っています。子犬みたいに忠実な男ですよ。何度か蹴られても、飼い主を護るために死ぬまで戦うでしょう」

「そんなことはやらないはずだ」

「彼はそうしますよ。難局を解決する意気込みで引き受けるでしょう。警察が役立たずなのは知っているし、フランスに行くために、天でも地でも動かすでしょうね。いいですか、サー・ドニー、コート・ジェントリーのコンパスは、真北を指していないんです。なにしろ殺し屋だから、まともじゃない。ただ、CIAの任務でも、民間の仕事でも、彼の作戦はすべて、超法規的に処刑すべきだと考えた相手に対して行なわれている。テロリスト、マフィアのドン、麻薬密売業者、まっとうなことをやっていない非道な連中ばかりです。ジェントリーは殺し屋だが、自分のことを悪を正す人間だと思っている。正義の道具だと。これこそが、彼の欠点です。そして、この欠点で身を滅ぼすことになるでしょうね」

フィッツロイの知るジェントリーは、そのとおりの男だった。ロイドの理屈はもっともだ。それでも、若い弁護士に対して、反論をこころみた。「わたしの家族を巻き込む必要はないじゃないか。いわれたとおりにしよう。そうしてきたはずだ。家族を監禁しなくても、わたしがジェントリーにそういえばいい」

ロイドが宙で片手をふり、フィッツロイの提案を叩き落とした。「丁重にお世話しますよ。わたしを騙《だま》そうとしたら、裏切り《ダブルクロス》のたぐいをやろうとしたら、そのときには、こちらに梃子《てこ》がないといけません。そうでしょう？」

フィッツロイは立ちあがり、ゆっくりとではあったが威嚇《いかく》をこめて、ロイドのほうへ行った。もとMI5部員のフィッツロイは、ロイドよりも三十ほど年上だが、体はずっと大きかった。ロイドが一歩さがり、大声で呼んだ。「リアリ君、オニール君！　こっちへ来てもらえるか」

フィッツロイは、秘書を休ませていた。会社にはほかにだれもいない。だが、ロイドは助手を伴っていた。スポーツマンのような風貌の男ふたりが、オフィスにはいってきて、ドアのそばに立った。ひとりが赤毛で色が白く、四十台後半、地味なビジネススーツを着て、腰のあたりが膨《ふく》らんでいるのは、拳銃の握り《グリップ》のせいだとおぼしかった。もうひとりはもっと年配で、五十前、胡麻塩《ごましお》頭を軍隊風に短く刈りあげて、身につけた武器が見えないように、かなりたっぷりしたジャケットを着ていた。

手荒な仕事をやる用心棒だというのは、一目瞭然だった。

ロイドがいった。「IRA。あなたの昔の敵だ。もっとも、仕事はあまりやらせないほうがよさそうですね。あなたとわたしは、これから数日間、何度も会うことになる。温かいとはいえない関係になってもつまらないからね」

クレア・フィッツロイは、今年の夏に八歳になった。いまは十一月末で、雨と曇り空の寒い秋のあいだずっと、双子の妹のケイトといっしょに、ロンドンで切れ目も変わりもない毎日を送ることになる。週日の朝はノース・オードリー・ストリートにある小学校まで歩いて通学し、放課後は、クレアはピアノ、ケイトは声楽のレッスンを、週に三日受ける。週末はママとお買い物か、パパと家で過ごすか、サッカーを見にいく。二週間に一度、どちらかが友だちを呼んでお泊まり会をやり、ロンドンの陰気な秋空が、雨はすくないがもっと陰気な冬空に変わるあいだ、クレアはずっとクリスマスを夢見ている。

クリスマスはいつも、イギリス海峡を渡ったノルマンディのバイユーにある祖父の別荘で過ごす。将来、農場をやりたいと空想しているクレアは、ロンドンよりもノルマンディのほうが好きだった。だから、校長先生が木曜の朝、出席をとった直後にふたりの教室に来て、クレアとケイトを呼び出し、校長室に連れていったときには、びっくりするとともにわくわくした。「あなたたち、教科書を持ってね。それでいいわ。お邪魔してすまなかったわね、ウィーリング先生。どうぞつづけて」

校長室にはパパがいて、ふたりの手を握り、待っていたタクシーに連れていった。パパはジャガーに乗っていたし、ママにはサーブがあるので、タクシーでいったいどこへ行くのか、ふたりにはさっぱりわからなかった。広いリアシートにママが座っていて、パパとおなじように真剣でよそよそしい顔をしていた。

「これからちょっと旅行をするよ。ノルマンディに行く。ユーロスターでね。いや、悪いことが起きたんじゃない。騒ぐんじゃないよ」

列車に乗ると、クレアとケイトはほとんど座っていられなかった。車内をふたりが駆けずりまわるのにもかまわず、ママとパパは背中を丸めて話をしていた。パパがドンおじいちゃんに携帯電話をかけるのを、クレアは聞きつけた。小さな声だったが、怒っていた。おじいちゃんにそういう声で話すのは、聞いたことがなかった。車両の端から端までひと息に走ろうとしていたとき、クレアは妹を追いかけるのをやめた。パパのほうを見て、心配そうな顔や咬《か》みつくような声に気づいた。言葉は聞き取れなかったが、どう考えても怒っているとしか思えなかった。

パパが乱暴に電話を閉じて、ママに話しかけた。

パパが見るからに腹を立てているのを、クレアは前に一度だけ見た。家の流しを修理した作業員がママになにかをいい、ママの顔がイチゴみたいに真っ赤になったあとで、パパがその作業員をどなりつけた。

クレアはべそをかいたが、それを見られないようにした。

クレアとケイトと両親は、リールでユーロスターをおりて、べつの列車で西のノルマンディへ行った。正午には別荘に着いていた。ケイトは、ママがキッチンで夕食用の新鮮なトウモロコシを洗うのを手伝った。クレアは二階の寝室にいて、下の私道にいるパパを見ていた。砂利道を行ったり来たりしながら、携帯電話で話をしている。ときどき、庭の柵に片手を置いた。

パパが怒り、動揺していることに、クレアは小さな胸を痛めた。

一階にいる妹はなにも気づかず、心配していない。おなじ八歳で双子でも、ケイトのほうが幼いと、クレアは思っていた。

とうとうパパが携帯電話をポケットに入れて、冷たい空気にふるえながら、私道を戻ろうと向きを変えた。二歩と進まないうちに、茶色の車が二台、そのうしろにとまった。パパがふりかえると、男たちがいっせいに出てきた。クレアが数えると、六人いた。体が大きく、それぞれ色や形がちがう革ジャケットを着ていた。ひとり目がパパに笑みを向けて、片手を差し出し、パパがそれを握った。

あとの男たちは、パパの横をぞろぞろと通って、私道を別荘に近づいてきた。パパが通り過ぎる男たちを見たとき、クレアにパパの表情が一瞬見えた。まごついた顔に恐怖が浮かび、小さな部屋にいたクレアははっと驚いた。

そして、六人がいっせいにジャケットに手を入れて、黒と銀色の大きな銃を抜いたとき、八歳のクレア・フィッツロイは悲鳴をあげた。

8

クルト・リーゲルは五十二歳で、その名のとおりゲルマン民族らしく、長身のブロンドで肩幅が広かった。リーゲルは、十七年前にドイツ連邦国防軍を除隊してローラングループに入社し、ハンブルク支社の保安部長補佐を皮切りに、のしあがった男だった。発展途上国五、六カ所に配属され——任地はどんどん薄汚く、危険な場所になっていった——いまは居心地のいいパリ本社で、保安危機管理業務《セキュリティ・リスク・マネジメント・オペレーションズ》（ＳＲＭＯ）担当副社長という地位を確保している。簡単に説明できるリーゲルの仕事の性質を、大げさな見出しのような長い名称でごまかしている。

リーゲルは、うしろ暗い仕事をやるときに呼び出されるたぐいの人間だった。帳簿に載らないプロジェクト、非合法手段、腕ずくで問題を解決する人間を派遣する必要がある労使問題。不法侵入して覗き見する秘密情報収集班、企業スパイ・チーム、マスコミに偽情報を流す専門家を操る、といったことだ。殺し屋も雇っている。リーゲルの手先がオフィスにやってくるときには、厄介な問題をこちらが片づけるのを手伝うために来たのか、それともこちらが厄介な問題で、片づけられることになるのか、ふたつにひとつだった。

〝害意のある手段部門〟を率いているリーゲルが、会社でこれ以上出世する見込みはほとんどない。モンスターの親玉が昼日中、会社の陣頭指揮をとるのは、だれだって望まないだろう。だが、リーゲルは昇進の上限が見えていることなど、気にしていなかった。逆に、保安王朝を築いている自分の地位は、終身在職権にひとしいと見なしていた。SRMOの最重要人物になって四年のあいだに、リーゲルの手先はアフリカで政治活動の候補者三人を、アジアでは人権運動指導者三人を始末していた。さらに、コロンビアの将軍ひとり、調査報道を行なうジャーナリストふたり、なんらかの理由で会社の過酷な方針に従わなかった社員を二十人近く片づけている。そういった作戦すべてを掌握しているのは、リーゲルただひとりだった。リーゲルは下部組織を細分化していたし、上層部は、リーゲルが現場でどういう手口を使うかを認識していたので、具体的なことは知りたがらなかった。問題が起きれば、リーゲルが呼ばれ、問題が消える。リーゲルはひそかに真価を認められる。

それにより、クルト・リーゲルはきわめて強大な力を持つようになった。

パリ本社にあるチーク材の鏡板張りのオフィスは、大男のドイツ人によく似合っていた。リーゲル自身とおなじようにでかく、木地が薄茶色《ブロンド》で、頑丈にできているが、物静かで控え目だった。ローラングループの本社南館にあるIT部門の近くに、ひっそりと隠れている。リーゲルのオフィスの壁には、ハンティングの獲物の記念品が、ずらりと飾ってあった。リーゲルのアフリカ・サファリやカナダ奥地への旅行のおかげで暮らしを立てているといっても剝製師《はくせいし》が、モンマルトルにいる。犀《さい》、ライオン、ヘラジカ、ワピチ（北米に棲む世界最大の鹿）が、部屋の四方の高いところから、うつろな視線を投げている。

そこは毎日午後五時にリーゲルが徒手体操をする場所でもあった。膝の屈伸運動の百回目で汗が出てきたところで、外線電話が鳴った。回線によっては、運動がワンセット終わるまで出ないのだが、これは暗号化されている直通回線だった。それに、一日ずっと待っていた電話でもあった。

タオルを取って、デスクへ歩いていき、スピーカーホンのボタンを押した。

「リーゲルだ」

「こんにちは、リーゲルさん。法務部のロイドです」

リーゲルは、ペットボトル入りのビタミン飲料をひと口飲み、デスクの端に腰かけた。

「法務部のロイド。なんの用だ？」かつて砲兵将校だったリーゲルの声は、力強かった。

「わたしから電話があることが、伝わっているはずですが」

「マルク・ローランCEOから連絡があっただけだ。ご本人がおれに、ほかの仕事はすべて中断して、あんたが持ってくるプロジェクトに活動を集中しろといった。用心棒と通信の専門家をあんたのために用意するようにともいわれた。おれが派遣した技術者とベラルーシ人軍補助工作員《パラミリタリー》チームが、あんたの非常事態に役に立ったようならさいわいだ」

「ああ、あれはありがたかった。技術者はここにいる。用心棒のほうは、フランスにいて、指示したとおりのことをやっている」と、ロイドがいった。

「結構。CEO本人がおれに電話してきて、作戦に格別の注意を払うよういってきたのは、これがはじめてだ。興味が湧いたね。法務部のあんたらは、いったいどんなドジを踏んだんだ？」

「ああ。まあその、この問題は早く片づける必要があってね。会社のために」

「だったら、早く用件をいえ。チームを送る以外に、おれにできることはなんだ」

ロイドが口ごもった。やがてこういった。「それが、びっくりさせたくはないんだが、緊急にひとり殺す必要がある」

リーゲルは、黙っていた。

「聞いているか？」

「びっくりするようなことを、あんたがいうのを待ってる」

「この手のことは、前にもやっていると思うが」

「この危機管理業務部では、どんな問題でもひとつかふたつの方法で解決できる、といういいかたをする。問題が許容できるか、それとも問題が消去できるかだ。許容できる問題なら、ロイドさん、おれの電話は鳴らない」

ロイドがきいた。「ラゴスの天然ガス契約について、すこしは知っているか？」

リーゲルは、即座に答えた。「ナイジェリアの失態の件に関係あるだろうとは思っていた。法務部の馬鹿な弁護士が契約の校正を怠《おこた》ったうえに、わが社がすでに二億ドルを注ぎ込んだ百億ドルの取り引きを、ナイジェリアが撤回しようとしているという噂がある。その件で殺しを依頼されるという気がしていた」

「そうだ。いやまあ、それよりもっと込み入っているんだが」

「もってまわったいいかたはやめろ。問題を起こした弁護士の住所さえわかればいい。自殺に見せかける。その馬鹿なやつがまともな企業人なら、自分から命を絶つべきだろうが、弁護士にそんな忠義立ては期待できないからな」

「ちがうんだ！　そうじゃない、リーゲル。誤解するな。殺してほしいのはべつの人間だ」

リーゲルは、咳払いをした。「それじゃ話せ」

イサアク・アブバケルが暗殺され、弟を殺した男が死んだ証拠を持ってこないと修正された契約には署名しないとジュリアス・アブバケル大統領がいい張っていることを、ロイドはリーゲルに説明した。

リーゲルは、馬鹿にするように鼻を鳴らした。「そういう独裁者と同衾《どうきん》して、きんたまを握られたときに泡を食うというのは、よくあることだな」リーゲルの英語は、アメリカ英語の慣用句が使えるくらい完璧だった。「それじゃ、殺し屋の身許を突き止め、片づける必要があるわけだな」

「身許はもうわかっている」

「始末すればいいだけか？　ローランさんが電話してきたから、もっとややこしい仕事かと思っていたが」

「それがその、この刺客《しかく》は間抜けじゃない」

「臨時雇いの殺し屋に関していちばん面倒なのは、身許確認だ。何者かわかれば、二十四時間以内に見つけて殺す」

「それなら理想的だ」

「ただ、相手がグレイマンとなるとべつだ。ほかの連中とは、だいぶ格がちがう」

ロイドは黙っていた。

ロイドが長いあいだ口ごもっていたので、リーゲルはいった。「おお、そうなのか！ おれたちがいま話している刺客は、グレイマンなんだな？」

「それになにか問題があるか？」

こんどはリーゲルが黙る番だった。ようやく口をひらいた。「たしかに一筋縄じゃいかない……だが、問題というほどじゃない。身を隠すのがきわめて上手なやつで、だからグレイマン——ひと目につかない男——と呼ばれている。見つけるのは厄介だが、おれたちが追っていることをやつが知っているはずがないというのは、明るい材料だな」

ロイドが、またしても沈黙した。

「それとも、知っているのか？」

「昨夜、殺す手配をした。失敗し、グレイマンは生き延びた」

「やつは何人殺した」

「五人」

「馬鹿が」

「リーゲルさん、グレイマンはぜったいに馬鹿じゃない。これまでの経歴で――」

「馬鹿じゃないさ。馬鹿なのはあんただ！　馬鹿なのは、世界最高の超一流の殺し屋を殺《や》る作戦をまとめようとした弁護士野郎だよ。計画が杜撰《ずさん》で、その場しのぎで、あわててやれば、作戦が大失敗に終わるのは目に見えている！　即座におれに頼むべきだったな。やつはもう警戒していて、自分を殺そうともくろんだやつがまたやろうとするだろうと予測している」

「わたしは馬鹿じゃない、リーゲル。やつの調教師《ハンドラー》を抑えてある。ジェントリーの居所を突き止めるのに協力するよう説得した」

「ジェントリーってだれだ？」

「コートランド・ジェントリー。グレイマンの本名だ」

リーゲルが上体をまっすぐに起こした。角ばった肩がうしろのデスクとおなじくらい広かった。「どうやってそれを知った？」

「わたしは、それをいえる立場にない」

「ハンドラーはだれだ？」ローラングループの社内で、こういう情報を受け取る側になったことが、リーゲルは気に入らなかった。自分の情報網があるのに、ろくでもないアメリカ人の事務弁護士がまるで周知の事柄でもあるかのように、そんな秘密情報を投げてよこしたことが腹立たしく、拳を固めた。

「ハンドラーの名前は、ドン・フィッツロイ。イギリス人で、こっち――ロンドンで警備会社をやっている。うちの仕事もときどき――」

リーゲルの固めた拳に、いっそう力がはいった。「おい、法務部のロイド、まさかサー・ドナルド・フィッツロイを誘拐してはいないだろうな？」

「誘拐した。というより、フィッツロイの息子とその家族を、ノルマンディのローラングループの屋敷に監禁してある」

リーゲルは、大きな肩を落とし、両手で頭を抱えた。しばらくして、スピーカーホンのほうを見た。「この作戦はあんたが無条件で指揮をとるといわれた。配下、資材、情報、あらゆる助言を、あんたに提供することになっている」

「そのとおりだ」

「だったら、ちょっとばかり助言させてもらおう」

「いいとも」

「おれの助言はこうだ、法務部のロイド。まったくの誤解だったとサー・ドナルドに謝罪し、本人と家族を解放し、家に帰って、口に拳銃の銃口を突っ込み、引き金を引け！　フィッツロイに楯突《たてつ》くのは、大きなまちがいだ」

「助言はひっこめて、もっと人数をよこせ。いまはグレイマンの居所がわからないが、どこへ行くかはわかっている。フィッツロイが、ノルマンディに送り込むだろう。グレイマンは東から西へと移動する。まだ出発地点はつかめていないが、あんたが支援してくれれば、ヨーロッパ中に要員を派遣して、グレイマンが近づくあいだに追いつめる」

「どうしてノルマンディへ行く？　フィッツロイの家族を救うためか？」

「そのとおり。一家はナイジェリア人に誘拐され、フィッツロイがジェントリーを引き渡すまで拘束される──という話になっている。ジェントリーは、問題を解決するために、みずから乗り出すはずだ」

リーゲルは、デスクを叩いた。「あんたの判断に同意する。やつは義侠の騎士という評判をとっているし、フランスの官憲を信用しないだろう」

「そうとも。だから、監視チームと殺しのチームがほしい。ミンスクから来たあんたの配下が、いまフランスで一家を見張っているが、ジェントリーをノルマンディへたどり着く前に殺してくれ。時間が逼迫《ひっぱく》しているんだ」

「相手はグレイマンだぞ。それだけじゃ足りない」

「なにを提案する？　わたしに自殺しろという以外に」

リーゲルは、オフィスの向かいの壁を見あげた。イノシシの首の剝製《はくせい》が、睨《にら》み返した。リーゲルは、のろのろとうなずいた。「これを決められた時間内にやるには、監視員《ウォッチャー》が百人いる」

「監視の専門家を百人集められるか？」

「街頭似顔絵書き（街の現場で活動する諜報員）をな、集めよう」

「なんでもいいが。用意できるんだな？」

「もちろん。それから、考えられるルートそれぞれに、索敵殺戮《ハンター・キラー》十二チームを散開させて配置し、中央指揮所から作戦を調整する必要がある。チームに加わるものは、ターゲットを見つけて殺す意欲を持っている人間でなければならない」リーゲルが提案している作戦の規模の大きさに、ロイドが驚きの声を漏らした。「十二チーム？」

「社員はだめだぞ、もちろん。ローラングループとの結びつきがばれるおそれが大きい。地元で雇うのもだめだ。地元の警察に面が割れているだろうし、そうなると狩りに支障をきたす。あんたらアメリカ人が好きないいまわしをすれば、不明地域の外国人戦闘員が必要だ。冷酷非情な連中だよ、法務部のロイド、おれのいう意味はわかるな。ほかに解決策が見つからないときに、むごたらしい仕事をやる冷酷非情な連中だ」

「傭兵ということか？」

「とんでもない。グレイマンはこれまでずっと、自分を殺すために雇われて送り込まれたやつらをすべてかわしたり、返り討ちにしたりしてきた。いや、はっきりいっておくが、おれたちに必要なのは、常設の野戦部隊だ。政府の暗殺チームだよ」

「よくわからない。どの政府だ？」

「うちの会社は、八十カ国に支店がある。おれは発展途上国十数ヵ国の公安機関の親玉と良好な関係にある。そいつらは、自分の国民や国の敵を押さえ込むために、特殊部隊戦闘員を飼っている」

計画を練るあいだ、リーゲルは間を置いた。「そうだな。発展途上国の政府機関の公安関係者に連絡してみよう。苛酷な土地では、これっぽっちも良心のとがめのない冷酷非情な男たちを見つけられる。そういう男たちを雇い、いまから半日とたたないうちに、ビジネス・ジェット機数十機が、そういう薄汚い国から戻ってくる。それぞれにどでかい銃や悪逆な男たちが満載され、チームすべてにおなじ任務があたえられる。グレイマンを殺すチャンスを、その連中は競い合うことになる」

「コンテストみたいに？」

「そのとおり」

「信じられない」

「前にもやったことがある。たしかに規模はもっと小さかったが、ひとつの目標をめぐって複数のチームが競い合うのは有効だという根拠がある」

「だが、わからないことがある。そういう国の政府が、われわれを支援するのは、どういうわけだ？」

「政府が支援するわけじゃない。手伝ってくれるのは情報機関だ。たとえば、アルバニアのような国の秘密警察の金庫に二千万ドルという余分な金が収められたら、国の保安と安定にどれだけ役立つか、想像してみるといい。あるいは、ウガンダ陸軍は？　インドネシア国家情報庁は？　こうした組織は、組織やその親玉の目的しだいで、国家元首とは独立して活動することがある。どの国の公安機関が、現ナマを出せば暗殺を手伝ってくれるかは、おれが知っている。読みをまちがえることはない」

すこし間があってから、ロイドが答えた。「よくわかった。それらの情報機関は、アメリカの報復を怖れなくていい。グレイマンを殺した連中をCIAが追及することはないはずだからな」

「ロイド、勝利を収めたチームはまちがいなく、みずからCIAに伝えて、アメリカからも賞金をもらおうとするだろう。CIA本部《ラングレー》は、何年も前からグレイマンを追っている。CIAの手先を四人も殺しているからな」

「ああ、知っている。あんたの計画は気に入った、リーゲル。だが、もっと静かにできないか？　つまり、ローラングループにマイナスの影響がないように」

「おれの部門は、関係を否認できるように幽霊会社を維持している。幽霊会社が借りる飛行機には会社の搭乗員を使い、殺人部隊と武器をヨーロッパにひそかに運び込む。かなり金がかかるが、なんでも必要な手段を使って成功させろとCEOにいわれている」

リーゲルが会社の幹部と強く結びついているのは否定できないが、政治意識の強いロイドはとっさに自分の立場をあらためて力説した。「作戦の指揮はわたしがとっている。監視員と射手の動きは、わたしが調整する。あんたは要員の手配だけをやってくれ」

「いいだろう。おれがこのコンテストの手配をして、全員を配置につけ、チームの案内はあんたに任せる。進捗《しんちょく》を知らせてくれ。それから、遠慮なくおれに相談しろ。おれはハンターだ、ロイド。ヨーロッパの街路でグレイマンを狩るのは、おれの仕事人生で最高の経験だよ」言葉を切った。「フィッツロイには手を出すべきじゃなかった」

「そっちはわたしに任せておけ」

「ああ、ぜひともそうさせてもらおう。サー・ドナルドとその家族は、あんたの問題だ。おれには関係ない」

「ぜんぜん問題じゃない」

9

ジェントリーは、幸運がめぐってきたことを認めていた。脚をひきずってトルコ国境に向けて歩き、一時間とたたないうちに、クルド人の地元警察の巡邏隊《じゅんらたい》に拾われた。イラク北部のクルド人はアメリカ人、ことに米兵には好意的だし、ジェントリーのぼろぼろの戦闘服と傷を見て、アメリカ特殊部隊員にちがいないと判断した。ジェントリーも、その思いちがいを正そうとはしなかった。ジェントリーはモスルまで運ばれ、アメリカ政府が建てた診療所で傷を消毒され、包帯を換えてもらった。輸送機の尾部から降下して七時間とたたないうちに、ジェントリーはプレスのきいたズボンと麻のシャツを着て、グルジアのトビリシ行きの民間航空機に乗っていた。

状況が好転したのは、運のおかげばかりではなかった。ジェントリーの撤退計画のひとつは、独力でイラクを脱出するという筋書きだったので、そのための準備もしてあった。偽造パスポートとグルジアとトルコのビザ、現金、その他の必要書類を、ズボンの裾《すそ》に縫《ぬ》い込んであった。

たしかに、ときどきは運に恵まれたが、それをあてにはしなかった。ジェントリーはどこまでも準備のいい人間だった。

カナダ人マーティン・ボールドウィン名義のパスポートで、グルジアの税関を通過すると、チェコのプラハ行きの航空券を買った。五時間のフライトの機内はほとんど空席で、午後十時過ぎにルズィニエ国際空港に到着した。

プラハのことは、たなごころのように知っていた。一度仕事をしたこともあり、郊外をしばしば隠れ場所に使っていた。

タクシーと地下鉄を乗り継ぎ、旧市街《スタレ・メスト》の栗石舗装の通りを歩いて、ヴルタヴァ川から四〇〇メートルほどのところにある小さなホテルにチェックインして、屋根裏の客室にはいった。長いシャワーを全身に浴びて、腰をおろし、太腿《ふともも》の包帯を巻きなおそうとしたとき、新しいリュックサックに入れた衛星携帯電話が鳴りはじめた。

ジェントリーはそれを見て、フィッツロイがかけてきたのだとわかると、銃創の手当てをつづけた。明朝に話をすればいい。

隠密脱出を支援するチームに襲いかかられたことに、ジェントリーは当然ながら腹を立てていた。

フィッツロイ自身が部下に殺せと命じた可能性については、考えもしなかった。腹を立てていたのは、フィッツロイの作戦が漏れたとおぼしく、進行中の任務にナイジェリア側が浸透し、救助チームを処刑チームに変えることに成功しそうになったからだった。報酬を支払った人物が死んだあと、ジェントリーが殺しを実行することに、フィッツロイは強く反対した。自分が不賛成であることを示すために、フィッツロイが中途半端な支援機構を用意したのではないかと、ジェントリーは疑っていた。

　フィッツロイが組織した支援機構はネットワークと呼ばれ、それが現地ではジェントリーの唯一の命綱になる。質問をしないで外傷の手当てをしてくれる医師、背負っている装備に目をつぶって密航させてくれる輸送機パイロット、書類を改竄《かいざん》する印刷屋。すべて合法的に業務を営んでいるさまざまな人間が、歳月がたつあいだにどんどん増えていった。ジェントリーは、ネットワークをできるだけ使わないようにしていた。フィッツロイの他の配下よりも、ずっと利用することがすくなかった。グレイマンは高速・低抗力特殊工作員《ハイスピード・ロードラッグ・オペレーター》なのだ。だが、その手の困難な仕事では、ときどき手助けが必要になるし、ジェントリーの場合もそれは変わらなかった。

　ジェントリーは、フィッツロイのもとで四年間働いてきた。もっとも経験豊富でもっとも大きな成功を収めてきた人間ハンターに、もう用済みだとＣＩＡが伝えてから、数カ月以内に転身したのだ。その晩のことを、ジェントリーは思い出した。ＣＩＡが不満を表明したあと、すぐに自動車に爆弾が仕掛けられ、暗殺チームがアパートメントに来て、司法省が国際逮捕状を出し、国際刑事警察機構《インターポール》を通じて全世界の法執行機関に配布した。

　当時ジェントリーは、アメリカ政府から逃亡する生活資金を得るために、必死で仕事を探していた。そして、サー・ドナルド・フィッツロイの仕事を請け負った。フィッツロイは表向きは公明正大な警備会社を経営していたが、ＣＩＡの特殊活動部で暗殺や犯人引き渡しに携わっていたときに、ジェントリーはチェルトナム・セキュリティ・サービスの暗黒面と関わったことがあった。だから、失業したばかりの殺し屋が、そこに仕事をもらいにいくのは当然だった。

それ以来、民間特殊工作員の世界で、ジェントリーはスターのような地位を得た。本名を知るものはほとんどいなかったし、フィッツロイの仕事をやっているのも知られていなかったが、グレイマンとして欧米の隠密特殊工作員のあいだで、伝説的存在になっていた。伝説の例に漏れず、多くの細かい部分が誇張され、濃縮され、あるいは完全にでっちあげられた。だが、グレイマンに関する俗説のひとつは、たしかに真実だった。超法規的な処刑によって罰せられるのが当然だと考えられるターゲットにかぎって、殺しの契約を引き受けるというのが、グレイマンの個人的な職業倫理だと見られていた。金で雇われる殺し屋の世界では、まったく奇抜な新しい考えかたで、評判はそれで高まったが、作戦の選択肢はかなり狭まった。

ジェントリーは、困難なうえにも困難な作戦を引き受け、敵地に単身で潜入し、大規模な敵の武装集団を相手にまわし、この零細な産業でならぶもののない評判と巨額の貯金を築いた。四年のあいだにテロリストやそれを操る親玉、白人の奴隷商人、麻薬や違法な武器の密売業者、ロシア・マフィアの親分に対して十二度の作戦を実行して成功させた。噂によれば、もう必要以上の金は稼いでいるので、銃口を通じて悪を正し、弱者を護り、この世をもっと住みやすくする目的で仕事をつづけていると推測されている。

この俗説は現実ではなくただの空想だが、たいがいの空想とはちがって、その中心にいる人物は実在している。動機は複雑で、これまでずっといわれてきたような、コミック・ブックのヒーローめいた誘因では説明しきれないが、本人が心の底で自分は正義の味方だと思っていることはたしかだった。

たしかにもう金は必要ではないし、死の願望があるわけでもない。コート・ジェントリーがグレイマンであるのは、この世には悪党が存在していて、ほんとうに死んでもらう必要があると信じているからだった。

ロイドとIRAの用心棒ふたりは、フィッツロイをローラングループのリムジンに乗せて、横殴りの雨が叩きつけるロンドン市内を走っていた。会話はなかった。フィッツロイは無言で座り、膝に置いた帽子を両手で持って、打ちひしがれたようすで雨の夜を眺めていた。ロイドは携帯電話を使って、ひっきりなしに電話し、世界各地で要員を雇って緊急計画を発動させようとしているリーゲルと、頻繁に連絡をとっていた。

リムジンは、午前一時過ぎにローラングループのイギリスの子会社に到着した。その事務所は、フラムの三棟から成る施設にあった。ロイド、用心棒ふたり、その荷物が乗ったリムジンは、ゲートを通り、二重の武装警備陣を抜けて、ヘリパッドのそばの平屋に向けて走っていた。

「しばらくここにいてもらいますよ、サー・ドナルド。ふだん慣れておられるような暮らし向きに至らないのはお詫《わ》びしますが、お相手がいなくて困ることはありません。万事が片づくまで、わたしの部下かわたしがそばにいます。終わったら、ベイズウォーター・ロードにお戻しして、もとの場所に座らせ、その禿頭をなでてあげましょう」

フィッツロイは黙っていた。一行につづいて雨のなかを建物にはいり、長い廊下を進んでいった。狭いキッチンにスーツ姿の男がふたり立っているそばを通り、即座に私服警備員だと見抜いた。一瞬、フィッツロイは希望を抱き、それが顔に現われた。

ロイドが、その考えを読んだ。「すみませんね、サー・ドナルド。おたくの警備員ではありませんよ。エジンバラ支店から呼び寄せた用心棒です。このスコットランド人は、わたしに忠節なんです。あなたではなく」

フィッツロイは、廊下を進みながらつぶやいた。「ああいう連中は、嫌というほど知っている。忠節なものか。金で動くんだ。値段しだいでは、きみを裏切るだろう」

廊下の最後のドアにあったリーダーに、ロイドはカードキイを通した。「なるほど。それじゃ、たんまり払っておいてよかった」

そこは、オークのテーブルと背もたれの高い椅子が置いてある、広い会議室だった。壁には薄型モニターやコンピュータがならび、大きな液晶ディスプレイにヨーロッパ西部の地図が表示されていた。

ロイドがいった。「さあ、テーブルの上座にどうぞ。せっかく騎士《ナイト》の称号をお持ちなのに、円卓を用意できなくて申しわけありません。楕円形が精いっぱいでして」自分のジョークに、ロイドはくすくす笑った。

スコットランド人警備員ふたりがドアのそばに陣取り、北アイルランド人も適当な場所を見つけて立った。栗色のスーツを着た痩《や》せた黒人が、ミネラルウォーターを前に置いて、テーブルについていた。

「フェリックスさんは、アブバケル大統領のところで働いています」ロイドが説明した。紹介というには手短すぎる。「グレイマンをわれわれが殺したことを確認するためにここにおられる」

テーブルの向かいで、フェリックスがうなずいた。

ロイドは、ポニーテイルに鼻ピアスの若い男と、話をした。縁が分厚い眼鏡が、目の前のデスクのコンピュータが放つ光を反射している。ロイドのほうを見あげて、その男がささやいた。

ロイドが、フィッツロイのほうを向いた。「すべてスケジュールどおりですよ。このものが、監視員《ウォッチャー》、狩人《ハンター》、わたしの通信をすべて統制します。彼を技術員《テック》と呼ぶことにしましょう」

若い男は、拉致《らち》された人間に紹介されたのだとはつゆ知らず、丁重に手を差し出した。

フィッツロイは、顔をそむけた。

そのとき、テックのヘッドセットに通信がはいり、イギリス人らしい発音でロイドにそっとささやいた。

ロイドが答えた。「完璧だな。資産《アセット》（諜報活動・情報収集に使う人員）をただちにそこへ送れ。やつの位置を突き止めろ」

ロイドが、フィッツロイに笑みを向けた。「ちょっとした幸運に恵まれましてね。ジェントリーがトビリシでプラハ行きの飛行機に乗るところを目撃されました。もう到着したあとなので、空港から尾行するのは無理ですが、ホテルを調べさせます。うまくすると、やつが朝起きたときには、暗殺チームが待ち構えているということになるかもしれませんね」

一時間後、ロイドはテーブルのフィッツロイの向かいに座っていた。照明は落とされ、テックがロイドのうしろにバック照明を置いていた。天井のカメラがモーターに駆動されてまわり、ロイドのほうを向いた。モニター一台にシルエットが映り、それがあまりにも不鮮明だったので、自分のリアルタイム映像であることを確認するために、ロイドはわざわざ腕をあげてみた。

そのモニターの横で、テーブルの向かいの液晶画面が、ひとつまたひとつと明るくなっていった。それぞれの画面の下のほうに、地名や現地時間が表示されていた。ボツワナが、まずつながった。ロイドがいるのとおなじような会議室に、四人が座っていた。やはりバック照明で、シルエットだけが映っている。やがて、インドネシアのジャカルタとつながり、そちらでは六人がカメラに顔を向け、肩をならべてテーブルについていた。つぎはリビアのトリポリだった。一分後に、ベネズエラのカラカス、南アフリカのプレトリア、サウジアラビアのリヤドが、すべておなじ照明で映し出された。それから五分のあいだに、アルバニア、スリランカ、カザフスタン、ボリビアがつながり、映像が伝わってきた。リベリアのモンロヴィアは、テックが接続するのにさらに一分かかった。最後に韓国からの映像が映った。デスクについているのは、アジア系の男がひとりだけだった。

これが、クルト・リーゲルが人間狩りのために手配した各国政府のチームだった。リーゲルはそれぞれの情報機関の親玉と話をしたので、秘密工作員たちとじかに話をすることは拒んだ。それはロイドの仕事だった。前にいったように、手配と助言だけやるということを、リーゲルははっきりさせたのだ。

音声が接続される前に、ロイドは会議室のむこうのテックに叫んだ。「韓国のあとの連中はどうした?」

テックが、デスクの書類を確認した。「ひとりしかよこしてない。どうでもいいんじゃないすか。十二チーム合わせて五十人以上だし」

テックはつぎに、声はハードウェアとソフトウェアの両方で変えて、まったく識別できないようにしてあると、ロイドに請け合った。

テックが最後にもう一度、カメラに写らない場所に座っている通訳たちとの音声接続を確認した。それぞれの国の言語に必要とされる通訳がいた。ロイドが咳払いをすると、そのシルエットが口もとに手を当ててから下げる仕種《しぐさ》をした。

「諸君、われわれが依頼する任務の概要については、説明を受けたものと思う。じっさいは、しごく単純だ。男ひとりを見つける必要があるが、それについて諸君が悩む必要はない。百人近くの〝街頭似顔絵書き〟を呼び集めている。すでに作業をはじめて、いまも作戦地域をくまなく調べているものもいる。発見したら、この男を無力化《ニュートラライズ》してほしい。それが諸君の目標だ」ロイドのシルエットが映っていた十二カ所のモニターの映像が変わった。きれいに髭《ひげ》を剃《そ》り、鉄縁眼鏡をかけて替え上着《スポーツジャケット》を着たコート・ジェントリーのカラー写真が、画面に現われた。ロイドが手に入れたCIAのファイルにあった偽造パスポートの写真だった。

「これがグレイマン、コート・ジェントリーだ。この写真は五年前のものだ。あいにくどう外見を変えているかはわからない。この平凡な外見に騙されるな。この男は、CIA随一の賞金稼ぎだった」

だれかがスペイン語でつぶやいた。ロイドには、ひとつの単語だけがわかった。「ミロシエヴィッチ」

「そうだ。諸君のなかには、すでにこの男の評判を聞き及んでいるものもいるだろう。この男の作戦については、数多くの噂がある。ミロシェヴィッチを殺したというものもいれば、そうではないというものもいる。去年のキエフの事件がこの男の仕業《しわざ》だという話もある……合理的な考えかたをする人間はたいがい、とうてい不可能だと見ている。しかしながら、わたしはこの男が実行した特定の仕事についてかなり深く知っている。アメリカ政府の仕事も、民間での仕事も。だから、ジェントリー君は諸君がこれから出会うなかでもっとも手強い一匹狼の特殊工作員だと断言しておこう」

姿の定かでない相手が、口をひらいた。

「見かけはオカマみてえだな」そのなまりをきい

て、ロイドはすかさず南アフリカからの画像を見た。

声色を変えてあるロイドの声が、スピーカーから鳴り響いた。「このオカマはあんたにこっそり近づいて、アイスピックを肋骨《ろっこつ》のあいだに突き刺し、肺に穴をあけて、あんたが自分の血で窒息死するあいだ、じっと立って見ているだろうよ」ロイドの声には、怒りがこもっていた。「この男を殺してから、そういうふうに笑いものにするんだな。こいつを殺《や》るまでは、そういうガキみたいないいぐさは控えるようにしろ」

南アフリカ人は、黙り込んだ。

プレトリアのシルエットを睨《にら》みつけたままで、ロイドは話をつづけた。「グレイマンは長射程の狙撃、近接戦闘、刀剣類、イスラエル特殊部隊が使うクラヴマガという護身術に熟達している。長銃《ロング・ガン》でも短銃《ショート・ガン》でもひとを殺せるし、銃がなくてもできる。この男は一キロ半離れたところからあんたを殺《や》れるし、あんたがこの男の息遣いを耳もとで聞きながら死ぬこともありうる。爆薬ばかりか、毒物の扱いについても、高度な訓練を受けている。パキスタンのラホールのレストランで吹き矢を使ってターゲットを殺し、その警護班にまったく気づかれなかったという噂が、ＣＩＡでひろまったことがあった」ロイドは、反応を見るために間を置いた。「ジェントリーは隣のテーブルにいた。ターゲットが倒れて死ぬあいだ、そこで食事をつづけていたというんだ。

この会議が終わったら、諸君はすぐに飛行機に乗ってくれ。十二チームが、十二機に乗り、これから四十八時間、ジェントリーがヨーロッパ横断するのに通過すると思われるルート沿いの空港に向かう。わたしがここから活動の監督と調整を行なう。情報が得られれば、どのようなものでも伝える。人間狩りに加わって生残したチームには、それぞれ百万ドルと経費が支払われる。ジェントリーを殺したチームには、二千万ドルの報奨金が支払われる」

「われわれがやつを殺した場合、アメリカはどう出る？」アフリカのどこかの国のだれかが、大音声でいった。

ロイドは、リベリアの画面を見たが、確信はなかった。「それは諸君の組織の指導者がすでに解決済みだ。この男は、前からアメリカ政府に死の烙印《らくいん》を捺《お》されている。ＣＩＡは発見しだい殺すことを承認している。この男には友人も近親者もいない。死んでも悲しむ人間はこの世にひとりもいない」

つぎに、アジアの言語でだれかがいった。いい終えたところで、通訳が伝えた。「彼はいまどこにいるのか？」

「昨夜、空路でプラハに行った。工作員がホテルを探しているが、いまもいるかどうかを知るすべはない」

「プラハには、どのチームが送られるのか？」と、だれかが質問した。

「アルバニアだ。もっとも近い」

「それはフェアじゃないぞ！」南アフリカ人がどなった。

シルエットになっているロイドが、眼鏡をはずして鼻梁《びりょう》を揉《も》んだ。「アルバニアのチームに他意はないが、最初に遭遇するチームがグレイマンを殺るだろうとは思っていない」

アルバニアの画面から不服そうな声が聞こえたが、即座に鋭い叱責で黙らされた。

「これから二日のあいだに、われわれはジェントリーを殺す。しかし、人的損耗《そんもう》が生じることはまちがいない。あんたらのなかのおおぜいが死ぬだろう」ロイドはひと呼吸置いて、自分にはどうでもいいことだと見せかけようとした。「それはさておき、アルバニア・チームが最初に攻撃できるとはいいきれない。飛行機が着陸したときには、もう西へ移動しているかもしれない。その場合、プラハの先でやつの足跡を見つけたら、あらためて飛行機に戻ってもらい、やつの最終目的地に近いところで待ち伏せ攻撃を設置してもらう。もっとも東にいるチームがまちがいなく有利だとはかぎらない。それははっきりいっておく」

ロイドは、椅子に座ったまま、背すじをのばした。細身のシルエットは、スポーツ選手のように見えた。「最後にこれをいっておこう。仕事を片づけるためには、なんでもやれ。副次的被害（攻撃目標以外の民間人や民間施設に及ぶ不作為の被害）を気にしてはいられない。子供や年金生活者数人、仔犬数匹が死ぬのに耐えられないというなら、飛行機には乗るな。諸君の仕事は、コート・ジェントリーを殺すことだ。それをやれば、諸君の組織は数百万ドルを儲《もう》けて、CIAに感謝される。失敗した場合には、諸君はおそらくやつの手にかかって死ぬだろう。諸君は、それ以外のことでは悩まなくてすむような支援を受ける。

質問は？」

質問はなかった。

「では、諸君……ゲーム開始だ」

午前四時十五分、チェコ共和国のブルノにあるローラングループの大規模青果農園の保安課長が、プラハの旧市街にある細長い四階建ての安ホテルで、眠たげなフロント係にジェントリーの写真を見せた。カウンターの奥にいた年配のフロント係が、写真をしげしげと見て、たしかではないと答えたが、小さな鋭い目を光らせたよそ者に、五百クラウン握らされると、口調が変わった。髭《ひげ》をきれいに剃《そ》っている写真の男と、屋根裏部屋の顎鬚《あごひげ》の男は、まちがいなくおなじ人物だといった。

その監視員は、ただちにロイドに電話をかけた。監視員はローラングループの社員だし、社員を直接行動には関わらせるなと、厳しく命じられている。だから、帰るようにとロイドは命じた。

「チームが向かっている」ロイドはいった。

「そいつを殺したいのなら、わたしが十万クラウンでやりますよ」

ロイドは、電話に向かってくすくす笑った。「いや、だめだ」

「わたしにできないというんですか――」

「そうだ。そういっている」

「アメリカ人のクソ野郎なんか」

「わたしもアメリカ人のクソ野郎だが、なんの価値もないチェコ人――つまりおまえの命をいま救ってやったことになる。うちに帰れ。忘れろ。お手柄の分、ボーナスをもらえるようにしてやる」

「アメリカ人は大嫌いだ」

ロイドは大声で笑い、そこで電話は切れた。

10

ジェントリーは、午前五時に目を醒《さ》ました。太腿《ふともも》の銃創がずきずきと痛んだ。けっしてゆっくり休めたとはいえなかった。苦労しながらゆっくりと上体を起こし、体を前に倒して、腰と膝窩《しっか》筋をストレッチしてから、立ちあがり、左右に大きく体をゆすった。きょう一日は移動に使いたい。目的地はまだ決めていなかったが、ホテルを早く出るに越したことはない。

バスルームに行って用を足し、脚の包帯をたしかめてから、きのうとおなじ服を着た。そして、監視の気配はないかと窓の外を見た。おかしなようすはなかったので、階段をおりて、五時二十五分にホテルを出た。

その日にやることのリストを、頭のなかでこしらえていた。一、プラハにある武器の隠し場所へ行って、小型拳銃を取ってくる。もう飛行機には乗らない。この二十四時間、空路で旅をしたのは、ジェントリーの人生ではきわめてまれなことだった。武器を持たずにいるのが大嫌いだからだ。民間航空会社の飛行機に乗るのは最後の手段で、この四年間に十数回しか乗っていない。いまも、まだ暗くてひと気のないプラハの栗石舗装の通りを歩いていると、裸になったような心地だった。戦う必要に迫られたときには、クルド人警察官から買った

〈スパイダルコ〉折り畳みナイフをウェストバンドに差してあるのが、せめてもの慰めだった。なにもないよりはましだが、どんな火器にも歯が立たない。

隠し場所へ行ったら、街を出なければならない。現金で安物のバイクを買い、その足でプラハを出る。チェコかスロヴァキアの村から村へ一週間くらいかけて移動する。それでナイジェリアの大統領が退任し、願わくば手出しをしなくなるまで時間を稼げればいいと思っていた。

三十六歳のアメリカ人のジェントリーほど、すばやくぱっと身を隠すのに長《た》けている人間はいない。

地下鉄に向けて歩いてゆくとき、やることのリストのいちばん上に、もうひとつの優先事項を書き入れることにした。開店したばかりの小さなカフェから、いれたてのコーヒーの香りがしていた。その瞬間、銃とおなじくらいコーヒーが必要だと感じた。

それはまちがっていた。

ジェントリーが二段ほどのステップをあがり、狭いカフェにはいったとき、その前の暗い通りに濃い霧が立ち込めていて、雨が降りだした。まだ五時半で、最初の客になるだろうという予感がした。カウンターの向こうの若い女に挨拶《あいさつ》をするぐらいのチェコ語は知っていた。湯気をあげているコーヒーのポットと、大きな菓子パンを指さし、色白な女が濃いブラックコーヒーを発泡スチロールのカップに注ぎ、パンを袋に入れるのを見ていた。

そのとき、うしろでドアベルが鳴った。ちらりと見ると、男三人がはいってきて、傘を閉じ、コートについたばかりの雨をふり落としていた。チェコ人にも見えるが、たしかとはいえなかった。ジェントリーが小さなスタンドへ行って、コーヒーにミルクと砂糖を入れるとき、ひとり目が顔をあげて視線を向けた。

ジェントリーは、ガラスの額縁に入れて壁に吊ってあった詩の朗読会の宣伝パンフレットを眺め、雨が降る暗い通りを右手の窓ごしにぼんやりと見つめた。

数秒後に、早朝の冷たい雨も意に介さず、雨風のなかに出ていって、ムステクの地下鉄駅のほうへ歩いていった。ほかに歩いているものはいない。寒くて雨が降っているうえに、まだ時間が早いからだ。凍てつく空気は気にならなかった。疲れた筋肉とまだ朦朧《もうろう》としている脳に、それが生気を吹き込んでくれるのがありがたかった。配達車が何台かとまっていたので、通りしなにジェントリーは一台一台ウィンドウから覗いた。地下鉄の入口が見つかり、急な階段をおりていった。疲れがとれない目が、周囲のきつい照明にゆっくりと慣れていった。冷たい白いタイルが、頭上の明かりを反射している。

案内板を頼りに曲がりくねったトンネルを進み、プラットホームに向かった。エスカレーターで、眠っている街の深い地下におりてゆき、また曲がって、まばゆく照らされた地下鉄駅の腹の奥へと進んだ。

通路を右に折れる直前に、ゴミ入れのそばを通った。手をつけていないコーヒーとパンの袋をそこに捨てた。それから右に曲がって、二歩進んだところで立ちどまった。筋肉をすばやく伸び縮みさせた。腕、背中、脚、首、口もとにも力をこめた。

そして、ウェストバンドの折り畳みナイフに手をのばした。ナイフを抜いてさっと刃を出すまでの動作は、目のくらむような速さで、無駄のない動きだった。

くるりと向き直って、一歩後戻りし、身を躍らせて、精いっぱい長い距離を一気に進むと、あとを跟《つ》けていた男たちの先頭の男の喉《のど》に、刃渡り八センチ足らずのナイフを深々と突き立てた。

その男は、肥《ふと》りじしのたくましい体つきで、背が高く、肩幅がひろかった。肉付きのいい右手で、ステンレスのセミ・オートマティック・ピストルを握っていた。ジェントリーは銃を持っている男の手をつかみ、瀕死の男の痙攣《けいれん》で暴発しないように銃口を下に向けてそらした。

角ばった顎をした男の目を覗きこむような手間はかけなかった。仮に覗いていたら、驚愕と混乱の色が、パニックと苦痛に先立って見えたにちがいない。だが、ジェントリーは最初の男をトンネルの角に向けて押し戻し、角をまわって銃を抜こうとしているふたり目にその体をぶつけた。ナイフの柄は右手で握ったままで、それを手がかりにして、ひとり目をふたり目に押しつけ、反対の手で死にかけている男の手から拳銃を奪おうとした。拳銃は抜けなかった。倒れかけているふたり目の向こうに、三人目が見えていて、そいつが銃を構えて、撃とうとしていた。

ジェントリーは、ナイフを喉に突き刺したまま、ひとり目の男の胸に頭を押しつけ、床に倒れているふたり目を乗り越えて、すばやく最後の三人目に迫った。

鼓膜が裂けそうな銃声が、タイル張りのトンネルを揺るがした。低い天井と狭い通路のせいで、銃声が耳障りな爆発音と化していた。腕に抱えている血まみれの男の背中に銃弾が食い込むのを、ジェントリーは感じた。二発目の銃声が轟き、ジェントリーのダンスのお相手の体に弾丸が突き刺さった。それでもなお、ジェントリーは押しつづけ、最後に力いっぱい押しのけた。血まみれの死体が三人目のほうへ倒れると同時に、ジェントリーはナイフを引き抜き、肥った手から拳銃を抜き取ろうとした。ナイフは手放さずにすんだものの、死体の手は三人目にぶつかったときも拳銃をしっかと握っていた。

いまや、ジェントリーは生きている殺し屋ふたりのあいだに立っていた。ふたりとも銃を持ち、それぞれとの距離は三メートルもない。うしろの男は銃を持ったまま、床に倒れている。いまごろは横に転がって撃とうとしているはずだ。ジェントリーの正面の男は立っていて、血をどくどく流している仲間を押しのけて、もう一度ターゲットに狙いをつけようとしていた。ジェントリーはナイフをさっと持ち替えて刃を握り、立っている殺し屋に上手投げですばやく投げた。ナイフはものの見事に命中し、男の左の眼窩《がんか》に突き刺さった。血が噴き出し、両手でナイフを抜こうとして、男が拳銃を落とした。そして、がくりと膝をついた。

ジェントリーは、背後の脅威を見ようともしなかった。両腕をのばして前に跳び、必死で拳銃を拾おうとした。床に着地する直前に、またもや乾いた銃声が通路に響いた。衝撃は感じなかった。背後の殺し屋は、こちらの背中を狙っていたが、伏せたのではずれたのだ。

ジェントリーは冷たいタイルの床にぶつかって、滑り、三人目の殺し屋の拳銃を拾いあげた。ナイフが目に刺さった男は、膝をついて死にかけていたが、まだ死んでおらず、大声でわめき散らしていた。ジェントリーはその横で転がって仰向《あおむ》けになり、この戦いの最後の敵めがけて応射した。相手が撃てるチャンスは五分五分だったが、一瞬ためらった。相棒がジェントリーのすぐ横にいたからだ。

だが、グレイマンはためらわなかった。仰向けの姿勢で股のあいだからたてつづけに撃ち込み、相手がもんどりうって死ぬのを見ていた。

生きているのが、目にナイフが刺さっている男ひとりだと確認すると、その男のこめかみに銃口を当て、ためらうことなく引き金を引いた。

グレイマンは立ち、照明の明るい白い通路に倒れている三人の死体を見おろした。壁に血が点々と散り、足もとの死体から出る血が溜まりはじめていた。耳が鳴り、太腿《ふともも》の傷がずきずきと痛む。

カフェで三人の正体は割れていた。三人がドアからはいってきた一秒後に、特殊工作員だとジェントリーは見抜いた。それに、最初の男が視線を合わせたときに、ターゲットを認識したという表情を浮かべたのに気づいた。

三人が脅威だというのを識別すると、ジェントリーは詩の朗読会のちらしを見るふりをして、その額縁のガラスを鏡代わりに三人を観察し、カフェの窓や、通りにとまっている車のウィンドウも利用して見張った。地下鉄駅の階段をおりるとき、接近してきたのが感じられた。トンネル内でさらに接近し、ホームに出る直前の曲がり角で、行動に移る潮時だと知った。

自分のほうがすばやく、練度が高く、冷血であるとはいえ、この三人がずたずたになって死に、いっぽう自分の激しい鼓動がいまも全身に血をめぐらしている理由はただひとつしかないことを、ジェントリーはじゅうぶん承知していた。

まったくの僥倖《ぎょうこう》だ。

この三人は、ホテルの外で位置につく直前に、コーヒーを飲もうと思ったのだろう。そしてはいっていったカフェに、たまたまこっちがいた。

そのあとは、型どおりに進んだ。

ついていた。

ついているのはいいことだ。だが、つきは瞬時に変わる。幸運は逃げ足が速く、気まぐれで、浮気性だ。

ジェントリーは、死体をすばやく探った。悔恨の情はまったくない。いまにも乗降する通勤客が、角をまわってくるかもしれないとわかっていた。最後の一発を撃ってから三十秒とたたないうちに、チェコ製のブルーノCZセミ・オートマティック・ピストル一挺と、ユーロとクラウンの小さな札束を回収していた。

その一分後には、殺し屋のひとりから奪ったカンバスのジャケットを着て、通りに出ていた。ダークブラウンのズボンの血の染みは、朝のにわか雨のおかげで目立たない。霧のなかを、あわてたふうもなく目的ありげに歩いて、シャルル橋近くのバス停へ向かった。脚をいくぶんひきずっていたが、平日の通勤者がどんどん増えている通りの歩行者のなかで、ほかに目につくような特徴はなにひとつなかった。

フィッツロイは、体を横にできる簡易ベッドのある狭い部屋を勧められたが、信念に従って拒んだ。その代わり、会議室の背もたれの高い椅子で、よく眠れないままにうつらうつらした。ぐったりしているフィッツロイの周囲では、テックが端末から端末へと動きまわり、ロイドが携帯電話でひっきりなしに話をしていた。ドアの内側と外には、夜通し警備員がいた。

フィッツロイが六時三十分に目を醒まして、ブラックコーヒーをすこしずつ飲んでいると、部屋の向こうでテックがロイドを呼んだ。「アルバニア・チームから、連絡がありませんが」

ロイドは、フィッツロイの向かいの椅子に座って、コーヒーを飲み、プラハの地図を見つめていた。テックのほうを見あげて、肩をすくめ、口もとを引き締めた。「死んだら連絡は難しいだろう」

テックは、まだ希望を捨てていなかった。「そうともかぎらない——」

ロイドは聞いていなかった。ひとりごとのようにいった。「一チーム壊滅、残り十一チーム。ずいぶん早かったな」

フィッツロイは、コーヒー・カップの蔭でにやにや笑った。ロイドがそれに気づいた。立ちあがり、マホガニーのテーブルをまわって、フィッツロイの前でしゃがんだ。低い声でいった。「あなたとわたしは、敵みたいですが、目標はおなじですよ。グレイマンの勝利をひそかに祝っているようですが、やつがターゲットに近づけば近づくほど、賭け金が高くなるのをお忘れなく。やつが早く葬られたほうが、あなたやご子息や、そのご令室や、あなたの大切なかわいいお孫さんたちにとってはありがたいはずですよ」

フィッツロイの笑みが消えた。

一時間以上たって、フィッツロイの衛星携帯電話が鳴った。ロイドとその部下たちは、即座に声や音をたてないようにした。三度目の呼び出し音で、フィッツロイがスピーカーホンのボタンを押した。

「コート？　ずっと連絡をとろうとしていたんだ。元気か？」

「どうなっているんだ？」

「なにがだ？」

「また殺人チームがおれを殺そうとした」

「冗談だろう？」

「おれが冗談をいうか？」

「そうだな。何者だ？」

「ナイジェリア人でないことはたしかだ。白人が三人。中欧の人間だろう。身許を確認できるものを探すひまはなかった。ちょっとはましな連中なら、どうせ所持していないだろうが」

「アブバケルが金で雇ったやつらを使っているんだろう。金があり余っているから、意外ではない。負傷したか？」

「ああ、だがこの道化師どものせいじゃない。きのうの朝、機内で太腿に一発くらった」

「きみが撃たれたって？」

「たいしたことはない」

ロイドがすばやくメモに手をのばし、その情報を書き留めた。

「じつは、ややこしいことがあったんだ」

「ややこしいこと？　この二十八時間のあいだに、おれは八人斃《たお》さなければならなかったが、それはあんたのネットワークに裂け目があるからだ。そうとも、ややこしいことになっているよ」

「ナイジェリア人は、わたしがきみの調教師《ハンドラー》だというのを知っている」

回線をしばらく沈黙が流れた。ようやくジェントリーがいった。「くそ、ドン、どうしてそんなことになった？」

「いったとおりだ……ややこしい話だ」

「それなら、あんたもおれとおなじように危険だ。やつらがあんたを捕まえに来るのは、時間の問題だ」ジェントリーの声には、懸念がにじんでいた。

「もう来た」

沈黙。「なにがあった？」

「家族を拉致《らち》された。息子とその妻、孫ふたり」

「双子か」ジェントリーが、低くつぶやいた。

「そうだ。やつらは四人をフランスで監禁し、きみを引き渡さないと殺すといっている。三十分前に、生死に関わりなくきみの身柄を引き渡すまで四十八時間の期限を切られた。チームがきみを探しているが、いそうな場所について情報を教えろといわれた」

「もう教えたようだな」

「ちがう、これまでひとことも教えていない。イラクできみがなんらかの理由で所在を知られたのはたしかだが、ナイジェリアの手先がトビリシできみが飛行機に乗るのを見た。わたしはなにもいっていない。いうつもりもない」

「だが、息子一家を人質にとられている」

「わたしは配下を裏切りはしない。きみも家族だ」

フィッツロイの顔は、自分の言葉に対する嫌悪で苦しげに歪《ゆが》んでいた。だが、ロイドは、自分の持ち駒のなかで最高の殺し屋をいいくるめて騙《だま》すフィッツロイの二枚舌の巧みさに、感心して瞠目《どうもく》した。ジェントリーにわずかに残っている琴線を、フィッツロイは巨匠のように奏でていた。

ロイドは、ジェントリーのファイルを自分のたなごころのように知っている。つぎにどういう言葉が出てくるか、見当がついていた。

「やつらは四人をどこに監禁しているんだ？」

「フランスのノルマンディの館。バイユーという町の北にある」

「四十八時間か？」

「マイナス三十分。日曜日の午前八時が刻限だ。フランス国家警察にも資産《アセット》がいるそうだ。館を急襲する動きがあれば、虐殺が行なわれるだろう、と」

「ああ。警察は役に立たない。おれが単独でやるほうが勝ち目がある」

「コート、なにを考えているのかわからないが、きみがそういうことをやろうとするのは、危険きわまりない――」

「ドン、おれを信頼してもらわなければ困る。おれにできる最善の策は、そこへ行って自分でこの不始末を片づけることだ。やつらの部隊構造について、手に入れられるかぎりの情報をくれ。おれの情報は漏らすな。おれがあんたの家族を取り戻す」

「どうやって？」

「なんとかして」

今度はフィッツロイが沈黙する番だった。太い指で目をこすって、ゆっくりといった。

「きみへの借りは永遠に消えない」

「物事はひとつずつ片づけるものだ。先走りするなよ、ボス」電話が切れた。

ロイドが、勝ち誇って宙に拳《こぶし》を突きあげた。

フィッツロイは、ロイドのほうを向いていった。「あんたがほしがっている首をくれてやる。だが、取り引きで決めたことを、そっちにも守ってもらうぞ」

「サー・ドナルド、部下に連絡して、あなたと家族を解放しろと命じるときには、わたしは無上のよろこびを感じるでしょうね」

11

コート・ジェントリーは、四年のあいだ民間特殊工作員の仕事をしてきた。その前は特殊作戦支隊G《ゴルフ》S《シエラ》、別名特務愚連隊《グーン・スクワッド》に所属し、さらにその前はCIAの単独作戦を行なっていた。ごく少数の冷酷な目をしたCIA工作員を除けば、成人してからは、ほとんどだれとも関わることなく暮らしてきた。たしかに、潜入工作中には、任務遂行に必要な人間関係は結ぶが、それは嘘を土台に築いた、つかの間の交わりだった。

ジェントリーは、忘れ去られた人生を送っていた。

ジェントリーが刺客《しかく》でもなくスパイでもなく、地形を行き来するおぼろな人影でもなかった出来事が、この十六年間に一度だけあった。二年前、たった二カ月だったが、これまでの経歴とはまったく異なる立場で、フィッツロイに雇われた。近接警護つまりボディガードとして、フィッツロイの孫娘ふたりに目を配る役目を引き受けたのだ。

ふたりの父親——フィッツロイの息子のフィリップは、ロンドンの不動産開発業者として成功している。父親のあとを継いで謎に包まれた情報畑に足を踏み入れる途《みち》は選ばなかった。フィリップ・フィッツロイは、ルールどおりに物事をやる、廉直なビジネスマンだった。それでも、暗黒街の親玉のパキスタン人と悶着を起こしてしまった。フィリップの会社が、建築現場で資格も技能もない低レベル労働者をもっとおおぜい雇うようにという地方自治体の提案に反対するロビー活動を行なったことが、原因だったようだ。熟練労働者のみで共同住宅やショッピング・センターを建設したほうが、ロンドンの住民すべての利益になる、というフィリップの論理は正しかったが、パキスタン人ギャングは、不法入国者を長年食い物にしていて、報酬のいい仕事をもらう移民が増えれば、それだけ多く搾《しぼ》り取れると考えていた。

最初は脅迫の電話だった。フィリップは引きさがり、ロビー活動をやめざるをえなかった。フィッツロイの妻エリーズが、郵便受けにはいっていた偽のパイプ爆弾を見つけた。警視庁《スコットランド・ヤード》が調査を開始し、気難しい顔の刑事たちが顎をさすりながら、警戒することを約束した。フィリップは労働法との戦いをつづけ、また脅しが来て、警視庁は居眠り病の警官がひとり乗っているパトカーを、サセックス・ガーデンズのタウンハウスの前に配置した。

ある日の午後、娘ふたりがテレビを見ているあいだに、エリーズが六歳のケイトの学校用リュックを整理していた。外側のポケットから、折りたたんだ一枚の紙が出てきた。ビースリー先生からの伝言だろうと思って、エリーズはその紙をひらいた。手書きの汚い字だった。大文字だけで、大きく書いてあった。

〝娘たちを拉致しようと思えばいつでも拉致できる。手を引け、フィリップ〟

エリーズは、ヒステリーのようになって、フィリップに電話した。フィリップは、それよりは落ち着いて父親に電話した。七時間後、父親がアメリカ人ひとりを連れて、家にやってきた。

　そのアメリカ人は、中肉中背で物静かだった。アイコンタクトはほとんどなかった。二十七、八だろうかと、エリーズは思った。フィリップは、四十代だと見た。ジーンズ姿で、小さなリュックを背負ったままおろそうとせず、ぶかぶかのセーターを着ていた。その下にどんなおぞましい道具が隠されているのか、フィリップには見当もつかなかった。いずれにせよ、そのアメリカ人に似たような連中に危害をくわえるためのものであるはずだ。

サー・ドナルド・フィッツロイは、応接間でフィリップとエリーズに話をした。アメリカ人は、玄関ホールで待っていた。フィッツロイは、心配している息子夫婦に、彼の名前はジム。ただのジムで、彼がやっているような仕事では世界でもっとも優秀だと説明した。

「その仕事というのは、具体的にいうとなにかな、父さん？」フィリップが聞いた。

「警官を詰め込んだパトカーを道にずらりとならべるよりも、彼ひとりがいたほうがずっとましだといっておこう。けっして誇張ではない」

「そんなふうには見えないな」

「それも仕事のうちだ。目立たないのが」

「ぼくたちはどうすればいいんだ、父さん？」

「一日に二度くらいサンドイッチを食べさせて、キッチンのコーヒー・ポットには熱いコーヒーを入れておき、彼がここにいることは忘れろ」

　だが、エリーズは、その男を無生物として扱うことを拒んだ。丁重に接し、相手もおなじように接してくれると知った。男はエリーズに目を向けなかった。夫にきかれて、エリーズはそれを力説した。「窓から通りを見て、裏庭を見て、娘たちの部屋のドアを見るの。ぜったいにわたしを見ない。あなたとよく似ているわ、フィリップ。きっと馬が合うわよ」

家のなかに男がひとり増えたことで、当然ながら、夫婦のあいだには摩擦が生じた。

クレアとケイトは、ジムが好きになった。アメリカのなまりをふたりがまねすると、機嫌よくそれに応じた。ジムが毎日サーブを運転して双子を学校へ送り、エリーズも同乗した。ケイトが一度、運転がへたねとからかうと、ジムが大笑いしたので、母娘三人はびっくりした。いつもは列車かバイクで移動するのだと、ジムが打ち明けた。一瞬にしてまた厳しい顔に戻り、ミラーや前方の道路に視線を配りつづけた。

二カ月近く、双子が起きているあいだ、ジムは片時も離れず、双子が眠るときには、部屋の前の廊下に置いた折り畳みベッドに横になった。スリリングな出来事が、その八週間に一度だけあった。日曜日に市場へ行くとき、自動車事故で道路がふさがっていた。車の流れがとまったとたんに、ジムは車で歩道に乗りあげた。ジムが替え上着の前をあけ、腋《わき》の下の拳銃のグリップが、エリーズの目に留まった。あわててよける歩行者を縫《ぬ》って歩道を走るあいだ、左手だけで運転し、右手はショルダー・ホルスターの拳銃のグリップを軽く握っていた。十秒後には、渋滞を抜けていた。ふだんどおり日曜日に牛乳や菓子を買いに出かけたとでもいうように、三人にはなにひとついわなかった。そのあとずっと、車が走っているあいだ、エリーズと双子は目を丸くしてジムを眺めていた。

そして、ある朝、ジムはいなくなっていた。ベッドにはきちんと畳んだキルトがあり、その上に枕が置いてあった。パキスタン人ギャング団が、気難しい顔の刑事たちに逮捕された記事が、新聞に載っていた。危険は去った。サー・ドナルド・フィッツロイは、アメリカ人を呼び戻した。

もう脅威はなくなり、馬鹿げた法律が廃案になったので、フィリップとエリーズは途方もなくほっとした。

だが、ジムおじさんがアメリカに帰ってしまい、もう来られないだろうと父親がいうと、幼い双子の姉妹は泣いた。

フィッツロイとの電話を終えると、一時間とたたないうちに、ジェントリーはバイクを買った。八六年型のホンダCM450で、エンジンもタイヤも、何日かのあいだ荒っぽく使っても持ちこたえられるだろうと思われた。プラハの南西にあたるセベロフの道路沿いのガソリンスタンドで働いている地元の若者が、そのバイクを売ってくれた。書類はなし、現金払い。さらに数百クラウンで、ヘルメットと地図を譲ってもらい、ジェントリーは道路を走り出した。

フィッツロイとの電話を切ったときから、ジェントリーは瞬時もためらわなかった。ノルマンディへ行くには、丸一日以上かかるとわかっていた。移動中に計画を練り、途中でフィッツロイと連絡をとればいい。一〇〇〇キロメートルも離れたここで、公園のベンチに座って考えている余裕はない。

バイクを買うと、街の中心部の六・五キロメートル南にある長期レンタルスペースへ行った。そこに武器を隠してある。キイがないので、錠前破りのわざを使った。なにかいわれたときには、毎月のレンタル料を払っているクレジット・カードの番号をいうことができる。だが、そこにはだれもいなかった。この隠し場所は三年ほど前に確保し、これまで一度しか来ていなかった。埃《ほこり》が積もる明かりのない狭い部屋で、カビ臭く、寒かった。広さは二・五メートル四方で、ダッフルバッグを四つ重ねて置いてあるほかには、なにもなかった。いずれも白いゴミ袋で包んであり、それが埃に覆《おお》われていた。その隠し場所には、拳銃、ライフル、弾薬、衣服、真空パックの食料品、救急用品が保管してあった。地下鉄駅の戦いで奪ったCZセミ・オートマティック・ピストルをバッグにほうり込み、小型で隠し持ちやすいワルサーP99セミ・オートマティック・ピストルと予備弾倉二本を出した。クリーニングして、潤滑剤をじゅうぶんにくれてあったが、それでも弾薬、遊底、撃鉄の動きを確認した。あとの武器には目もくれなかった。大量の武器を背負ってEUに入国するのは無理だとわかっていたからだ。

この拳銃でなんとかやっていくしかない。

つぎに、救急用品のパックを破り、ズボンを脱いで、汚れた冷たい床に座った。アルミの壁に残るネズミの爪痕が、ここがひどく不衛生な場所であることを示している。プロフェッショナルらしい好奇心にかられて、ジェントリーは一日たっている傷痕を調べた。銃創を負ったことはないが、仕事中に十数回、さまざまな怪我をしてきた。脚の痛みはひどかったが、火傷《やけど》、骨折、首に弾子を受けたときのほうが、ずっと痛かった。痛みはこの仕事に付き物だ。射入口と射出口に、ヨードチンキをたっぷり注いだ。包帯と消毒剤の軟膏《なんこう》のパッケージをあけて、暗いなかで精いっぱいきちんと包帯を巻きなおしてから、救急用品をすべて小さなバッグに戻し、ポケットに入れた。もうひとつのダッフルバッグから、寒冷地用の装備を出した。薄手の服を脱ぎ、コーデュロイのズボン、グリスの染みがついた茶色のコットンシャツ、厚手のカンバスのジャケットに着替えた。手に作業用手袋をはめると、たちまち指が温まった。革のハイキング・ブーツをはいた。引きおろせば目出し帽になる黒いワッチ・キャップをかぶった。ダッフルバッグはすべてジッパーを閉じて、置いてあったままの状態に戻し、ドアを閉めて、バイクにまたがった。

数分後には、街の南の交差点に来ていた。数時間西へ走れば、ドイツとの国境がある。つぎはフランスとの国境を越え、一路ノルマンディを目指す。

ジェントリーの漏らした安堵《あんど》の溜息《ためいき》は、バイクのエンジンの爆音にかき消された。口を覆っているマイクロファイバーの目出し帽から、白い息が流れ出る。

そう簡単にはいかない。

途中で、何度か重要なピットインをする必要がある。ノルマンディに行く前に、用意しなければならないものが、いくつかある。どこへ行けば必要なものが手にはいるかはわかっていたが、それに半日余分にかかる。

まず、あらたな〝非常口〟——新しい偽造書類が必要だ。チェコに入国するのに使ったパスポートは、いまもある。出入国審査がコンピュータ化されておらず、統合されてもいない中欧を動きまわるのには、それで通用するだろう。しかし、カナダ人フリーランス・ジャーナリストのマーティン・ボールドウィンという伝説《レジエンド》（身分の偽装のなかでも手が込んでいて長期に使えるもの）は、すでに暴かれてしまった。それを使ってEUにはいろうとするのは、どうしようもない楽天家か、大馬鹿者だけだ。ジェントリーは、そのどちらでもなかった。だが、EU入国はともかく、撃ち合いが終わったときにヨーロッパから脱出するのに、頼りになる書類が必要だった。ノルマンディで、やらなければならないことを終えたあと、どこか遠くへ身を隠さなければならなくなる。それを達成するには、クリーンな——前歴に問題のない——身分証明書が、もっとも簡単な手段になる。

書類をすばやく用意してくれる人間が、ハンガリーにひとりいる。よくできた書類があれば、EUになんなくすみやかに入国し、どこかで書類を見せなければならなくなっても、なんの危険もない。そして、作戦を終えたら、装備や銃を捨てて、南米か南太平洋行きの飛行機に乗る。あるいは、この二日間のようにものすごくやばい状況がつづくようなら、南極にでも逃げる。

ノルマンディの作戦を終えたあとは、駆けずりまわって偽造書類を買うようなひまはない。それに、書類がなかったら、急いでヨーロッパを去ることはできない。

E65号線に乗ると、十一月の冷たい風が西から吹きつけた。ブルノを通過して、スロヴァキアにはいり、ブラティスラヴァの近くを通過する。そこからブダペストまで、急いで南下する。ガソリンを二度給油し、警備のゆるい国境検問所二カ所を通って、六時間かかる。

スロットルをあけて、冷たい風に身をこごめる、今後四十八時間のことを考えようとした。見通しは暗いが、熟慮しないわけにはいかない。それに、過去四十八時間のことをくよくよ考えるよりはずっとましだ。

12

午後三時、ジェントリーは、ハンガリーの首都ブダペストにはいった。ドナウ川の西側にあるブダ山地の丸っこい緑のてっぺんをなでるくらいに、淡い灰色の雨雲が低く垂れ込めていた。ブダペストを訪れるのは、四年前にフィッツロイのために最初の仕事をやったとき以来だった。ギャングの武器密売人を殺すために地元のレストランに爆弾を仕掛けたセルビア人殺し屋《や》を殺るという、単純な現地作戦だった。その爆弾で、あるアメリカ人兄弟のひとりが巻き添えを食った。生き残った兄弟に、金と暗黒街のつてがあったので、フィッツロイと接触し、殺し屋を雇った。フィッツロイは当然ながら、最新の資産《アセット》であるジェントリーをブダペストに送り込んだ。ジェントリーは、波止場のバーにいたろくでなしのセルビア人を見つけて、さんざん飲ませ、脊椎《せきつい》にナイフを突き刺して、命の失せた体をドナウ川の黒い流れに静かに滑り落とした。

じつは、ブダペストには前からなじみがあった。CIAの工作員だったころの話だ。ブダ地区の屋敷や、ペスト地区のホテルなどを背景に、外交官の尾行や、怪しげなロシア人への接近・監視のために、二年に一度くらい出入りしていた。ほかに対処できる人間がいなかったので、CIA支局長を狙っていたタジク人刺客《しかく》を撃退したこともある。

ブダペストでの仕事で、ジェントリーはサーボ・ラースローという地元の詐欺師と、何度かぶつかった。サーボは節操のない狡猾《こうかつ》な悪党だった。皺《しわ》くちゃのフォリント札の分厚い束を顔の前でふってみせれば、だれのためであろうと、なんでもやる。特技は身分証明書の偽造と売買で、ひそかに身許を変える必要がある人間のために改竄《かいざん》もやる。セルビア人の戦争犯罪人十数人が国際刑事裁判所に捕まる前に中欧から逃走するのを助けるなどして、そういった紛争の汚い部分の始末をつけることで、とてつもない額を稼いだ。そして、二〇〇四年、ロシアの手を逃れてグロズヌイから脱け出し、西に向かう途中でブダペストに寄ってチェチェン人テロリストの書類偽造を引き受けたことで、ジェントリーと衝突した。ジェントリーと特務愚連隊《グーン・スクワッド》は、サーボが郊外に所有している倉庫で、チェチェン人を追いつめた。撃ち合いになり、混戦のさなかに、サーボが写真現像に使う化学薬品が爆発して、チェチェン人は死んだ。ジェントリーたちは、消防車が来る前に姿を隠さなければならず、サーボを取り逃がした。その直後に、ジェントリーはべつの大物を追うためによそに派遣されたが、サーボのことは忘れず、いつかその技術が必要になった場合に備えて、動向を追っていた。いつもなら、フィッツロイのネットワークの資産《アセット》を使うのだが、金さえ出せば書類上で別人に変えてくれる人間が、ブダペストにひとりいるとわかっているのは、心強かった。

サーボ・ラースローは、救いがたい悪党だ。それは疑いの余地なく知っている。だが、偽造の仕事にかけては、すこぶる優秀だということも知っていた。

ジェントリーがバイクに給油し、アンドラシー通りの小さなトルコ料理の屋台でラム肉のサンドイッチとレモネードを買って、ペスト地区へ行き、ドナウ川の岸から一キロメートル離れたサーボのねぐらの一ブロック手前にバイクをとめたときには、三時三十分になっていた。冷たい雨が凍れる幕をこしらえていたが、ジェントリーにはそれをしのぐ雨具がなかった。長い一日のせいで筋肉が疲労し、雨が髪にも顎鬚《あごひげ》にも服にも染みわたっていた。だが、そのおかげで注意力は鋭かった。

サーボの住む建物のドアは、ひと目を欺いていた。蝶番《ちょうつがい》付きの錆《さ》びた鉄板が、エートヴォス・ウトカ通りに面した石造りの建物の窪《くぼ》みの奥にあり、表面は黄ばんでちぎれたビラに覆《おお》われている。ドアの高さは一五〇センチもない。第二次世界大戦以降、だれも通ったことがないように見える。だが、ピタパンにラム肉の細切れを挟んでキュウリのソースで味付けしたびしょ濡れのサンドイッチを、ジェントリーが食べ終えたとき、ドアがきしみ、痩《や》せた黒人がふたり出てきた。ソマリ族にちがいないと、ジェントリーは思った。本物の書類が手にはいる人間が、サーボに会いにくるわけがないから、不法入国者だろう。最近は、アフリカや中東から合法的にヨーロッパに移民するのは、そう難しくない。しかし、雨のなかでジェントリーのそばを通ったそのふたりは、万国共通の例のゴム印を押してもらえないのだ。つまり、かなりうしろ暗い人間にちがいない。

その瞬間、全体像が見えてきて、ジェントリーは気づいた。自分は地球上でもっとも重要なお尋ね者数人のひとりに数えられる。つまり、はっきりいって、あのソマリ族ふたりよりも、よっぽどうしろ暗い人間なのだ。

小さな鋼鉄のドアを、ジェントリーは左の掌《てのひら》で叩いた。右手は、濡れたジャケットの下に隠れているウェストバンドのワルサーに近づけていた。一分置き、もう一度ノックしても、応答はなかった。ジェントリーはようやく、ドアの左上の隅にインターホンの小さなプラスティック・ボタンがあるのを見つけた。「サーボ、あんたの力が借りたい。金は出す」

きんきんした声が、インターホンから聞こえた。「だれの紹介だ？」ハンガリーのなまりがあるが、かなり上手な英語だ。うんざりした口調だった。ペンキ屋の店員が、商品について質問するためにカウンターに行列している客と応対しているみたいに。

「ドナルド・フィッツロイの配下だ」サーボはネットワークの資産《アセット》ではないが、フィッツロイのことは知っているはずだ。

ジェントリーが不安をもよおすほど長い間を置いて、ブザーが鳴り、リモコンでドアが開錠される音がした。ジェントリーは用心深く鋼鉄のドアを押して、膝を曲げ、奥の暗いホールにはいると、一五メートル先に見える、針でついた点ほどの小さな光を目指した。光はべつの戸口で、そこから作業場が見えた。科学研究室と図書館と写真スタジオをかけ合わせたような場所だった。サーボが、壁ぎわのデスクに向かって座っていた。ふりむき、ジェントリーのほうを見た。

サーボは、灰色の髪を肩までのばしていた。暗い色の服装だった。ブラックジーンズに、ボタンを半分まではずし、がりがりに痩《や》せた胸が覗いているポリエステルのシャツを着ていた。六十代だが、東側諸国の六十代は、顔が八十代、体形が三十代だ。肉体を使う生活、苦しい暮らし。自分がまだ女にもてると思い込んでいる年老いたロックスターのようだと、ジェントリーは思った。

サーボが、長いあいだジェントリーを凝視していた。「見おぼえのある顔だ。顎鬚《あごひげ》を剃《そ》って、雨に濡れていなければ、見分けられるだろうよ」

サーボに顔を見られたことがないのは、わかっていた。二〇〇四年に特務愚連隊《グーン・スクワッド》とサーボのアジトを襲ったときには、目出し帽で顔を隠していた。それに、暗かったし、戦いは短く、混乱していた。

「思いちがいだろう」脅威はないかと部屋を見まわしながら、ジェントリーはいった。壁から針金が蔦《つた》のように垂れている。テーブル、装備の棚、箱、本、錠前付きのファイル・キャビネットが、壁ぎわにある。一角は広い写真スタジオで、舞台に置かれた椅子の前に、三脚に取り付けたカメラがあった。

「アメリカ人。三十五歳。身長一八〇センチ、体重七七キロ。兵士や警官のようには見えない。結構なことだ」サーボがいった。ジェントリーは、サーボの身上調書を断片的に思い出した。電子的監視手段、偽造、その他の殺しとは無関係な闇の技術を、ソ連によって仕込まれ、自国民をずっとスパイしていた。だが、じつは双方のために働いていて、ハンガリー人の情報をモスクワに送りながら、裕福なハンガリー人が鉄のカーテンを通り抜ける手段を提供していた。

　まがりなりにも条件付きで自国民にいいかげんな手助けをしていたおかげで、サーボはソ連崩壊後も、なんとか粛清されずにすんだ。しかしながら、ソ連に協力していたことでまったく報復を受けなかったわけではないと、身上調書には書かれていた。

「おれはあんたが作る品物が必要なだけだ。至急に」ジェントリーはいった。

サーボが立ちあがり、デスクにもたせかけてあった杖を取った。それに寄りかかり、ジェントリーのほうに歩いてきた。背中が曲がり、ひどく脚をひきずっているのがわかった。最後に会った五年前以降に、なんらかの傷を負ったのだろう。

　果てしなく時間をかけて、サーボがジェントリーの前に来て、身をかがめ、不快なほどに接近した。ジェントリーの顎に手をかけて、顔を左右に動かした。

「どういう品物だ？」

「パスポート。前歴なし《クリーン》、偽造ではないもの。いまほしい。倍額払う」

サーボがうなずいた。「ノリスは元気か？」

「ノリス？」

「サー・ドナルド・フィッツロイの息子に決まってるだろう」

「フィリップのことか」

「そうだ。サー・ドナルドは、いまもブライトンに夏別荘を持っているか？」

「おれが知るわけがない」

「正直いって、おれも知らない」サーボが、気弱そうに肩をすくめた。

ジェントリーはいった。「おれの身許を確認したいのはわかるが、急いでいるんだ」

サーボがうなずき、小さなベンチへよたよた歩いていった。そういうベンチが十数脚あり、コンピュータ、顕微鏡、書類、カメラ、その他の道具が置いてあるいろいろなテーブルと向き合っていた。「フィッツロイには自分のネットワークがある。書類を偽造する連中を抱えている。どうしてこのラースローさんを訪ねてきたんだ？」

「優秀な人間が必要だからだ。仕事が早い人間が。あんたが随一だというのは、だれでも知っている」

サーボがうなずいた。「お世辞かもしれんが、まったくそのとおりだ。このラースローさんが随一だ」緊張を解いた。「あんたのためにすばらしい仕事をしてやろう。フィッツロイにそれを伝えてもいいぞ。ラースローさんのために、お褒《ほ》めの言葉をな」

自分のことを三人称で呼ぶ人間が、ジェントリーは大嫌いだった。だが、必要とあれば、そういう人間にも慇懃《いんぎん》にできる。「一時間以内にクリーンなパスポートを用意してくれたら、そうしよう」

サーボは、満足したようで、うなずいた。「ベルギーのパスポートの委託品を手に入れたばかりだ。新しいシリアルナンバー、盗難届の出ていないもの。完璧に合法的だ」

ジェントリーは、激しくかぶりをふった。「だめだ。市場に出ている盗難パスポートの三分の二がベルギーのものだ。まちがいなく念入りに調べられる。もっと目立たないやつがいい」

「事情に詳しい客だな。敬意を表するよ」サーボが立ちあがり、杖にすがって、べつのデスクへ行った。鉛筆の殴り書きでいっぱいの小さなノートを、指でこつこつと叩いた。それから、顔をあげた。「そうだ。あんたニュージーランド人で通るな。ずっと前から持っているニュージーランドのパスポートが、何通かある。最近は、アフリカや中東の客が多くてね……ニュージーランド人では通用しない。いうまでもないだろうが。いまもいったように、すこし古いが、あんたの情報を入れるときには、ラースローさんはホログラムを崩さずにシリアルナンバーをいじくれるよ。行方不明のパスポートだとはわからないはずだ」

「結構」

サーボが腰をおろして、溜息をついた。歩きづらく、歩くと疲れるのだろうと、ジェントリーには察しがついた。「五千ユーロだ」

ジェントリーはうなずき、リュックから金を出して、サーボに見せたが、渡さなかった。

「顔はどうする？ そのまま写真を取ってもいいし、もっとプロらしい仕上げにしてもいい」

「その前に髭《ひげ》を剃《そ》る」

「シャワーも剃刀《かみそり》もここにある。あんたに合うはずのスーツのジャケットもある。ラースローさんが書類仕事をしているあいだに、仕度してくれ」

ジェントリーは、廊下を進んで、体臭とカビのにおいを頼りに、バスルームを探し当てた。シャワー室に石鹼《せっけん》、剃刀、鋏《はさみ》があった。諜報員や不法移民や犯罪者が悪党面をしばしカムフラージュし、小公子然とした風采で警官や国境警備隊の目をごまかせるように、そういった道具がすべて揃えてあった。ジェントリーは、三カ月ぶりに顎鬚を剃った。ワルサーを、シャンプーや剃刀といっしょに、小さな棚に置いた。終わるころには、拳銃は石鹼の泡に覆《おお》われていた。

剃った髭を片づけた。茶色い毛がDNA鑑定の証拠になるのはわかっていたので、髭を剃るときよりも、片づけのほうに時間をかけた。

茶色の髪を櫛《くし》で右に分けながら、鏡を覗いた。分け目は髪が乾くと消えるはずだ。陽光と風と人生が深い皺《しわ》を刻み、老けた顔になっていた。シリアでの作戦以来、瘦《や》せたことがわかった。目の下がたるんで、色が変わっている。

二十四のときには、四日間一睡もしなかったことがある。モスクワで敵の諜報員を追っていて、田園地帯の別荘《ダーチャ》まで跟《つ》けていったとき、ジェントリーのおんぼろの2《ツー》ドア・ラーダが雪上で故障した。そのあと、凍死しないように、野を越え、山を越えて、歩きつづけなければならなかった。

三十六になったいまは、おなじ四日間の労苦のあとでも、あのとき——凍えかけているのを、救出チームに氷のなかからひっぱりだしてもらい、ヘリコプターに乗せてもらったとき——よりもひどいありさまではないかと心配になった。

体を拭くと、雨に濡れたズボンをはいた。びしょびしょの包帯がずれないように気をつけた。ベルトを締め、靴下とブーツをはいた。サーボが用意してあった白いシャツは、首まわりがきつかった。安物のネクタイを念入りに締めて、大きな結び目であいた襟を隠した。紺のジャケットは、肩をボール紙にはめこんだような着心地だった。ボタンはかけようともしなかった。拳銃を腰に差し、予備弾倉と万能ツールをポケットに入れて、サーボの作業場に戻った。

サーボは車椅子に座って、製図台に向かい、剃刀を持って、ひらいたパスポートを細工していた。ジェントリーのほうを、だいぶ長いあいだ見ていた。「たいへんな変身ぶりだな」

「ああ」

「写真を撮るから、座ってくれ」ブルーの背景用の布が天井から吊られ、その前の舞台に小さなプラスティックの椅子があった。三脚のデジタル・カメラは、数メートル離れたデスクのコンピュータと接続してある。

ジェントリーは、木製の舞台に登り、椅子に座った。ジャケットとネクタイを直しているあいだに、サーボが車椅子を動かしてカメラの向こうで位置についた。「パスポートの名義を考える必要がある。いかにもニュージーランド人らしい名前を」

「あんたが決めてくれ。なんでもいい」

カメラのストロボが光り、ジェントリーは立ちかけた。

「あと二枚」

ジェントリーは座った。

「名前を思いついた。気に入るかどうかわからないが」

「なんでもいい――」

「派手だぞ。芝居がかっていて、謎めいていて」

「いや、そんなものはいらない――」

「いっそ、グレイマンと名乗ってはどうだ？」

ストロボを浴びせたカメラを、ジェントリーは茫然と見据えた。

クソ。

サーボが睨《にら》みつけている。

ジェントリーは立とうとした。椅子が動くのが感じられた。体重を移動しようとしたが、踵《かかと》が沈み込むのがわかった。反応する前に、両腕が脇にひろがり、借りたジャケットが首よりも上にめくれた。膝が目の前で高くなる。仰向《あおむ》けに倒れ、プラスティックの椅子が体といっしょにずるずると滑っていた。周囲の光が消え、闇に向けて落ちていった。横向きに着地したとき、なにかやわらかく濡れたものに、衝撃を和らげられた。

だが、その詰め物で衝撃が弱まったとはいえ、激突した瞬間は息が詰まった。反射的に跳びおきて、腰の拳銃を抜き、脅威があれば交戦し、周囲の状況を見てとるために、体をまわして交互に四方を向いた。

そこは煉瓦《れんが》張りの立坑《たてあな》だった。貯水槽かなにかのようだ。見あげると、舞台がひらいて奈落に呑み込まれたところから、三・五メートルほど落ちたようだ。手をのばしてつかむ前に、椅子が宙に引きあげられた。脚に細い鎖がつないであったのだ。舞台の縁を越えた椅子が見えなくなった。プレキシガラスの跳ね上げ戸が閉じて、ジェントリーは暗いコンテナのような空間に閉じ込められた。

サーボがゆっくりと脇から身を乗り出し、捕らえた獲物のほうを見おろして、にんまりと笑った。

「いいかげんにしろ!」焦燥にかられて、ジェントリーは叫んだ。

「銃を持っているはずだな。おまえのようなケダモノは、いつだって武装している。そこから発砲する前に、よく考えたほうがいいぞ」サーボが、杖の先で穴の透明な蓋《ふた》を叩いた。「強化プレキシガラスで、厚さが五センチある。自分の跳弾をよけなければならなくなるぞ」骨ばった指で、額を叩いた。「馬鹿なまねはするな」

「こんなことに付き合っている時間はないんだ、サーボ!」

「それどころか、おまえにはほとんど時間が残されていないのさ」サーボが、視界から消えた。

13

ジェントリーは、ジャケット、ネクタイ、シャツを手荒く脱ぎ捨て、立坑のなかを見まわした。直径二メートルほどの筒型で、古い貯水槽かなにかのようだった。まわりの煉瓦《れんが》壁は切り立っているうえに、カビでぬるぬるしていて、登るのは無理だった。衝撃を和らげたマットレスは、腐って悪臭を放っていた。排水がうまくいっていないことはたしかだ。マットレスの下を探ると、鉄の古い水道管があった。つかもうとすると、管が熱くなっているのがわかった。ブダペストの温泉は、観光客に人気がある。この管もどこかからどこかに温泉を引くためのものだろう。なかを湯が流れていて、壁にはいり込んでいるところからしたたり、小さな湯気を立てていた。

ジェントリーは、周囲と上を眺めた。まったくおぞましい死に場所になるだろう。

十分後に、サーボが顔を見せた。ジェントリーを見おろして立ち、にやにや笑った。

ジェントリーはいった。「あんたがなにを企んでいるか知らないが――」

「おまえのことは憶えている。おれが忘れたとでも思ったのか？　二〇〇四年。ＣＩＡの超特殊Ａチーム」

二〇〇四年の作戦の際に顔を見られていないことはたしかだった。それでも、ジェントリーは叫んだ。「そうとも。おれの現地チームは、おれの居場所を知っている」

「笑わせるな。おまえはもうCIAとは関係ない」

「そんなことをどこで聞いた？」

六十歳のハンガリー人が、しばし見えなくなった。立坑の上に戻ってくると、一枚の書類を、ジェントリーの顔から一五〇センチほど上のプレキシガラスに置いた。

ジェントリーが見あげると、そこには自分の顔があった。偽造書類用にCIAが撮影した古い顔写真だった。その上に〝国家刑事警察機構《インターポール》の事情聴取のために指名手配〟と書いてあった。ただの写真と、添え書きだけだった。名前は記されていない。

「アメリカ政府の手先が、通りで毎日車に乗って見張っていた。おまえが、なんていうか、CIAでの職務を辞《や》めてから、丸一年にわたって。おまえがラースローさんに助けを求めにくると思っていたわけだ。おかげで商売はあがったりだったよ、ミスター・グレイマン」

「サーボ。真剣な話だ。あんたのことはよく知っている。金を積めば、おれをここから出すはずだ。値段をいえ。おれが電話して金を送金――」

「サー・ドナルドは、おまえの身の安全を金で買える立場にないんだよ。やっこさんの金はほしくない」

ジェントリーは、頭上の男を見あげた。声が低くなる。「体の不自由な人間を痛めつけるのは嫌いなんだがね」

「こうなったのはおまえのせいだ！」

「いったいなんの話だ？」

「おまえらはおれの暗室を爆破した。おれが忘れたとでも思うのか」

「あんたを撃ってはいない」

「ああ、おまえらが撃ったのはチェチェン人だ。過硫酸アンモニウムの容器にそれが当たった。アルミニウム水を入れたバットにその薬品が落ちて……ドカンと爆発した！　チェチェン人のバラバラ死体が天井からポタポタ落ちてきて、無力な哀れなラースローさんは、火傷を負い、有毒な蒸気を吸ったせいで下半身を動かす神経をやられた」

クソ。ジェントリーは肩をすくめた。「だれのせいだ？　あんたはテロリストが西側に侵入するのを手伝っていた。CIAはおれをもう一度派遣して、あんたを始末すべきだった」

「そうすべきだったかもしれないが、あれ以来、おれはCIAのお偉方と仲良くなってね。FBIが事情を聞きにきたあと、CIAも来たよ。おれの倉庫を吹っ飛ばして、この脚を不自由にしたチームの指揮官があんただったことを、その連中が教えてくれた。信じるかどうかはともかく、ちかごろCIA支局とラースローさんは、かなり密接な協力関係にあるんだ」

「そんなことが信じられるものか。あんたはいつだって、あらゆる側と組んでいるじゃないか」

「連中におまえを捕まえて閉じ込めてあると伝えたから、われわれの関係は良好になると思うね。こうしているあいだにも、おまえを受け取るためにこっちに向かっているはずだ」

ジェントリーの顔の筋肉がひくついた。「まさか、そんなことはやっていないだろう」

「やったのさ。ちょっとした緊張緩和策《デタント》と引き換えに、おまえをCIAに渡す。目下のところ、われわれの関係は、CIAのナンバーワン・ターゲットを引き渡すだけで、ラースローさんが暮らしやすくなるほどには、うまくいっていないんでね」

「そいつらが来るまで、どれぐらいかかる?」

「二時間もかからないだろう。支局長は、おまえの身柄を拘束するために、重武装の兵士を満載したヘリコプターをウィーンから呼ぶはずだ。おまえは評判倒れだと、支局長にいってやったよ。弱々しい年寄りのラースローさんが、ひとりでおまえを捕まえたんだからな。でも、納得していなかった。おまえを連れ去るのに、大がかりな作戦が行なわれるにちがいない。それまでせいぜい退屈をまぎらわしているんだな——」

「サーボ、おれの話をよく聞いておけ」

「フン! こいつ、ふるえてる。グレイマンが、こんなふうにふるえるのを見るがいい——」

「やつらは、おれを連行するために来るんじゃない。派遣されるのは殺戮《ウェット》チームだ。おれに対しては、〝目撃しだい射殺《シュート・オン・サイト》〟指令が出ている。それに、おれを射殺するためにやつらがここに来たあと、目撃者を残してそのまま立ち去るとは思わないほうがいい。やつらはそういう作戦行動はとらない」

サーボが、首をかしげて、しばしそれを考えているふうだった。「おれに危害はくわえないさ。ＣＩＡはおれを必要としている」

「電話をかけるまではな。間が抜けているにもほどがあるぞ！」

サーボが、不安をにじませた。どなり声をあげた。「くだらん話はたくさんだ！　死神が迎えにくると思っているんなら、これまでの罪を許してもらうよう神にお願いしながら待っていればいい」

「おまえもな」

サーボ・ラースローの困惑を浮かべた皺くちゃの顔が、ジェントリーの頭上のプレキシガラスから消えた。

午後三時、サー・ドナルド・フィッツロイの携帯電話が鳴った。ロイドがスピーカーホンのボタンを押したが、発信源はジェントリーの衛星携帯電話ではなかった。

「チェルトナム・セキュリティだ」

「こんにちは、サー・ドナルド。重要なビジネスの件で電話しています」

「会ったことがありますか？」

「おたがいの人生行路が交わったことはないでしょうね。イーゴリと呼んでください」

フィッツロイの応対はそっけなかった。なまりの強い相手がなにを売り込もうとしているにせよ、問題が山積していて、丁重に接するには及ばないと思っていた。「興味ないといっておきます。手が離せない。まっとうなビジネスなら、秘書に電話して、アポイントメントをとってもらいたい」

「ああ……そうですか。グレイマンはあなたのまっとうなビジネスを担当していると思っているようですよ。電話するよういわれました。自分が無事に戻れれば、あなたがかなりの額を支払うだろうというんですよ」

「グレイマンはそこにいるのか？」

「もちろんです」

「あんたはどのチームに所属している？」

「チーム？　わたしはひとりきりですが」

フィッツロイとロイドは、顔を見合わせた。ロイドが、ミュート・ボタンを押した。「われわれのハンターではないようだ」

フィッツロイが、ミュートを解除し、相手に聞こえるようにした。「彼と話をさせてくれ」

「あいにく、いまは無理だと思いますが」と、電話をかけてきた男が答えた。

ロイドが、またミュート・ボタンを押した。壁ぎわのコンピュータの列に向かっているテックのほうを向いた。テックがいった。「発信源はブダペスト、ペスト地区側。逆探知阻止ソフトウェアを使ってる。これから突き止める」

ロイドが、壁のモニターの大きな地図を見た。「ジェントリーは、ブダペストでいったいなにをやってるんだ？」

フィッツロイは、それを聞いたふうもなく、テーブルのまんなかにあるスピーカーのスイッチを入れ、ミュートをふたたび解除した。

「わたしは……えー、きみに便宜をはかることに興味がある、イーゴリ。ただ、こっちの人間が、ほんとうにきみの世話を受けていることを確認する必要がある」

「いまのご時世、信頼ってものがなくなっているのが難点だな。いいでしょう、サー・ドナルド。ちょっと待ってください。前ほど体がきかないものでね」一分近く、物をひきずるような音が聞こえていた。ようやく、「どうぞ、サー・ドナルド。話をして」

「おい、きみか？」

ジェントリーの声は遠かった。なにかにさえぎられて、くぐもっているのかもしれなかった。「やつはCIA《エージェンシー》に連絡した。殺人チームが九十分以内に来る。ドン、おれがいるのは――」

また、ひっかくような音や、ひきずるような音が、スピーカーから聞こえた。そして、なまりのある声が、戻ってきた。「一時間やろう、サー・ドナルド。五十万ユーロ送金すれば、競争相手からの代案をあんたの坊やが避けられるよう、時間の余裕を見て逃してやる。いまから口座番号をいう。書くものはあるか」

一分後、電話が切れた。フィッツロイとロイドは、テックのほうを見た。鼻ピアスをしたテックが、首をふった。

「ブダペスト、第六区。そこまでわかった。詳しく突き止められなかった。第六区には電話が二十五万本ある。そのどれか、わかるわけがない」

ロイドはむっとしたが、ことは急を要するので、叱りつけはしなかった。フィッツロイのほうを向いた。「ブダペストにやつの知り合いは？」

フィッツロイは額をさすり、肩をすくめた。

「よく考えろ！　ジェントリーが会いに行きそうな人間はだれだ？」

フィッツロイは、はっとして顔をあげた。「サーボだ！　わたしのネットワークに所属していない。年配の書類偽造の専門家だ。以前は東側のために――」

ロイドがさえぎった。「住所はわかるか？」

「調べられる」

「もっとも近い暗殺チームは、ウィーンにいる。一五〇キロ以上離れている。この時間枠では到着できない。サーボに金を払って、ＣＩＡの手から逃れられるようにしてやるしかない」

フィッツロイは首をふった。「やめておけ。サーボは毒蛇のような男だ。ＣＩＡに連絡したというのは、なにか願い事があったからだ。わたしに電話してきたのは、身代金を払うだろうとジェントリーがいったからだ。サーボ・ラースローはわたしの金を受け取り、そのままジェントリーをＣＩＡに渡すだろう。こっちを騙《だま》し、向こうも騙すという寸法だ」

「ＣＩＡはジェントリーを連行するか、それとも殺すだろうか？」

「どうでもよかろう。CIAはジェントリーを殺した場合には、痕跡を消すはずだ。死体が発見されるまで何週間もかかる。発見されないかもしれない。ジェントリーを殺《や》ったといっただけでは、アブバケルは契約にサインしないだろうな。ジェントリーが生き延びた場合もおなじで、あんたたちがわたしの家族を殺す」

「つまり、暗殺チームをサーボの家に送り込んで、CIAが到着する前に仕事を片づけるのに、一時間足らずしかないわけだな」


頭上のプレキシガラスを見あげていたために、ジェントリーは首が痛くなっていた。その近くから音が聞こえたので、叫んだ。「CIAの資産《アセット》がここに来ておれたちふたりを殺す前に、ここから出したらどうだ？」

サーボの皺くちゃの顔が覗いた。「サー・ドナルドの金をおれがもらったあと、ここにいるのはあんたひとりだよ」

「裏切ったらフィッツロイに殺されるぞ」

「フン。おれにはまだ東側に友人がいる。ずっと逃げ出す方法を探していたんだ。五十万ユーロあれば、あらたな門出ができるというものだ」

「いいか」ジェントリーは、頼み込もうとした。「あんたが知らないようなことが、これにはからんでいるんだ。家族が誘拐された。幼い女の子、八歳の双子の女の子が連れ去られた。おれが間に合うようにフランスへ行かないと、その子たちが殺される。ここから出してくれたら、金が手にはいるようにすると約束する。なんでも望みの――」

「幼い女の子がふたり？」

「そうだ」

「殺される？」

「おれが行けないと――」

サーボが、残忍な笑い声をあげた。「どうやらおれが人間のたましいを持っていると誤解していたようだな。三十五年前に外科手術でロシア人に摘出されちまったんだ。おれがそんなことを気にするわけがなかろう」ジェントリーの視界から消えた。

ロイドがリーゲルに電話をかけ、チークの鏡板張りのオフィスにいるのを捕まえた。最初の呼び出し音が鳴り終わる前に、リーゲルが電話に出た。ロイドがきいた。「ブダペストに資産《アセット》はあるか？」

「おれの資産《アセット》はどこにでもある」

「第一階層（第一線級）の刺客《しかく》は？」

「いや、街頭似顔絵描きが何人かいるだけだ。低レベルの殺し屋なら、何人か用意できるが、どうしてだ？　この十二時間、あんたにA級の暗殺チームをしこたま供給してきたじゃないか。グレイマンにそれを全員叩き潰されたわけじゃあるまいに！」ロイドをからかう口調だった。

「チームは西に派遣した。ジェントリーは南のハンガリーへ行った。ノルマンディの仕事を終えたあと、ヨーロッパから逃げ出すのに必要なパスポートを調達するためだろう」

「思慮深いな。楽天的だが、思慮深い」

「まあ、そうなんだが、それが裏目に出た。ブダペストの書類偽造屋に裏切られたんだ。閉じ込められた。そいつが、サー・ドナルドに身代金を要求してきた」

「当ててみよう、サーボ・ラースローだな」

「どうしてわかった？」

「〝ブダペスト〟と〝裏切り〟という言葉の横には、サーボという名前がかならずあるといっておこう」

「ペスト地区のサーボの家に、何人か送り込めないか？」

「いいとも。サーボひとりなのか、それとも用心棒がいるのか？」

「それよりも複雑なんだ。サーボはＣＩＡにジェントリーを売った。ＣＩＡのチームが、いまそこへ急行している。一時間ぐらいで到着すると思われる」

リーゲルは溜息をついた。あきらめの口調になっていた。「やつがＣＩＡの手に落ちたら、ラゴスの契約はおじゃんだな。やつがＣＩＡに連行されたら、死んだか生きているかを日曜日までにアブバケルに証明することができなくなる」

「それなら、なんとかしてそれを阻止しないと。そうだろう？」

「アメリカの情報機関と撃ち合うようチームを派遣しろというのか？　正気の沙汰じゃない

ぞ」

「ＣＩＡはその連中を、ジェントリーの配下か、あるいはサーボの配下だと思うはずだ。あんたの手先が優秀なら、動機を説明しなければならなくなるまで居残りはしないだろう」

　リーゲルが、しばし考えた。ようやく口をひらいたとき、言葉を発しながら計画を練っているような感じだと、ロイドは思った。「インドネシア人暗殺チームが、いま空路で移動中だ。フランクフルトに向かっているが、いまごろ中欧の南寄りを通過しているはずだ。着陸地を変更させ、地上におろせば、一時間以内にブダペストに送り込める。かなりきわどいが、一か八かやるしかない」

「優秀な連中なんだな？」

「そうだ。コパスス（インドネシア軍特殊部隊）第四群。インドネシアの最強部隊だ。それじゃ取りかからせてくれ」


　ベルナルト・キルツァー機長は、電波高度計で絶対高度を確認した。いつも操縦している機体ではなく、借りた飛行機だったので、なじみのないヴォルフスブルク製の計器だった。針路は西北西、高度三万七〇〇〇フィートを飛行していた。そのボンバルディア・チャレンジャー６０５は、電気信号操縦系統《フライ・バイ・ワイヤ》テクノロジーを使用する最新鋭機だった。キルツァーの機長としての任務と責任は重大だったが、その時点ではニューデリーからフランクフルトまで九時間の飛行のうち七時間を終え、目醒めていて機上のシステムを監視し、午後の空に目を配るほかに、たいしてやることはなかった。

機長と副操縦士は、もうノンストップで十六時間操縦している。出発地はインドネシアのジャカルタで、現地時間の午前二時に離陸した。西進してニューデリーで給油し、ただちにまた空に戻った。

ふだん、キルツァーと副操縦士のリーは、企業幹部を乗せて東南アジアを飛びまわっている。ローラングループの科学者、重要なIT担当者など、日本の南端とインドの東端のあいだに置かれている会社の施設十五カ所で必要とされる人間を運ぶこともある。

こうした仕事関係の飛行にくわえて、キルツァーとリーは幹部と夫人を島めぐりの旅行や、ブルネイ国王の豪華パーティに連れていくこともあった。一度などは、会社の顧客とフィリピンのコールガールを乗せて、フランス人シェフやマッサージ師が何人かいるだけの隠れ家的な熱帯の島に運んだことがあった。顧客とコールガールは、そこでだらだらと一週間、肉欲にふけった。

キルツァーは、ローラングループのありとあらゆるたぐいの社員を乗せてきたが、いま乗っているような乗客の群れを運んだことは、一度もなかった。

背後のキャビンには、六人が乗っていた。インドネシア人で、若い兵士のようだが、私服姿だった。チャレンジャーの貨物室には、グリーンのカンバスバッグが満載されていた。六人の男は、ほとんどしゃべらなかった。キルツァーが操縦室から便所に行くときに、全長八・五メートルのキャビンを盗み見ると、闇をペンライトの細い光が貫いていた。仲間が眠っているあいだに、何人かが地図を食い入るように見ていた。

禿頭で三十八歳になるドイツ人パイロットのキルツァーが、うしろに手をのばし、弁当箱を取ろうとしたとき、多機能ディスプレイが光った。副操縦士がいった。「本社から秘話周波数で地対空通信だ」

「了解」キルツァーは、食べ物から手を離し、センター・コンソールのスイッチをはじいて、通信を自分のヘッドセットだけに聞こえるように切り替えた。

「ＮＤ《ノヴェンバー・デルタ》３０Ｗ《ウィスキイ》、どうぞ」

「こちらリーゲル。受信しているか？」

リーゲルが全社の保安部門の親玉だということを、キルツァーは知っていた。とてつもなく邪悪なクソ野郎だと聞いている。突然、うしろのキャビンの頑健な若者たちの任務がどういうものなのか、わかったような気がした。「感明度良好、リーゲルさん。どういったご用件でしょうか？」

「ブダペストとの距離は？」

「ちょっとお待ちください」キルツァーは、イギリス英語をしゃべるアジア系の副操縦士のほうを向いた。「リーゲルからだ。ブダペストとの距離をきいている」

リー副操縦士が、航法機器で機の位置を確認した。左側のキイパッドに打ち込み、数秒で答が出た。「現在、ブダペストの南南東一七〇キロメートル、高度一万二〇〇〇メートルです」

キルツァーがその情報を伝えると、リーゲルがいった。「計画変更だ。できるだけ早く、ブダペストに着陸してほしい」

キルツァーは、うなじが汗でちくちくするのを感じた。リーゲルの機嫌をそこねるのは、まっぴらごめんだった。「申しわけありませんが、不可能です。ハンガリー行きのフライト・プランを出していません。入国審査と揉《も》めることになります」

「なにが可能かをおれにいうな。飛行機を着陸させ、インドネシア・チームに装備を配り、さっさと脱出しろ」

キルツァーは、すぐには承服しなかった。「どうやって脱出するというんですか？　許可なく着陸したら、監獄に放り込まれる――」

「緊急事態を宣言しろ。どこでも好きなところに飛行機を着陸させる口実ぐらい見つけられるだろう。取り調べのために拘引《こういん》されたら、おれが金を出して釈放させる。ハンガリー側との交渉は、事後にやればいい。それはおまえが心配することじゃない。ただ、駐機場に地上《タキ》走行《シング》する前に、まちがいなくインドネシア・チームをおろすようにしろ」

「ブダペストのリスト・フェレンツ国際空港は、警備が厳しい。包囲されるだろうし――」

「では、そこには着陸するな。近くの小さな地方空港を探せ。着陸し、うしろの男たちをおろせ。おれの指示がわかるな？」

キルツァーは、多機能ディスプレイを必死でスクロールした。電子地図で、あらゆる地方空港を調べた。

「トコルは街の中心部まで車で四十分です。滑走路もじゅうぶんに長い」

「遠すぎる！　インドネシア・チームを一時間以内に中心部に行かせる必要がある！」

キルツァーは、なおも地図を調べた。「ブダエールスがある。距離は半分です。でも、滑走路が舗装されていないし、短すぎる」

「どれだけ足りない？」

「この機のこの荷物では、完全な状態の舗装された滑走路で一〇〇〇メートルが必要です。ブダエールスはちょうど一〇〇〇メートルですが、強い雨が降っているし、いまもいったように未舗装です。ぬかるんでいるにちがいない！」

「それなら、滑走路が足りなくなる前に減速するのがやりやすいだろう。そこに着陸しろ！」

「事故になるのを承知で着陸しろというんですか！　きわめて危険だ」

「おれという危険を避けたいのなら、機長、ブダエールスに着陸しろ。わかったか？」

キルツァーは、歯を食いしばった。

リーゲルがいった。「運転手付きのバンで、連中を迎えにいかせる」

「もう一度申しあげますが、かならず事故になりますよ」

「それはおれに任せておけ」

「了解しました」

キルツァーは、無線を切った。憤懣《ふんまん》やるかたなく、操縦輪を握り締めた。

副操縦士がきいた。「どうなってるんだ？」

「どうやら、リー、われわれはインドネシアのハンガリー侵攻を手伝うことになりそうだ」

リーの顔が蒼白になった。「リーゲルはクソ野郎だ」

「そうだ《ヤー》」キルツァーはいった。そして、センター・コンソールのスイッチをいくつかはじき、自動操縦《オート・パイロット》を解除して、操縦輪をゆっくりと押した。ヘッドセットに向かっていった。

「メーデー、メーデー、メーデー。ＮＤ《ノヴェンバー・デルタ》３０Ｗ《ウイスキイ》は――」

14

電話を終えたあとの一時間、サーボ・ラースローは十五分ごとにコンピュータを使って、フィッツロイに教えたスイスの口座を確認した。頻繁にログインするあいまに、長旅に備えて必需品をトランクに詰め、地元の自動車サービス会社に電話して、四時半にリムジンをまわすよう指示した。行き先はリスト・フェレンツ国際空港。モスクワ行きのファーストクラスの航空券を予約し、ロシアの知り合いに電話して、空港に迎えにきてもらうように手配した。

こうしたことをやっている最中にも、脚をひきずって舞台のほうへ行き、獲物のようすをプレキシガラス越しに何度かたしかめた。グレイマンは、寒い立坑のなかでシャツを脱いでマットレスに座り、ぬるぬるの壁にもたれて、前方を見据えていた。

サーボは、グレイマンを置き去りにして死なせることに、なんの痛痒《つうよう》も感じていなかった。でぶのサー・ドナルドから五十万ユーロを騙《だま》し取り、取り引きに違背することなど、なんとも思っていなかった。とっさに思いついた自分の企みに、かわいそうな少女たちの命が左右されているというくだらない話も、まったく意に介していなかった。サーボは生まれついての冷酷人間ではなかったが、そういう生きかたを身につけ、無節操という自分の教義を、パスポートの偽造とおなじように細部に至るまで注意を払って正確に実行していた。

ロシア人にたましいを摘出されたといったのは、まんざら嘘でもなかった。サーボは長年、情報提供者をつとめるいっぽうで、ハンガリーの抵抗運動にも協力して反体制派の国外逃亡を助け、その西側への逃亡ルートをソ連側に教えていた。長い歳月、敵味方の両方に与して、数知れないゲームに加わってきたため、正邪の観念など残っておらず、自分の利益に通じるかどうか、取り引きの障害はなにか、ということしか意識していなかった。

一時間が過ぎたところで、口座を確認した。まだ送金されていない。フィッツロイに電話すると、銀行の手続きが遅れているといわれた。あと数分で届けられるはずだという。サーボはようすがおかしいと思い、金がすぐに届かなかったらグレイマンの頭に何発か撃ち込もうと決意した。そして、逆にフィッツロイを脅してやる。グレイマンを引き渡したら、ＣＩＡは一日か二日であんたの一番手の刺客《しかく》であるそいつの口を割らせて、チェルトナム・セキュリティ・サービスの事業の実態をひとつ残らず知り、あんたの首も俎板《まないた》に載せられるだろう、と。

最終的に、サーボは説得力のあるフィッツロイの言葉に免じて、十五分待ち、穴のなかの囚人を見てから、表にいる運転手に、すこし遅れるがエンジンをかけて待っているようにと、電話で指示した。

サーボは、これまでずっときわどい人生を送ってきた。立ち去る前にＣＩＡが来たら、おそらく殺されるだろう。その前に逃げられれば、ロシアであらたな門出ができる。

ベルナルト・キルツァー機長は、ゆっくりとリー副操縦士のほうに顔を向けた。離れ業《わざ》をやったせいで、額に汗が噴き出し、目にはいっていた。リーが視線を返し、自分も目の汗を払うためにまたたいた。

ふたりの顔には、血の気がなかった。

ボンバルディア・チャレンジャーは、ぬかるみにはまって静止していた。風防から見えるのは、叢《くさむら》と激しい雨にぼやけているフェンスだけだった。あたえられた長さの滑走路を使い果たし、水浸しの野原も八〇メートル走り切っていた。前方に余裕はまったくなかった。

キルツァーの心臓は激しく脈打ち、血が沸き立っていた。リーゲルのせいで、こんな苦境に追い込まれた。あと三秒よけいに飛んでいたら、とてつもなく悲惨な結果を招いていただろう。火の玉に包まれ、妻が死亡保険金を受け取るようなことにならなかったとはいえ、ハンガリーの刑務所でしばらく過ごすことになるのはまちがいない、と予想していた。

とはいえ、生き延びた。ボンバルディアは、〝砂利用キット〟としてアンチスキッド・カーボンブレーキを装備しており、降着装置三本は、着陸時に滑走路の屑《くず》で機体が破壊されないように、排障板《デフレクター》で護られている。それでも、この借り物のチャレンジャーが自力でハンガリーから飛び立つのは無理だということが、キルツァーとリーにはわかっていた。降着装置もエンジンも損傷しているにちがいないし、泥濘《ぬかるみ》にはまり込んでいる価格二千万ドルのこの飛行機を引き出すには、かなり強力な牽引車が必要だろう。

ややあって着陸のストレスと疲労から回復すると、キルツァーは火災が起こるのを防ぐために、通常の手順どおり全システムをオフにした。聞こえる音は、機体外板と風防を叩く雨音だけになった。

ブダエールス空港管制塔への救難メッセージで、キルツァーは操縦室内で煙のにおいがすると主張した。もっとましな口実を思いつく時間があれば、証拠をでっちあげられるような企みをふたりで練っていただろう。だが、リーゲルから連絡があったときからいままで、わずか三十五分しかたっていない。その間ずっと、高度一万メートル以上を四〇〇ノットで飛んでいた飛行機を、雨に濡れた短すぎる未舗装滑走路の末端を越えた先で静止させるために、才覚のすべてを注ぎ込んでいたのだ。

かなり上手にやった。それはわかっている。着陸後の興奮状態にともなう高揚感にかられ、勝運がもうすこしつづけば、いい逃れて身柄拘束をまぬがれることができるかもしれない、とまで思った。だが、風防の向こうの動きを見て、その甘い夢は消え去った。黒いバンが、真正面のフェンスを突き破っていた。貨物室から運び出したリュックサックを背負ったインドネシア・チーム六人が、右翼側をまわって姿を現わした。六人は急いでバンに乗った。キルツァー機長とリー副操縦士が、黙然と座って、操縦室の正面の活動を眺めていると、泥と芝生の地面をバックしていったバンが、フェンスの向こうの雨に濡れた道路で横滑りし、やがて嵐のなかへ疾走していった。

あの派手な動きが、背後の管制塔から見えないはずはない。そのせいで自分とリーは、留置場に入れられ、リーゲルの野郎が保釈金を積むまで出られないだろう。

帽子をかぶって機外に出て、雨に顔を殴られ、サイレンの悲鳴が耳朶《じだ》を打つと、キルツァーはふと気づいた。リーゲルには、きょうのうちに片づけなければならない厄介な問題がほかにあるにちがいないから、リーも自分もしばらく忘れ去られるのを覚悟しなければならないだろう。

サーボが激昂《げきこう》してフィッツロイに三度目の電話をかけたとき、送金が口座に届いたことが確認された。CIAの到着まで十分しかないから、かなりきわどいが、金を受け取ったからには逃げ出すことができる。フィッツロイが出ると同時に、サーボは電話を切った。つぎに、グレイマンのようすを最後にもう一度たしかめて、あばよといい、幸運を祈ってやってから、スーツケースの荷造りを終え、よたよたとスタジオ兼研究室兼作業場を出て、不自由な体で精いっぱい速く廊下を進んでいった。

ドアにたどり着こうかというところで、電話が鳴った。向かっているチームの進捗状況をCIA支局長が報せてきたのだろうと思い、出ることにした。すぐそばまで来ているのであれば、電話をかけてくるはずはない。

サーボは、受話器を持ちあげた。「こっちは取り引きどおりにした。あんたも約束を果たしてくれ」フィッツロイの声だった。

「たいしたものですな、サー・ドナルド。わたしの電話は逆探知できないようになっている。いったいどうやって――」

「こっちにも手立てはあるんだよ、サーボ。さあ、やつらが来る前にグレイマンを解放しろ」

サーボの背中を早くも伝い落ちていた汗が、冷たくなった。フィッツロイは、こっちの名前を知っている。これから一生、フィッツロイに付け狙われることを意識して暮らしていかなければならないと悟った。

「ただちに解放する」

「二股をかけるのはやめたほうがいいぞ。おまえは、わたしとCIAの両方をもてあそんでいる」

「紳士に二言はありませんよ」

「いいだろう、サーボ。その金でせいぜい楽しめ」電話が切れた。

もう一度、最後に舞台の上から覗こうかとサーボは考えたが、思いなおした。急いで廊下をひきかえし、スーツケースを持った。

小さな鋼鉄のドアのほうへ進みかけたが、手をのばす前に、ドアは内側にぱっとひらいた。表は暗く、雨が降っているのに、まぶしい光がサーボの目を射た。びっくり仰天して跳びのいた拍子に、サーボは悪いほうの脚に体重をかけてしまい、仰向《あおむ》けにひっくりかえった。目を細くして光を避けると、黒ずくめで顔を覆《おお》った五、六人の男が、銃身の短い武器を目の前に構えているのが見えた。その武器から強力な懐中電灯が突き出している。先頭の男が、黒いニーパッドにくるまれた膝をついた。サーボの首をつかんで引き起こした。

「どこかへ行くのか？」英語でささやいた。ＣＩＡだ。ゴーグルに隠れて、サーボにはその目が見えなかった。

「そ……その、あんたらを待っていた。車に荷物を積もうとしていただけだ。あんたらが仕事を終えたらここを離れるつもりだから」

「そうか。対象《サブジェクト》はどこだ？」

サーボは、助け起こされた。狭い廊下にはいった男たちは、すべて銃を前方に向けていた。

「廊下の突き当たりの作業場にいる。舞台に登って、下を覗いてくれ。三・五メートルの深さの貯水槽に閉じ込めてある。蓋《ふた》は厚いプレキシガラスで――」

「案内しろ」サーボは、男の口の動きで察した。交渉の余地はない。向きを変え、アメリカの軍補助工作員《パラミリタリー》たちと、廊下をひきかえした。

照明の暗い部屋にはいると、ＳＡＤ（特殊活動部）チームの指揮官は、部下五人を壁ぎわに配して、ゆっくりと舞台に向かった。サーボは、指揮官をうながし、なにも心配はいらないと告げた。途中で三回以上も支局長の名前を口にして、ＣＩＡの殺し屋たちに、自分が〝仲間のひとり〟だという印象をあたえようとした。重武装で抗弾ベストを身につけた指揮官がようやく舞台に登り、用心深くプレキシガラスの下を覗いた。

サーボは、なおも気に入られようとして叫んだ。「おそらく銃を持っているが、蓋を閉めているあいだは使えない。その狭い場所では、跳弾をよけるのに踊り狂うはめになるからね。あんたのボスは、ラースローさんに、やつの始末は任せておけといったよ。いまボスに電話して、あんたが話をしてもいい。そうすれば、ラースローさんがあんたたちのために尽くしてきたことが、わかってもらえるさ」

SADチームの指揮官は、さらに身をかがめた。もっとかがみ込み、プレキシガラスに片膝をついた。ゆっくりと、サーボのほうをふりかえった。「これはどういうことだ?」サーボには、なんのことかわからなかった。「なにがいいたい? それがグレイマンだ。CIAの友人のために、リボンをかけてプレゼント――」

「やつを殺したのか?」立ちあがり、サーボと向き合って、指揮官がきいた。

「むろん殺していない。どうしてそんなことをきく?」サーボは、杖にすがって、いそいで舞台に向かい、どこがおかしいかをたしかめようとした。

ジェントリーは、サーボが思い込んでいたのとはちがい、この七十分のあいだぼんやりと座っていたわけではなかった。サーボの姿が見えなくなると、ネックレスを首からはずして、薄い革をはがし、ワイヤーソーを出した。マットレスの下で露出していた温泉の管を、それで挽《ひ》き切った。二カ所を深く切り、そこからワイヤーソーの鋸刃《のこぎりば》でさらに切ると、管に細い穴があいて、あっというまに貯水槽に温泉の湯があふれはじめた。

それが済むと、ワルサーを抜いて、薬室の一発を排出し、さらにズボンから予備弾倉を出した。防水のブーツを容器にして、万能ツールのプライヤーを使い、弾薬を分解して、硝酸カリウムを原料とする火薬をブーツのなかにためた。三十一発のうち三十発の火薬を取り出すと、弾倉一本を分解し、バネを抜いてから組み立て、ブーツの火薬をそこにぎっしりと詰め、てっぺんにフォロワー（弾薬をバネの力で押しあげる金具）をはめて押し込み、金属製の弾倉に詰めた火薬を押し固めた。フォロワーをしっかり固定するのに、抜いたバネを使った。

ときどきサーボが上からようすを見た。脚が悪いサーボは木の舞台に登るときに派手な音をたてるので、見破られないように、手仕事の細工を腐ったマットレスの下に隠すのは、いとも簡単だった。

つぎに、ジェントリーは片方の靴下を脱ぎ、火薬を抜いた薬莢《やっきょう》を靴下に入れた。弾薬の雷管の助けがないと、火薬は発火しない。火薬を詰め込んだ弾倉を靴下に入れ、ブーツの靴紐《くつひも》ですべてをきつく縛った。

それを手で握り締めた。靴下は重く、かなりの大きさだった。それに、手榴弾一発ぐらいの威力がある。

マットレスの生地を必死で引きちぎり、縒《よ》り合わせて三メートルぐらいの長さの紐をこしらえた。残された最後の一発をワルサーに装塡《そうてん》し、弾倉挿入部は空《から》のままで、縒り合わせたべつの紐で結んで、雷管と火薬を至近距離から撃てるように、長さ九センチの銃身の位置を按配《あんばい》した。くだんの長い紐は、引き金に巻きつけた。

最後に、ズボンを脱いだ。裾を固く縛って、股の部分も縛った。これで二カ所に空気が閉じ込められたことになる。すぐに水が染みて空気が抜けてしまうだろうが、必要なあいだだけもつはずだった。残った靴紐で、手製の手榴弾をズボンに縛りつけた。ズボンを脱いでいるのを気づかれないように、脚の上にかけておいた。

最後に、マットレスから濡れたスポンジをちぎり取った。爆発のタイミングに合わせ、耳栓に使うつもりだった。

準備ができたことに満足して、ジェントリーはじっと待った。

サーボがほどなく覗きに来て、あばよというと、姿を消した。それがきっかけになった。ジェントリーは必死で管を挽き切った。一分とたたないうちに、風呂の湯ぐらいの温度の温泉が、膝の深さまで溜まった。ジェントリーは、拳銃を縛りつけた靴下手榴弾と浮き袋のズボンを両手で掲げて立った。

下着だけで立ち、湯が満たされるのを待った。

三分以内に、湯といっしょにマットレスが持ちあがり、体が浮いた。立ち泳ぎで、その位置を保った。六分たつと、蓋までほとんどいっぱいになった。ジェントリーはパニックをこらえた。この仕掛けがうまく作動する保証はないし、作動したとしても、跳ね上げ戸を吹っ飛ばすほどの威力があるかどうかはわからない。

プレキシガラスの天井まで一〇センチもないくらいに、水位があがり、狭い空間で過呼吸を起こさないように我慢した。肺一杯に空気を吸って、潜降し、浮き爆弾がプレキシガラスの蝶番《ちょうつがい》の下になるように按配した。マットレスを爆弾と自分のあいだに入れて、貯水槽の底まで潜り、ワルサーの引き金に縛りつけた紐を片手で握り、反対の手は管を握って、体が浮きあがらないようにした。上を向いて、すべて正しい位置にあるのをたしかめようとしたとき、浮き爆弾が蝶番から離れてゆくのが見えた。肺の空気を使い果たしかけていたので、あわてて浮上した。もう吸える空気がなかった。マットレスをどけて、爆弾の位置を直し、必死で底に潜った。筋肉を曲げのばししたために、きのう右太腿に負った銃創が、焼けるように痛んだ。パニックと、懸命の動きと、酸素切れが、先を争って心臓を締めつけ、体のなかで押しつぶそうとしているみたいだった。

ついに管にたどりつき、つかんだ。ふりかえり、爆弾の位置が正しいのを見てとった。紐を引く直前、舞台に登ってきて膝をついた黒い人影が見えた、人影がふりかえり、だれかのほうを向いた。

SADチームの指揮官がいった。「死んでるにちがいない。この穴は水が――」

くぐもったズンという音とともに、黒ずくめの特殊工作員は宙に飛ばされた。足もとのプレキシガラスが破れ、泡立った水が四方に飛び散り、鋭いプラスティックの破片が天井に突き刺さった。指揮官は舞台の左側に落ちて、湯の洪水がその上を流れた。

チームの他の特殊工作員たちは、遮蔽物《しゃへいぶつ》の蔭に跳び込んだ。サーボは、部屋のまんなかで仰向けに倒れた。

指揮官は生きていた。よろよろと膝立ちになり、左側の舞台にあった武器を拾いあげた。

「ちくしょう！　全員、その場にとまれ！」指揮官が号令をかけた。爆発のために耳鳴りがしていた。

そのとき、私服でライフルを高く構えた小柄な男たちが、廊下から部屋になだれ込み、四方で銃声が湧き起こった。

最初に死んだのはサーボだった。

15

間に合わせの耳栓をしていても、爆発の圧力にジェントリーの耳は悲鳴をあげた。貯水槽の底を蹴り、勢いよく浮上した。頭上で何者が待ち構えているのか、見当もつかなかった。ＣＩＡか？　サーボが、最後にたしかめようと覗いたのか？　結局、それはどうでもよかった。空気を吸わなければならない。

浮上しながら勢いが増していたので、水面から跳び出すとともに、プレキシガラスの跳ね上げ戸を押しのけた。蝶番《ちょうつがい》はいずれもはずれ、プレキシガラスも破れていた。大きく息を吸い、よじ登ると、湯の波にくるまれ、舞台の上を転がって床におりた。そこは部屋の奥の壁ぎわだった。そう遠くないところで、銃声と男たちの叫び声が、あたりに鳴り響いていたが、舞台のそばにはだれもいなかった。ジェントリーは膝をついて、身をかがめ、奥の廊下へ駆け出した。濡れた足がリノリウムを打つ音がした。うしろは見なかった。この部屋でなにが起きているにせよ、銃もなく、どういう連中がいるのかわからないまま、その渦中に巻き込まれるつもりはなかった。

ジェントリーがあと一歩でドアに達するというとき、廊下に出るドアの側柱が、サブ・マシンガンの連射によって目の前で砕けた。超音速の弾丸の超過気圧と飛び散る破片をくぐり抜けて、ドアを通り、暗い廊下を進んで、一時間半前に髭《ひげ》を剃《そ》ったバスルームへ行った。そこにすばやく跳び込んで、リュックサックを背負った。

下着姿で包帯を巻いたまま、廊下の突き当たりの狭い寝室へ駆け込んだ。低いツイン・ベッドの上に、ワイヤーガラスの窓があった。金属製の小テーブルでガラスを割り、マットレスを持ちあげて、窓枠に載せ、割れた個所を覆《おお》うと、転がるようにそこを越え、狭い中庭に出た。サーボの家の裏手にある建物のドアは鍵がかかっていたので、庭の奥に向けて走った。一階の窓の防犯用鉄格子を使って二階のバルコニーに登り、左の踵《かかと》でそっと四、五回押して、ガラス窓を破った。

背後の下のほうで、あいかわらずけたたましい銃声がつづいていた。窓の割れたガラスを避けながら、なかにはいったが、部屋の絨毯を踏んだときに両足を切った。悲鳴をあげて膝をつき、膝も切った。

狭い寝室を横這いに進み、ようやく立ちあがり、足をひきずるようにして、バスルームにはいり、洗面台の戸棚のなかを探った。じきに便器に腰かけて、あらたな切り傷を手当てした。右足はたいしたことはなかった。軽く踏んだだけだったので、消毒薬をかけて、トイレットペーパーを巻いた。左足の親指の付け根は、もっとひどかった。かなり深く刺さっている。手早く消毒して、出血をとめるためにハンドタオルできつく縛った。縫《ぬ》う必要があるとわかっていたが、しばらくはそういう処置は望めない。

左膝もたいしたことはなかったが、右膝の切り傷はひどかった。たじろぎながらガラスの破片を抜いたとき、あいにく鉤《かぎ》状になっていた先端が肉を引き裂いた。床に血がこぼれた。

「クソ」ジェントリーはうめき、深い切り傷を消毒して、できるだけきちんと包帯をした。

三分後、中庭の向こうの銃撃が収まったことに気づいた。サイレン、叫び声、騒ぎで目を醒《さ》ました隣のアパートメントの赤ん坊の叫び声が聞こえた。

その家にはだれもいないと思っていたが、濡れたボクサーショーツ一枚と、足や膝にタオルを巻いた格好で、居間にはいってゆくと、品のいい年老いた女性が、ソファに座っているのが目にはいった。その青い目に怖れはなく、明るく輝いていて、貫くような視線を向けた。静かにさせようとジェントリーは片手をあげたが、その手をゆっくりとおろした。

「危害はくわえない」といったが、言葉がわかるとは思えなかった。ズボンをはくそぶりをすると、老女は廊下のほうを指さした。そちらに男物の服があった。死んだ夫のものか？いや、働きに出ている息子の服だろう。ブルーのカバーオールがあったので、それを着た。大きすぎる安全靴を見つけたが、白い靴下を二足重ねると、なんとか合わせることができた。

ジェントリーは、お辞儀と笑みで老女に感謝の気持ちを伝えた。老女がのろのろとうなずいた。ジェントリーは、リュックサックからユーロ札の束を出して、テーブルに置いた。老女がなにかをいったが、ジェントリーには理解できなかった。もう一度お辞儀をすると、ドアから二階の廊下に出た。

負傷し、武器もなく、移動の手段もなく、書類を手に入れるためにわざわざブダペストまで来たのに、それもない。降りしきる雨のなかに、ジェントリーは出ていった。時計を見た。午後五時。旅をはじめてから、八時間半が過ぎた。出発した時点よりも、だいぶ遠ざかってしまったような気がしていた。

ローラングループのロンドン子会社では、ロイドとフィッツロイが、インドネシア・チームからの報せを待っていた。報せは午後四時に届いたが、インドネシア・チームからではなかった。ジェントリーの声だった。

「チェルトナム・セキュリティだ」

「おれだ」

フィッツロイは、気を落ち着かせてからようやく、口をひらいた。「ありがたい！　サーボから逃れられたんだな？」

「まあな。どうにか」

「なにがあった？」

「わからない。SADチームが現われたようだ。サーボにも自分の警護チームがあって、銃撃戦になったにちがいない」

ロイドとフィッツロイは、顔を見合わせた。

「えー……そうか。なるほど。元気か？」

「生きている」

「いまどこだ？」

「まだブダペストだ」ロイドとフィッツロイは、テックのほうを見た。テックはコンピュータのモニターのほうにかがみ込んだまま、首を上下にふっていた。携帯電話が使っている中継局を見つけ出すことで、ターゲットの言葉が事実かどうかをたしかめているのだ。

「それで、いまは？」フィッツロイはきいた。ジェントリーに対する質問であるとともに、テックに向けた質問でもあった。

「西に向かう。万事、予定どおりだ。新しい情報はないか？」

「ああ、ある。けさきみが会った連中は、アルバニア人だ。たんなる傭兵だ。ナイジェリア秘密警察が雇った」

「いまごろは新手のチームを雇っているだろうな。どういう敵になるか、見当はつかないか？」

「なんともいえない。調べているところだ」

「あんたの家族を捕らえている敵部隊の陣容について、わかっていることは？」

「ナイジェリア秘密警察が四、五人だ。第一階層（第一線級）の殺し屋じゃない。しかし、家族はものすごく怯《おび》えている」

「近づいたら、精確な位置が知りたい」

「わかった。あすの朝には到着するな」

「いや。その前に寄るところがある」

「また危ない寄り道でなければいいが」

「ちがう。こんどのは途中にある」

フィッツロイは、一瞬ためらってからいった。「わかった。ほかに必要なものは？」

「ほかに、だと？　これまであんたがなにをよこしたというんだ？　いいか、あんたはおれのハンドラーなんだぞ。もっとましな仕事をしろ。この先、途中でまた敵にぶつかるかどうかを知る必要があるんだ。ナイジェリア側がどうやっておれの名前を知ったかも、知る必要がある。なにかとんでもない失態がからんでいるんだ。ノルマンディに到着する前に、それを突き止める必要がある」

「わかった。調べてみる」

「誘拐犯との接触はあったか？」

「何度か。わたしが血眼《ちまなこ》になってきみを探していると、連中は考えている。途中のネットワーク全員に連絡している。ちゃんと探していると見せかけるためだ」

「そのまままつづけろ。おれはネットワークには近づかない。なにかわかったら電話してくれ」電話が切れた。

二分とたたないあいだに、フィッツロイとロイドは、ブダペストで起きたことを解釈する材料を得た。リーゲルが電話してきて、三人で話し合い、断片的な情報をなんとかつなぎ合わせた。インドネシア・チーム六人は、掃滅された。全員死んだ。証拠を消すために、CIAは建物に放火した。CIA側の死傷者は定かでない。サーボは死に、ジェントリーは九つの命のひとつをまた使ってしまったが、逃げおおせた。

「それじゃ、いまやつはどこにいる？」リーゲルが質問した。

「ブダペストから西に向かった」

「列車、車、それともバイクか？」

「わからない。携帯から連絡してきた。一時的に手に入れた電話で、話を終えたらすぐに捨てただろう」

「ほかに報告することはないのか？」リーゲルが問いただした。

ロイドが、電話口に向けて腹立たしげにどなった。「そっちが報告しろ、リーゲル！　インドネシア最強の特殊部隊コパススが、どうしてこうなった？　ジェントリーに勝ち目はないといっていたくせに」

「ジェントリーが殺したんじゃない。CIA軍補助工作《パラミリタリー》チームに殺《や》られたんだ。いいか、ロイド、グレイマンが立ち直りが早いことを、おれたちは知っている。おれの計画はそもそも、ひとつかふたつのチームでやつを動揺させ、予防的行動をとらせずに守勢にまわらせるというものだった。そうすれば、やつが用意ができていないまま、つぎのチームに出くわすことになる」

ロイドはいった。「あと十チームが、やつを待ち伏せて、埋伏《まいふく》している。今夜までには仕留めたい」

「やっと意見が一致したようだな」リーゲルが、電話を切った。

ロイドは、フィッツロイに注意を戻した。年配のイギリス人の顔には、つらそうな表情が浮かんでいた。

「どうした？」

フィッツロイは、なおも苦悩しているようだった。

「いったいどうしたんだ？」

「彼からなにかを聞いたような気がする。教えるつもりはなかったのだろうが、わたしはなんとなく勘づいた」

ロイドが、座り直した。ピンストライプのスーツにいくつか寄っていた皺が、その動きで消えた。「なんだ？　やつがなにをいった？」

「彼がなにをやろうとしているか、わたしにはわかっている」

ロイドの顔が、徐々にほころんで、笑みが浮かんだ。「すばらしい！」携帯電話を手に取った。「どこだ？」

「ひとつ難点がある。彼が行く場所のことは、たった三人しか知らない。ひとりは死んだ。ふたり目はグレイマン、三人目はわたしだ。わたしがその場所を教え、あんたのリアリティ番組まがいの競い合いで彼をそこで殺すことができなかったら、わたしが罠にかけたことが、彼にばれる。今回、あんたの手先が彼を逃したら、ゲームは終了だ」

「その心配はわたしに任せておけ。やつが行く場所を教えろ」

「グラウビュンデン」

「いったいどこにある？」

16

キム・ソンパクは、飛行中はじっと座ったまま瞑想《めいそう》状態をつづけていたが、シャルル・ド・ゴール空港に着陸すると、目をあけて、覚醒し、警戒態勢になった。ファルコン50エグゼクティブ・ジェット機のただひとりの乗客だったキムは、節くれだった小さな手を両膝に置き、目は流行のサングラスに隠れていた。非の打ちどころのない仕立てのピンストライプ・スーツが、周囲とぴったり合っていた。キャビンは企業幹部の旅行用のしつらえで、齢はいささか若いようだったが、それを除けば、キムはなんの変哲もないアジアの青年重役に見えた。

ファルコンがタキシングして滑走路から出て、誘導路に乗り、社用ジェット機の長い列の前を通って、ようやく扉があいている格納庫にはいった。灰色の夕方の霧雨に濡れているリムジンが、格納庫のまんなかでエンジンをかけたまま待っていた。運転手がその横に立っている。

ジェット機が完全に停止し、タービンの回転が落ちると、副操縦士がナイロンのスポーツバッグを持って、七人乗りのキャビンの後部へ行った。副操縦士はキム・ソンパクの前に座って、あいだにあるマホガニーのテーブルにバッグを置いた。

キムは黙っていた。

「着陸したら、これをお渡しするようにいわれています。入国審査はすませてあります。税関のほうもだいじょうぶです。迎えの車が来ています」

髪の短い韓国人から、ほとんどわからないような、そっけないうなずきが返ってきた。

「パリをお楽しみください」副操縦士がいった。立ちあがり、操縦室にひきかえした。小さな仕切り戸が閉まった。

ひとりになると、キムはバッグのジッパーをあけた。ヘッケラー&コッホMP7A1サブ・マシンガンを出した。伸縮式銃床はそのままで、拳銃のように持って前に構え、単純な構造の照準器を覗いた。

四・六×三〇ミリ口径ホローポイント弾二十発を装弾した細長い弾倉二本が、ナイロンのベルトでつなぎ合わせてあった。

キムは、サブ・マシンガンをバッグに戻した。

つぎに、携帯電話とイヤホンを出した。イヤホンを片方の耳にはめて、スイッチを入れた。携帯電話も、ジャケットのポケットにしまう前に電源を入れた。携帯GPS受信機は、べつのポケットに入れる。MP7の予備弾倉、減音器、服の着替えは、バッグに入れたままにした。

柄も刃も黒い折り畳みナイフが、バッグにはいっていた。それもポケットに入れた。

二分後には、キムはリムジンに乗っていた。前方を向いたままの運転手に、キムは命じた。

「中心街」

キムは韓国人で、NIS（大韓民国国家情報院）の殺し屋だった。

NISで最高の殺し屋だ。ほとんど支援を受けずに北朝鮮で五度の殺しを実行し、部内で伝説的名声を打ち立てた。さらに、経済制裁を破った北朝鮮人七人を中国領内で暗殺し、ロシアでは核機密を入手しようとした人間をふたり殺した。極悪な北の隣国に対する姿勢を永遠に改めてもらうために、同国人も何人か始末している。まちがいのない現金払いで殺し屋狩りの人間をひとりよこしてくれと頼まれたとき、上司が三十二歳のキムを選んだのは、すこぶる当然だった。

キムは、あたえられた任務について、なんの個人的見解も持たない。単独で仕事をしており、意見をいう相手もいないが、意見をいう機会があれば、今回の任務は根っから腐っているといったかもしれない。もとCIAの刺客《しかく》だったグレイマンの首に二千万ドル。噂によれば、グレイマンがもとの飼い主に裏切られるような落ち度は、なにもなかったという。二千万ドルを出すのは、どこかのヨーロッパ企業らしい。キムが仕事人生を通じてずっとやってきたような国粋主義的な作戦とは、まったく異なる。

とはいえ、自分が韓国の国内・海外政策の道具であることは承知していた。自分の助言など求められたことはないし、判断を重んじられる上層部の人間が、パリに派遣すべきだと決断したのだ。自分はパリに腰を据えて、グレイマンの所在に関する連絡を待ち、あわれなやつの背中に熱い鉛玉をぶち込めばいいだけだ。

グラウビュンデンはスイス東部の州で、その部分の国境は小さく突き出し、オーストリア南西部に食い込むような形をしている。百五十の谷がある州といわれ、そういった谷のひとつに、東西にのびているウンター・エンガディンと呼ばれる地域がある。その地域の、オーストリアとイタリアの国境から数キロメートルしか離れていない、谷底を見おろす急峻な山の険しい斜面に、グアルダという小さな村がある。村に登ってゆく道は急傾斜の九十九折《つづらおり》が一本だけで、ハーフティンバー（柱や梁などが表から見えるように漆喰や煉瓦の壁面をこしらえる様式）の家並みのずっと下にある、各駅停車しかとまらないひと部屋きりの小さな駅から、徒歩で四十五分、息を切らしながら坂を登らなければならない。

村には車がほとんどなく、住民よりも家畜の数のほうが多い。栗石舗装の狭い急坂が白い建物のあいだをくねくねとのびて、道の脇には天水槽《てんすいそう》や柵で囲んだ菜園がある。昇ってゆくと村は唐突に途切れて、また急斜面だけになり、牧草地がやがて村を見おろす岩の崖に変わる。村からは、谷間を見霽《みはる》かすことができ、通るもの、近づくものがいれば、ひと目で見てとれる。

村人はドイツ語がわかるが、村人同士が話すのはスイスの人口七百五十万人のわずか一パーセントが使用するロマンシュ語だった。ロマンシュ語は、地球の他の地域ではまったく使われていない言語だ。

午前四時、谷底からグアルダに通じる狭い道のまわりを、風花《かざはな》が舞っていた。厚手のジーンズ、厚いコート、黒いニット帽というでたちの男が、急な九十九折を脚をひきずるようにして登っていた。小さなリュックサックを背負っている。

十時間前、ぐでんぐでんに酔っ払って、ひとりでブダペストの街路をふらふら歩いていた女子学生のあいたままのハンドバッグから盗んだピンクの携帯電話で、ドン・フィッツロイと話をしたあと、ジェントリーはアウトドア・ウェアの店を見つけて、いまはいている革のブーツからニット帽まで、着るものをひと揃い買った。サーボの仕事場を出てから一時間とたたないうちに、ネープリゲト・バスターミナルで長距離バスに乗り、ハンガリーの国境の町ヘジェシャロムを目指した。

国境の八〇〇メートル手前で、バスをおりると、北へ歩いてその村から山野に出て、やがて左に折れた。

月は出ていなかった。リュックサックには戦術懐中電灯がはいっているが、使わなかった。西へとよろめき進み、ガラスで切った足で一・五キロ歩くと、傷が痛みはじめ、温かい血が靴下を濡らして、冷たい指先でゴボゴボ音をたてているのがわかった。

午後八時前にようやく、新型の風力タービンがならぶ野原を渡って、オーストリアの国境の町ニッケルスドルフにたどり着いた。

ついにEUにはいったのだ。

あと一・五キロメートル歩いて——太腿《ふともも》の銃創や足と膝の切り傷のせいで、脚をひきずって、といったほうが正確だった——道路に出た。親指を立てて、西へしばらく歩いた。トラックがとまってくれたが、北を目指していたので、役に立たなかった。二台目、三台目も、方角がちがった。

九時十五分過ぎに、チューリヒへ行こうとしているスイス人ビジネスマンに拾ってもらった。ジェントリーは、ジムと名乗った。ビジネスマンは英語を練習したいといったので、それに応じた。オーストリアを通るあいだ、自分たちの人生や家族の話をした。ジェントリーの話は、ぜんぶでたらめだったが、それも職業柄だ。ヴァージニア州で悲惨な離婚をしたという話をした。ヨーロッパを旅行したいという長年の夢を実現したが、ブダペストで強盗に遭って所持品を奪われた。さいわい財布と現金とパスポートはあるし、来週に飛行機で帰国するまで泊めてくれる友人がスイス東部にいる。

夜の闇を縫って車を走らせ、話をするあいだ、ジェントリーは注意の一部をバックミラーに向けて、尾行されていないことをたしかめた。行ったこともない場所や、一から十まででっちあげの人間の話をするあいまに、これからやるべきことを意識しつづけていた。今後三十時間のあいだに起きるであろう出来事について、じっくり考えようとした。

金曜日の夜で、A1自動車道は交通量が多かったが、ビジネスマンの優美なアウディは速かった。車はザルツブルクの北へ迂回した。ジェントリーは、運転を代わろうと持ちかけ、スイス人ビジネスマンは二時間眠った。

アウディが、エンガディン－ブンデ街道に乗り、スイスの北東の国境を午前三時に越えた。

スイスはEU加盟国ではないが、国境検問所はなかった。スイス人ビジネスマンは、二十四時間営業の休憩所に車をとめて、スイスのビールを飲んで正直な意見を聞かせてほしいといい張った。ジェントリーはそれに従い、ビールのこくと色と舌触りと味わいについてならべたて、ドイツ・ビールについてミュンヘンのビヤホールで小耳に挟んだ褒《ほ》め言葉をつけ足した。それですっかり気をよくしたビジネスマンが、通り道でおろさずにジェントリーを目的地まで送ってくれることになった。

曇った夜空のもと、ヘッドライトの左右はなにも見えない道を走り、谷間を抜けて三〇〇キロメートル近く南下し、さらに四三キロメートル西に進んだ。ラヴィンという村でようやくジェントリーは、幹線道路をすこしはずれたところにあるハーフティンバーの家を指さし、そこが目的の場所だと告げた。じっさいは、暖かなアウディの車内を出て、そこから三キロメートル以上も雪の上を歩かなければならない。だが、ほんとうの目的地でトラブルが待ち構えているかもしれないので、気のいいビジネスマンの善意を台無しにするようなことはしたくなかった。

「乗せてくれてありがとう、さようなら《アウフ・ヴィーダーゼン》」ジェントリーは、車をおりて、サイドウィンドウごしにビジネスマンの手を握った。道路に立ち、手をふって見送った。

アウディのテイルランプが、遠くで角を曲がるのを見てとると、ジェントリーは逆を向き、はらはらと降る雪のなかを、西に向けて歩きはじめた。

決然と歩いてはいたが、骨の髄《ずい》まで疲れ果てていた。この二十時間、ジェントリーを前進させていた鍛錬とアドレナリンのうち、アドレナリンは枯渇し、残っているのは鍛錬だけだった。休憩する必要があるし、グアルダの急坂を登ったあと、数時間どうにかして休めることを願った。

四時十分、雪が激しくなってきた。ジェントリーは山を登り、すでに村にはいっていた。ひとっ子ひとり見えないが、小さなホテルでは、まだいくつか明かりがついていた。村人たちの家の明かりはすべて消え、羊飼い、鍛冶屋、宿屋の主人、年金生活者は、まだ何時間かぐっすりと眠っているはずだった。ジェントリーはなおも歩きつづけて、村を抜け、歩行者しかいない集落を歩きまわる羊の群れのための古い石の天水槽《てんすいそう》のかたわらを過ぎて、小さな家の前の小さな庭を囲む小さな塀の前を通った。やがて村をはずれて、山道に沿い、急坂をさらに登っていった。夜に降りはじめた雪が、積もっていた雪に重なり、山腹をほぼ覆《おお》っていたが、月のない夜でもジェントリーに見分けられる黒い地面があちこちにあった。地面が見えているのはたいがい小高いところで、白い粉雪にくるまれるのをいまもって拒んでいた。

グアルダの村から三〇〇メートルばかり、白くなった牧草地を登ったところで、ジェントリーは小さな戦術懐中電灯をつけた。ここまではずっと牧草地だったが、この先は松林で、木立のあいだを渦巻いている雪と真っ暗な闇夜のために、前方の道路がまったく見えない。懐中電灯が役に立つ。さらに一〇〇メートルくらい突き進むと、目的の場所——森のなかのちっぽけな小屋がある。

その小屋は、さらに登っていって使われていない私有地を抜けている道路から、三〇メートルほどひっこんだところにあった。通りかかる人間はいないし、仮に通ったとしても、右手の森の奥をよっぽどよく見ないと、小屋の存在には気づかないはずだった。玄関には侵入者をよせつけない大型の錆《さ》びた南京錠がかけられ、ひと間の小屋に三つある窓には、内側から板を打ち付けてある。まわりの松も自由気ままにのびて、小屋のきわまで生い茂っている。

ジェントリーは、木立を抜けて、戦術懐中電灯で小屋を照らしながらぐるりをまわった。裏に物置があり、そこも頑丈な南京錠がかけてあった。それを調べて、あけられていないことを確認した。壁や屋根板を調べながら、さらに小屋のまわりを進み、正面に戻った。手袋を脱ぎ、指でドアの縁をそっとなぞって、右上の角を探った。木の楊枝《ようじ》が、ドア枠にぴたりとはまっていた。ドアがあけられていれば、楊枝が落ちていて、小屋に何者かが侵入したことを教えてくれるはずだった。

小屋が安全だと納得がいくと、ジェントリーは玄関ドアに背を向けて、正確に歩幅をそろえながら三十歩進み、松葉を押し分けて林にはいった。三十歩目から右に五メートル歩き、ひざまずいた。

鍵はコーヒーの金属缶に入れ、松葉の混じった腐植土と凍った地面の一五センチ下に埋めてあった。平たい石で、ジェントリーはそれを掘り出した。鍵を取り出すと、小屋に戻り、南京錠をあけた。

屋内は乾燥してカビ臭く、戸外とまったく変わらないほど寒かった。隅に膝ぐらいの高さの石炭火鉢があったが、それには目もくれず、部屋のまんなかに置かれたカード・テーブルのランタンに火を入れた。その暗い明かりの熱だけが、暖房の代わりだった。

壁の棚には、軍用のMRE（調理済み糧食）のケースがあり、ジェントリーは化学処理式トイレから出てくるとすぐに、適当に取ったものを開封して食べた。カード・テーブルの前に座り、固いクラッカーとクッキーをほおばった。

九十秒で食べ終えた。つぎに、ずんぐりした火鉢を隅からどかして、その下の固定されていない床板を持ちあげた。

戦術懐中電灯を口にくわえて、床板をどかすと、その下にあった木の梯子《はしご》を下り、深さ一八〇センチ、三メートル四方の、土壁の地下室へ行った。梯子から向き直ると、正面に黒いケースが胸の高さまで三段に積んであった。どれも大きな工具箱ほどのサイズだった。それが地下室の半分近くを占めていた。右手には金属製の作業台がある。梯子を昇りおりして、なんとかケースを動かすだけの隙間しかなかった。ジェントリーはいちばん上の段からケースをひとつ持ちあげて、テーブルにどさりと置き、掛け金をはずした。

その朝、家族を救出するとフィッツロイに告げたとき、ジェントリーはすぐさま、グアルダの森にある最大の武器隠匿所へ行こうと考えた。ヨーロッパにはほかに五、六カ所あるが、グアルダの隠匿所の比ではない。

グアルダは、いわば鉱脈の主脈だった。

強力な火器《ヘヴィー・メタル》の。

最初のケースには、スイス製の黒いブリューガー・アンド・トーメ（B&T）MP9サブ

・マシンガンが収められていた。発泡スチロールの緩衝材からそれを引き出し、弾倉挿入口に弾倉を押し込み、銃床に吊り紐を取り付けて、頭の上に差しあげ、跳ね上げ戸を押して、床に置いた。べつのケースには、装弾した弾倉を何本も収めてあるカンバスとナイロン製の弾倉入れ《サブロード》がはいっていた。多用途《ユーティリティ》ベルトと太腿に固定できる、便利な装備だ。それも頭上にほうりあげた。

それから五分間、ジェントリーはケースをつぎつぎとあけていった。巨大なダッフルバッグに、ありとあらゆる武器と爆発物を入れた。小さなバッグには、黒い戦闘服、マスク、防護ゴーグル、短距離通信を傍受できる小型スキャナ、双眼鏡を入れた。

ようやく、午前五時前に、ダッフルバッグふたつを押し出しながら、地下室から這い出した。武器庫の跳ね上げ戸はあけたままにした。半分凍っている水筒の水を飲み、太腿の傷のために弱い痛み止めを二錠飲み、もう一度トイレを使ってから、棚の寝袋を取った。床にそれを敷いて、ドアの掛け金をはずし、小屋にちょっとした防御措置をほどこしてから、寝袋に潜り込んだ。時計の目醒ましを七時半に合わせた。二時間睡眠をとれば、また長い一日を切り抜けられるはずだ。

その男たちは、五時過ぎにジェントリーを襲った。山の麓《ふもと》でミニバンがとまった。チューリヒからの二時間半ずっと、運転手が滑りやすい道路でたびたび制御を失いかけていたのを、乗っていた男たちは察していた。こんな状態の道路を運転する技倆《ぎりょう》がないのは、無理からぬことだった。道路は黒く凍結し、視程はほとんどゼロに近いこともあった。おまけに、この中東人たちは、GPSの明滅する点にできるだけ早く到着するようにと命じられていた。しかも、テックが十分ごとに衛星携帯電話で進捗状況をきいてきた。

その五人の男は、カダフィの特務機関ジャマヒリヤ秘密機構から引き抜かれた精鋭射撃チームだった。すべて元特殊部隊員で、Vz61スコーピオン・サブ・マシンガンのことを、信頼できる友人みたいに知り尽くしている。指揮官は四十一歳、いかめしい顔に顎鬚《あごひげ》を生やし、チームの面々とおなじように市販の冒険旅行用の衣服を着込んでいる。助手席に乗っていた指揮官は、運転していた隊員をひっきりなしに罵倒《ばとう》し、容赦しなかった。もっとも、運転手がミニバンで山の九十九折《つづらおり》を走るよりも、装甲四輪駆動車で砂漠の砂山を走るほうが得意だというのは、重々承知していた。

とはいえ、グアルダにかなり早く着くことができ、谷底の駅の駐車場にミニバンをとめた。運転手がボンネットをあけて、ディストリビュータのローターをはずし、自分が戻るまでエンジンをかけられないようにした。それから五人は山を登る道を見つけ、できるだけ大きく散開して、徒歩で登りはじめた。

五人とも、銃床を折りたたんだ小さなスコーピオン・サブ・マシンガンを、スポーツバッグに入れていた。予備として拳銃をショルダー・ホルスターに収めている。手榴弾やドアを破る爆薬は、手分けして持っていた。ニット帽に厚手のコットンのズボンというでたちで、揃いの黒いパーカは、プロのスポーツ選手の名を冠した高価なブランド品だった。

スポーツバッグには、暗視ゴーグルもはいっていた。いまはまだ出さない。

リビア・チームの五人は、闇のなか、急な九十九折を村に向けて登っていった。無駄のないすばやい動きだった。通りすがりのものがいたら、統一された服装と、吐く息のなかで揺れている顔の険しい表情を見て、よからぬことをやろうとしていると察したはずだ。だが、吹雪《ふぶき》のなかで午前五時半に山道を歩いている村人はいなかったので、五人はだれにも悟られずに、スイスの寒村の栗石舗装の通りに達した。

五人の戦闘員は、ベルトに携帯無線機を付けて、イヤホンをそれに接続していた。指揮官がひとこと指示を発すると、チームはグアルダの西のはずれで散らばり、おのおのが異なる道順で東へと進んだ。こうすれば、窓から見ているものがいたとしても、ひとりしか目に留まらない。警報が伝わり、村人たちがよそ者がいることを話し合っても、おなじひとりの人間を見たと思うかもしれない。

村の反対側のはずれで、暗殺チームはまるで生き物のように、ふたたび合体した。ペトリ皿で再結合する細胞を思わせる動きだった。指揮官がGPSを見て、左に折れ、村がある急斜面からのびている土の道にはいった。山腹を登ってゆく道の先は森で、暗視ゴーグルをはめるとようやくそれが見えた。

指揮官が、GPSの情報をもとに、部下に伝えた。

「あと四〇〇メートル」

吹雪が激しくなっていた。雪片が渦巻く程度だったのが、厚い白いシーツとなって降り注いでいた。五人のリビア人は、レバノンでの訓練やヨーロッパの任務で雪を見たことはあったが、体が寒さにまったく慣れていなかった。四十八時間前には、この戦闘員たちはトリポリのアパートメントにいて、電子監視部隊とともに、反体制派のプロパガンダ放送の発信源を突き止めようとしていた。狭苦しい部屋の温度は三七、八度あったので、スイス東部の谷の寒さは、五人の肉体にとって衝撃だった。

小屋のそばを通過しそうになった。テックが提供したGPS座標がなかったら、五人は森のなかを何時間もさまよっていたはずだ。スコーピオンを出し、バッグを背負って、銃床をのばした。スコーピオンを肩付けし、照準器が暗視ゴーグルの視線のすこし下にくるように、銃床をのばした。五人は、用心深く小屋を取り囲み、ひとりずつ点呼した。

指揮官が最初に告げた。「1、位置についた。玄関ドアまで一〇メートル。動きはない。窓は板が張ってある」

「2、1のそばに」

「3、西側。窓ひとつ。板が張ってある」

「4、東側。窓ひとつ。板が張ってある」

「5、裏手。窓なし。物置が小屋にくっついている。表に南京錠。ほかにはなにもない」

指揮官がいった。「5、そのまま裏にいろ。遮蔽物《しゃへいぶつ》を見つけ、準備。3、4、正面にまわれ。四人で突入する」

「了解」

ジェントリーは、東側の地下室に通じている床の穴のそばに敷いた寝袋で、夢も見ずに眠っていた。鎮痛剤が太腿の痛みを和らげ、緊張をほぐすのに必要な休息をもたらしていた。深く、安らかな眠りだった。

ほんのつかの間だったが。

指揮官が、ベルトから破片手榴弾をはずした。ピンを抜き、レバーを握ったまま、ゆっくりと玄関ドアに近づいた。2が正面でドアを破る爆薬を用意していると、ドアが完全に閉まっていないことに気づいた。指揮官のほうを向き、ドアの隙間を指さした。

指揮官がうなずき、うしろのふたりに向かってささやいた。「あいている。用意」

2がすばやくドアを押しあけ、屋内のターゲットをうしろの三人が狙い撃てるようにしゃがんだ。なかは真っ暗だった。暗視ゴーグルがあっても、なかのようすはまったく見えなかった。

指揮官が、下手投げで手榴弾をほうり込んだ。2、3、4が爆発を避けるために、玄関の両脇に移動した。指揮官の手を離れた手榴弾は、闇に見えなくなったが、その投擲《とうてき》で固い表面にぶつかる音が、やけに早く聞こえた。指揮官がドアから離れようとしたとき、暗視ゴーグルの視界に手榴弾が現われた。小屋のなかから跳ね返ってきた手榴弾が、ドアの正面で雪の上に落ちた。

さいわい、四人ともいちはやく、手榴弾の導火線がはぜているのを見た。雪の積もった地面や、小屋の角の向こうへ、四人はそれぞれ身を投げた。手榴弾の方角を見ていた三人の暗視ゴーグルは、爆発のために使用不能になった。四人目は肘に小さな弾子が当たり、倒れた。すばやく気を取り直した指揮官は、役に立たなくなった暗視ゴーグルをむしり取って、ドアに近づき、闇に向けて発砲しながら突入した。2と3がつづこうとしたが、二秒後に指揮官の叫び声で、ぴたりと足をとめた。

「人獲り罠《マントラップ》!」

17

疲れ果てたジェントリーは、寝袋で仮眠をとる直前に、大きな錆《さ》びたメッシュの壁を、玄関の内側六〇センチのところへ移動した。高さ二一〇センチ、重さ九〇キロのその仕掛けは、床の長さ九〇センチのレールの上を動かすようになっている。メッシュの壁の左右には、蝶《ちょう》番《つがい》付きの長い金具があって、それをドアの両側の留め金に固定できる。突入チームを撃退する効果的なバリケードになり、突入のもっとも危険な瞬間に、チームは狭いところで動きがとれなくなる。ジェントリーがここを受け継いだときに、すでにそのマントラップはあったのだが、爆発物で吹っ飛ばしたり、破城槌で倒したりするのは容易なので、その能力をあまり高く買っていなかった。ブーツでも本気で蹴れば、ひとたまりもないはずだ。だが、玄関前で手榴弾が爆発し、寝袋から跳び出して、身をかがめたとき、その古めかしい錆びたバリケードが、眠りこけていた自分の命を救ってくれたのだと、ただちに悟った。

寝袋のそばに置いてあった装備のダッフルバッグふたつを、ジェントリーはあわてて狭い地下室の穴に蹴り込んだ。B&Tサブ・マシンガンをつかみ、弾倉一本分を片手で玄関口に向けて放つと、穴に滑りおりた。一八〇センチの深さの地下室におりると、床板をひっぱって穴をふさいだ。

小屋の玄関の左手で、3が血に染まった雪の上でしゃがんだ。手榴弾の弾子がまともに肘に当たり、肉と骨を貫通していた。だが、3は鍛錬を積んだ兵士だった。ほとんど声を出さず、傷口に雪を詰め込んだとき、冷たい感触にわずかにひるんだだけだった。まもなく激痛に襲われるはずだが、まだ痛みはなかった。

指揮官は負傷した3には目もくれず、ドア破壊用の爆薬すべてに時限信管を取り付けて、玄関から投げ込むよう2に命じた。ほどなく、ティッシュペーパーの箱ほどの大きさのプラスティック爆薬が、マントラップのレールの縁に落ちた。小屋の正面にいた無傷の三人が向きを変えて駆け出し、2と4が3の腋《わき》の下をつかんで持ちあげ、物蔭へ急いで逃げた。

黒い森のなかは、一瞬静まり返った。聞こえるのは、松葉と地面に落ちた松葉に雪がはらはらと当たる低い音と、オークの倒木の蔭で身を縮めているトリポリから来た暗殺チームの荒い息遣いだけだった。

その真っ暗闇と低い物音が、白い閃光と鼓膜が破れそうな爆発音に取って代わられた。くだんの手榴弾の爆発など、シャンパンの栓を抜くようなものだったと思えた。小屋の玄関が、床から板張りの屋根まで粉々《こなごな》になり、木材や松の生木が飛ばされて、小屋から三〇メートルほどのところに落下した。

燃える木っ端が雪とともに松のあいだをゆっくりと舞い落ちるなか、指揮官、2、4が小屋の残骸《ざんがい》に突入した。正面の壁にできた穴から跳び込み、それぞれが一連射か二連射を放った。指揮官が右手に進んだ。2が左手、4が狭い小屋のなかを直進した。吹っ飛ばされたメッシュの壁、壊れた本棚やテーブル、箱、調理道具、判別のつかない物体が散乱するなかで、燃えている布や紙の炎を頼りに足もとをたしかめた。

その部屋にも狭いバスルームにも、生存者がひとりもいないと三人とも確信すると、床の残骸を蹴って調べた。黒焦げになったずたずたの死体が、そのなかにあるにちがいないと思っていた。裏手に動きがないことを5が報告したころには、小屋のなかの三人は不安をもよおしていた。狭い小屋だった。火明かりだけでは暗いとはいえ、十秒もたつと、死体がないことが確認された。

指揮官が、天井を見あげた。わずか一秒で、ロフトも屋根裏部屋もないと判断した。ゆっくりと足もとを見おろした。

「跳ね上げ戸があるはずだ。探せ」

2が見つけていた。ひっくりかえった火鉢のそばにあり、石炭の塊をいくつか蹴とばしてどかすと見つかった。火はもう消えていたので、爆発で棚から落ちたものの奇跡的に壊れていなかった電気ランタンを指揮官が点灯した。跳ね上げ戸のそばの床に、それを置いた。

「用心しろ。仕掛けがあるかもしれない。山にトンネルを掘っていないかぎり、やつは袋のネズミだ」

2と4がうなずいた。自信を深めていた。グレイマンがこの下にネズミみたいに隠れている。

5は、裏手の茂った松の蔭に立っていた。六メートル前方に、南京錠で閉ざされた物置がある。高さ一五〇センチで、小屋の脇にあるが、くっついてはいないようだった。5は小屋のなかの仲間に連絡した。なかの三人は、長い金属棒で跳ね上げ戸をあけようとしていた。それから手榴弾を投げ込み、発砲し、そのあとでおりていって、ターゲットの首を斬る、という手はずだった。

5は戦闘に参加できない。まわりの雪に向けて悪態をついた。スコーピオンは低く構えていた。

突然、小屋のなかからエンジンが咳き込んで始動する音が聞こえた。いや、小屋にはだれもいない。物置だ。物置のドアに目を向けた瞬間、大きなドンという音が森に鳴り響き、南京錠がはずれて吹っ飛び、物置のドアが大きくひらいた。5がサブ・マシンガンの照準器を覗いたとき、エンジンの悲鳴が高まり、狭い物置の暗がりから、大きな物体が宙に躍り出た。

若いリビア軍兵士は、スノーモービルを見たことがなかった。

弾丸のような形の乗り物が目の前に着地したので、5は脇に身を投げて雪の上を転がり、倒木の切り株に背中をしたたかにぶつけた。目をあげたとき、乗り物にまたがっている人影がどうにか見えた。マスクで顔を覆《おお》い、大きな荷物を背負っている、暗視ゴーグルで見た映像がぼやけるほど動きが速く、それも一瞬にして通り過ぎた。

5はあわててサブ・マシンガンを取ろうとしたが、積もっている落ち葉と雪に埋もれていた。ようやく見つけて照準器を覗いたときには、黒い影は雪だまりや灌木《かんぼく》や若木を突っ切り、橇《スキッド》の左右にあらゆるものを飛ばしながら、小さな丘を越えて姿を消そうとしていた。

「5！ 報告しろ！」指揮官の甲高《かんだか》い声が、イヤホンから聞こえた。

「やつはこっちだ！ こっちにいる！ 山に向かっている！」

「撃て！」

5は、山を駆け登りはじめた。「応援してくれ！ やつは橇のついたバイクに乗ってる！」

スノーモービルの向きを変えて、山を下り、殺人チームのそばを通過するしかないと、ジェントリーは悟った。山頂で森が唐突に途切れ、巨大な岩壁がそびえていた。しばらくは森に隠れられるだろうが、グアルダの住民が目を醒まして、数キロメートル離れたクールの地元警察を呼んでいることはまちがいない。それがここに来るにはしばらくかかるし、ダヴォスから本格的な警察部隊が到着するのは一時間後だろう。だが、数時間どころか、数分でもここにじっとしているつもりはなかった。

「クソ！」ジェントリーは、凍れる大気に向かって叫んだ。装備を入れたダッフルバッグを、ひとつ置いてこなければならなかった。土間の地下室からスノーモービルをしまってある物置まで、土の地面を斜めに掘ってあった九〇センチの長さのトンネルを、通すことができなかった。隠匿所にあった一二番径のショットガンで、内側から南京錠を吹っ飛ばした。その強力な武器は、スノーモービルのハンドルバーのあいだに置いてある。

グアルダの隠匿所の存在を知る生きた人間はひとりしかいないとわかっていたから、ジェントリーは激怒していた。ドナルド・フィッツロイのやつだ。グレイマンが自陣営にくわわるとすぐに、フィッツロイは確保済みの武器隠匿所を提供した。貫禄のあるイギリス紳士のフィッツロイは、そのときに、その隠れ小屋を建てて使っていた人物が、もはや必要としなくなったので遠慮なく使ってほしいと打ち明けた。その男は、ウラジオストック郊外のどこかで、バラバラ死体になって埋められているのを発見されたという。

ジェントリーは、そんな悪運は気にならなかったので、もっけのさいわいとしてフィッツロイからその小屋をもらった。ヨーロッパ中央に位置し、村や谷間とも離れていて、車輪のついた乗り物も回転翼のついた乗り物も、数百メートル以内に接近すればすぐに聞きつけられることが、気に入っていた。

好都合な武器隠匿所だった。こっちを殺そうとしている連中にフィッツロイが場所を教えなかったら、今後もずっと使いつづけられたにちがいない。

殺人チームから遠ざかって山を登り、四十秒が過ぎたところで、スノーモービルは足場になる雪を失った。ジェントリーは急ハンドルを切って、左右をさえぎっている四、五メートルの高さの花崗岩《かこうがん》の壁をよけた。足とスロットルを使って方向転換し、斜面の下の森と小屋と、その向こうの村を目指した。いまは丘の縁の蔭になっている。銃や爆発物を持った男たちの姿は見えない。向こうからも見えないはずだ。だが、舗装されていない凍った道を、いまも登っていることはまちがいない。相手がふたりなのか、五人なのか、十五人なのか、五十人なのか、見当がつかなかった。小屋の裏にいるひとりをちらりと見ただけだ。だが、森のなかでほかの人間は見ていないし、攻撃は小屋の正面に集中していた。

一瞬、選択肢を考えた。周囲を見まわし、たちまち逃げ道はないと判断した。二、三人を相手に戦うことは可能だが、敵が接近してくるとおぼしい前方はひらけていて、戦うには不利だった。敵があの凍った牧草地に散開して、幅広い前線を敷き、同時に接近してきた場合、左右およびまんなかのターゲットと同時に交戦するのは不可能だ。そのうちに撃たれる。

高地は戦術的に有利なはずだったが、ジェントリーにとってこの高地は最悪だった。右手に、斜面を下るべつのルートがある。幅が一二〇センチもない羊の獣道で、とてつもない急傾斜だ。森を一直線に抜けて、牧草地の反対側に出られる。しかし、勾配がきつすぎて、スノーモービルではとうていおりられない。ためすだけでも自殺行為だろう。

下のほうから声が聞こえた。人間狩りの熱狂にかられ、男たちが荒々しく叫んでいた。男たちは道路を登り、ジェントリーの逃げ道のない位置に迫っていた。

「やつはどこへも逃げられない！」指揮官が叫んだ。無線機を使おうともしなかった。爆発音と銃声で、五人の聴覚は今夜はずっと損なわれたままだろう。滑りやすい道路をまとまって小走りに登る部下三人に、大声で指示していた。3は小屋のそばに置いてきた。傷に包帯を巻き、戦闘は無理でも、意識ははっきりしていて、歩きまわることもできる。

頭上の尾根に近づくと、四人はスコーピオンの弾倉を抜いて、弾薬がじゅうぶんに残っていることを確認した。プロフェッショナルらしい手さばきで弾倉をはめて、きっちりと押し込んだ。暗視ゴーグルをかけていた。雪が間断なく降り、前方のグリーンの画像が動いている。尾根のてっぺんに近づくと歩度をゆるめ、指示を待たずに音もなく散開した。

突然、スノーモービルのエンジンの爆音が甲高《かんだか》く響いた。音が高く、けたたましくなり、リビア人四人の正面の頭上に、単眼のヘッドライトが現われ、暗視ゴーグルにはグリーンに輝く亡霊のように見えた。それが四人めがけて突き進んできた。

「撃て！」指揮官が金切り声で命じた。四人ともかがんで、接近するスノーモービルに弾丸を浴びせた。うなりをあげるサブ・マシンガン一挺あたり、毎秒二十発のホローポイント弾が降り注いだ。曳光弾が弧を描き、突き刺さり、ロケット推進式の蛍のように空に向けて跳ねた。

距離三〇メートルで、スノーモービルが地上を離れた。二五メートル飛翔し、激しく着地して、また空に向けて跳ね返り、落ちて横倒しになった。四人のリビア人のそばを通って坂を滑り落ち、二〇メートルうしろでとまるまで、ヘッドライトはついたままだった。

エンジンがまわりつづけている。

エンジンから熱い排気ガスが吐き出され、暗視ゴーグルの視界がぼやけた。

弾倉を交換してから、指揮官がそこへ向けて走った。氷で滑り、膝をついた。２が追い抜いたときに、身を起こした。四人はすばやく道路の周囲を見まわし、疑っていたことが裏付けられた。

「やつがいない！」

ジェントリーは一瞬、時速八〇キロメートルで滑走している感覚を味わった。むろん地上近くではなにもかもが速く感じられる。雪と氷と枝や草の硬い破片が顔にぶつかるせいで、よけいにスピード感が高まっていた。

だが、じっさいの速度がどうであれ、羊の獣道を自分が滑りおりている速度が速すぎることはたしかだった。

またもやダッフルバッグの装備を手放すのはつらかったが、そうするしかなかった。武器と手榴弾と双眼鏡は、頂上の氷の上に捨てた。銃身を短く切ったショットガンは、ハンドルバーに結びつけて、スノーモービルが直進するようにした。べつの紐《ひも》でスロットルを全開にした。スノーモービルが尾根の縁を越えて道路を下るのを見届けてから、精いっぱい速く岩棚の雪上を走り、花崗岩の壁のきわを通って、森を抜ける二〇度近い傾斜の獣道がはじまっているところへ行った。獣道は牧草地の下のほうを通過し、いまも闇に沈んでいる小さな村までのびている。東の山から曙光《しょこう》が覗くまで、まだ一時間ある。

全力疾走で、宙に躍り出し、怪我をしているほうの足を前にして、空《から》にして背負っている大きなカンバスのダッフルバッグを押さえ、雪の上に着地した。獣道の勾配は、最初のほうがことに急だった。たちまち制御を失いそうになったが、やや楽な直線部分で姿勢を回復した。だが、そういうところは、ほとんどないとわかった。

左手の山腹から銃声が聞こえ、光が瞬《またた》くのが感じられたが、足と行く手から目をそらさないようにしていた。

一〇〇メートルほどは、自分の計画に満足していた。すばやく滑り降りて、殺戮地帯《キル・ゾーン》を脱することができる。それに、じっさいそう悪い計画ではなかったが、実行には無理があるとわかった。森のなかに滑り込むと、松の根が獣道を横切っていた。滑る速度が速すぎて、とまることができなかった。

根の瘤《こぶ》を覆《おお》う氷のところで、ジェントリーの体が宙に浮かび、そのまま九〇度まわった。進行方向とは直角に、脇から着地した。そのせいで体がまわりはじめ、何度も横転した。包帯を巻いた膝が、斜めにぶつかって体重がかかり、足が吹き溜まりにひっかかって、体がまた九〇度以上まわった。橇《そり》代わりのダッフルバッグはとっくにはずれて、あとに残し、頭から先に滑り落ちていた。森から勢いよく跳び出し、グアルダの村の上手にある牧草地に達したときには、スーパーマンのように両手を前に突き出し、勢いを殺すことができなくなっていた。

滑落は最初から最後までわずか四十五秒だったが、ジェントリーには一生にも思えた。

動きがとまると、ジェントリーは雪の上に仰向《あおむ》けになっていた。眩暈《めまい》を抑えるために数秒待ち、上半身を起こして、体の機能をたしかめてから、朝の闇のなかでふらふらと立ちあがった。痛む個所を調べた。右太腿の銃創が、だいぶずきずき痛む。二日のあいだにふさがった傷口が、またひらいてしまったにちがいない。膝に鋭い痛みがある。出血しているのだろう。足首は痛いが、ちゃんと動かせる。冷たい山の空気を吸うと、右脇腹で痛みが燃えあがる。肋骨《ろっこつ》にひびがはいっている可能性があり、痛いが、ことに厄介というほどではない。左肘もなにかに何度もぶつけたようだった。山の斜面のありとあらゆるものにぶつかったのかもしれない。尺骨の先もこわばって、腫《は》れている。

すべてを考え合わせると、これだけ良好な状態なのは幸運だったと思った。闇のなかで険しい斜面を滑り、転がり、跳ねながら落ちてきたのだから、サブ・マシンガンを撃つ殺し屋がいなくても、もっとひどい怪我を負っていてもおかしくなかった。

つぎに、持ち物を確認した。明るい気分が、また沈んだ。足首のホルスターの小さなワルサー、スナップを留めた尻ポケットに入れた財布、前ポケットの折り畳みナイフがあるだけで、なにもかもなくしていた——衛星携帯電話、救急用品、予備弾薬、小火器、手榴弾、双眼鏡——すべて失った。

谷底におりるのに、さらに二十分かかった。一本だけの道路、単線の線路、ひと部屋だけの駅がある。雪はみぞれに変わっていて、ジェントリーはふるえ、手袋をはめていない手をポケット深くに突っ込んだ。

ミニバンが目に留まった。駅の駐車場にとまっているのは、その一台だけだった。殺人チームの車にちがいない。運転席側のウィンドウを破り、すばやく乗り込んで、ハンドルの下のカバーをブーツの踵《かかと》で二度蹴って壊した。イグニッションを数秒で取り出して、一分とかからないうちにコードをショートさせた。だが、エンジンはかからなかった。急いでダッシュボードの下のキルスイッチ（電源を遮断するスイッチ）を探した。なかったので、バンをおりて、ドアを手荒く閉め、タイヤを四本ともナイフで切り裂いた。この破壊工作で、こちらがここまでおりてきて、すでに出発したことが、敵にわかってしまう。だが、敵も急いでグアルダを出るしかないはずだ。警察がまもなく到着する。暗殺犯が午前中いっぱいかけて森を捜索することはありえないから、まだ山にいると思わせても無意味だ。

そこに立ち、敵が来るまで十分か二十分の余裕しかないと判断した。村人に見つかることや、山を登ってくる警察の車に出くわすことを、どれほど心配しているかで、その時間差は異なってくる。

ジェントリーは駅の小さな窓ガラスを割り、なかに手を入れて掛け金をはずした。まず、壁の時刻表を見た。スイス国内のすべての鉄道の時刻表だった。それから、コート掛けの厚い茶色のコートを取って羽織った。肩のところがすこしきつかったが、これで凍え死にせずにすむ。タイヤの太い女性用自転車が、壁にもたせかけてあった。ジェントリーはそれを取って、ドアを閉め、またがるために片脚をふりあげたときに燃えあがった脇の痛みに、顔をしかめた。

まだ六時過ぎで、列車が谷間を走りはじめるのは七時になってからだとわかっていた。チューリヒ行きの朝一番の急行に乗るためには、もっと大きな村へ行かなければならない。

そこで、かすかなオレンジ色の朝焼けを背に受け、ジェントリーはエンガディン街道を西に向かった。ペダルを漕ぐたびに、背中の下のほうと右太腿、左膝が、焼けるように痛んだ。寒さで顔がひりひりした。降る雪に向けて身をこごめ、疲れ果て、傷つき、意気阻喪《そそう》していた。武器と書類を手に入れるために、丸一日を無駄にした。それで得たものは傷だけだった。だが、逆境にぶつかっても決意をふり絞ることができる男はめったにいないとはいえ、合わないコートを着て、女性用自転車に乗っている、やつれて血にまみれたこの男もそのひとりだった。ジェントリーには計画も装備も、助けもなく、いまでは友人すらいないとわかった。

フィッツロイはずっと嘘をついていて、罠にかけようとしてきた。フィッツロイが手持ちの最高の資産《アセット》を裏切った理由がなんであろうと、姿を消して、フィッツロイに裏切りの責任をとらせる権利が自分にはある。

だが、ジェントリーは当面、西に進みつづけることにした。事情をもっと掌握する必要があるし、その方法はひとつしかないとわかっていた。

18

グリニッジ標準時の午前六時、サー・ドナルド・フィッツロイは、シコルスキー・ヘリコプターの左の窓から、青々とした草地を見おろした。高度数百フィートの低空をヘリコプターが疾《はや》く飛ぶうちに、その風景は見えなくなり、一〇〇〇フィート下に白い波頭と黒い水面が現われた。眼下にはドーヴァー海峡の白亜の崖がある。ブリテン諸島がそこで終わり、イギリス海峡に変わる。フィッツロイ、ロイド、アブバケル大統領の代理のフェリックス、テック、ローラングループの用心棒四人がヘリに乗り、南のノルマンディを目指していた。フィッツロイには、その理由がわからなかった。「刺激策《インセンティヴ》をもうひとつ加味する」と、一時間前にロイドが告げた。「リビア・チームがスイスでの仕事にしくじり、ジェントリーの気が変わって、あなたの家族など地獄に落ちようが知ったことかといった場合に備えて、ジェントリーを誘い込む餌をもうひとつ用意する」

フィッツロイが質問する前に、ロイドは電話で、イギリス海峡を横断できるよう給油したヘリコプターを、ただちに南ロンドンのバタシー・ヘリポートに来させろと命じた。

フィッツロイはたびたびヨーロッパ大陸を訪れていて、ときたまガトウィック空港かヒースロウ空港から飛行機で行くこともあり、ユーロスター高速列車を使うこともあったが、好きなのは鉄路と海を渡るルートの組み合わせだった。列車でチャタムを経由し、ドーヴァーへ行って、フェリーに乗って、フランスのカレーか、ベルギーのゼーブリュッヘに向かう。それは若いころの旅路で、旅客機のように楽で速い旅ではなく、北海のトンネルを通るような現代的な便利さもない。だが、フェリーでイギリスに帰り、水面の遠くの靄《もや》にまぎれて、荘厳たるドーヴァーの白亜の崖が見えたときに感じる愛情と誇りは、それらの旅とは比べ物にならないくらい格別だった。

イギリス人にとって、あれほど美しい光景はほかにあるだろうか？

そして、白亜の崖のはるか上では、白い鳥が飛翔し、海峡を越える旅人を歓迎する。七十年前には、敵弾で薄い機体が蜂の巣になった英空軍の飛行機が帰ってくるのを、おなじように歓迎したのだ。そういった飛行機には、ファシズムとの空の戦いで女王陛下のためにあらゆる危険を冒して、敵を殺し、あるいは戦死した若者たちが、おおぜい乗っていた。

フィッツロイは、郷愁にかられて、左の窓から機外に視線を据え、ドーヴァーの美しい崖が、夜明け前の月明かりのなかで遠ざかるのを見守っていた。そして、自分はその景色を二度と見ることがないだろうと悟った。

「リーゲルからいま連絡があった。リビア・チームはしくじった」ロイドが、インターコムを通じてしゃべっていた。フィッツロイの頭の左右で白髪の房をひっぱっているヘッドセットのイヤホンから、まくしたてている声が聞こえた。

フィッツロイは、キャビンを見まわし、向かいの席のロイドが、こっちを向いているのに気づいた。照明の薄暗い赤い輝きのなかで、ふたりの視線が合った。この二十四時間のうちにロイドのスーツが皺くちゃになっていることに、フィッツロイは目を留めた。襟ボタンをはずしたシャツから、ゆるめたネクタイが垂れている。

「何人死んだ?」フィッツロイはきいた。

「意外にもゼロだ。ひとり負傷。連中は、グレイマンは亡霊だといっている」

「なんの取り得もないたとえだな」フィッツロイは、マイクに向かっていった。

「あいにくそうだ。亡霊ならとうに死んでいる」ロイドが、ふんと鼻を鳴らした。「リビア・チームは、ジェントリーが万一われわれの防御陣を突破した場合に備えて、バイユーに派遣した」

フィッツロイは首をふった。「無駄だ。スイスの武器隠匿所のことを知っているのは、わたしだけだった。刺客《しかく》に情報を漏らしたのはわたしだと、ジェントリーにはわかる。ずっと裏切っていたことがわかったら、わたしの家族を救おうとはしないだろう」

ロイドは、にやにや笑っただけだった。「この緊急事態には備えがある」

「馬鹿をいうな。ジェントリーがわたしを助けるものか。それがわからないのか?」

「もうその計画は捨てた」ロイドが向きを変え、テックと話し合った。

シコルスキー・ヘリコプターは高速で海峡を渡り、月光に照らされた水面が、トレイにダイヤモンドを散らしたように輝いた。午前七時、シコルスキーはノルマンディ上陸作戦最大の激戦地だったオマハ・ビーチの真上を通過した。眼下のビーチの渚《なぎさ》や浜や断崖で、三千人近いアメリカの若者が命を落とした。ロイドは、窓の外を見なかった。インターコムでテックと話をしていた。フィッツロイはそれを聞いていたが、口は挟まなかった。ロイドが高圧的に命令をがなり、チェスの盤面の駒《ピース》を動かすように、監視専門家の動きを調整していた。いまは、グアルダの西と東に暗殺チームを配置するようテックに命じている。チューリヒ、ルツェルン、ベルン、バーゼル。ジェントリーの出発点と目的地との距離が縮まったため、現在も戦闘可能な索敵殺戮《ハンター・キラー》チームそれぞれの担当範囲は、だいぶ狭まった。

「ベネズエラ・チームをフランクフルトからチューリヒに移動しろ。南アフリカ・チームは、万一やつが南下した場合のためにベルンに行かせろ。ミュンヘンにはだれがいる？　では、ジェントリーはボツワナ人をすでにやり過ごしたわけだ。ボツワナ人はパリまで戻せ。そこでスリランカ・チームを支援させる。カザフ・チームはリヨンだったな？　リヨンはだいぶ南だが、もっと情報がはいるまで、そのままにする。いつでも北上できるように、幹線道路近くにいさせろ。チューリヒにもっと監視班を派遣して、これまでにわかっているジェントリーの支援要員を念入りに調べさせろ。パリはほかにだれがいる？　ああ、どれほど優秀か知らないが、ひとりでは役に立たない。ジェントリーは、パリには何度も行っている。パリには三チームと、その韓国人ひとりを配置する。韓国人がまだ連絡してこない？　ほうっておけ。情報だけ送ってやればいい。そいつは一匹狼の工作員だ。淋《さび》しくなったからといって、電話をかけてくることはない」

クレアは、ベッドの縁に腰かけて、不安だった。午前七時半だった。太陽が明るく輝くまで、まだ三十分ある。

どうにか眠れたのは、母親にまずいグリーンの咳止めシロップを飲ませられたからだった。目が醒めたときは、まだ暗かった。はじめはどこにいるのだろうと思ったが、やがてきのうの恐ろしい出来事をひとつひとつ思い出した。バイユーにある家族の別荘から、巨大なゲート、長い私道、緑の芝生のあるシャトーまでの短いドライブが、そのクライマックスだった。革ジャケットを着た大きな男たちが、聞き慣れない言葉をしゃべっていた。なにも心配はいらないと口ではいいながら、パパもママも心配そうな顔だったのを憶えている。

クレアは、妹が隣で眠っていることをたしかめた。ケイトはそこにいた。ケイトも、咳止めシロップをひと口飲まされていた。

ベッドの縁に腰かけたままで、クレアは窓の外を眺めた。シャトーの横手にある砂利の駐車場に大男がひとりいるだけで、あとは動きがない。男は首から大きな銃を吊るし、ジャケットから煙草《たばこ》を出しては、たてつづけに吸っていた。

ときどき、ウォーキイトーキイでしゃべっていた。それがどういうものなのか、クレアは知っていた。まだ幼いころ、うちに泊まったアメリカ人のジムを思い出した。やはりああいう無線機を持っていて、ボタンを押せば電話のように話ができ、裏庭にいるママが出ると、ジムが説明してくれた。

いままわりにいる男たちは、アメリカ人のジムとはまるでちがう。ジムがうちにいたときのことを、なにもかも憶えているわけではなかったが、感じがよくてやさしかったのは憶えている。ここにいる男たちは、不機嫌な険しい顔をしている。

きのうの晩、ママが咳止めシロップを飲ませる前に、ケイトがお城のなかを探検したいといった。クレアもいっしょに行ったが、のんきな妹とはちがって、遊ぶためではなかった。キッチンをふたりが通ったとき、険しい顔の男たちはふたりには目もくれなかった。ケイトが鍋やフライパンを叩いた。広いシャトーに響き渡るのがおもしろかったからだ。ふたりは果てしなくつづく木の廊下をぶらぶら歩き、暗くて薄気味の悪い廊下は、途中からひきかえした。埃《ほこり》まみれのワインが山ほどあるセラーや、革装の大きな本でいっぱいの図書室を見つけた。角を生やし、牙をむき出した、毛むくじゃらの恐ろしい獣の首がいくつも壁に飾られた部屋が、あちこちにあった。茶トラの猫が廊下を駆けていったので、ふたりはそれを追いかけて地下室にはいり、棚の上のほうの壁の小窓を押しあけて猫が裏庭に出るのを見守った。

つぎにふたりは螺旋《らせん》階段を見つけて、幾重にもまわっている階段を昇り、塔の最上階に出た。そこで明かりをつけると、テーブルに向かって座っている男がいた。あいた窓から、男は外の闇を見ていた。そばに無線機があり、目の前に大きな銃を置いていた。男が少女ふたりを外国語で棘々《とげとげ》しくどなりつけた。ケイトは笑って、階段を駆けおりた。クレアもつづいたが、胸のなかで心臓が激しく打っていた。男が無線機に向かってどなり、ほどなく何人かがやってきて、少女ふたりを捕まえ、抱きかかえて両親の部屋に連れていった。大男のひとりが、子供たちを寝かしつけるようにとパパに英語で命じた。パパが男にどなり返し、子供に手を出すなといって、バルコニーに出た。ママにバスルームに連れていかれて、薬を飲まされた。

昼間も夜も嫌なことばかりだったが、目が醒めたいま、悪い夢ではなかったことをクレアは知った。きょうもおなじように嫌な日になりそうだった。

暗がりでクレアがベッドに腰かけ、心配していると、遠くから奇妙な音が聞こえてきた。やがて音が大きくなり、シャトーに近づいた。ロンドンの家の上空をよくヘリコプターが飛んでいるので、そのローターの音だとすぐにわかった。

クレアは、顔を窓に向けて立った。ヘリコプターは、広い裏庭の大きな噴水の向こうにある森を越えて、近づいてきた。白い機体の上で黒いローターがまわり、砂利の駐車場の向こう端に来ると、横向きになって着陸し、地面に沈み込むように見えた。側面のドアがあき、スーツ姿の四人がおりてきた。

ヘリコプターの起こす風が、ひとりのスーツのジャケットをはだけさせ、六〇メートル離れていたクレアのところからも、白いシャツの上に付けた拳銃のホルスターが見えた。

また銃を持った男たちが来た。

ローター・ブレードがうなりをあげて回転するなかで、さらに四人がおりてきた。最初の男は黒人で、茶色のスーツを着ていた。つぎの男が、スーツケースふたつを運んでいた。長髪をポニーテイルにまとめているその男が、シャトーに向けて走った。そのつぎはブリーフケースを持った男だった。瘦《や》せていて、黒いスーツにレインコートを重ねている。艶《つや》のある黒い髪は短く、風で乱れていた。遠くからでも、高い地位にある人間にちがいないとクレアにはわかった。風采、しっかりした足どりで大股に歩くところ、周囲の人間に対する態度で、それがわかる。

四人目はもっと大柄で、年配で、回転するローターの風ではためいている耳のまわりの白髪を除けば、禿げていた。クレアは、窓ガラスに顔を押しつけ、目を凝らして、もっとよく見ようとした。

そのとき大きな声を出し、ヘリコプターが近づいてきて着陸してもまだ眠っていたうしろのケイトが、はっとして目を醒ました。

「おじいちゃん！」

フィッツロイは、シャトーの一階にあるキッチンで、息子夫婦と一分だけ話をすることを許された。フィリップとエリーズは、ふさぎ込み、混乱し、怒ることもできないくらい怯《おび》えていた。

そこから四階の広い部屋に連れていかれた。ロンドンのローラングループ子会社にあった会議室とおなじような設備だった。フィッツロイ用に、大きなルイ十五世様式の肘掛け椅子が用意されていた。ロイドは、しゃれた形の黒い現代的な椅子を使った。テックがすでに位置についていて、べつの部屋から運ばれ、テックの要求に応じてつなげられ、長い列をなしているテーブルに、電子機器が設置されていた。テックはノート・パソコンや無線機器のスイッチを入れているところで、新作戦室がオンライン化されようとしていた。

その部屋には、ドアが三カ所にあった。ひとつは隣のバスルームに通じている。もうひとつは、広い廊下に出るドアだった。ベラルーシ人警備隊のひとりがロイドと内密の話をするために三つ目のドアからはいってきたときに、そこに螺旋《らせん》階段があることに、フィッツロイは気づいた。頭上の塔や下の階に通じているにちがいない。

ロンドンから来た一行がまだ設営をやっているとき、椅子のそばのテーブルに置いてあったフィッツロイの携帯電話が鳴った。テーブルのスピーカーと携帯電話は、ケーブルでつないであった。ロイドがボタンを押して出ようとしたとき、まだ逆探知の準備ができていないと、テックが一同に向けて叫んだ。

「チェルトナム・セキュリティ」フィッツロイはいった。疲れて、声がかすれていた。

「おれだ」グレイマンがいった。

「どんなぐあいだ？」

長い間があった。ようやく、「グアルダのことを、やつらにしゃべったな？」

フィッツロイは、否定しなかった。くたびれた声で、そっと答えた。「ああ、話した。ほんとうに申しわけない」

「家族が死んだら、もっと後悔することになるだろう。あばよ、元気でな、ドン」

ロイドが、部屋のまんなかに立っていた。すばやくテーブルのところへ行き、携帯電話のほうにかがみ込んで口を切った。「おはよう、コートランド」

かなり長いあいだ返事がなかったので、ロイドは小さな携帯電話を取りあげて、つながっていることをたしかめた。

「おまえはだれだ？」

「コート、ここの善良な騎士《ナイト》にあまりきつくあたらないでほしいな。わたしがサー・ドナルドを、秘密を守り切れない立場に追い込んだんだ」

「おまえは何者だ？」

「わたしの声に聞きおぼえがないか？」

「ない」

「いっしょに仕事をしたこともある。ロイドだ」

返事はなかった。

ロイドがつづけた。「CIA時代《ラングレー》。平和で幸福な時代だったな」

「ロイド？」

「そうだ。あれからどうしていた？」

「ロイドという名前に憶えはない」

「いいか、ジェントリーさん。わたしはそんなに長く勤務していなかった。ハンリーの部下で、あんたと他の資産《アセット》が特務愚連隊《グーン・スクワッド》にいたころ、最前線で活動するのを支援した」

「ハンリーは憶えている。おまえは憶えていない」

ロイドがひどく気分を害しているのを、フィッツロイは見てとった。「まあ、暴力が得意で頭がからっぽなあんたたちには、ソーシャルＩＱが高いという評判はまったくないからな」フィッツロイのほうを見た。困惑しているのか？　どうでもいいというように、ロイドが手をふった。「まあいい。肝心なのは、ノルマンディに来て、怖れを知らない指揮官を助けるという気持ちが弱まったとしても、あんたは現在の旅程をつづけることを考えるかもしれない。なぜなら、あんたにはここでやりたいことがあるはずだからね」

「罠に跳び込むことがわかっていながら、やりたいようなことなど、なにもない。あばよ、フロイド」

「ロイドだ。Ｆじゃなくて、ＬＬではじまる。電話を切らず、わたしのセールスの口上を聞いたほうがいいかもしれないぞ」

「四年前におれの解雇通知《バーン・ノーティス》を出したのは、おまえだったのか？」ジェントリーがきいた。電話から聞こえる声は、慎重で平静のようだったが、その手の質問が感情的で激しさを秘めていることを、フィッツロイは知っていた。

「いや、あんたを消そうとしたのは、わたしではない。当時、その決定に反対した。まだ使い道があると思ったからだ」

「それじゃ、だれがおれを消そうとした？　ハンリーか？」

「それは日をあらためて話し合おう。あんたがここに来れば、話ができるかもしれない」

「約束した、あばよ」

「あんたがいま気にしなければいけないのは、〇六年にだれに処分《バーン》されたかではなく、ここに来なかった場合、だれに処分されるかということだろうな」

電話の向こうで、ジェントリーがふんと鼻を鳴らした。「二度処分されることはない」

「それがあるんだな。CIAを辞めたとき、わたしはちょっとした保険を持ち出した。あんたや他の数人がどういう目に遭ったかを目にしていたからだ。成功していた作戦が、議会で証言しなければならない人間の反感を買ったとき、CIAを動かしている政治家がどんな残忍な手段を使うか、わたしは知っている。わたしは自分にいい聞かせた。〝ロイド、おまえはコート・ジェントリーやその他の工作員《エージェンシーや》みたいな間抜けじゃないから、始末されるなよ〟。そこで、生き延びるために、やらなければならないことをやった」

「機密を盗んだのか」

「いまもいったように、生き延びるためだ」

「おまえは売国奴だ」

「おなじことだ。作戦、情報源、手段、人事ファイルの詳しい書類をコピーした」

「人事ファイル？」

「そうだ。いま持っている」

「嘘だ」

「ちょっと待て」フィッツロイが見ていると、ロイドがテーブルの金色のフォルダーの書類を何枚かめくった。ロイドが手にしたのとおなじようなフォルダーが、そばに何冊も積んであった。「ジェントリー、コートランド、A。一九七四年四月十八日、フロリダ州ジャクソンヴィル生まれ。父母はジムとライラ・ジェントリー。兄ひとり、死亡。小学校は——」

「もういい」

「もっとある。すべて揃っている。あんたのSADや独立資産《アセット》開発プログラムでの経歴。G《ゴル》S《フ・シエラ》の仕事。あんたの配下。写真、指紋、歯科医の記録、その他もろもろ」

「なにが望みだ？」

「ノルマンディに来てもらいたい」

「理由は？」

「こっちに来たら話し合おう」

間があまりにも長かったので、シャトーの三階から断片的な声がフィッツロイの耳に届いた。エリーズがフィリップをどなっている。ふたりの結婚生活は不安定で、こういうプレッシャーが望ましくないことを、フィッツロイは知っていた。

ジェントリーが、ようやく口をひらいた。「なんでもやりたいことをやれよ、ロイド。おれの書類をおおっぴらにすればいい。知ったことか。この件からはもう手を引く」

「いいだろう。あんたのデータを世界中にばらまくぞ。一週間とたたないうちに、あんたが損害をあたえたギャングや敵の諜報機関やあんたに殺しの契約を横取りされて恨んでいる刺《し》客《かく》が、あんたを付け狙うようになる。これまでの四十八時間など、温泉で一日のんびりしたみたいに思えるだろうな」

「そんなことは平気だ」

「それに、フィッツロイも死ぬ。家族もだ。それでも平気か?」

かすかなためらい。「フィッツロイは、おれを裏切るべきじゃなかった」

「なるほど。あんたは冷酷非情な男だな、コート。しかし、もうひとつ、わたしがいい忘れていたことがある。わたしが局からくすねた人事ファイルは、あんたのものだけじゃない。あんたがノルマンディに来なかったら、現役、休眠中、退役、その他のまだ正体がばれていないＳＡＤ工作員すべての名前、写真、支援要員のファイルをばらまく。ＣＩＡの殺し屋すべてが、あんたとおなじように、狩られ、日干しになり、処分される。インターネットのどの検索エンジンでも名前が出てくるようでは、使いものにならないからな」

かなり長い時間を置いて、ジェントリーは口をひらいた。「いったいぜんたい、なにがいいたい? どうしてそんなことをする? おれを殺《や》るだけのために」

「あんただけの問題じゃないんだ、この高慢ちき野郎! ほんとうの大きな目標の前では、あんたは取るに足らない。だが、ここに来てもらう必要がある。来なかったら、アメリカの最高の隠密工作員たちをこの世から一掃してやる。ＳＡＤの資産《アセット》すべてと、わかっている支援要員が、野良犬みたいに追われるようにしてやる!」

ジェントリーは黙っていた。列車がレールを走るときの律動的な音が電話口から聞こえたような気がして、フィッツロイは小首をかしげた。

つぎにロイドはいった。「もちろん、あんたとＳＡＤ工作員すべてのファイルをネットにアップするには、何日かかかる。なにしろ大量のファイルだ。まずは、べつのものからはじめよう。よく晴れたあすの早朝、あんたがここに来なかったら、まず下の階にいるフィッツロイ一家のようすを見にいく。最初は幼い子供たちだ。迅速に突入、迅速に離脱、という鉄則だ。わたしのいう意味はわかるな？　子供たちを殺し、両親を殺し、午前中の仕上げにこのフィッツロイじいさんを殺す」

ジェントリーが、ようやく口をひらいた。「おまえがクレアやケイトに手を触れたら、探し出して、口から出る言葉が早く殺してくれという祈りだけになるまで、じんわりと拷問してやる」

ロイドが、両手を叩いた。「それが聞きたかった！　感情！　激情！　よし、あすは卵と丸パンを食べる時間に間に合うように来たほうがいい。かわいい娘たちの首をへし折るのは、朝食後の最初の仕事だからな」

フィッツロイは、不機嫌な顔で沈黙していた。会話のあいだ、忘れ去られた犬みたいに脇に座っていた。だが、ロイドがその最後の言葉を発したとき、ルイ十五世様式の肘掛け椅子から跳び出して、ロイドの喉首をつかんだ。接続したばかりのコンピュータやスピーカーのコードが、ふたりの足にひっかかり、テーブルの電子機器から抜けた。ロイドの回転椅子がひっくりかえり、ふたりは床に勢いよく倒れた。フィッツロイは、ロイドの鉄縁眼鏡を払い落とし、皮膚がぴんと張りつめた頬桁《ほおげた》を両方の拳《こぶし》で殴りつけた。

北アイルランド人用心棒ふたりが、部屋にはいってきて、肥満体のフィッツロイをロイドから引き離すまで、十秒近くかかった。ようやくふたりが引き離され、フィッツロイは椅子に押し戻された。つぎにスコットランド人の用心棒ふたりが駆け込んできて、フィッツロイの頭と両腕を押さえた。どなり声と悲鳴が四階中に反響し、ベラルーシ人ひとりが、温室の脇の車庫で見つけた鎖を持ってきた。フィッツロイは手荒く椅子にくくりつけられたが、ルイ十五世様式の椅子の肘掛けと脚に通した鎖で両腕と両足をきつく縛られるあいだも、抵抗をつづけていた。冷たい鋼鉄の鎖が首にかけられ、額にも巻かれた。鎖全体が、巨大な南京錠で固定された。

そのあいだ、ロイドは床にへたり込んでいた。荒い息をつきながら座ったまま、髪をなでつけ、ネクタイを直した。床に落ちていた眼鏡を拾い、曲がっていた蔓《つる》をもとどおりに直してからかけた。顔にひっかき傷があり、腕と顎と首に痣《あざ》ができていたが、あとはどこも怪我していなかった。

ようやく椅子に戻ると、電話のそばのデスクに椅子を動かしていった。

「悪いな、コート。技術的な問題があって。またつながった。聞いているか？」

だが、ジェントリーはとうに電話を切っていた。

ロイドは、フィッツロイのほうを見た。フィッツロイが見返した。そもそも鎖で身動きがとれず、そっぽを向くこともできなかった。

「やつが勝負をおりないといいんだがね、ドン。やつがおりたら、あんたと家族はじわじわとみじめな死にかたをするはめになる。わたしをアイヴィー・リーグのやわな男だと思っているな？　ＣＩＡもそう思っていた。荒くれ者どもがすべての栄光をものにするあいだ、わたしは政策案の書類仕事をしていた。やつらもあんたもクソくらえ！　わたしは汚い不正工作の現場で最高のやつらよりも、もっと汚い手が使える。これをやり抜くために、そういう手が使えるし、使うつもりだ。アブバケルには契約に署名させる。天然ガス開発は、あすの正午にははじまっているだろう。そのときには、あんたもあんたの家族のことも忘れているさ。いまからそれまでのあいだに、あんたたちが死のうが生きようが、わたしにはどうでもいいことだ。きめるのはあんただ、ドニー・ボーイ。もう一度あんなまねをしたら、三度目があると思うなよ」

「コートは途中でやめはしない。来るだろう。そしておまえを殺す」

「ここまで来られるものか。だが、よしんば来られたとしても、そのときにはあんたの知っているグレイマンの姿ではない。傷つき、時間はなく、睡眠はとれず、装備は足りない」

「装備？」

「そうだ。この手の連中は、装備なしでは勝てない」

　フィッツロイが、怒りをこめた笑いを漏らした。「おまえはなにもわかっていないな。コートのもっとも威力のある大砲は、頭のなかにある。彼が唯一、必要とする武器は、頭脳だ。あとのもの——銃、ナイフ、爆弾……すべて付属品だ」

「馬鹿ばかしい。戦術工作員の御伽噺《おとぎばなし》を吹き込まれたのか。栄光を浴びたならず者——それがジェントリーだ」

「御伽噺ではないし、コートがやることに栄光などない。コートは仕事人だ。冷静で、残忍で、有能だ。角の肉屋が肉をさばくようにてきぱきとやる。邪魔をするとどうなるか、いまにわかる」

「そうか、精いっぱい邪魔するつもりなんだがね」

フィッツロイの肉付きのいい顔は、五人を相手に揉《も》み合ったために、赤カブみたいになり、汗だくだった。獣のように椅子に縛りつけられ、頭の三分の一に鎖が巻かれていた。それなのに、にんまりと笑った。

「口先ばかりの人間は、前にも相手にしたことがある。壁ぎわに追いつめられても口だけは達者なマスかき野郎。権力を握ったちんぽこ野郎。わたしの最盛期、おまえみたいな男が現われては消えていった。おまえにもいい時期が来るだろうが、やがて坂を転げ落ちる。おまえはわたしを脅せるようなタマじゃない」

フィッツロイのほうに身をかがめたロイドの顔が、ひくひく痙攣《けいれん》した。「そうか。それじゃ、これから下の階へ行って、どれにしようかな《イーニー・ミーニー・マイニー・モウ》といいながら、お下げの小さな首を持ってこようか。どうだ――」

「ホモ野郎のいいそうなことだ。椅子に縛りつけられている男が怖いから、子供を脅そうというのか？　自分がどれほど剣呑《けんのん》な男かを見せつけようとすればするほど、おまえにはじめて会ったときにわたしが判断したタイプにぴたりとはまる。軟弱なちびのおねえ役。尻を貸すあわれな男。椅子にくくりつけられた年寄りにも勝てないから、もっと弱い相手を狙うわけだ。クソまみれのマスかき野郎め」

ロイドの目が怒りのあまり細くなり、フィッツロイの顔に荒い息が当たった。ゆっくりと座り直すと、ロイドはかすかな笑みを浮かべた。額にかかっていた毛の房を払い、皮膚が張りつめた頭になでつけた。

「あんたに対してなにができるか、見せてやろう。おまえとわたしだけで」ドアのそばにいたベラルーシ人のひとりに向けて、うしろに手をのばした。「だれかナイフを貸してくれ」

19

キム・ソンパクは、豪奢《ごうしゃ》なプラザ・アテネのスイートルームで、夜明けに目を醒ました。贅沢《ぜいたく》な設備の整った部屋だったが、ベッドでは眠らず、ミニバーの酒も飲まず、ルームサービスも利用しなかった。仕掛け線や侵入を教えるものをあちこちに設置してから、奥のクロゼットの床に寝た。

午前六時に部屋を出て、パリの街路を歩きはじめ、セーヌ川右岸からの道路を暗記し、橋を渡って左岸に出た。欧米人の顔立ちや癖を見てとり、自動車と歩行者にとって自然の隘《チョーク》路《・ポイント》になる場所を頭に入れた。

GPSには、グレイマンの支援要員とわかっている人間の名前と住所が入力されている。パリの西の再開発地区ラ・デファンスの高層ビルにある市場調査会社を経営している元CIA局員。二〇〇一年にSADがカブールで使ったアフガニスタン人通訳で、いまは左岸のサンジェルマン大通りで中東料理のレストランを経営している男。フィッツロイの情報提供者で、コンコルド広場近くの庁舎で事務をとっている内務省の役人。ラテン地区でほぼ引退生活を送っている、ヨーロッパでSADのために働いたことがある凄腕のパイロット。

キムは公共交通機関を使って、それぞれの居場所をすばやく下見し、徹底的に調べた。建物への接近経路、近くの駐車場の位置、それぞれの地域を行き来する公共交通機関のルート。韓国政府に自分を派遣するよう依頼した勢力に雇われた地元の監視員がいることはわかっていたし、それどころか、GPSに入力された場所のすべてでそういう男女を目にした。いずれも、練度の高い工作員に見破られないほどの技倆《ぎりょう》は具わっていなかった。グレイマンも見破るにちがいない。監視員の支援はあてにせず、自分の追跡の技倆を駆使するしかないと悟った。

ひきつづき地図をじっくり見ながら、街の中心部をパトロールした。グレイマンが目撃されれば、既知の支援要員の居場所に駆けつける用意はできていたが、今回の任務でグレイマンが支援要員を使うとは思えなかった。できることならパリは避けたいはずだ。人口が稠密《ちゅうみつ》で、警官も多く、監視カメラも多い。古い知り合いも多くいて、まちがいなく監視されている。なんらかの理由でグレイマンがパリに来ることを余儀なくされた場合、つながりをたどられるおそれがない人間から必要なものを手に入れるように、最大限の努力をはらうはずだ。自分も一匹狼の刺客《しかく》なので、キムにはそれがわかっていた。つねに単独で行動する。自分も野良犬のように狩られたことがあったし、手助けしてくれそうな人間をすべて避けざるをえなかったこともあった。

だが、そういう孤立、疲労、負傷、差し迫った必要、自暴自棄が、すべて過ちに通じることも、キムは知っていた。グレイマンがはるばるパリまでやってきたとして、なにかこの街で必要なものがあるとすれば、追いつめられた獣のようになっているはずだ。グレイマンがどう行動し、どう反応するかという予想は、すべて白紙に戻さなければならない。それでなくても、世界でもっとも危険な男のようなのだ。その男が恐怖に目を血走らせ、時間と必死で競争しているのだから、失敗を犯す可能性があるにせよ、周囲の人間にとってはいっそう危険な存在になる。グレイマンがパリにいるという報せが届いたなら、光の都パリの街路を、血の川が流れるにちがいない。

ジェントリーは、盗んだ自転車で雪の降る夜明けのなかを走り、アルデッツ村の駅に着いた。地元の住民が何人かいて、チューリヒ行きの始発列車や東のイタリアやオーストリア国境へ向かう列車を待っていた。ジェントリーは、東行きの列車を待っていたティーンエイジャーの若者に四十ドル相当のユーロで携帯電話を借り、フィッツロイに電話して、裏切ったことを五分ほどなじった。話を聞かれないように、コンクリートのプラットホームの二〇メートルほど先に行き、雪のなかに立っていると、インターラーケン行きの列車が到着した。電話口で争いがはじまると電話を切り、発信履歴を消して、現金を添えて若者に携帯電話を返した。しばらくして、チューリヒ行きの始発列車に乗った。土曜日だったので、狭い谷を抜ける一時間四十五分の旅のあいだ、乗客はほとんど乗ってこなかった。鮮やかな赤の列車は、路線の村の駅をつぎつぎと通過した。

列車に乗っているあいだに体が温まった。だれもいない車両で、ジェントリーはズボンをおろして傷を調べた。膝の切り傷をつつき、ちくちくと痛む太腿《ふともも》の射入口と射出口を指先で押した。銃創が感染を起こしていないかと心配だった。サーボの貯水槽で泳いだことで、そうなっているおそれがある。あとは問題なかった。脚の裂傷は歩くうちに治っていて、すこしずきずきするだけだった。ひびのはいった肋骨《ろっこつ》もおなじだった。

待ち構えている罠に近づくにつれて、成功の確率は低下するという気がしていたが、なおもノルマンディを目指さなければならないことはわかっていた。裏切ったフィッツロイはろくでなしだが、ロイドのせいで抜き差しならない立場に追い込まれていることは、認めざるをえなかった。仮に双子が自分の家族で、殺し屋をおおぜい抱えていて、なんの罪もない子供を殺すのに良心の呵責《かしゃく》をまったく感じないクソ野郎のために、生命の危険にさらされているとしたら、やはり手段を選ばず、だれかを裏切るだろうと思った。

ロイドのことを考えると、血が沸き立った。正直いって、記憶に残っていなかったが、CIAには隠密作戦の舞台裏でデスクワークをする小物のケツの穴野郎が、掃《は》いて棄てるほどいる。危険を冒すのは、自分のような現場工作員だ。顔は思い浮かばなかったが、上司がなにかの理由でときどき本部の背広組を紹介することがあった。ロイドもそのひとりだったのだろう。そしてその後、ロイドは機密のSAD人事ファイルを盗み、CIAを辞《や》めて民間に転職した。

とんでもないクソ野郎だ。

ジェントリーは、ロイドのことを思い出そうとした。記憶回路のどこかに、いまの苦境から脱け出すのに役立つことがないかと探したが、レールをたどる列車の響きに、眠りを誘われた。裂傷や痣《あざ》や無理をした筋肉や銃創のせいで、緊張を解くのもひと苦労だったが、痛みも感じないほど疲れていた。チューリヒに到着する数分前に眠り込み、列車が減速し、まもなく到着するという録音された案内の声で、はっと目を醒ました。立ちあがって、出口に向かうとき、ハンターがすぐうしろに迫っているのに眠り込んだ自分の修練の甘さをののしった。

チューリヒ中央駅で、ジュネーヴ行きの切符を買った。あと二時間、列車に乗ることになるので、ソーセージの売店へ行って、大きなブラートブルストを一本とコーヒーを買った。奇妙な取り合わせだったが、カフェインとたんぱく質二〇〇グラムで、肉体が鋭敏になることを願った。

列車の発車時刻の二十分前にエスカレーターをおりて、駅の二階下の大きなショッピング・センターへ行き、有料バスルームを見つけて、小部屋を占領した。ズボンをおろさずに蓋《ふた》をした便器に座り、うしろの冷たい壁にもたれた。拳銃を抜き、いつでも撃てるように膝の上で握った。鉄道駅は、敵が捜索を行なうように決まっている場所だ。バスルームの個室では逃げ場がかぎられているが、プラットホームに二十分以上も立っていたら、敵に見つけてくださいと頼むようなものだ。それより、ここに隠れているほうがましだとわかっていた。ここでロイドの手先に発見されたら、個室のドアごしに全弾発射して突破するまでだ。

いい計画ではなかったが、そもそもこの作戦を引き受けた時点で賢明な判断をかなぐり棄てしまったのだということは、認めざるをえない。いまとなっては、修羅場をくぐり抜けて、日曜日の午前八時まで生き延び、その後も生き延びられるよう願うしかない。

発車時刻まで一分を切ったところで、ジェントリーは十七番線のプラットホームに出て、ジュネーヴ行きの列車が動き出すと同時にそっと乗り込んだ。


午前九時四十分に、リーゲルの電話が鳴った。リーゲルはオフィスにいた。スコットランドでのライチョウ狩りをしぶしぶとりやめて、土曜日も丸一日勤務するところだった。

「リーゲルだ」

「クルーガーです」クルーガーは、ローラングループのチューリヒ支店で保安責任者をつとめるスイス人だった。「ターゲットの情報をつかみました。ロイドさんに連絡するようにいわれていますが、そちらに報せたほうがいいと思いまして」

「結構、クルーガー。情報は伝える。なにをつかんだ？」

「やつを発見しました。九時四十分のジュネーヴ行きに乗ったところです。二等で、席は予約していません」

「ジュネーヴ？　どうして南西に行く？　北西に向かうはずなのに」

「逃げたのかもしれません。あきらめて」

「かもしれない。ちがうかもしれない。方角がちがうが、やつの支援要員はジュネーヴにいるはずだ」

「駅で待ち伏せるように、ジュネーヴに監視を配置できます」

「だめだ。そこが目的地だとすれば、もっとちがう歓迎陣を手配する。欺瞞《ぎまん》の可能性もある。途中でおりて、べつの列車でフランスに向かうのかもしれない。チューリヒとジュネーヴのあいだの停車駅すべてに人員を配置しろ。それから、列車が発車する前におりた気配がないか、確認しろ」

「じつは、おなじ列車に乗っています。やつのお守りをして、近づくあいだ情報を伝えます」

「万事《アレス・クラー》よし。でかした」

リーゲルは、ノルマンディのシャトーにいるテックに電話をかけた。「九時四十分チューリヒ発ジュネーヴ行きの列車に追いつくように、ベネズエラ・チームを南に向かわせろ。グレイマンが乗っているが、途中でおりようとするかもしれない。命令一下すぐにやつを殺《や》れるように、ベネズエラ・チームに準備させろ」

「了解しました」

リーゲルは、デスクに置いたスイスの大きな地図を見た。「バーゼルの南アフリカ・チームをジュネーヴに行かせろ。ジェントリーが生きてジュネーヴまで行ったら、あとを跟《つ》けて街中でやれ。駅は監視カメラや警官が多い」

ジェントリーは、十五分ともたなかった。二等の最後尾の車両で、うしろ寄りの窓ぎわの席を見つけた。コートを脱いで、体にかけた。その下で拳銃を抜き、膝に置いて、グリップを握った。

そして、うとうとと眠った。

「――ヴァイス」

頭を窓にもたせかけたまま、のろのろと目を醒ました。血走った目のぼやけた視界を通し、吹雪《ふぶき》が顔のそばの窓を叩いているのが見えた。舌を突き出して、ガラスの向こうのぼた雪をなめたかった。山野は雪に覆《おお》われ、傾斜がきついために雪が積もりにくい急峻な山だけが、灰色や茶色に輝いていた。灰色の雲は低く、村々があっというまに通り過ぎる。美しい冬の朝だった。

「身分証明書《アウスヴァイス》!」すぐ右から声が聞こえた。ジェントリーは顔をまわしてすばやく見た。高飛車に指示する声だった。

スイス警察の制服警官四人が、ジェントリーを見おろすように通路に立っていた。グレイのズボンに、濃淡二色のグレイのジャケット。都市警察だ。練度の高い連邦警察ではない。大きなグロック17を腰に吊っている。もっとも年配の警官が腕をのばし、手をひろげていた。

「身分証明書、どうぞ《ビッテ》」

ジェントリーは、旅行で使うドイツ語ぐらいはわかっていた。白髪の巡査部長は、身分証明書を見せろといっている。列車の切符ではなく。

まずい。

ジェントリーは拳銃をコートの下で動かし、ビニールのクッションと壁のあいだに押し込んで、座り直した。

身分証明書はない。切符だけだ。拳銃を隠すと、コートのポケットを探り、切符を出して差し出した。

警官はそれを見ようともせずに、英語でいった。「身分証明書を見せてください」

「パスポートはなくした。再発行してもらうために、ジュネーヴの大使館へ行くところです」

警官は四人とも英語がわかるようだった。でたらめもいいかげんにしろという顔で、こちらを見ていた。

「アメリカ人だね？」年配の警官がきいた。

「カナダ人です」厄介なことになったと、ジェントリーは悟った。拳銃を始末したとしても、足首には革のホルスターがマジックテープで留めてある。この警官たちは鋭敏そうだから、体を触《さわ》って調べるのを怠《おこた》らないだろう。空《から》のホルスターを見つけたら、座席のまわりを調べて、拳銃を見つけることはまちがいない。

「荷物は？」

「盗まれたといっただろう」愛想よくしても無意味だ。この警官たちを殴り倒さないかぎり、けりはつかないだろう。なんの罪もない警官の頭と頭をぶつけるのは気が進まないが、ほかに方法はなさそうだった。たとえ一対四でも、奇襲、速度、激烈な攻撃の組み合わせがあれば、列車の通路のような狭い空間で優位が得られる。

前にもやったことがある。

そのとき、車両の端のドアがあき、さらに三人の警官がはいってきた。四人のスクラムとは距離を置き、遠くで見守っている。

クソ。一対七だ。この警官たちは隙を見せない。四人を戦闘不能にしてから、七、八メートル進んで、さらに三人を倒し、なおかつ銃弾で蜂の巣にならないというのは、ありえないことだと、ジェントリーは知っていた。

「立って」正面の銀髪の警官がいった。

「どうしてだ？　おれがなにをした？」

「立ってくれたら説明する」

「おれはただ——」

「二度といわない」

ジェントリーは、肩を落として立ちあがり、通路に一歩進んだ。若い警官が近づき、ジェントリーをうしろ向きにさせた。すばやくうしろで手錠をかけた。車両にいた乗客が、魅入られたように眺めていた。カメラ付き携帯電話を出すものがいたので、ジェントリーは精いっぱい顔をそむけた。

若い警官に体を探られ、たちまちポケットの折り畳みナイフと、足首のホルスターが見つけられた。座席が探されて、拳銃が全員に見えるようにトロフィーよろしく高々と持ちあげられた。

「おれはアメリカの連邦捜査官だ」ほかに口実もなかったので、ジェントリーはそういった。それで拳銃が返されて、尻をぽんと叩かれるとは思っていなかったが、警官たちがいくらか緊張を解き、逃げるチャンスができることを願った。

「身分証明書もないのに?」指揮官らしき警官がきいた。

「なくした」

「それは聞いた。けさグアルダにいたな?」

カメラ付き携帯電話や目を丸くした乗客に囲まれていると、もう自分が目立たない男《グレイマン》だとは思えなくなった。返事はしなかった。ドアのところにいた新手の警官のひとりが、ウォーキイトーキイで話していた。ほどなく列車が速度を落としはじめた。

20

リーゲルは、午前十一時三十八分にその電話を受けた。

「クルーガーです。ジェントリーは、マルナンという小さな村で、列車からおろされました。停車駅ではありません」

「だれに連れていかれた？」

「都市警察です。手錠をかけられて、プラットホームに座り、警官に囲まれています。警官がローザンヌから護送車を呼んでいるのを小耳に挟みました。三十分以内に来るでしょう」

「おまえも列車からおりたのか？」

「乗客はおりるのを許されませんでした。ローザンヌでおりて、警察署へ行き、やつが来るのを待ちます」

リーゲルは、電話を切りながらコンピュータの地図を見て、ロイドを呼び出した。「ベネズエラ・チームに、ジェントリーはマルナンにいると伝えろ。ローザンヌの約三〇キロメートル北だ。警察に捕らえられている」

ロイドがすかさず答えた。「警察に渡すわけにはいかない！　われわれが捕まえないと！」

リーゲルは、デスクの向こうを見やった。ハンティングで仕留めた獲物、十数個の麗々《れいれい》しい動物の首が、こっちを睨《にら》んでいる。「わかっている。ベネズエラ・チームに、武器使用は自由だと伝えろ。邪魔者は殲滅《せんめつ》しろと」

「そうこなくちゃ！　そいつらは優秀なのか？」

「フーゴ・チャベスの総合情報部《GIO》から引き抜いた。カラカスで最高の精鋭だ」

「わかった。で、優秀なんだな？」

「そいつはじきにわかるだろうよ」

小さな駅のプラットホームにある木のベンチで、ジェントリーはふるえながら座っていた。左手をベンチの鉄の肘掛けにつながれていた。都市警察の警官五人が、雪がすこし降っているなかで、ジェントリーを囲んでいた。あとは列車に残っていた。

グアルダの大騒動のあと、人相書きがまわったのだろうと、ジェントリーは思った。アルデツの駅で盗まれた自転車が見つかり、切符売場の女が警察に質問されたのだろう。チューリヒ行きの始発列車に乗った外国人を、その女が憶えていたにちがいない。チューリヒは小国スイスの交通の要所だから、すべての列車、バス、飛行機に乗っているひとり旅の三十代の茶色の髪の男を探すよう、すべての警官に警報が発せられるのは、当然の成り行きだった。プラットホームの駅名表示に、マルナンと記されていた。地図に載っているのかどうかも定かでなかったが、体は二時間程度の睡眠をとったように感じられたので、ジュネーヴはそう遠くないはずだ。この連中から逃げ出して旅をつづける方策を見つけなければならない。

ジェントリーの頭の奥で、時計がカチカチと時を刻んでいた。

指揮官の警官が、隣に座った。峰を覆《おお》う雪のように真っ白な髪で、つけたばかりのアフターシェイブローションの香りがした。

「ローザンヌから迎えの車が来るのを待っている。警察署に連行する。グアルダの撃ち合いと、おまえが列車で持っていた拳銃について、刑事たちが事情を聞きにくるだろう」

「わかりました」ジェントリーは、愛想良くするという方針に変えていた。夏のそよ風のようにやさしくする戦略をとるのは、ほかに手がないからだった。それで釈放されるわけではないが、警察に対して優位に立てるかもしれない。警察が警戒をゆるめれば、つけこめる隙ができる。とはいえ、スイスでズボンの下に拳銃を隠し持つのは、アメリカでの連続殺人にもひとしい不法行為だ。

「洗面所に行けるか？」

「いや。小便は我慢しろ」

まわりの若い警官たちが笑った。

ジェントリーは、溜息をついた。きいてみただけだ。

左手のプラットホームの先に、二車線の道路があり、くねくねと曲がって登り、丘を越えていた。リコリスキャンディみたいにつるんとした濡れた黒い道が、山を覆う雪をふたつに切り分けている。ダークグリーンのパネルバンが一台、駅の端から五〇メートル弱離れた坂の上にとまっていた。駅の一本だけのプラットホームでジェントリーがベンチに座り、警官たちが立っている場所からの距離は、ほぼ九〇メートルだった。マフラーから排気ガスが吹き出し、バンの後部の大気に立ち昇っている。

ジェントリーは、警官が増える前に隙を見つけようとして、右に視線を向けた。右手は村はずれだった。お菓子の家のような家が、もっと現代的な建物のあいだで輝いている。薪《まき》を燃やす煙が、家並みの上に浮かび、灰色の空に散らばってゆく。

右手のバンとおなじようなグリーンのバンが、ゆっくりと村を出て、ジェントリーが座っているところから三〇メートルほどのガソリンスタンドにはいった。給油ポンプからは離れた駐車場で、それがかくんととまった。

包囲されたと、ジェントリーは即座に判断した。

「巡査部長！」急いで指揮官の警官を呼んだ。

年配の警官は、部下と話をしていたが、ベンチのジェントリーのところにやってきた。

「よく聞いてほしい。厄介なことになった。右と左にグリーンのバンがとまっている。後部かそれとも前に、おれを殺すために派遣された人間が乗っている。おれを殺《や》るために、そいつらはあんたや部下たちを躊躇《ちゅうちょ》せず殺すだろう」

警官は、右と左のバンを交互に見てから、ジェントリーに視線を戻した。

「なにをわけのわからないことをいっているんだ？」

「やつらは訓練の行き届いた殺し屋だ。われわれは全員、駅舎内に移動する必要がある。急げ！」

警官はのろのろとベルトからウォーキイトーキイを取って、口に当てた。ジェントリーから視線を離さなかった。ドイツ語でうしろの警官たちを呼んだ。警官が英語に切り換えた。「グリーンの車二台。一台は北、一台は南だ。この男が、自分を助けにきた連中だといっている」

「助けにきたんじゃない！　殺しにきたんだ！」

警官五人が、プラットホームの左右のバンを見やった。どちらにもまだ動きは見られない。

「ごまかしだ」ブロンドの若い警官が、拳銃の撃鉄にかけてある暴発止めのバンドをはずしながらいった。

「あんた、何者だ？」べつの警官がきいた。

ジェントリーはそれには答えずにいった。「駅舎にはいらないといけない。急げ」

指揮官の巡査部長が、部下たちにいった。「こいつを見張っていろ。おれが調べてくる」向きを変えて、南のガソリンスタンドにとまっているバンに向けて、プラットホームを歩き出した。

「巡査部長！　やめたほうがいい」ジェントリーは叫んだが、厚いコートを着た銀髪の警官は、聞き入れようとしなかった。

プラットホームの段をおりた警官が、小さなガソリンスタンドの敷地にはいった。グリーンのバンのサイドウィンドウには、スモークが貼ってあった。エンジンはかけたままで、排気管から吐き出される湯気が、うしろの大気を流れていた。

巡査部長がバンに近づくあいだに、ジェントリーは残った警官四人に向けていった。

「巡査部長は殺される。パニックを起こすなよ。協力してことにあたらないといけない。逃げようとしたら撃ち殺される。生き延びたければ、おれのいうとおりにしろ」

「黙れ」ひとりがいった。四人とも、運転席側のサイドウィンドウに近づく巡査部長を見守っていた。巡査部長が、ウォーキイトーキイでスモークを貼ったガラスを叩いた。

「もう一台のバンにも気をつけろ!」立っている警官四人に、ジェントリーは必死で訴えた。

「黙れ」警官がくりかえした。北と南を交互に見ている警官たちが、不安をつのらせているのが、ジェントリーにはわかった。

巡査部長が、サイドウィンドウをもっと強く叩いた。ジェントリーと警官四人が見守っていると、銀髪の巡査部長は濃いスモークごしにじっと覗き込んでいるようだった。なにかが目にはいり、危険の兆候の動きを見てとったにちがいない。巡査部長が、さっと身を引き、腰の拳銃に手をのばした。

銃声とともに、運転席側のサイドウィンドウが粉々《こなごな》に割れた。巡査部長があわててあとずさったとき、ドアがあいた。黒いジャンプスーツに目出し帽の男が、運転席からするりと出てきて、おり立った。銃身の短いサブ・マシンガンを持っている。よろけている巡査部長に向けて、男が二度目の三点射を放った。巡査部長が仰向《あおむ》けに倒れて死んだ。

ジェントリーのまわりにいた警官四人全員が、パニックにかられたすばやさで拳銃を抜いた。三〇メートル近く離れていては、正確な射撃は望めないが、若い警官たちはショックのあまり叫びながら、バンの方角へ発砲した。

「もう一台だ！　もう一台いるんだ！」ジェントリーは、コンクリートのプラットホームに伏せながらわめいた。ベンチの横の冷たいコンクリートに横たわった。ベンチの肘掛けにつながれた左腕が、頭の上にあった。

警官たちは背後に視線を投げ、目出し帽をかぶった男四人が、アスファルト舗装の道路を自分たちの位置に向けて歩いてくるのを見た。ガソリンスタンドの男とおなじような武器を持っている。そちらも三人の新手がくわわっていた。時間はじゅうぶんにあるというように、八人は自信たっぷりの動きで近づいていた。

「手錠をはずせ！　駅舎にはいらないといけない！」ジェントリーは叫んだが、警官たちはプラットホームに身を押しつけるばかりだった。かがんだり、木の荷車の蔭に隠れたり、見通しのいいところに伏せて、殺し屋に向けて狙《いかく》いのはずれた射撃をくりかえしていた。黒ずくめの男たちが、渦巻く雪のなかを両方から威嚇をこめて迫っていた。

禿頭《はげあたま》の若い警官が、ジャケットの肩章に取り付けた無線機に向かって叫んだ。その警官は、ジェントリーとは四、五メートル離れた荷車の蔭にかがんでいた。北から坂をおりてくる男たちの攻撃を防ぐには、貧弱な楯《たて》だったし、南のガソリンスタンドで散開している男たちからは、なんら身を守ることができない。

連射された弾丸がコンクリートのプラットホームにミシン目を打ち、その若い警官にどんどん近づいているのを、ジェントリーは見守っていた。警官はべつの方角を見ていて、マイクに向かって叫んでいるため、気づいていなかった。コンクリートと土埃《つちぼこり》が勢いよく飛び散るたびに近づき、ついに超音速のサブ・マシンガンの弾丸が、警官の両脚と背中に突き刺さった。警官が横向きに倒れて、コンクリートの上でのたうった。死の激痛は、はじまったとたんに終わった。

「だれか、銃を貸してくれ！」ジェントリーは叫んだが、残りの警官三人は、聞く耳を持たなかった。不正確に撃っては、ふるえる手で弾薬を込め直していた。

冷たいコンクリートの上で、ジェントリーは体をまわした。ベンチの鋼鉄の脚に両方のブーツを押しつけ、思い切り蹴った。手錠をつながれている大きな鋼鉄の部品を、躍起《やっき》になって長さ三メートル半の木のベンチからもぎ取ろうとした。蹴りながらひっぱると、金属製の手錠が左手首に食い込んだ。すぐに作業のリズムをつかんだ。脚で蹴り、古い木を引き裂くと、手首と手に激痛が走った。

頭上の窓を自動火器の一斉射撃が襲い、ベンチと四方にガラスの破片が降り注いだ。蹴りながら右上を見た。またひとりの警官が、肩と腰を撃たれていた。銃を落として、コンクリートの上で苦痛にもだえている。

両脚で同時に三十回蹴ると、鉄の部品が木のベンチからはずれた。最後の一回は、ブーツの踵《かかと》で蹴ると同時に、腕を強く引いた。左手首の痛みはすさまじかったが、ベンチは壊れた。

ジェントリーは四つん這いになって、装飾のほどこされた重い金属の塊の上にかがみ、持ちあげた。部品は重さが十数キロあり、擦《す》り傷ができて腫《は》れあがった手首とつながったままだった。手錠をかけられた手を鉄の部品に通して、プラットホームから持ちあげた。そして、両方からの銃火のなかを、プラットホームのまんなかでもがいている警官に向けて走った。三メートルほど手前で、鉄の部品を正面に投げ、それにひっぱられるように警官のそばに伏せた。鉄の部品がコンクリートにぶつかって、四方の銃声よりも激しい音を立てた。金属製の手錠が、腫《は》れた手首をきつく締めつけた。

警官のそばでしゃがむと、ジェントリーはその腹のあたりを探った。

助けにきたものと思った警官が叫んだ。「腰だ！　ひどくやられた――」

「悪いな」いいながら、ジェントリーは警官の多用途ベルトのチェーンから、手錠の鍵をひっぱった。鍵は警官の血に染まっていた。右耳のすぐそばを超音速弾が通過したので、さらに体を低くして、装飾のほどこされたベンチの部品を前に押しやり、プラットホームの縁に向けた。それを押しながら、這い進んでいった。

負傷した警官が手をのばし、離れようとするジェントリーの脚をつかんだ。助けを求めるとともに、逮捕した人間を逃がすまいとする、あわれなこころみだった。いまさら捕らえてもどうにもならないというのに。ジェントリーは、死にかけている警官の手を蹴ってふりほどき、プラットホームに落ちていたベレッタを拾って、なおも這いつづけた。サブ・マシンガンの掃射が、プラットホームの縁までジェントリーを追いかけてきて、鉄の錨もろとも転げ落ちる寸前に追いつきそうになった。ジェントリーは一二〇センチ落下し、プラットホームを楯にすることができた。鍵を雪に落として一瞬見失い、興奮しかかっている頭がパニックを起こしそうになったが、すぐに雪から掘り出した。膝立ちになり、しもやけで赤くなった指を安定させて、左手首の手錠をはずした。

列車から駅にジェントリーを連行した警官五人のうち、いまも反撃しているのはたったふたりだった。いずれもプラットホーム上の貧弱な遮蔽物《しゃへいぶつ》に隠れている。プラットホームからおりるのをだれかに見られていた場合、頭を照準器に捉えられるといけないので、ジェントリーは数メートル移動して縁から覗いた。遮蔽物の蔭から出てこっちへ来いと、警官たちに大声で命じた。ひとりが、弾薬が尽きたと叫び返した。もうひとりは右手を撃たれていて、石のプランターの上から、左手で応射していた。その射撃ぶりからして、右利きにちがいないとジェントリーは判断した。

駅舎のなかの動きが、ジェントリーの目に留まった。駅にいた数人の一般市民は、逃げ出すか伏せていたので、駅舎内のプラットホームに向けて走っているふたりは、側面にまわった襲撃隊の一部にちがいない。

プラットホームに出るドアがあき、黒い目出し帽の男ふたりが、手を怪我している警官のうしろに現われた。

ジェントリーは、ベレッタを右手で構えた。左手は新しい傷のせいで使えない。距離一〇メートルで、目出し帽の男ふたりの顔を撃った。前進の勢いに被弾の衝撃が重なって、ふたりの体がぶつかり合い、ドアから冷たいプラットホームに出て倒れた。

ジェントリーが拝借したベレッタ92の遊底が、二発目で後退したままになった。弾薬切れだ。

「おい！　その銃をこっちに滑らせろ！」

武器をくれと頼むのは、それが三度目だった。生き残っている警官ふたりに働きぶりを見せつけたあとだから、むろん最初の二回とはちがう。手が血まみれになっている若い警官が、殺し屋の小さな黒い銃をすばやく押して、ジェントリーに向けてプラットホームの上を滑らせた。ジェントリーがそれをつかみ、また蔭に隠れた。

ヘッケラー＆コッホMP5——世界でもっともありふれたサブ・マシンガン。ジェントリーの手にすんなり収まった。弾倉を調べると、九ミリ弾が三十発フルに装弾されていた。負傷した警官に、もう一挺を弾薬がなくなった警官のほうに滑らせろと指示した。それが終わると、ジェントリーは指示した。「単射にしろ！　一カ所に一発ずつ撃て！　空《から》になるまでそうするんだ！　わかったか？」

「ウイ！」警官が叫んだ。

「撃て！」

ジェントリーはかがんだままでプラットホームに沿って北へ進み、坂の上から来た四人との距離を詰めようとした。

まだかなり離れていたが、北から列車が接近していた。村の方角からサイレンが聞こえる。

雪の中を線路沿いに這い進みながら、ジェントリーはすべてを意識から追い出そうとした。前方のコンクリートの角をまわり、プラットホームの上を近づいているにちがいない敵だけに、意識を集中した。手首がうずき、前日にブダペストでサーボ・ラースローの家から逃げ出したあとで窓ガラスで切った膝に鋭い痛みがあった。木曜日の太腿《ふともも》の銃創は、たえず痛かったが、いまはそれほど気にならなかった。

コンクリートのプラットホームの端まであと三メートルというところで、男たちの声が聞こえた。スペイン語でしゃべっている。スペイン語？　世界中の人間がおれを殺そうとしているのか？　四人はプラットホームに昇る階段のところでは、一列にならざるをえない。ジェントリーは耳鳴りがしていたが、MP5の弾倉を交換するときにバネが押される音を聞きつけた。

立ちあがったとき、やはり立ちあがったばかりの目出し帽の男ふたりと正対した。ジェントリーは片手に持ったMP5で連射した。距離は三メートルもない。相手はふたりとも倒れた。ひくついているふたりの体に短い連射を放った。MP5を捨て、死んだ殺し屋から新しい一挺を奪うと、向きを変えて、プラットホームの上に駆け登った。

スペイン語をしゃべる殺人チームとスイス警察の両方から逃げる絶好の機会だったが、逃げ出すことはまったく考えていなかった。戦いはつづいていて、自分はその渦中にある。そこから離脱するのは、正しいこととは思えない。なんの罪もない警官ふたりがまだ生きているし、ふたりきりではそう長くは生き延びられない。サイレンが接近し、回転灯の光が、駅舎のわずかに残ったガラスから律動的に反射していた。ジェントリーは、警官ふたりを応援するために駆け戻り、怪我をしていない右手でＭＰ５を正面に構え、あらたなターゲットを探した。

21

クレア・フィッツロイは、ベッドに腰かけて、窓の外の芝生と鬱蒼《うっそう》とした森を眺めた。きのうの午後にシャトーに来てからずっと、空はくすんだ灰色だったが、その朝は低い雲の層がばらけて、かなり遠くまで見ることができた。

ランチがそばに置いてあったが、手をつけていなかった。妹は下のキッチンにママとパパといっしょにいて、つねにパパのそばを離れない革ジャケットの男たちもそこにいる。だが、クレアはキッチンでは食事をしなかった。おなかが痛いとパパとママにいって、部屋に戻ったのだ。

ほんとうにおなかが痛かった。丸一日以上も重くのしかかっている不安のせいだった。学校から急いで連れ出された。パパとママの不安な顔。パパとおじいちゃんの電話での口喧嘩《くちげんか》。銃を持った男たちがやってきて、大きな黒い車で田舎のシャトーに連れてこられた。

表のなにかが、クレアの注意を惹《ひ》いた。寝室の窓のほうに身を乗り出し、目を凝らした。やがて、興奮気味に立ちあがった。遠くにいくつも尖塔が見えた。どういう塔か知っている！　バイユーの大きなノートルダム大聖堂の尖塔だ。バイユーには警察署があるのも知っている。妹といっしょにパパに連れていってもらった、大きな川のほとりにある。粋な制服の警官が、去年の夏、にっこり笑いかけてくれたのを憶えている。

ここから脱け出して、広い裏の芝生を走り、リンゴ園を通って、森を抜けて、遠くにあるバイユーまで行こう。そこで警察署を探して、なにがあったかを話す。警察が助けてくれて、革ジャケットを着て汚い外国語をしゃべる男たちから、みんなを解放してくれる。

パパとママはおおよろこびするだろう。

ものすごく遠いけど、行けると思った。サッカーのチームではいちばん足が速いウィングだもの。地下室にそっとおりていって、きのうの夜にケイトといっしょに猫を追いかけたときに見た小さな窓から脱け出す。

そう決意した八歳のクレア・フィッツロイは、コートのボタンをしっかりと留め、ミトンをはめて、寝室のドアを細目にあけた。明かりが暗い長い廊下に出るとすぐに、階段から声が聞こえたが、上の階にいるようだった。クレアは、小走りに廊下を進んで階段へ行った。階段に体重をかけるとき、音をたてないように小さな足を繊細に動かした。

突然、上から叫び声が聞こえた。クレアはぴたりと足をとめて、上を見た。また叫び声がした。四階からだった。おりはじめながら音の源のほうをふりかえり、低いしわがれた声を聞いた。

ドナルドおじいちゃんの声だ。泣いているような感じだった。

クレアは急いで二階におりた。両親と妹が食事をしているはずのキッチンとダイニング・

ホールは、用心深く避けた。見つかったらパパに怒られ、部屋に戻りなさいといわれるだろう。

廊下が前方で右に折れて、ワイン・セラーにおりる階段に通じていた。クレアはすばやく歩いていたが、いるのがわからないように、できるだけ音をたてないようにした。

角を走って曲がったとき、大男の見張りの背中にぶつかりそうになった。

クレアははたと立ちどまった。その男は茶色のタートルネックを着ていて、胸に吊っている銃の黒い吊り紐《ひも》が、うしろからも見えた。ベルトには拳銃と無線機が取り付けてある。男はまったく音をたてずに、クレアの前方の廊下をパトロールしていた。クレアはひきかえしたり、向きを変えて走り出したりしなかった。男のうしろで、廊下のまんなかに音もなく佇《たたず》んでいた。男はゆっくりと歩いていた。最初は一五〇センチしか離れていなかった。それが三メートルになり、六メートルになった。

見張りが左手のドアをあけた。昨夜、妹と探検したときに、そこが狭いバスルームだということを知った。

見張りがドアを閉めた。

何人かの話し声がクレアのうしろから聞こえた。クレアは急いでバスルームの前を通り過ぎ、ワイン・セラーに通じる石の階段へ行った。

一分後、クレアは棚に登り、小さな体で窓をくぐり、裏の芝生に出た。起きあがると、体を低くして左右を眺め、リードにつないだ大きな犬を連れている男が目にはいった。廊下で見かけた男とおなじように、遠ざかっているところだった。クレアは、白い石の噴水の向こうにあるリンゴの木立の先の、地平線を見た。

バイユーの大聖堂の尖塔がそびえている。

もう一度あたりを見て安心すると、出発した。立ちあがり、小さな脚で精いっぱい疾走した。寒さで息が白い。噴水のそばを通過し、向こう側に出て、なおも走った。こんなに走るのは、生まれてはじめてだった。

何週間か前に、クレアはウォルナット・トゥリー・ウォーク小学校との対抗試合で、ゴールをあげた。左ウィングにいたときに、まずいクリアのボールがフリーになった。それを拾うと、全力疾走でゴールめがけて運び、ドリブルで接近し、低くシュートした。シーズンではじめてのゴールだった。

パパは大喜びして、クレアとケイトに帰り道でピザを食べさせた。あれから、しじゅうその話をする。

クレアは、ボールを運びながら走るみたいに、よく手入れされた青々とした芝生を駆け抜けた。冷たい空気で胸がひりつき、脚が小さな短剣で突き刺されているように痛むのを、気にしないようにした。悪いやつらに追いつかれないように、リンゴ園に逃げ込まなければならない。尖塔にたどり着いて、警察署を見つけなければならない。シャトーで起きていることを、だれかに教えなければならない。家族を救わなければならない。

甘いリンゴの香りがしはじめ、リンゴ園のはずれまであと数メートルというところで、耳をつんざくライフルの鋭い銃声が、背後の広い芝生を渡ってきて、目の前の林から反響した。

クレアはよろけ、リンゴ園のまぎわの低い藪にもんどりうって突っ込んだ。

「あの音はなんだ?」仰天してロイドは叫んだが、ライフルの銃声だというのは、聞けばわかる。指揮所から首を突き出した。四階の廊下の突き当たりにいた護衛は、ロイドとおなじように、なにが起きたのか見当もつかないようだった。

ロイドは、その護衛のそばを駆け抜けて、階段をおりた。スーツのジャケットは着ておらず、ネクタイはほどいて首から垂れていた。襟も大きくあけてあった。腕まくりをして、腋《わき》の下、顔、髪が汗に濡れていた。切ったばかりの傷口をこすったため、シャツに汗と血の縞模様ができている。

三階の踊り場で、ロイドのところへ急いで来ようとしていたベラルーシ人と、鉢合わせしそうになった。

「なにがあった?　だれが撃った?」ロイドはきいた。

「来てください。急いで!」

ロイドは、ベラルーシ人のあとから、二階におりていった。リビングの方角から悲鳴が聞こえる。キッチンにいるエリーズ・フィッツロイの声だった。ベラルーシ人がどなり返している。フェリックスが現われて、なにがあったのかとロイドにたずね、図書室の隣の部屋に戻ってドアを閉めるようにと、ぶっきらぼうに命じられた。ロイドはキッチンにはいろうとしたが、案内してきたベラルーシ人がふりむいて腕をつかんだ。なにかをいったが、その男は英語が下手《へた》だった。ロイドはその手をふり払ったが、あとにつづいて裏口から出た。

はじめはなにも見当たらなかった。白い石の噴水、青々とした芝生、遠くのリンゴ園、晴れた青空だけが見えた。護衛のあとから、噴水の横手を通り、ベラルーシ人三人と犬が、芝生に倒れている人影を見おろしているのに気づいた。

「ジェントリーか?」ロイドは信じられなかった。どうしてこんなに早く——。

芝生にうつぶせに倒れている人間がロイドによく見えるように、犬を連れたベラルーシ人が脇にどいた。

ロイドは、口もとをひきつらせた。「クソ! クソ! ぜったいに避けたかったことが起きてしまった!」

そのとき、警備陣のひとりが、一五〇〇メートル離れたリンゴ園から出てきた。リードにつないだ大きな黒い猟犬を連れて、胸にショットガンを吊るし、左手は茶色の髪をした少女の手首をしっかりとつかんでいる。

双子の片割れだ。ロイドはまだ名前を憶えていなかった。まして見分けはつかない。

ロイドは、庭に案内してきたベラルーシ人の腰から、ウォーキイトーキイをひったくった。送信ボタンを押した。「おい、おまえ。子供は正面に連れていけ。ヒステリーを起こしたガキを抱え込むのはごめんだ」

「わかりました」遠く離れた男が、ウォーキイトーキイで応答した。男は女の子の手を強くひっぱって、リンゴ園のきわを進ませ、頭のうしろに小さな穴があき、顔がめちゃめちゃになって、深い芝にうつぶせに倒れている父親が見えない方向へ連れていった。

ジェントリーは、幹線道路に出ると南のローザンヌを目指し、ローザンヌを過ぎると、レマン湖の岸を西に進んだ。グリーンのパネルバンには九ミリ弾の穴がいくつかあいていたが、油圧計と燃料計の針は安定していた。ジェントリーがあとにした駅では、南米人がすくなくとも四人、雪の上に倒れて死んでいる。あとは現場に到着したパトカー四台の警官八人によって、釘付けになっていた。編成の長い急行列車が通過すると同時に、ジェントリーは線路を渡った。それから急いで折り返して坂を登り、キイを差してエンジンをかけたままだったバンに乗り込んだ。

そしていまは、必死で逃げていた。十五分前には、スイスで最重要のお尋ね者だった。その栄冠は駅で銃撃戦を起こした南米の殺し屋たちに譲ることができたとはいえ、いまも第二位の地位は保っている。重要なお尋ね者が弾痕の残るグリーンのパネルバンを運転しているという報せを、現地の警察がまもなく伝えるはずだ。

22

シャトー・ローランのベラルーシ・チームに、だれもヘリコプターのことを伝えていなかった。その結果、シコルスキーS76が南の森の上に現われ、機体を大きく傾けて、砂利の駐車場の隣にあるヘリパッドに着陸したとき、大混乱が起きた。

パリからヘリコプターが到着するのを知らされていたのは、ロイドだけだった。指揮所にいて、そばの鉛枠ガラス窓をローターの風が叩くのを聞いていた。テックはランチと休憩のために、下に行かせていた。椅子に鎖で縛りつけたフィッツロイは、隣のバスルームに押し込んである。

ロイドはひとりで座り、正面の石の壁を見据えていた。

三分後、うしろのドアがあいた。ロイドはすぐにはふりむかなかった。

「ロイド。ロイドだな?」

ロイドはゆっくりと回転椅子をまわして、新来の客のほうを向いた。リーゲルは大男だった。身長は一八五センチほどもある。多少白髪の混じるブロンドの髪をオールバックにして、ブロンドの眉毛も濃い。厚手のチノパンと、カジュアルなスエードの替え上着《スポーツジャケット》を着ていた。

シャツの襟はあけてある。ロイドよりも二十歳くらい年上だが、体は軟弱になっていなかった。力強い声と相手を威圧する顔つきを見て、この午後はやりづらく厄介なものになるだろうと、ロイドは予感した。

ロイドは、立ちあがらなかった。「リーゲルさん。シャトー・ローランにようこそ」

リーゲルは、腹を立てていた。「おれが来ることを護衛に伝えようとは思わなかったのか？　ベラルーシ人三人に、たったいま、ヘリコプターを攻撃するところだったと聞いた」

「そんなことにならなくてよかった」

リーゲルは、さらに追及しそうなようすだったが、話題を変えた。

「アブバケルの代理は？」

「フェリックスは下にいる。図書室の隣の部屋を割りふってある。報せがあれば呼びにやるといってある」

「ジェントリーがまた罠を抜けたのは聞いたな」

「聞いた」

「だが、ジュネーヴは監視している。現われれば仕留める」

「ずっとそういいつづけているな」

「通りで一発で片づけるということはやっていないかもしれないが、単純な衰耗戦《ウエアー・アンド・ティアー》で叩きのめしている。やつは武器、弾薬、逃げ道、時間、血をまもなく使い果たす」

「それならいいんだがね。こっちは人質を使い果たしつつある」

リーゲルが、テックの椅子に腰をおろした。「来る途中に、あんたに電話でいったように、マルク・ローランがおれに現場で助言をしろと命じた。そんな目でおれを見るな。あんたがおれに来てほしくない以上に、おれだって来たくないんだ。あんたがこしらえて悪化させた、このクソろくでもない汚れ物は、結果がどうあれ、おれの出世には悪影響があるだろうな。おれはただの掃除人だよ。ひどい状況がもっとひどくならないようにするのが役目だ。人質が見張りに撃ち殺されたことをローランが聞いたとき……やっこさんはこういったのさ。〝クルト、ちょっと行ってくれ。やらなければならないことをやれ〟とな」

ロイドの返答は、使い古された皮肉を帯びていた。「ムッシュウ・ローランは心配するには及ばない。二度とああいうことは起こらない。パパはもう死なない」

「フィッツロイ一家はどこだ？」

「三階の部屋に閉じ込めてある」

「父親が撃たれたことは知っているのか？」

「子供は知らない。母親は知っている」

「どんなようすだ？」

「近接警護班のひとりが、しばらくおとなしくしているように鎮静剤を打った」

リーゲルは黙ってうなずいた。「サー・ドナルドは？」

ロイドが、向かいのドアを指さした。「あそこだ」

「どういう状況で撃った？」

ロイドが、肩をすくめた。一瞬、作戦全体への興味を失ったように見えた。「双子の片割れが逃げようとした。屋根のスナイパーが見つけて、無線連絡した。そのときわたしは手が離せなくて、無線を切っていた。見張りが子供を追いかけはじめたとき、父親が逆上した。危害をくわえられると思ったんだろう。廊下で武装したベラルーシ人ふたりを押し倒して、裏口から飛び出し、娘のほうへ行こうとした」

「それで？」

「それで、スナイパーが父親を排除した」

リーゲルは、窓から裏の芝生を見やった。「あわれなやつは、家族を護ろうとしただけだ。娘を連れ戻していたはずだ。家族を置いて逃げるはずがない。家族を置き去りにできる父親などいない」

「スナイパーは家族的な男じゃないんだろう」

「サー・ドナルドは知っているか？」

「ああ。わたしが話した」

「どう受け止めている」

「感情はまったく表わさない。あそこにじっと座っている」

「わかった。おれが話をする。事故だったと説明する」

「無駄だろう」

「すこし休憩したらどうだ、ロイド。ひどいざまだぞ」

ロイドが立ちあがった。シャツについた血にリーゲルが目を留めたが、なにもいわなかった。

「まだわたしが指揮をとっている」ロイドがいった。

リーゲルは、信じられないというように首をふった。「異存はない。おれが求められている以上に、この大惨事の責任をとるのはまっぴらだ。おれはただ助言のために来ただけだ。有益な助言ができるかもしれないぞ。八歳の女の子を見失わないとか、危険でもなく逃げるおそれもない人質を撃ち殺さないとか、味方のヘリコプターがどまんなかに着陸するときに警備陣にそれを伝えるのを忘れないとか。まあ、そういったような提案だな」

ロイドが立ちあがり、ひとこともいわずに、キッチンに通じる階段へ行った。

リーゲルは部屋を横切り、フィッツロイの居場所だとロイドが指したドアをあけた。そこがタイル張りの広いバスルームだったので、リーゲルはびっくりした。蠟燭《ろうそく》に照らされた部屋のまんなかの椅子に、フィッツロイが座っていた。うるんだ血走った目で、フィッツロイがリーゲルを見あげた。首と手と足首が、太い鉄の鎖で椅子に固定され、ずたずたになったシャツがそばの床に落ちていた。着ているのは汗と血にまみれた下着だけだった。顔を殴られていて、破れたツイードのズボンに大きな血の斑点《はんてん》があった。ナイフを突き刺されたにちがいないと、リーゲルは見てとった。

「クソ《シャイセ》」リーゲルはつぶやいた。部屋を出て、廊下で首をのばし、階段の近くにいたスコットランド人の護衛ふたりを呼んだ。「人質の鎖をはずせ。体を拭いてやれ。脚の傷に包帯を巻け。それから、着替えを見つけろ！　おい、おまえら、早くやれ！」

十五分後、リーゲルは三階の主人用居室にある天蓋《てんがい》付きベッドのそばで、スツールに腰かけていた。フィッツロイがベッドに横たわり、睨《にら》み返していた。鎖をはずされ、体を拭かれて、きれいな服に着替えていた。効果のないパンチで皮膚が切れた左こめかみから、湿潤包帯が垂れている。顎と目のまわりの痣《あざ》は、あまり手当てされていなかった。

どちらもしばらく口をきかなかったが、フィッツロイは首をふってコーヒーを断っていた。フィッツロイは、半眼に構えて憎悪を燃やしていた。

リーゲルがようやく話の糸口をみつけた。「サー・ドナルド、リーゲルというものです。あなたへの扱いについて、まず謝罪させてもらいたい。ロイドがこんなことをするとは……まあ、いいわけは立たない。わたしが責任をとる。やりかたを正す」

フィッツロイは沈黙を守り、凝視にも感謝の色が表われる気配はなかった。

「食べ物と水を持ってこさせる。もっときついものがいいか？　ブランディにしようか？　イギリス人は夕方によく一杯やるからな。そうだろう？」

年配の人質からは、依然として反応がなかった。

「まだある。ご子息のことは深くお悔やみ申しあげる。慰める言葉もなく、できる――」

「それならおためごかしをいうな」フィッツロイの声は、紙やすりのようにざらざらしていた。

「わかった。ただ、伝えたかったのは……だれも故意に引き起こしたのではないということだ。まあ、いいわけにはならない。おれがはじめからこの現場にいるべきだった。事故のことを聞いて、すぐに来たんだ。あんたの息子は、父親ならだれでもやることをやった。撃たれたのはまちがいだった」もう一度いった。「ああいう状況で、父親ならだれでもやることをやっただけだ」

フィッツロイは、その言葉を考えているふうだったが、返事はなかった。

「いまからは、おれがあんたの家族の世話を監督する。ロイドには、グレイマンを見つけて消すための対策を調整させる。おれはここの防御も指揮して、万一ジェントリーが、戸外で捜索しているハンターの網の目をくぐり抜けた場合の備えをする」

「彼はもうじき来るだろうよ、ドイツ野郎《フリッツ》」

リーゲルが薄い笑みを浮かべて、座り直した。「ジェントリーは逃走中に、アルバニア・チーム、インドネシア・チーム、ベネズエラ・チームを壊滅させるか、実質的に壊滅させた。リビア・チームもひとりが不注意で負傷した。つまり、暗殺チーム三個を掃滅し、四個目の兵力を減じさせた。とはいえ、われわれとのあいだには、まだ九チームが残っている。四十人ほどだ。それにくわえ、街頭似顔絵描き百人が、捜索にあたっている。このシャトーのまわりで哨兵線を敷いている警備隊も四十人いる。ジェントリーの接近経路上の、これまでにわかっている支援要員の電話とコンピュータは、技術者が監視している。それに、ジェントリーは負傷しているという話だ。疲れ果てているのもまちがいない。やつの資源は枯渇しかけている」

「彼は来るよ」フィッツロイが平然といい放った。

リーゲルは、丁重にほほえんだ。「じきにわかる」そこで陰険な目つきになった。「サー・ドナルド、あんたはプロフェッショナルだ。自分の状況は心得ているはずだ。グレイマンの問題が解決したら解放するなどというのは、あんたの知性に対する侮辱だろう。門をあけて出ていかせるはずがないことは、おれもあんたも承知している。芝居がかったいいかたはしたくないが……映画の台詞《せりふ》によくあるように、あんたは知りすぎた。だめだ。ジェントリーやラゴスの契約がどういう結果になろうと、あんたが生きてシャトー・ローランを出ることはない。ああ、わかっていたようだな。あんたの目つきでそれがわかって、ほっとした。だが、プロフェッショナル同士、これだけは約束しよう。あんたの義理の娘と双子には、危害はくわえない。もうさんざんつらい目に遭っているからな。ジェントリーが来るまで、ここに引きとめておきたいだけだ。そのあとは解放する。ジェントリーが、だれかに連絡したり、警察や軍隊をこの小さなシャトーに差し向けたりしないかぎり、母娘三人に危険はない。アブバケル大統領が契約にサインしてもしなくても」

それから、あんたがこのうえロイドの手で辱《はずかし》めを受けることがないようにする」

フィッツロイがうなずき、顎を持ちあげた。「息子の遺体を丁寧《ていねい》に扱ってほしい」

「むろんだ。ちゃんとした棺を取り寄せる。ヘリコプターでイギリスに運ぼう。奥方を帰したらすぐに、決められた場所に届ける」

フィッツロイが、ゆっくりとうなずいた。「それをやってくれて、グレイマンが今夜現われたときに、三人が銃火を浴びないようにしてくれたら、恩に着る。きみの任務は邪魔しない」

グレイマンが今夜現われたときに。リーゲルは、薄笑いをなんとか押し隠した。「紳士として約束しよう。城をめぐる戦いまで、あんたがくつろげるようにするために、ほかにやってほしいことはあるか？」皮肉な口調になるのを、こらえられなかった。

「できれば、クレアと話がしたい。あの子は心配性でね。あの子がいまなにを思い浮かべているか、考えたくもないほどだ。おじいちゃんと孫娘だけで、ちょっと話をさせてもらえないか」

「クレアというのは双子のどちらかだな？　なんとかしよう」

「それはうれしい。ありがとう」

十分後、リーゲルはキッチンでロイドと向き合っていた。ふたりともコーヒーを飲み、前の大きな石のカウンターに置かれた皿のサンドイッチには、目もくれなかった。

「どうしてフィッツロイを拷問した？」

「状況を深刻に受けとめていないようだった」

「あんたは正気じゃない、ロイド。そういう性向は、前に正式な診断を受けているはずだ。たぶん子供のころに。そういう精神構造をＣＩＡやマルク・ローランに、なんとか知られずにすんだようだが」

「なにをいわれても痛くも痒《かゆ》くもないね、リーゲル」

「フィッツロイに手を出すな」

「あんたはわたしよりもずっと大きな問題を抱えているぞ、クルト。ジェントリーがこしらえた汚れ物を、スイスの資産《アセット》に片づけてもらう必要がある」

「どういう意味だ？」

「テックが、ローザンヌの監視員から報告を受けた。ベネズエラ人ふたりが、スイス官憲に捕らえられた。口を割らないように手を打たないといけない」

「殺せということだな」

「確実に黙らせるのに、ほかの手があるというのか？」と、ロイドがいった。

リーゲルは、肩をすくめた。「ローラングループなしでは、ベネズエラは石油を生産できない。輸出用の石油を製油所へ海上輸送することもできない。チャベスは、われわれが向こうを必要としているのとおなじように、われわれを必要としている。殺し屋ふたりが任務に失敗したり、任務中に死んだりしたぐらいでは、あの頭のいかれた独裁者との良好な関係は、崩れはしないだろう。おれがカラカスのＧＩＯ長官に電話して、任務には失敗したが、手先が口を割らないように手をまわしてくれたら残念賞を出すと伝えよう。ベネズエラ大使館の担当者が勾留されている生き残りの戦闘員ふたりに面会するのをスイス側が許可したら、ふたりに明確なメッセージを伝えてもらおう。作戦の罪をかぶらなかったら、母国の家族になにが起きるかを、事細かに教えてやるんだ。ヨーロッパを横断している男ひとりを殺すために、多国籍企業が発展途上国の情報機関の暗殺チームを雇っていることを、ひとことでも漏らしたら……そいつらの妻子や親や近所の人間が、ベネズエラ版の矯正労働収容所《グラーグ》に送り込まれる、と」

ロイドは感心していた。「傭兵を使わなかったのは、こういう場合のためでもあるんだな」

「傭兵はだれにも忠誠心を抱かない。自分の身だけが大事だ。おれが操作できるようなべつの影響力に従属している人間のほうが使いやすい」

ロイドがうなずいた。「それで、これからジェントリーをどうやって探す？」

「ローラングループの資産《アセット》が、ジュネーヴのすべての要所にいる。わかっている支援要員の居場所、病院などすべてに。電話と警察無線は、ここでテックが傍受する。市中心部には南アフリカ・チームを配置し、いつでも展開できるようにしてある。監視員がグレイマンを目撃したら、暗殺チームが十五分以内に襲撃する」

フィッツロイは、食事は食べなかったが、ブランディを二杯飲み、ミネラルウォーターもすこし飲んだ。ロイドに受けた仕打ちで、だいぶぼろぼろになっていたが、くじけてはいなかった。ナイフで太腿《ふともも》を突き刺す、顔を平手打ちする、といったことはやけっぱちの人間の行為で、たいしたものではない。

一九七〇年代、若手情報機関員として北アイルランドで活動していたころ、車に乗った覆面のIRA暫定派の一団に、タクシー乗り場から拉致《らち》されたことがあった。倉庫に連れていかれて、九十分にわたり鉄パイプで殴られた。SASの即応部隊がヘリコプターからファストロープ降下し、その後の銃撃戦でIRA五人のうち三人を射殺し、残ったふたりを倉庫の壁で処刑したときには、二十六歳のスパイだったフィッツロイは、六カ所を骨折し、左目の視力低下が永久に治らないという状態になっていた。

ロイドから受けた暴行は、それとくらべればなんでもなかった。ロイドには痛めつけようという熱意はあっても、それを実行する才能はなかった。雄大な大義や信念もない。三分の一は頭に血が昇ったせいで、三分の二は窮地に陥って自暴自棄になり、不安にかられたからだった。今回の大作戦でジェントリーのつぎに大きな危険にさらされているのは、ロイドだろうと、フィッツロイは判断した。明朝八時にジュリアス・アブバケル大統領が契約にサインしなかったら、ローランがロイドを殺せとリーゲルに命じる可能性が高い。

フィッツロイは、叩きのめされてはいたが、打ちのめされてはいなかった。計画らしきものが胸にあった。自分の知恵、諜報技術、自分ひとりでは果たせないことを、周囲の人間を操って達成してきた半生の経験を、駆使するつもりだった。ベッドに寝ていても、自分と家族と最高の刺《し》客《かく》に謀略を仕掛けた連中に、残酷な復讐を遂げようと計画を練っていた。

主寝室のドアが、ゆっくりとあいた。フィッツロイは、ブランディの残りを飲み干すと、スニフターをすばやくそばのベッドサイド・テーブルに置いた。

クレアが、おどおどしながら用心深くはいってきた。やがてフィッツロイを見つけて、駆け寄ってきた。太い首をぎゅっと抱き締めた。

「やあ、ダーリン。どうだね？」

「だいじょうぶよ、ドナルドおじいちゃん。怪我してるのね！」

「階段でちょっと転んでね。心配するな。妹は？」

「ケイトは元気よ。ここが気に入っているの」

「おまえは気に入らないのか？」

「うん。怖い」

「なにが怖い？」

「男たちみんな。わたしたちに意地悪なの。ママやパパに」

「お行儀よくしているか？」

「ええ、ドナルドおじいちゃん」

「いい子だ」フィッツロイは、一瞬窓の外を見てからいった。「クレア、かわいいクレア。ちょっとしたゲームをやりたい。どうかな？」

「ゲーム？」

「ああ。男たちのひとりが、ここで……わたしたちを見張っている。けさヘリコプターでやってきた男だ。名前はリアリ。アイルランド人だ。どの男かわかるね？」

「赤い毛の？」

「そうだよ」

「ええ、おじいちゃん。いま、階段の下の椅子に座っているわ」

「そうか。それじゃ、クレア、リアリ君が大きな紺のジャケットのポケットに電話を留めているのを見たんだ。家のなかでは、ジャケットを着ていないようだ。たぶんクロゼットか、床か、それとも下の階のソファにかけてあるんだろう。赤毛君をちょっとからかってやろうじゃないか。おまえはちび猫になってこっそり歩きまわり、ジャケットから電話を抜いてくるんだ。できるかな？」

「ジャケットはコート掛けにあったよ。電話も見た。キッチンにお茶を飲みにいくときに、取ってこられる」

「さすがだ。ドナルドおじいちゃんのためにやっておくれ。手に入れたら、ポケットとかセーターの下に隠して、それからわたしに会いたいと見張りにいうんだ」

「通してくれなかったら？」

「ケイトだといえばいい。ケイトのふりはできるだろう？　お姉ちゃんが会いにきたのに、会えないのは不公平だというんだ」

「ケイトとは似ていないわよ、おじいちゃん」

「だいじょうぶだ。あの連中に見分けがつくものか。服だけ着替えて、ケイトだといえばいい。それから、またおじいちゃんとおしゃべりをしよう」

「わかった。電話を盗んでこっそり持ってくる」

「盗むんじゃない。電話を盗んでこっそり持ってくる」

「ちがうわ。ゲームじゃない。わたしはそんなに子供じゃないから、なにが起きているかわかっているわ」

「ああ、そうだろうね。そうかもしれないと思っていた。心配しないで。なにもかもうまくいくから」

「パパはどこ？」

フィッツロイのためらいは、ほんの一瞬だった。顔の表情はまったく変わらなかった。半世紀にわたり、手先の諜報員を相手に嘘をついてきたのだ。近親者に嘘をつくのは造作なかった。「ロンドンだ。おまえももうじき帰れる。さあ行って、気をつけるんだよ」

23

ジェントリーは、ジュネーヴの主要鉄道駅で、柄の悪い街北部にあるコルナヴィン駅にバンをとめた。駅の駐車場に車をとめるのは、単純な諜報技術《トレードクラフト》だった。車が発見されたときには——すぐに見つかるはずだとジェントリーは考えていた——追跡者たちは、街を出る最初の列車に飛び乗った可能性を考慮するはずで、どこへ向かったかを調べるのに時間と人力を費やすことになる。

たいした陽動作戦ではないが、ほんとうの目的地の正面玄関に盗んだ車をとめて、明白な〝手がかり〟を残すのは避けられる。

気温は低かったが、晴れていて、晩秋の最後の落ち葉が街の広い通りを吹き流されていた。ジェントリーは駅から南に歩き、午後の街娼たちや紅灯地区《レッド・ライト》のポルノショップの前を通って、広大なレマン湖に注ぐ運河の橋を渡った。背後の街娼やポルノショップを目指す中年の銀行員たちとすれちがう。橋の南に五分ほど進むと、現代的な道路がでこぼこの栗石舗装の小路に取って代わられ、道路の両脇の高級な店が不意に中世の石壁に変わっていた。急傾斜の坂を登ると、現代的な街から遠ざかって、旧市街の古めかしくて絵のように美しい建物群に近づいていった。

ジェントリーは、隣に立っていた日本人の男女連れから傷だらけの腫《は》れた手首を隠しながら、ホテルのロビーの壁にあった観光地図を確認し、肌寒い通りへ戻った。一、二分さらに小路を昇ってゆくと、サンピエール大聖堂前の広場に出た。土曜日の午後の観光客が佇《たたず》み、顔と目とカメラを千年の歴史がある大聖堂の壮麗な正面に向けていた。ジェントリーは、二十数人の見物人のうしろを通って、大聖堂の南側の脇道にはいり込んだ。左手は高さ一八〇センチの白塀で、中央に大きな鉄の門がある。門の前を通るときに、なかを覗いた。小さな庭のある白い家があり、正面玄関からの私道の両脇に、大きな栗の木が一本ずつ立っている。真正面に高くそびえているサンピエール大聖堂の蔭になっているので、栗の木は太陽の光を精いっぱい取り込もうとしていた。ジェントリーは、一車線の細い道路から分かれている栗石舗装の小路を下り、くねくねと曲がっている遊歩道の狭いトンネルを通って、その白い家の裏手に出た。そちら側の塀は、三階までの高さがあった。両側には現代的な建物が建っている。いっぽうはネイルサロンが一階にある共同住宅、反対側は保育園だった。背後の坂のずっと下にある狭い商店街に向けて、観光客数人がぶらぶら歩いていた。

ジェントリーは、監視員をただちに見つけた。長いブロンドの髪を三つ編みにした男好きのする女が、商店街の横の小さな公園の遊び場で、ピクニック・テーブルに向かって座っていた。ジェントリーは、その二〇メートル手前にいたが、女の目は右手の白い家に向けられていた。

ジェントリーは踵《きびす》を返し、遊歩道のトンネルを抜けて坂を登り、白い家の白い塀を目指した。急傾斜の遊歩道を通る歩行者のために、塀には鉄の手摺が取り付けてあった。ジェントリーはそれを踏み台にして、怪我をしていない右腕を使い、塀のてっぺんに体を引きあげた。片脚をあげ、反対の脚も勢いよくあげて、跳びおり、傷めていない左脚で着地の衝撃の大部分を受けとめた。

とはいえ、片手でよじ登り、跳びおりただけでも、すさまじい痛みを味わった。

小さな庭にはいると、芝生に警備システムがあるのが見えた。あらゆる侵入防止手段を避けるすべは心得ているが、歯が立ちそうにない最新鋭のシステムだった。それを破るには、配線図と工具と時間が必要だ。

ジェントリーは身を低くして窓の下へ行き、脇のドアのところで立った。駅の現場から逃げる前に拾ったベレッタを抜いた。スイス地方警察の警官の死体のそばにあった銃だ。それを脇に低く構えて、ドアがあくかどうかをためした。

施錠されていなかった。

ホールにはいり、設備の整ったキッチンへ進んだ。明かりは消してあり、隣の部屋のテレビの音がはっきりと聞き取れた。キッチンの奥の廊下にある鏡に、テレビの光が反射している。ジェントリーはその明かりを頼りに進んでいった。

キッチンのカウンターに、拳銃があるのが目にはいった。四五口径の大きなコルト1911セミ・オートマティック・ピストル。

アメリカ製の拳銃。

ジェントリーは、細長いキッチンを用心深く進んだ。掌《てのひら》でコルトの重さをたしかめるようにふってから、ズボンのポケットに入れた。腫《は》れた手首が、そんなことをやった意趣返しに、激しい電撃のような痛みを肘まで伝えた。廊下に出ると、自信に満ちて身を起こし、広いリビングにはいった。

松の薪《まき》がはぜている大きな暖炉の上に、プラズマテレビが取り付けられていた。ジェントリーに背を向けて、男がひとり、革のソファに座っていた。両眼はテレビに向けている。フランス語の放送だったが、映像はジェントリーにありありとわかった。二時間足らず前に、その駅のプラットホームにいたのだ。雪に覆《おお》われたコンクリートにうつぶせに倒れているあの若い警官とも、話をした。ぴくりとも動かないその遺体に黄色い防水布をかける場面を、テレビは録画映像で流していた。

ジェントリーは、ベレッタをホルスターに収めた。家にはほかにだれもいない。

「やあ、モーリス」

男が立ちあがり、ふりむいた。顔が青白く、皺《しわ》くちゃで、七十代で健康を損ねているとすぐにわかった。ジェントリーがここに現われたことが意外だったとしても、男はそれを顔に出さなかった。細い脚で立っていた。

「やあ、コート」アメリカ英語。

「探すのは時間の無駄だ」ジェントリーはいった。「あなたの銃はおれが持っている」

モーリスと呼ばれた男が、頬をゆるめた。「いや。おまえが持っているのは、わたしの銃のうちの一挺だ」年老いた男は、シャツの下から小さなリヴォルヴァーを出して、ジェントリーの胸に狙いをつけた。「これは持っていないだろう」

「あなたがそれほど神経質だとは思ってもみなかった。昔はそれほど用心深いほうではありませんでしたよ」

「だとしても、わたしが武器を持っていないのを確認するまで、銃を突きつけているべきだったな」

「そのようですね」

モーリスは、数秒ためらっていた。リヴォルヴァーは微動だにしない。「まったく、おまえにはもっときちんと教えたつもりだぞ」

「そうでした。すみません」ジェントリーは、しおらしく謝った。

「ひどいありさまだ」

「二日ばかり、さんざんでした」

「さんざんな目に遭ったあとのおまえを、何度も見ている。これほどひどくはなかった」

ジェントリーは、肩をすくめた。「もう若造ではないので」

モーリスは、ジェントリーを長いあいだ見つめていた。「若造だったことなど、一度もなかった」

モーリスは、手にしたリヴォルヴァーをくるりと回転させて、下手投げでジェントリーにほうった。ジェントリーは、それを受け止めて左見右見《とみこうみ》した。

「三八口径、ポリス・スペシャル、短銃身《スナッブ・ノーズ》。もう一挺はコルト1911。いうまでもないでしょうが、モーリス、自分が昔の人間だからといって、昔の銃を使わなければならないという法律はないんですよ」

「ご挨拶《あいさつ》だな。ビールでも飲むか」

ジェントリーは、リヴォルヴァーを下手投げでソファにほうった。「この世のなによりもありがたいです」

二分後、ジェントリーはキッチンのカウンターに腰かけていた。冷凍したブルーベリーの大きな袋を、左手首に当てていた。冷たくて痛かったが、腫《は》れは引くはずだった。指は動くので、手の機能に問題はない。なんとか使える。

この家の主はモーリス。ただのモーリスで、本名をジェントリーは知らなかった。モーリスでないことはたしかだろう。もとCIA局員で、ノースキャロライナ州ハーヴィーポイントにあるSADの独立資産《アセット》開発プログラム訓練所で、ジェントリーの主任教官だった。人物と経歴については、語りぐさになっていることしか知らない。最初の経験を積んだのはヴェトナムで、ヴェトコン要人と協力者を暗殺するフェニックス計画に従事し、そのあとは二十年間、冷戦時代のモスクワやベルリンでスパイをつとめた。

現役を退いて何年もたち、CIAの教官として働いていたとき、殺人罪で有罪判決を受けた二十歳の若者が、大西洋を一望するアルミ製のプレハブ教室に連れてこられた。そのころのジェントリーは、小生意気で無口で、とてつもない荒くれだったが、知力、抑制、熱意を備えていた。モーリスは二年とたたないうちにジェントリーを鍛えあげ、工作本部のお偉方に、この若者は自分が創りあげたなかでも最高の信頼できる資産《アセット》だと宣言した。

それが十四年前で、その後、ふたりの人生行路が交差することは稀《まれ》だった。モーリスは、9・11後に現役に呼び戻された。生きている高レベルの引退した資産《アセット》の大多数が、そうなった。老齢で健康に不安があるので、モーリスはCIAの隠密活動本部の財務部門で勤務するために、ジュネーヴに派遣された。モーリスは四十年にわたる工作員としての活動で、CIAのペーパーカンパニーの番号だけの口座を利用してきたので、スイスの金融と銀行家に通暁しており、全世界の工作員や作戦の金庫番として有能だった。

楽な仕事だった——若いころにやった仕事の一部と比べれば、そう汚くはない——しかし、危険がないわけではないし、問題のある活動も含まれている。ジェントリーがCIAから放逐された直後に、モーリスもお偉方によって解雇された。資金を横領したという話だったが、ジェントリーはそんな表向きの理由を片時も信じたことはなった。

CIAからの噂では、モーリスは完全に引退したという。それもジェントリーは確実には信用できなかった。モーリスが裏切らないことを、一〇〇パーセント確信してはいなかった。弟子として師を疑ったのは、そのためだった。

モーリスは、ジェントリーにフランス産の壜ビールを渡した。ジェントリーはブルーベリーの袋を膝に置き、そこに手首を載せた。冷たさでひりひりしていた場所の痛みが鈍くなっていた。モーリスがきいた。「怪我はひどいのか？」

「たいしたことはありません」

「いつだってしぶといクソ野郎だったものな」

「泣き言をいうなと、最高の教師に教わりましたよ。けっして自分のためにならないと」

「六年ぶりだな。キプロスだったか？」

「そうです」

「表に監視員がいたんだな？」

「ええ。三つ編みの女」

「さすがだな。その女は、かなりの美人で、観光客の格好をしている。旧市街には観光客がいっぱい来る。観光客は大嫌いだ」

「通りすがりの見慣れない顔ばかりだから」

「そうだ。ひとつ忠告しよう、コート。引退するときには、観光客が足を踏み入れないような、人里離れた場所に住むといい」

「そうしましょう」

モーリスが、咳をした。咳払いをしてつづけた。「噂が流れている。まだ結びつけられておらず、風説が飛び交っているだけだが、いずれ点と点がつながれるだろう。プラハ、ブダ《プレ》ペスト、そして朝のオーストリア国境。でかいことが進んでいるのだとは思ったが、どの当事者《イャー》にも、おぼえがなかった。ところが、十一時半ごろに、この家の監視がはじまった。女が現われてから一時間ほどして、スイスのテレビ局すべてが、ローザンヌの北で銃撃戦があったことを伝えはじめた。その時点で、おまえが来るとわかった」

「どうしておれだとわかったんです？」

「点と点をつないだからだ。狩られる男が、ひたすら生き延びつづける。通ったあとには死と破壊が残される、死体が残される場所が近づくにつれて、わたしはこうつぶやいた。〝コートが来るぞ〟」

「来ました」ジェントリーは、手にしたビールを眺めて、ぼんやりと肯定した。

「おまえが警官を撃ったのではないんだな」

「おれのことは知っているでしょう。警官を殺しはしない」

「前は知っていた。人間は変わる」

「おれは変わっていない。警察に身柄を拘束されていたところに、殺人チームが現われた。おれよりも大きな問題が起きたと、警官を説得しようとしたが、聞き入れられなかった」

「ずいぶんおおぜいに命を狙われているんだな。コート」

「あなただってそう人気があるほうじゃない。やはりＣＩＡに処分《バーン》された」

「わたしには〝目撃しだい射殺《シュート・オン・サイト》〟指令は出ていない。ほんとうにひどい目に遭ったのはきみのほうだ」

「でも、あなたをはめたやりかたが汚い、モーリス。あなたは真正直な局員だった。その評判に傷をつけるべきではなかった」

モーリスは黙っていた。

「近ごろ、なにをしているんですか？」ジェントリーはきいた。

「金融だ。民間で。もうスパイはやっていない」

ジェントリーの目が、豪華な家のなかを見ていった。「いい暮らしをしているようですね」

「金融は儲《もう》かるんだ。金が金を生むというのを知らないのかね？」

すこし弁解する口調のように思えた。ジェントリーはビールをごくりと飲み、腫れた手首がまんべんなく冷えるように、腕をまわした。「CIA本部《ラングレー》にロイドという男がいたのを憶えていますか？」

「ああ。オカマみたいな隙のない着こなしで、ロンドンで法学の学位をとった男だ。キングズ・カレッジだったかな。わたしがクビになる前にケイマンでやっていた金融作戦に横槍を入れた。頭はいいが、ろくでもない男だ」

「そいつが、おれがいま相手にしているこれの中心にいるんですよ」

「まさか。当時、二十八くらいだった。いまでも三十二かそこいらだろう。一年前にCIAを辞《や》めたと聞いたが」

「昔の善良な局員は、どうなったんですかね」答を求めるわけでもなく、ジェントリーはそういった。

「9・11前は、籠にいっぱいのリンゴに、腐ったリンゴがいくつかあるだけだった。9・11後、籠がリンゴ園になった。籠がいっぱいになるくらい腐ったリンゴがある。おなじ割合でも、規模が拡大したのさ。当然だな」

かつて土曜日の午後にはいつもそうしていたように、ふたりは気安い感じで一分ほど黙然とビールを飲んでいた。モーリスが咳き込み、それが激しい空咳《からぜき》に変わっていった。咳がおさまると、ジェントリーはきいた。「どこかぐあいが悪いんですか？」

モーリスが、一瞬顔をそむけてから、感情のこもらない声でいった。「肺と肝臓だ。どちらでもいい」

「そんなに？」

「明るい報せは、肝臓の病気のほうで先にやられるから、肺ガンで死なずにすむことだ。逆だったら、肺ガンで死んで、肝臓がまだ働いているのに埋葬されることになる。酒も煙草も、五十年以上やってきたからな」

「お気の毒です」

「そんなことはない。もう一度人生をやり直さなければならないとしたら、ひとつも変えようとは思わない」笑い声をあげたが、それもかすれた咳の発作に変わった。

「時間はあとどれぐらい？」

「ヘニー・ヤングマンという昔のコメディアンのジョークがある。医者が、あなたの余命はあと半年だという。そこで、〝治療費は払えないね〟というと、医師があと半年延ばそうという」モーリスの笑い声が、苦しげな呼吸になり、激しく咳き込んだ。

「半年ということ？」

「そういわれた。七カ月前に」

「治療費は払わないほうがいい」コートは合いの手を入れた。死をネタにしたブラックユーモアだったが、師匠がもうすぐ死ぬのを冗談にしていい気分なわけがない。

「おまえの話に戻ろう。いったいどういうことに巻き込まれたんだ？」

「先週やった仕事に関係があるんです。だれかを怒らせたらしい」

「シリアで殺《や》られたアフリカの男だな。アリババという名前だったか。おまえがやったんだろう？」

「アブバケル」ジェントリーは正したが、自分が関与したかどうかは、肯定も否定もしなかった。

　モーリスが肩をすくめた。「死んだほうがましなやつだった。わたしはおまえの仕事ぶりをひそかに追ってきたんだ。悪に対する正義、つねにそういう作戦だった。やりかたは上品じゃないが、かろうじて道義的だ」

「ロイドにそういってくれませんか」

「キエフのはおまえだったと、おおぜいがいっているが」

「そういわれています」

「そうなのか？」

モーリスの電話が鳴った。葦のように細くなった手で、モーリスが壁の受話器を取り、電話に出た。すこし目を丸くして、若い客人のほうを見た。

「おまえにかかってきた」

24

「くそ」ジェントリーは受話器を受け取った。「ああ」

「コートか？　ドンだ」

「なんの用だ？」

「わたしが電話しているのを、やつらは知らない。シャトーの見張りの電話をクレアに盗ませた。蛙《かえる》の子は蛙というやつだな」

ジェントリーは、歯を食いしばった。モーリスが、二本目の冷えたビールを渡した。「なにを考えているんだ、ドン？　クレアはベルファストの密告者《たれこみや》じゃないんだぞ！　自分の工作員みたいに使ったらだめだ！　まだ幼いし、あんたの孫じゃないか！」

「必死になっているときには、捨て鉢な手段を使うものだ、相棒。あの子は優秀だぞ」

「気に入らない」

「わたしがつかんだ情報がいらないのか？」

「あんたがつかんだ情報なんか使えるか？　いまも裏切っていないとどうして――」

「やつらはフィリップを殺した、コート。クレアが逃げようとした、それを捕まえようとした息子を、やつらは撃ち殺したんだ」

「なんてこった」

「神《ジーザス・クライスト》に願うしかない」

「気の毒に」ジェントリーは、間を置いた。「おれがここにいるのが、どうしてわかった？」

「ロイドは、きみがジュネーヴにいるのをつかんでいる」

「チューリヒからここに来る途中で撃ち合いになったわけだから、見当はつくだろうな」

「そうだ。きみがそこでなにをやっているんだろうと、さんざん考えた。ネットワークのだれかに接近するほど間抜けではないだろうし。そこで、もとCIA局員の銀行家がジュネーヴにいるのを思い出した。かつてSADにいて、優秀な資産《アセット》を訓練してた人物だ。CIA時代に付き合いがあったはずだと思った。それで、何人かのつてに連絡して、電話番号を調べた」

「やつらに報せずに、どうやって電話をかけられた？」

「わたしがくじけたと思い込ませた。ロイドのクソ野郎にナイフで刺され、歯を折られて、ベッドに寝ているんだ。やつはわたしを痛めつけようとしたが、それすら失敗した。まともに拷問することもできないんだ。わたしは戦争神経症にかかってベッドに寝たきりの植物人間だと思われている。だが、負けるものか、コート。きみが死ぬのが家族が助かる唯一の方法だと考えたのは、自分の意思だ。それは認める。いまや、家族が助かる唯一の望みは、きみがここに来ることだ。ここを持てる武器で最大限に激しく攻撃できるように、わたしはなんでも手助けをする」

「今後、双子を戦いから守ってくれるだけでいい。できるな？　まだ幼い子供だ」

「約束する」

「ロイドは、ほんとうにああいう書類を持っているのか？」

「きみのＣＩＡ人事ファイルを持っている。ほかにも数十通ある。書類とコンピュータ用のディスクだ。やつはそれをロンドンからこっちへ持ってきた。きみをおびき出すもうひとつの手段として」

「どうしてそんなことをする？」

フィッツロイが、ローラングループについて洗いざらいジェントリーに説明した。アブバケルの要求。リーゲルとベラルーシ人の護衛チーム、街頭似顔絵描き。発展途上国十二カ国の暗殺チームのこと。それらすべてが、二千万ドルの賞金のために、ジェントリーを追っていること。

フィッツロイが、ジェントリーに対する作戦の全貌を伝えているあいだに、モーリスが戸棚からブルーの箱を出して、キッチンのジェントリーの前にあるテーブルに、それを置いた。かつて隠密活動本部に所属していた高齢の銀行家は、若い弟子の手首の傷を消毒薬で洗い、冷たいゼリーをチューブから押し出して、化学反応を起こさせた。数秒にして、真っ白い湿布ができた。それをジェントリーの腫れた左手首に巻きつけ、圧迫ガーゼを上から巻いて、きちんと固定し、腫れがひどくなるのを抑えた。負傷者を手当てする訓練を受けている人間の、無駄のないきちんとした作業だった。

フィッツロイが報告を終えると、ジェントリーはいった。「天然ガスの契約だけのために、ここまでやるとは思えない。たしかに一〇〇億ドルは大きな利益だが、アブバケルがこんな要求を自信たっぷりにできるとなると、べつの誘因がからんでいると思わざるをえない」

「同感だ。スイス警察との銃撃戦は——ローラングループのような企業にとって、とてつもなく大きなリスクだ。いくらベネズエラ人の殺し屋が代理をつとめたとはいえ」

ジェントリーはいった。「賭けられているのは天然ガス契約ではないな。それを探ってくれるか、ドン？」

「リーゲルと話してみよう。ロイドよりは頭が切れる」

「よし。電話は大事にしろ。切るぞ」

「きみが移動しているときに、連絡する方法はないか？」

ジェントリーは、モーリスのほうを見た。「譲ってもらえるような使っていない衛星携帯電話がここにありませんか？」モーリスが笑い、長い廊下を歩いていった。途中で起きた咳の発作は、体をくの字に折りそうなほどひどかった。ほどなく、衛星携帯電話を持って、モーリスが戻ってきた。高性能のモトローラ・イリジウム衛星携帯電話で、ジェントリーのよく知っている型だった。スパイ、兵士、ハイテク冒険家が使うもので、大きさはふつうの携帯電話と変わりがなく、耐衝撃・防水の透明プラスティック・ケースに収められている。ある程度の爆発にも耐えられる。ジェントリーは、ありがたいというようにうなずいて、それを受け取った。番号は裏に貼ったテープに書いてある。ジェントリーはそれをフィッツロイに教えてから、前のポケットに入れた。

番号を復唱すると、フィッツロイはしばらく間を置いてからいった。「コート、もうひとつある。これが終わったら、きみが脅威になる生き物をすべて殺したら、わたしはきみに連絡して、居所を教える。きみがなんの心配もなく侵入して脱出できる、辺鄙《へんぴ》なところにある小さな家になるだろう。そのひと間のコテージで、わたしは椅子に座り、下着姿でテーブルに手を置いてきみを待つ。首を洗って。わたしのせいでこんな目に遭わせたこと、わたしのためにやってくれたことの代償として、この命を渡す。たいした慰めにはならないだろうが、なにかの役には立つだろう。この四十八時間のきみに対する仕打ちを、申しわけないと思っている。わたしは必死だった。自分のためじゃない。家族のためだった。家族を救ってくれたら、きみと和解する手段として、よろこんで死ぬ。

コート、聞いているのか？」

「双子を護ってくれ、ドン。おれのために、それだけをやれ。あとはこれが終わってから、片をつけよう」ジェントリーは、電話を切った。

受話器をモーリスに返すと、ジェントリーは二本目のビールを飲み干した。カウンターの雑巾《ぞうきん》で壜の指紋を拭うと、裏口へ行き、長いカーテンから外を覗いた。

「出ていくときに、監視員をどうにかしてもらえるかな?」

「あそこにただ座っているだけの女だ。なんとかできるだろう。わたしはまだ死んでいない」

「おれたちみんなより長生きしそうだ」

「おまえの口から聞いたのでは、あまり安心はできないな」モーリスの口調が変わった。さっきよりも父親めいた声できいた。「なにが入用《いりよう》だ?」

「フランス北部で……ひと仕事やらなければならない。あすの朝いちばんに、そこへ行って交戦する」

「その体では――」

「関係ないんだ。やらなければならない」

「金がいるな」

「すこしでいい。持ち合わせがあれば」

「あるとも。現金を貸してやろう。ほかに必要なものは?」

「四五口径はもらっておく。予備弾倉があれば」

モーリスがくすくす笑って、また咳き込んだ。話をしているうちにも、肺のぐあいが悪くなっていくようだった。「そういう男っぽいでかい武器をいじくると、怪我のもとだぞ。昔よりも造りが悪くなっているからな。それはわたしのおもちゃだ。もっと新式のを用意してやる」

「災害用の非常持ち出し袋みたいなものが、ここにあるかもしれないと思ったんだ。ほとんどなにもないから、なんでも分けてもらえると、とてもありがたい」

「近所に窮地用隠匿所《SHTF》がある。窮地に陥った場合《ザ・シット・エヴァー・ヒット・ザ・ファン》のためにな。おまえの話からすると、どうもそういう状況らしいな」

「ほんとうに恩に着ます」

「最高の弟子のためなら、なんでもやるさ」モーリスが、奥の廊下に姿を消した。一分以内に、封筒に入れたユーロの札束と、チェーンにつけた鍵を持ってきた。封筒に住所を書き、ジェントリーに渡した。「わたしの装備に、きっと満足してもらえると思う」

ジェントリーは、それをポケットに入れた。

「ビールをもう一本どうだ？」

「飲みたいですが、もう行かないと」

「そうだな」モーリスが、坑炎症薬を戸棚の薬壜から何錠か、ジェントリーの手に落とした。ジェントリーは、ビールの最後のひと口でそれを飲んだ。そして、ふたりいっしょに裏口へ行った。

ジェントリーはいった。「また会いましょうといえたら、どんなにいいか。あす切り抜けたら、しばらく地上から姿を消しますよ。医者に治療費を払わなかったら、いつかまたビールが飲めるかもしれない」

モーリスが頬をゆるめたが、笑い声はなかった。「わたしは死にかけているんだ、コート。

豚に口紅を塗ってもしかたがない。きれいに見せることなどできないんだから」

「なにか、おれにできることはありますか？　会いに行ってもらいたい人間は？　あなたが逝《い》ったあとで訪ねる相手は？」

「だれもいない。家族も友人もいない。あるのはＣＩＡ《エージェンシー》だけだ」

「その気持ちはよくわかります」ジェントリーはいった。自分とおなじようなことを人生でくぐり抜けてきた相手と話ができたという面では、師匠と会ったのはいいことだった。しかし、悪い面もある。暗い気分になるのだ。リビングで自分と向き合っている男の疲れた冷笑的な目は、いくばくか自分に似たところがある。それに、だれでも齢はとりたくないが、ジェントリーの稼業では、もっとも優秀な人間ですら生き延びるだけで精いっぱいなのだ。

それに、これが成功といえるのか？

「ひとつだけ頼みがある」いいながら、モーリスは笑みを浮かべた。「この惨状から脱け出したら、どこか南洋の島にでも逃げてくれ。名誉をなくしたおいぼれのアメリカ人銀行家が、スイスで死にかけているという記事が新聞に載ったら、どこでも好きな酒場に行って、きれいな女の子を見つけ、夜通し飲んでくれ。本気だぞ。これをくぐり抜け、この暮らしから逃れられたらの話だ。この世にはまだ、それまでなにをやってきたかなんてことはだれも気にしない場所が残されている。そこへ行け。だれかと出会え。人間らしく暮らすんだ。わたしのために、そうしてくれ」

「やってみます」

「いつか悟るときがくる。自分がやってきたこと、過去にやって、終わり、葬り去られたと思うことすべてが――置き去りにしたと思っていたことが、そうじゃなかったと。そういう物事は、ただ溜め込んでいただけだ。自分と静かな部屋と記憶、自分が殺した悪霊しかなくなったときのために、どこかに保存してあったのさ」

「もう行きますよ、モーリス」

「おまえがやらなければならないことを、とめられないのはわかっている。だが、わたしのいっていることを、考えてみるんだ。ハーヴェイポイントで教えたろくでもないこと――あのころおまえに教えたことを、できるだけ早く忘れ、いまわたしがいっているとおりにすれば、殺しも死もすぐに片づけられる。説教は以上だ」

ふたりは握手を交わした。

ジェントリーの勝負に向かうときの顔が、瞬時に戻った。札束をズボンのポケットに突っ込み、衛星携帯電話をジャケットにしまうと、裏口に向かった。正面の窓のブラインドの隙間から、中世の遊歩道を覗いた。

たちまち異変を察した。

「どうした？」弟子の落ち着かないようすを察したモーリスがきいた。

「裏を見て。女はまだいますか？」

モーリスが廊下をリビングにひきかえして、ジェントリーに向かって叫んだ。「いなくなった」

「引き揚げさせたんだ」

「だれが？」

「襲撃チームが」

「銃撃戦になったときに、巻き添えにしないためだな」

「そうです」

「もう来ているか？」ジェントリーのそばに戻ると、モーリスはきいた。

「まだだが、近づいている」ジェントリーはきっぱりといった。「やつらのにおいがする」

目が鋭くなった。「おれを売っていないでしょうね、モーリス？」

「おまえの命にかけて、裏切っていない、コート」

一瞬の間。「信じます。すみません」

「何者だ？　見当はつくか？」

ジェントリーとモーリスは、箪笥《たんす》と本棚で二カ所のドアをふさいだ。「さっぱり。この三日間、人食い火星人以外のあらゆる連中が、おれを付け狙っているんですよ」

「それじゃ、人食い火星人にちがいない。ほんとうに恐ろしい連中だと聞いている。天井から出られる。排気口まで這っていけるように、板を敷いてある。排気口を押せば、なんとか出られるはずだ。そこから裏の保育園の屋根裏に潜り込める。土曜日は休みだ。地下におりると、隣のネイルサロンに通じている。マニキュアをやりそうにはみえないが、やってもらいたくなっても我慢しろ。正面から出て煉獄《プルガトワール》通りに出てから、地獄《アンフェール》通りという狭い横丁を下る。それで離脱できる」

「警官は？」

「いちばん近い警察署は裁判所にあるが、第一線部隊ではない。血の海をこしらえたくなければ、通報しないほうがいい」

ジェントリーは微動だにせずに立ち、モーリスを見つめていた。

モーリスが、息が苦しくなるのをこらえながら、心底楽しそうに笑った。「逃げ道はだいぶ前に用意した。自分が使えるころにな。数ヵ月前に、通れるかどうか、近所の子供にやらせてみた。問題ない。それじゃ行け」

「いっしょに行こう」

「このよぼよぼの体を、あんな狭いところに押し込むつもりか。わたしはもうだれからも逃げない。早く行け」

「モーリス、もうじきAチームがそのドアを破って突入してくる。あなたがおれを手助けしたことを知っているはずだ。情報を引き出すために、手段を選ばないだろう」

モーリスが笑みを浮かべて、肩をすくめた。「わたしは死ぬのを怖れたことは、一度もなかった、コート。だが、なんの役にも立たずに死ぬかと思うと、ほんとうに腹立たしい。ヴェトナムで戦友たちとおなじように、銃弾を受けて死んでいたら、死ぬ甲斐《かい》はあっただろう。CIAの仕事で死んだら、それも名誉ある死だったはずだ。当時のわたしたちの働きに大きな物事が左右されていたのだから、わたしがいう意味はわかるはずだ。しかし、ジュネーヴのこの家でじっとして、テレビのチャンネルをあちこちに変え、肺が最後の咳をしたり、肝臓がついにいかれるのを待っているのは……あまり高貴とはいえないのでね」

「なにをいっているんだ？」

「おまえのために死ぬといっているんだよ。この四年間、おまえはＣＩＡ全体がやってきたよりもずっと多くの正しい殺し《ヒット》をやってきた。窮地に陥ったときには、だれかに助けてもらって当然だ」

ジェントリーは、なにをいえばいいのかわからなかったので、黙っていた。

「ドジを踏むんじゃないぞ。逃げ出せ。わたしがやつらを引きとめる。鼻血ぐらいでるかもしれない。約束はできないが、やつらの兵力をすこしばかり弱めてやる」

「あなたのことは忘れない」

モーリスがにっこり笑い、上を指さした。「わたしが検問を潜り抜けて天国に行けたら、そこのボスにおまえのことをひとこと推薦しておく。死後もおまえの痩《や》せこけたケツを救ってやれるかどうか、やってみるよ」

迫り来る戦闘に向けて心を鬼にしているふたりは、ぎこちないハグをした。モーリスがいった。「あとひとつ。わたしを好ましく記憶していてほしい、悪い面を考えないで……ひとつやふたつ、わたしが途中で過ちを犯していたとしても」

「あなたはおれのヒーローだ。それはぜったいに変わらない」

「ありがとう」

正面からトラックのブレーキの音が聞こえた。「行け！」

ジェントリーはうなずいた。弱々しい男の肩をぎゅっと握ると、もうひとこともいわずに頭上の垂木《たるき》に跳びついた。すばやく体を引きあげて、屋根裏にはいった。折れた肋骨《ろっこつ》と腫れた手首が、痛みのあまり悲鳴をあげた。リノリウムのタイルをもとに戻した瞬間、衝撃音とともに、玄関ドアが簞笥《たんす》を三〇センチ押し戻した。

モーリスが向きを変えて、弱った脚と肺の許すかぎり、急いでキッチンにはいった。背後でまたドアが破られる音がした。モーリスは大きな業務用コンロをつかんで、その古いガス器具をひっぱり、数インチ動かした。必死でコンロの奥に手を突っ込み、年老いた体を限界までのばしたが、目的のものはつかめなかった。手が届くように使えるものはないかと、あたりを見まわした。

その南アフリカ人たちは、南アフリカＮＩＡ（国家情報庁）の戦闘員だった。六人編成のチームのリーダーが、ベネッリ・ショットガンを肩付けして白い家の庭に立ち、あとの戦闘員たちがようやく障害物でふさがれたドアを破った。よく叩き込まれた戦術訓練どおりに、二階建ての家を徹底的に調べていった。最初の部屋のまんなかで、チームがふた手に分かれた。いっぽうがキッチンへ行くと、年配の男がキッチンのテーブルに向かって座っていた。恭順のしるしに、両手を頭に載せて組み、奥の壁に顔を向けていた。先頭のひとりが、男を手荒く床に押し倒して、朝食用の狭いスペースでボディチェックをした。ウェストバンドの拳銃を見つけて、流しにほうり込んだ。

「値打ち物の骨董品《こっとうひん》なんだぞ、馬鹿者！」南アフリカ人ふたりに乱暴に椅子に押し戻されたとき、年配の男がいった。ふたりは椅子ごと男をリビングに運び、あとの四人が屋内に危険がないことを告げるまで、そこで待った。

全員が捕虜のまわりに集合すると、年老いたアメリカ人は彼らの顔を眺めまわした。

「南アフリカ人だな」言葉でわかったらしく、そういった。

チームリーダーがきいた。「グレイマンはどこだ？」

「見たところ」モーリスは、チームリーダーの質問を聞かなかったふりをしていった。「黒が三人、白が三人。黒檀《エボニー》と象牙《アンド・アイヴォリー》。昔だったら、白が黒を殴っていたのにな。ちがうか？」

答はなかった。

「あんたら白いのは、アパルトヘイトの時代が懐かしいことだろう」

チームリーダーがくりかえした。「グレイマンはどこだ？」

「ほう、作戦の指揮をとるのは、やはり白か。相も変わらずだな。プランテーションの持ち主は、奴隷を広い家に住まわせるようになったが、やはり命令を下すんだ。わたしはまちがっているかね？」

黒人戦闘員のひとりが、胸のハーネスからウージ・サブ・マシンガンをはずし、銃床をふりあげて、モーリスの顎を殴りつけようとした。

「やめろ！」チームリーダーが叫んだ。「かわいいお稚児《ちご》が逃げられるように、こいつは時間稼ぎをしているんだ。その手には乗らない、じいさん。さあ……グレイマンはどこだ？」

モーリスが、にんまり笑った。「この場面でわたしがいう台詞《せりふ》は、〝それはだれのことだ？〟だな」

チームリーダーが、眉根を寄せた。アフリカーンスのなまりが強い英語でいった。「答をいわないで、生意気な態度をしたから、おれの部下があんたの顔を殴る場面だ」モーリスの上でサブ・マシンガンをふりあげている黒人戦闘員に、顎をしゃくった。ウージの角ばった銃床が、モーリスの顎に叩きつけられ、首ががくんとうしろに折れた。

「よし、クソ野郎。もう一度いってみろ。グレイマンはどこへ行った？」

モーリスは血と下唇の一部を、床に吐き出した。「思い出せない。高齢になって、物おぼえが悪くなったんでね。忘れっぽいんだ。わかってくれ。齢をとるのは嫌なものだよ」

数秒待ってから、チームリーダーがモーリスに顔を突きつけてどなった。「二度ときかない。グレイマンはここに来た。いまどこだ？」

「悪いが、お若いの。体を悪くしているので、便所を使わせてもらえないか」

チームリーダーが、部下のほうを見た。「もう一度殴れ」

モーリスが、すかさずいった。「あいつは行ってしまった。ぜったいに見つからない」

南アフリカ人のチームリーダーが、痩《や》せこけたモーリスに冷笑を向けた。「見つける。おれが見つけて殺す。グレイマンの名声はでたらめだ。大げさにいわれているだけだ」

モーリスが笑い、咳き込んだ。「その台詞を吐いたあとで、松でできた棺のなかでいま腐り果てている男たちが、いったい何人いると思う？」

「おれはべつさ」

モーリスが、感心したというようにうなずいた。「その点は、あんたの意見を認めるとしよう。あんたの死体は棺のなかで腐るほど残らないはずだからな。まあ、心配するな。ジュネーヴの葬儀屋は、ものすごく仕事熱心でね。運がよければ、あんたの母親のマントルピースに置く骨壺の半分が埋まるくらい、かけらを拾い集めてくれるかもしれない」

チームリーダーが、首をかしげた。「なにをいってるのか、さっぱりわからん。頭がおかしいのか？」

「あんたの未来は暗いといっているのさ。ただ、明るい報せもある」

チームリーダーは、部下たちのほうを見た。どうやら気が触れた年寄りと話をしているようだ。「調子を合わせてやろう。明るい報せとはなんだ？」

「暗い未来が長くはつづかないことさ」そこでモーリスは、にっこりと笑った。罪の赦《ゆる》しを乞う祈りを、低く唱えはじめた。

そのとき、無線機からテックの声が聞こえた。六人はイヤホンに手を当てて、よく聞こうとした。

「監視員43が、ターゲットがその家の裏のネイルサロンから出てきたと報告している。徒歩で西に向かっている」

南アフリカ人のチームリーダーはうなずき、モーリスに目を戻した。

「全方面、明るい報せだ、おじいちゃん。やつの行き先を知るのに、おまえを拷問する必要がなくなった」

モーリスはなおも祈りを唱え、顔をあげなかった。チームリーダーは肩をすくめて、座っている男の胸にショットガンを向け、片手で撃った。

火花とともに散弾が銃身から飛び出すと同時に、チームリーダーは宙に持ちあげられ、仰《あお》向《む》けにキッチンまで飛ばされた。首が折れ、顔と両手の皮膚が焼けただれていた。あとの五人もおなじ運命をたどったが、リビングは狭いので、飛んだ距離はさほど長くなかった。

至近距離で一二番径のショットガンの散弾をくらったモーリスは、即死した。

数分後に現場に到着した消防士たちは、ガス漏れによる大爆発だとすぐに判断した。大きな業務用ガスコンロと壁のあいだの接続がゆるんだのだろう。不幸な事故だが、こういう古い家ではよく起きることで、さして意外ではなかった。ただ、数時間後に火が消え、水と消火剤の泡が落ち着いて、死体を検分できるようになると、捜査員は頭を掻《か》いた。見分けもつかないくらいに焼けて水浸しになっている死体七体には、手がかりがほとんどなかった。だが、犠牲者のまわりに大量の武器が散らばっているというのは、平和なジュネーヴでは、控え目にいってもきわめて異常な事態だった。

25

ネイルサロンを出てから五分後に、ジェントリーは市場《マルシェ》通りを西に歩き、手にした封筒に書かれた住所を探した。小雨が降りだし、視界がぼやけて建物の番地が見づらかった。北に折れて商業《コメルス》通りに出たときに、背後で爆発音が轟いた。

舗道の周囲の歩行者とおなじように、ジェントリーは足をとめた。ただ、彼らとはちがい、ふりむきはしなかった。雨のなかで数秒じっと立っていてから、一歩踏み出した。体に勢いがつき、頭と肩をすこし低くして、歩きつづけた。

監視員を見つけたので、ローヌ通りに跳び込んだ。そこは屋根のある狭い遊歩道で、〈マクドナルド〉近くの歩行者の群れにまぎれて、ジェントリーは尾行を撒いた。

数分後、連邦《コンフェデラシオン》通りの地下駐車場の奥で一台用車庫を見つけた。日曜日の午後なので、だれもまわりにはおらず、モーリスから渡されたキイでスライディングドアを開錠した。ドアがきしんであき、内部の埃《ほこり》と自動車用油脂のにおいが、鼻のなかで混じり合った。明かりのスイッチを探して三十秒ほど壁を手探りするうちに、床のまんなかの大きな物体にぶつかった。その上のほうにコードがあり、車庫の中央に吊るされた電球につながっていた。

裸電球のまぶしさに、目がくらんだ。すばやくスライディングドアを閉ざし、車庫でひとりきりになると、まんなかの物体が、大きな防水布をかけた車らしいとわかった。

モーリスは、車を貸すとはひとこともいわなかった。一瞬、まちがった車庫に侵入してしまったのかと思った。

防水布をひっぱり、床に落とした。

目の前には大きな黒いセダンがあった。メルセデス・ベンツのSクラス、4ドア《フォー》、すべて黒い革のインテリア。

この車は十万ドルはするにちがいない、と思った。

「ありがとう、モーリス」ジェントリーはつぶやいた。

ロックされていないドアをあけると、イグニッションにキイが差してあるのがわかった。ダッシュボードを見ると、走行距離は六五〇〇キロメートル未満だった。美しい車だし、ノルマンディまで八時間の距離を速く、快適に走ることができる。だが、移動の手段はほかにもある。それよりも、ほんとうに必要なのは武器だ。ヨーロッパでは、効率のいい輸送手段よりも武器のほうが、ずっと手に入れるのが難しい。

期待してトランクをあけると、後部にまわった。

大きなアルミケースが四つ、ならべて入れてあった。ジェントリーはいちばん端のケースを引き出してあけた。

口の端が、ぴくりと動いた。

重装備だ。

「おれのヒーロー、モーリス」

潤滑剤をたっぷりとくれて、発泡スチロールの緩衝材にはめ込まれたヘッケラー&コッホMP5が一挺。九ミリ弾三十発をあらかじめ装弾してある弾倉が四本、やはり緩衝材にはめ込まれていた。ほかに破片手榴弾二発が、MP5の左右にそれぞれ一発ずつ収まっていた。

ジェントリーは、MP5に弾倉を差し込み、薬室に一発を送り込んでから、予備弾倉とともにメルセデスのフロントシートにほうった。

二番目のケースには、破片手榴弾二発、特殊閃光音響弾二発、ドア爆破用爆薬二本、遠隔起爆装置付きのキューブ形プラスティック爆薬一個がはいっていた。このケースはトランクに入れたままにした。

艶消しのアルミケースの三つ目には、携帯GPS、ウォーキイトーキイ二台ひと組、ノート・パソコンが収められていた。これらの装備は、すべてリアシートに置かれた。

最後のケースには、口径九ミリのグロック19セミ・オートマティック・ピストルと、フルに装弾した弾倉が四本はいっていた。

このケースには、多機能ベルト一本と太腿《ふともも》に取り付ける装備ベルト二本もはいっていた。一本は右腰にグロックを携帯するのに使い、もう一本は左太腿に垂らして、サブ・マシンガンと拳銃の弾倉を収納する。

ふと思いついて、メルセデスのトランクのカーペットを持ちあげた。そこでもう一挺の武器を見つけた。AR‐15カービン。スペアタイヤの横にプラスティック容器があり、五・五六ミリ弾を三十発フルに装弾した弾倉が三本収まっていた。ぜんぶで九十発になる。

それから数分かけて、衛星携帯電話の電源を入れ、GPSの使いかたに慣れた。その間ずっと、四〇〇メートル離れたモーリスの家の方角では、警察、消防、救急車のサイレンが鳴り響いていた。

この大量の武器隠匿所は、もとの師匠についてふたつのことをジェントリーに教えた。ひとつ、モーリスはCIAをやめて一般人として暮らしていたが、それでもなお危険な状況を突破しなければならないかもしれないと考えていた。

ふたつ、この高級車と装備の並はずれた量と質からして、モーリスについての噂が事実だったことははっきりしている。

CIAのために管理していた口座から、モーリスが横領していた可能性が濃厚だ。モーリスは、それを見抜かれると承知していたのだろう。それでも自分の若い弟子に隠匿所を差し出した。秘蔵していた装備を利用して、脱出し、任務を達成してもらいたいというのが、死に直面していたモーリスの最後の願いだったのだ。それを厳しく批判すべきではない。

車庫を出て、スモークガラスを通して前方を見据え、司教区《エヴェシェ》通りの犯罪現場に向かう警察部隊の先鋒とすれちがうあいだ、ジェントリーの胸には葛藤があった。ジェントリーはこれまで一セントたりとも着服したことはなかった。ギャングや麻薬密売業者の手先として殺しや不法侵入をやっていたときも、報酬で相手を天秤にかけるようなことはしなかった。殺しはするが、盗みはしない。モーリスがCIAから盗んでいたのは残念だが、結局、盗まれた資金のかなりの部分を、こちらが利用することになった。理想と現実の両方を受け入れなければならない。モーリスの横領はまちがっていたが、恩師を厳しい目で見てはならない、そう自分にいい聞かせた。武器や弾薬を使い果たしてでも、ノルマンディでなんの罪もない三人を救い、SADの資産《アセット》すべての人事記録を取り戻して、モーリスの名誉を挽回しようと決意した。

リーゲルは、テックのうしろに立っていた。ロイドは左手に立っている。ポニーテイルのテックは、デスクのコンピュータのモニター数台と向き合い、ヘッドホンを耳に押しつけていた。

テックの顔に浮かぶ表情から、作戦指揮の両輪であるリーゲルとロイドは、かんばしくない報せが届いたことを知った。

テックがいった。「南アフリカ人が全員死んだことを、現地の複数の情報源が確認した。ターゲットの位置で大きな爆発が起きた。ガス漏れがあったらしい。銃撃か爆薬の使用で起爆したにちがいない。現場は燃えていて、消防がまだ消火にあたっている。死体の数はまだ明らかでないが、生存者はいないと断言している。複数の死者だと」

ロイドがいった。「ジェントリーは？」

テックが、首をふった。「爆発の前にそこを離れたのを目撃されている」

「だれに？」

「監視員。でも、人ごみで見失った」

「なんだと！」ロイドが金切り声を出した。「わたしがみずから殺さないといけないのか？」

リーゲルが、ポケットから携帯電話を出して、発信した。一瞬待った。「そう、おれだ。ヘリコプターを一機用意しろ。追跡機器を積んで、暗くなるまでにここへよこせ。メモしろ。赤外線画像装置、動き感知装置《モーション・ディテクター》、遠隔センサー、モニター、ケーブル。書いたか？　それから、セルジュとアランを探して、ふたりもヘリコプターに乗せろ。シャトー・ローランを三六〇度の電子の壁で囲むのに必要なものを、急いで用意するよう指示しろ」リーゲルは、電話を切った。

ロイドが、目を丸くしてリーゲルを見た。「いったいなんの話だ？」

「電子監視装置だ。設置する人間と、機器をモニターする人間」

「なんのために？」

「ジェントリーのためだ。今夜のためだ」

「やつとここのあいだの距離は五〇〇キロメートル、射手三十五人がいる。まさか本気で、やつがシャトーにたどり着くと思っているんじゃないだろうな？」

「おれにはやつを確実に殺す責任がある。ジュネーヴで死のうが、フランス・アルプスの道路で死のうが、ここの芝生で死のうが、あんたの作戦の尻拭いをするのが、おれの仕事だ。やつの現在地と目的地のあいだで投入できる、あらゆる道具、あらゆる技術的利点、あらゆる生きた人間、あらゆる武器を利用するつもりだ」

テックが視線をあげて、うしろのふたりを見た。若いイギリス人のテックは、はじめて感情をあらわにしていた。恐怖を。「やつがほんとうにここに来るなんて、だれもいわなかった。ぼくは現場の人間じゃないんだ」

リーゲルが、いかめしい目で見おろした。「出世したと思うんだな」

テックが、モニターのほうに向き直った。

つぎにリーゲルは塔に連絡して、ベラルーシ人狙撃手《スナイパー》に、裏庭におりてきて自分とロイドに会うようにと命じた。スナイパーは噴水の前でふたりと会った。大きなドラグノフ・スナイパー・ライフルを、胸に抱えている。三人は、血にまみれた芝生のそばを通ってゆっくりと歩き、裏庭のはずれにあるリンゴ園を目指した。なおも数百メートル進み、敷地全体を囲んでいる高い石塀のほうへ行った。リーゲルとスナイパーは、空気を嗅《か》ぎ、芝生にしゃがんで、両手をついた。周囲の環境すべてを、ふたりは丹念に見てとっていた。ロイドは退屈そうで、いらいらしていた。

リーゲルが、スナイパーにロシア語で話しかけた。ロイドはリンゴ園のほうへ離れていった。「交戦規則はわかっているな？」

「シャトーに向けて動くものがあれば撃つ」

「そうだ」

「単純明快です」

リーゲルのハイキング・ブーツが、よく刈り込まれた芝生に食い込んだ。また空気を嗅いだ。「けさは霧が出たな？」

「ええ。視程が二〇〇メートル以下になりました。午前十時まで、リンゴの木までしか見えなかった」

「問題ないだろう。やつがここまで来られたとしても、来るのは夜明け前のはずだ」ベラルーシ人スナイパーは、黙ってうなずき、望遠照準器《スコープ》でリンゴ園を見渡した。リーゲルはいった。「父親は撃つべきではなかった」

スナイパーは肩をすくめ、中くらいの距離を注意深く見た。「リーゲルさんが現場にいたら、撃たなかったでしょう。しかし、あのときはリーダーシップがなかった。自分で撃つと決断したんです。やるなといわれないかぎり、それがおれの仕事です」

リーゲルはうなずいた。つかの間、スナイパーの顔をまじまじと見た。「死体を見た。射入口を。決断が正しかったかどうかはべつとして……すばらしい射撃だった」

スナイパーは、ドラグノフのスコープから目を離したが、リンゴ園の観察をつづけた。感情はまったく出さなかった。「ダー。そうでした」

ロイドは、無視されているのにうんざりしていた。「おい、リーゲル。時間の無駄だ。ジェントリーがここまで来るはずはないが、よしんば来たとしても、庭のどまんなかを突っ切ると思うのか？」

「可能性はある。最善の選択肢だと判断すれば、なんでもやるだろう」

「正気の沙汰じゃない。たったひとりで城に突撃するものか」

「そう想定して準備しなければならない。ジェントリーの選択肢はかぎられている」

「ああ、そうか。それなら庭に地雷を仕掛ければいいじゃないか」たっぷりと嘲《あざけ》りをこめて、ロイドがそう皮肉った。

リーゲルは、ロイドの顔を長いあいだ見つめていた。「地雷がどこで手にはいるか、教えてもらいたいものだ」

そのとき、ロイドのポケットの携帯電話が鳴った。

「ああ」

「テックです。ジェントリーが、サー・ドナルドの電話にかけてきました。そっちに転送できます」

ロイドが、携帯電話のスピーカーホン・ボタンを押した。「やってくれ」

「やあ、ロイド」ジェントリーの声には、疲れがにじんでいた。

「また罠から脱け出したのか。今夜はおまえの焼け焦げた死体を見おろせるだろうと期待していたんだが」

「いや。その代わり、おまえが雇ったゴロツキが、七十五歳のアメリカのヒーローを殺した」

てくれないか」

「たしかに。死病に取り憑《つ》かれた、引退したスパイ、横領犯。涙を拭うから、ちょっと待ってくれないか」

「クソでもくらえ、ロイド」

「ジュネーヴにいるんだな」

「そうだと知っているはずだ」

「地図でもファックスしてほしいのか？　フランス北部は、フランスの北部にあるんだ。スイスの南部じゃない。どうしてモーリスのところへ行ったのか、わけがわからない。金、書類、武器、応援、なんでもおなじだ。そんなものがあろうと、長い目で見たら、なんの役にも立たない。おまえがいま気にしないといけないことは、たったひとつ――時間だ。あすの朝、時計の小さな針が八を指し、大きな針が十二を指すとき、ここにいるかわいいイギリスの少女が獲物のハンティング・シーズンがはじまる！」

「心配するな、ロイド。もうじきそこへ行く」

「どうして電話してきた？」

「おまえが気をゆるめているといけないからな。おれが爆発で死んだと思い込んで。おまえが快適な午後を過ごしているかもしれないと考えるだけで、むしゃくしゃしたから、電話を一本かけて、今夜はおれのために明かりをひとつともしておいてもらおうと思ったんだよ」

ロイドが、ふんと鼻を鳴らした。「わたしが任務を中止していないのをたしかめたかったんだな。用なしのフィッツロイ一家を殺さないように」

「それもある。おまえとおれのあいだに、いったいどれだけ暗殺チームがいるか、見当もつかないが、地球上のならず者が勢ぞろいしても、数時間後におれがおまえの首を絞めるのをとめることはできない」

テックが、裏庭の三人のほうに駆け出してきた。息を切らして、走り書きした紙を差しあげた。「衛星携帯電話――逆探知できない」と書いてある。

ロイドは眉をひそめた。「コート、おまえはかならず死ぬんだ。みんなの時間を節約して、手間をかけさせないで、自殺しろ。首をクーラーボックスに入れて、おれに送ってくれ」

「ひとつ取り引きをしよう。首はやる。クーラーボックスは用意してあるな。もうじき、そのふたつがいっしょになれるような機会をやるよ」

「いい計画じゃないか」

「明朝、ジュリアス・アブバケルは、取り引きの窓口に新しいホモの相手を見つけなければならなくなるだろう。おまえが失敗したら――失敗するだろうよ――おれが殺さなくても、おまえはだれかに殺される」

ロイドの顔が、怒りのあまりひくついた。「わたしはだれのホモの相手でもない。腕力だけの馬鹿者め。傲慢《ごうまん》な人殺し野郎はさんざん見てきた。おまえもおなじだ。いくらおどろおどろしい綽名《あだな》や評判があろうと、見かけ倒しの荒くれ者として記憶されるのが関の山だ。もうじきおまえは死ぬ。蛆虫《うじむし》におまえが食い尽くされるころには、おまえなんか忘れられているさ」

短い間があった。「当ててみようか。父親がひとかどの人物だったんだな、ロイド」

「じつはそうだ。存命している」

「やっぱりな。それじゃあとで」ジェントリーは電話を切った。

リーゲルは、ロイドに薄笑いを見られないようにした。テックはまだ体を折って、膝に両手をつき、息を切らしていた。「ジェントリーは、ほんとうにここに来そうな口ぶりだった」苦しげに息を吸うあいまに、恐怖がありありと感じ取れる口調でいった。

ロイドが、テックを叱りつけた。「仕事に戻れ。ヘリコプターで捜索する。列車にも配置する。やつがパリに着く前に殺す」


一時間後、リーゲルはシャトーの屋根を縁取る平らな城壁に立っていた。陽は出ているが寒い午後だった。凝った装飾がほどこされた胸壁の銃眼から覗いた。アサルト・ライフルと無線機を持ったベラルーシ人二人組の三チームが、碁盤の目を描くように敷地を歩いている。狙撃手《スナイパー》と観的手《スポッター》は、リーゲルの左手の高い塔にいて、正面と裏の芝生をほぼ三六〇度の視界に収めている。赤外線画像装置を積んだヘリコプターが、さきほど無線で連絡してきて、全装備とそれを設置するエンジニアふたりを積み、パリから折り返してくるところだと伝えていた。装備は一時間以内に設置される。

テックが、暗殺チームをジュネーヴから高速列車TGVでパリに移動させていた。列車内にジェントリーのいる気配はないという報告が届いていた。グレイマンが車かバイクで移動している場合、通らざるをえないフランス・アルプスの幹線道路の要所には、さらに暗殺チーム三個と手のあいている監視員のほとんどを配置した。パリにも暗殺チームが三個いる。パリには、これまでにわかっているジェントリーの支援要員がおおぜいいて、補給や支援を受けられるので、当然の中間準備地域だと思われた。

いまリーゲルにできるのは、待つことだけだった。

とはいえ、なにか気にかかることがあった。

最初は頭の奥をしつこく刺激されているようだった。それがひどくなってきたので、現時点では作戦のあらゆる面をきちんと整理したはずだと、自分を納得させようとした。準備すべきことは、もうなにひとつ思いつかなかったが、それでも気がかりは消えなかった。

気がかりの源に、リーゲルはようやく近づいた。グレイマンがロイドにいったなにかが、気になっているのだ。ジェントリーは、自分をターゲットにしているこの作戦が、イサアク・アブバケル暗殺に関係があることを見抜いたようだった。だが、ロイドをアブバケルの取り引きの窓口といったのは、どういう意味だ？　ロイドがアブバケルやCIAに雇われてこの仕事をしているのではないということを、ジェントリーはどうやって知ったのか？　べつの理由から仕事をしていること、取り引きがあることを。その日、ジェントリーとロイドが話をした内容——リーゲルが現場に来る前の会話——をテックが手書きしたものを、リーゲルは読んでいた。ロイドもフィッツロイも、ローラングループのことはひとこともいっていないし、大作戦の背後にある真因にも触れていない。複数の当事者間の取り引きがからんでいるとグレイマンが判断したのは、どういうわけだ？　取り引きの窓口という言葉が、明らかにそれを示している。ロイドの命が作戦の成否にかかっていると、どうしてグレイマンは決めつけた？

それから一分間推理し、答が浮かんだとき、その証拠はサファリで獲物を狩っているときとおなじように明らかになった。野生動物を追跡するとき、腕のいいハンターは、獲物の足跡から物事を読み取る。追われていることを知っている兆候があるかどうかを見る。においを嗅《か》ぎつけているかどうか。動きに気づいたかどうか。危険を感知した獲物は、足どりが変化する。ずば抜けて熟練した高いハンターのみが、獲物の足跡からその微妙な変化を捉える。

クルト・リーゲルは、そういうハンターだった。

ジェントリーは、自分に対する作戦の真相をはっきりと嗅ぎつけている。ジェントリーが知っているような詳しい情報を得る手段は、たったひとつしかない。

リーゲルは城壁の上で向きを変え、シャトーのなかにおりていった。バスルームを出てきたロイドのそばに来て、突撃隊員みたいな態度で廊下を歩きつづけた。

ロイドが、リーゲルの決然とした足どりに気づいた。「なにがあった？　どうした？」

リーゲルは黙っていた。廊下を猛然と進んで、絨毯を敷いた広い階段を下り、壁の燭台、絵画、エリーズ・フィッツロイが寝ている部屋、双子が閉じ込められている寝室の前を通り過ぎた。ロイドがすぐあとにつづき、ロンドンの子会社から連れてきた北アイルランド人のならず者リアリのそばを通った。五十二歳のドイツ人のリーゲルは、リアリが護っている厚いドアを肩で押した。ドアがぱっとあいた。奥の広い部屋のベッドに、フィッツロイが白い夜具をかけて仰向《あおむ》けになっていた。フィッツロイは顔をドアに向けていて、部屋になだれ込んできた三人を睨み返した。

リーゲルは、床を踏み鳴らして部屋を横切り、ベッドのそばに行った。先刻とは異なり、礼儀正しさはまったくなかった。虚仮《こけ》にされ、血で代償を払わせると決意している表情だった。

芝居がかった物腰にそぐわない猫なで声を出して、リーゲルが単語ひとつで問いかけた。

「どこだ?」

ロイドとリアリは、部屋の中央に立ちどまっていた。ふたりは顔を見合わせ、どういうことなのか、手がかりをつかもうとした。

「いったいなんの話だ?」フィッツロイがきいた。

リーゲルが、ステアー・セミ・オートマティック・ピストルを抜き、銃口をフィッツロイの額に強く押しつけた。「これが最後のチャンスだ」あいかわらず、ささやくような声だった。「どこにある?」

短い間を置いて、フィッツロイの両腕が夜具の下に入れられた。すぐに携帯電話が出てきた。それを大男のドイツ人に渡した。

リーゲルは、それを見ようともしなかった。ポケットにしまった。「だれだ?」怒りをこめた鋭く低い声できいた。

フィッツロイは黙っていた。

「電話の持ち主はすぐにわかる。自分の口からいって、苦しい思いをするのを避けたほうがいい」

フィッツロイが、リーゲルから目をそらし、ロイドのほうを見てから、北アイルランド人の見張りのほうへ視線を動かした。

「パドリック・リアリは、昔、ベルファストでわたしの手先だった。おまえは最高の密告者《たれこみや》だったな、パディ」リーゲルに目を戻した。「それなのに、そこのクソ野郎は、ちょっとばかり電話をかけさせてもらうのに、莫大な金を要求した」

リーゲルの怒りの鉾先《ほこさき》が、フィッツロイを離れてリアリに向けられた。愕然としているリアリに向かって、フィッツロイが大声でいった。「悪いな、おっさん。どうも一万ポンド渡すことはできそうにない。英国貴族の忠実な僕《しもべ》だったという事実を、せめてもの慰めにしてくれ」

リアリが、リーゲルの顔を見た。「嘘っぱちだ！　クソったれのイギリス野郎！　そいつは嘘をついてる！　二日前まで、一度だってその野郎に会ったことはねえ！」

「これはおまえの電話か？」リーゲルは、ポケットから携帯電話を出して示した。

リアリはそれを数秒見てから、ベッドのフィッツロイに詰め寄った。

「その皺くちゃの手で、どうやっておれの電話を――」

狭い部屋に鋭い銃声が響いた。リアリの首ががくんと前に折れ、リーゲルの足もとに顔から倒れた。動きがぼやけて見えるほどのすばやさでリーゲルが折り敷き、体を低くしながら電光石火の早業《はやわざ》で銃を構えた。

いっぽう、ロイドは片腕をのばして部屋の中央に立ち、小さな銀色のセミ・オートマティック・ピストルを突き出していた。三八口径のホローポイント弾がリアリを倒す前に、その頭に狙いをつけたままの格好だった。

「やめろ《ナイン》！」リーゲルが、ドイツ語で叫んだ。

ロイドはしゃべりながら身ぶり手ぶりをして、拳銃をポインターのように部屋のあちこちに向けた。「敵がわれわれのなかにいるかどうかを心配するのはまっぴらだ。それでなくても問題を抱えている」身を低くして、ロイドの腕の先であちこちに揺れている拳銃に目を配っているリーゲルに、手ぶりで示した。「あんたはドニー・ボーイを紳士らしく扱おうとした。それでこういう仕打ちを受けた。あんたは軟弱で、それにつけ込まれたんだ。この男はわたしが生まれる前から、人間を操ってきた。いまもそれをやったんだよ！　こいつがだれに電話してなにをいったか、聞き出せ。いますぐにやらないと、マルク・ローランに電話して、あんたが任務の邪魔をしているといってやる」

ロイドは拳銃をおろし、背中を向けて、出ていった。銃を構えてさらに数秒折り敷いていたリーゲルが、拳銃をホルスターにしまい、フィッツロイのほうを向いていった。「裏切られたな」

フィッツロイの声は、驚くほど力強かった。「捨て鉢になっているのがわかるぞ、リーゲル。ロイドとあんたの目には絶望の色が見える。天然ガスを吸いあげて運ぶ契約だけの話じゃない。アブバケルは、ローラングループについて、なにかをつかんでいるんだ。白日のもとにさらけだしたら、あんたたちの組織が崩壊してしまうようなことをな」

大きな簞笥《たんす》の上に吊るされた鏡を、リーゲルが覗きこんだ。白髪まじりのブロンドの髪を、指先で直した。「そうだ、サー・ドナルド。われわれは避けることのできない苦境に捕らわれている。父がよくいっていた。〝犬と寝れば、目が醒めたときには蚤《のみ》がたかっている〟。まあ、われわれは長い年月、数え切れないくらいの犬と寝てきたわけだよ。アブバケルはそのなかでも最悪の犬だし、マルク・ローランが金と権力を得るためになにをやってきたかを、詳しく知っている。アフリカの植民地解放このかた、率先して独裁者とつるんだ連中が、資源をむさぼってきた。われわれは何年もアブバケルをいいように操ってきた……いまは立場が逆転した。マルク・ローランがアフリカの資源を奪うためにどういう手段を使ったかをばらすと、アブバケルは脅迫している。あまりきれいな話じゃない。退陣する大統領には、口をつぐんでいてもらうほうが、われわれにとっては望ましい」

そういうと、リーゲルはドアに向かった。ふりむきもせずに、フィッツロイに向かってどなった。「死体はだれかに片づけさせる」

「気にするな。コートがここに来たら、家中に死体が転がることになる」

26

サウジアラビアの総合情報局アルイスタフバラフ・アルアーマフの兵士五人が、盗んだユーロコプターEC145でアルプスを越え、西を目指していた。ヘリコプターは地元のパイロット兼自営業者のものだった。その男は、スノーボーダーやエキストリーム・スキーヤーをモンブランなど、ヘリコプター以外では行けない高峰に運び、裕福な暮らしをしていた。

その姿のいい黒いユーロコプターの所有者は、もとフランス陸軍少佐で、サイレンサー付きの拳銃で心臓を一発で撃ち抜かれて死に、格納庫に転がっている。サウジアラビア人たちは、幹線道路の上を通過し、北へとヘリコプターを飛ばした。眼下の道路は起伏が激しく、くねくねと曲がり、高山のトンネルのなかに消え、鮮やかな緑の森や、晴れた空がくすんで見えるほどくっきりした青い湖のかたわらを過ぎていた。

サウジアラビア人のなかで英語ができるのは、パイロットだけだった。パイロットは、テックと不規則な間隔で交信していた。ぎざぎざの峰がヘリコプターの左右にあるので、パイロットのヘッドセットと指揮所との秘話ではない双方向通信は、とぎれがちだった。テックは地域の他の暗殺チームも同時に調整し、バス停留所やタクシー乗り場の監視員からの報告を伝えていた。ジュネーヴの銀行家の家を出たあとで尾行を撒《ま》いて以来、グレイマンのいる気配はまったく報告されていなかった。

スイスのジュネーヴからフランス南西部を抜けて中心部に行くには、A40自動車道を通るのがふつうだった。そして、ヴィリア付近で、そのままA40でA6に向かうか、あるいはA39で北東のディジョンを目指す。どちらを通ってもほぼ五時間でパリに行ける。そのふたつのルートを避ければ、六時間かあるいはそれ以上かかる。

ヘリコプターのサウジアラビア人たちは、ターゲットをどこで探せばいいかを心得ていた。道路を使うとすれば、眼下のA40を通るはずだ。

ただ、どういう車種を探せばいいのかが、わかっていなかった。

陸橋、休憩所、ボンネットをあけて道ばたにとめた車などに、監視員三十人が配置されていた。交通の流れに乗って車を走らせている監視員もいる。街頭似顔絵描きも道路を見張り、単純な横顔の似顔絵をもとに、できるだけ多くの車の運転者に目を光らせていた。警察に知られてはならない大がかりな作戦で、ほかにも理由があったが、それを理由にリーゲルは作戦全体に反対してきた。ジェントリーが列車やバスに乗らなかったことが明らかになると、リーゲルは監視員と暗殺チームと資源をすべてパリに戻すよう求めた。グレイマンがパリを迂回するはずはないと、確信していた。ジュネーヴでジェントリーが会ったもとCIA局員の銀行家が、装備、武器、車、医療をさずけ、現金も渡したにちがいないというリーゲルの推理に、ロイドも反論しなかった。また、フィッツロイからの電話を聞いている時間があったということは、人脈の豊富なもとCIA局員の銀行家から手づるを教わる時間もあったということだ。ジェントリーが人間か資材を受け取る手配をしていたとすれば、道すじ以外のところへ寄っている時間はない。

パリは、ジェントリーのルートで最後の大都市にあたり、射手、書類偽造屋、武器密売人、もとCIAパイロットなど、フィッツロイ一家を救い出し、ロイドがCIAから盗んだ人事ファイルを取り戻すのに雇える無法者が、いくらでもいる。

リーゲルは、作戦の資源をすべてパリに集中することを求めたが、ロイドは、シャトーに接近する前にジェントリーを阻止するために、パリの北の主要道路の要衝に、最後の待ち伏せ攻撃を設置するといい張った。

だが、ジェントリーはA40からA6へのルートも、A40からA39へのルートも使わなかった。その二本がどれよりももっとも効率のいいルートだったが、そこを通ってもいいのは、数十人の殺し屋に命を付け狙われていない旅行者にかぎっての話だと判断した。

敵の索敵殺戮《ハンター・キラー》作戦を考慮すれば、負傷して疲労困憊《こんぱい》した体で、二時間余分に運転するのはやむをえない。パリにいくだけのために七時間も運転するのは癪《しゃく》だが、ほかに方法はない。運ばなければならない装備がトランクにぎっしりと積んであるので、バスや列車を使うことは考えられない。運転するしかない。

見かけだけは華やかな車の旅だった。メルセデスS550は、流麗な姿で、信頼でき、新しいインテリアはまだ上等な革の贅沢《ぜいたく》なにおいがしていた。三八二馬力のエンジンは、時速一四〇キロメートルで快い唸《うな》りを発していた。サテライト・サウンド・システムが旅の相棒だった。ときどき地元のラジオ局を聞いて、フランス語を聞き取るのに苦労しながら、ブダペスト、グアルダ、ローザンヌ、ジュネーヴの旧市街でのガス爆発についてとっておきの情報を拾った。

午後五時には、疲労のあまり、道路からそれそうになっていた。ジェントリーは、サンディジエという町の手前の休憩所にメルセデスを入れた。ガソリンを満タンにして、フランスではどこでも売っている、大きなバゲットのハム&チーズ・サンドイッチを買った。炭酸飲料を二本飲み干し、洗面所を使ったあとで、大きなペットボトルのミネラルウォーターを買った。十五分後には道路に戻っていた。ダッシュボードに置いたGPSで、パリ到着は午後九時以降になるとわかった。ノルマンディに行く前にやらなければならないことをすべて計算に入れると、シャトー到着は午前二時半になると判断した。

ただし、それはパリで問題が起きないことが前提だった。

「全員をパリに集中する潮時だ」リーゲルがいった。ロイドとテックのうしろに立っていた。リーゲルは、フランス人の電子警備エンジニアふたりとともに、二時間かけてシャトーの周囲に電子哨兵線を設置し、指揮所に戻ってきたばかりだった。

ロイドが黙ってうなずき、リーゲルの指示を隣に座っているテックにそのまま伝えた。それから、リーゲルのほうに向き直った。

「やつはいったいどこにいる？」

「べつのルートをとる可能性があることは、おたがいにわかっていたはずだ。方角は無数にある。田舎を通れば時間がかかるが、それでもパリに行ける」

「パリに行くかどうかもわからない」

「戦闘員がおおぜいいて人質が捕らえられている、防御の固い要塞に、ひとりで攻撃をかけることはないと、われわれは見ている。ここに来る前に応援を集めるはずだし、パリはどこよりも、ジェントリーの支援要員だとわかっている人間が多い。どこかに寄るとすれば、パリに決まっている。支援要員はすべて監視している。それに、やつは負傷しているから、パリの病院すべてに監視員を配置してある」

「病院には行かないだろう」

「そうとも。おそらく行かない。そんな目につくことはしないだろう」

「フィッツロイのネットワークの医者は？」

「考えられる。だが、街頭似顔絵描きがいたるところにいて、わかっている連絡相手すべての住所で張り込みをしている」

「やつが生きてパリを脱け出すようなことは避けたい」

「同感だね、ロイド」

27

土曜日の午後九時過ぎに、ジェントリーはパリの東端に達した。足、膝、太腿《ふともも》、手首、脇腹の痛みをもしのぐ疲労に押し潰されそうになりながら、なんとか市内にはいり、サンラザール駅の地下の馬鹿高い駐車場に入れた。銃はすべてリアシートに置き、ロックして、地上に出た。

運転中にパリでの行動計画を練る時間はたっぷりとあったし、GPSで近くの店をいくつか見つけていた。霧に包まれた寒い夜の闇を数分歩き、〈マクドナルド〉を見つけて、あらゆる国籍の若者たちを押し分けて進み、洗面所へ行った。一分半かけて疲れた顔を洗い、乱れた髪をなでつけ、トイレを使って、ゲル状の芳香剤で服を拭いた。

身だしなみを整えるには不足だが、なにもやらないよりはましだ。

五分後、店員が入口の札をひっくりかえして〝閉店《フェルメ》〟とする直前に、ローマ通りの紳士用品店にはいった。高価な既製のピンストライプの黒いスーツ、白いシャツ、地味なブルーのネクタイ、ベルト、靴を買った。紳士服のレジで代金を払い、スーツバッグを肩にかついで、スポーツ用品店に行った。そこでは目立たない茶色のじょうぶなアウトドア用の服を買った。

通りに戻ると、晩《おそ》くまであいている服飾店も、すべて閉まっていた。駅の向かいのドラッグストアで、電気剃刀《かみそり》、剃刀、鋏《はさみ》、シェイビングクリーム、キャンディバー数本を買った。黒縁の伊達眼鏡《だてめがね》を棚から取り、役に立つと判断した。代金を払おうとレジに行きかけたときに、上品な黒くて長い傘が、柄を棚に引っかけてあるのを見つけた。そのできのいい装飾品に、ジェントリーは目をつけた。あらたな買い物や前に買ったもののバッグを持ち替えて、その傘を取り、退屈そうなアジア人のレジ係に代金を払った。

十時過ぎに、ジェントリーは買い物をすべて持って駅に戻り、監視カメラとは逆に顔を向けて、うつむきがちに壁ぎわを歩き、ひろびろとした長いロビーを進んだ。小銭を恵んでくれといっているボスニア女性五、六人には目をくれず、終列車が出たプラットホームの手前の通路にある、だれもいない洗面所にはいった。個室に荷物をすべて入れると、作業に取りかかった。

すばやく下着だけになると、髪を切った。毛はできるだけ便器に落とすようにしたが、あとは買い物のビニール袋を床に敷いてそこに集めた。

つぎに、電気剃刀を使い、かなり短くなるまで髪を刈った。剃刀とシェイビングクリームで、そのあとの仕上げをした。個室から二度出て、鏡でぐあいを見たが、万が一だれかがはいってきて怪しまれるのを避けるために、またすばやくなかに戻った。

終わると、髪の毛を集めたビニール袋をゴミ箱に捨て、便器のなかの毛を流した。きれいに剃《そ》りあげた頭をあらためて流しで洗い、すばやくシャツとスーツとネクタイを身につけて、靴をはいた。伊達眼鏡をかけて、上品な傘を持ち、あとの荷物をまとめた。

洗面所にはいってから十八分後、ジェントリーは別人になって出てきた。

髪と服が変わったのはもとより、足どりも大股になり、背すじをのばしていた。右脚をひきずりそうになるのをこらえた。スーツ姿の紳士となったジェントリーは、階段をおりて駐車場にひきかえし、バッグを置いて、グロック一挺を持ち、街路に戻った。上等な服を着たパリっ子が、レストランから家に帰るという風情で、傘をふりふり、十一月の霧のなかを進む歩行者に混じった。十一時半に、サンラザール通りでタクシーに乗り、たどたどしいフランス語で、セーヌ川左岸のサンジェルマン・デプレまで行くよう指示した。


キム・ソンパクは、ノートルダム大聖堂近くでカザフ・チームを見つけていた。自分とおなじターゲットを追っているハンターにまちがいないと思った。カザフ人たちは、鋭い目つきを隠せないので、グレイマンにも容易に発見されてしまうだろう。静止している監視員三、四人のそばも通った。土曜日の夜の雑踏でも、キムには訓練の賜物《たまもの》で見つけることができた。しかし、きちんとした技倆《ぎりょう》は備えている、と判断した。

キムには、ターゲットのことがよくわかっていた。グレイマンがパリに寄るつもりなら、もうとっくに到着しているはずだ。テックの手がかりなしという報告をイヤホンで聞くうちに、超能力的な勘がうずくようになっていた。判明しているジェントリーの支援要員の各位置から等距離を保つように気を配りながら、一見のんびりした態度で、街路から街路へと歩いていた。

ひと気のない通りを、キムは無言で歩いた。前方の栗石舗装の道路に、ぽつんとアイリッシュ・パブがあった。あとは真っ暗で、夜の闇を味方につけ、夜行性のハンターのようにすばやく、やすやすと移動していた。サンミシェル大通りとソメラール通りの角で路地にさっとはいり込み、一日パリ市内を歩きまわって見つけた非常口へ行き、高く跳んで梯子《はしご》をつかんだ。韓国人の殺し屋のキムが梯子を昇るあいだ、背負っているオリーヴグリーンのリュックサックが揺れ、ヘッケラー&コッホ・サブ・マシンガンと予備弾倉の重みで垂れさがった。物音ひとつたてずに鉄の階段に達すると、七階まで昇っていった。そこでも力強い両腕で体を持ちあげ、屋根にあがった。正面の一・五キロメートル向こうにエッフェル塔が見え、セーヌ川が右手にあった。四方はカルチェラタンで、左手のほうにひろがっている。屋根はサンミシェル大通りまでつづいていて、他の屋根とほとんど軒を接し、眼下の道路を見おろす高い通り道になっていた。

そこが今夜のキムの出発点になるはずだった。セーヌ川左岸のどこかにジェントリーが姿を現わしたら、こういうふうに連なっている建物の上を音もなくすばやく移動できる。右岸に現われた場合には、地面に跳びおりて、流れの速い冷たい川に架かる数ブロック北の橋のいずれかを走って渡る。セーヌ川はちらちらと輝き、光の都を流れていた。

ジェントリーは、サンジェルマン大通りにあるインターネット・カフェの前でタクシーをおりた。インターネット一時間使用を申し込んで、バーでダブル・エスプレッソを買い、料金を払って、奥のコンピュータに向けて進んでいる学生の行列を礼儀正しく通り抜けていった。眼鏡をずり落ちそうにかけて、カップとソーサーを両手で持ち、高級な傘は腕にかけていた。

インターネットに接続すると、検索エンジンをひらき、〝ローラングループのフランスの不動産〟と打ち込んだ。大企業であるローラングループが所有する不動産の目録が載っているウェブサイトをクリックした。オフィス、配送センター、社有の保養所のウェブページ。そこでシャトー・ローランが見つかった。一族が所有し、会社が使っている施設で、ノルマンディ南部のメゾンという小さな村の北東にある。名称がわかると、土地建物についての情報をさらに検索し、ヨーロッパの私有シャトーについての情報サイトを見つけて、十七世紀のどっしりとした領主館の魅惑的な画像を眺めた。ミッテランがそこでウサギ狩りをしたとか、大西洋防衛線を敷く最後の準備のために町を訪れていたロンメルの幕僚たちが、そこを妻子の宿舎にしたとかいう、どうでもいいことは無視しながら、事実を数多く暗記した。

隣の席にいた浅黒い肌の若者からボールペンを借りて住所を書きとめ、ローラングループの会社のウェブサイトをあちこち見た。数分調べて、社有不動産の住所録を見つけた――シャトーは、会社の保養所ではなく、支局として登録されていたが、そこでシャトーの電話番号を見つけた。それを腕に書き留めると、ボールペンを貸した若者が笑って紙を一枚差し出したが、ジェントリーは断わった。

つぎにジェントリーは、シャトーの周辺の衛星地図を何分かかけて調べた。森、近くを流れる小川、三百年前の石造りの建物の裏手にあるリンゴ園、シャトーを囲む塀の外の砂利道などの位置関係を記憶した。

シャトーを外側から映した画像を、もう一度見た。大きな塔が建物のもっとも高い部分だった。スナイパーはそこに潜んでいるにちがいないとわかった。シャトー・ローランと裏手にあるリンゴ園のあいだに、見通しのいい平地が一八〇メートルほどひろがっていることもわかった。正面のほうが建物との距離は短いが、石塀が高く、照明も行き届いている。犬を連れた男がパトロールし、村に監視員がいるだろうし、ことによるとヘリコプターを飛ばしているかもしれないと思った。

脚をひきずっている哀れな襲撃者ひとりからシャトーを護るために、ロイドはさまざまな資産《アセット》を自由に使えるはずだ。

要塞化された施設に潜入するのは、不可能ではない。ジェントリーが潜入できないような施設は、ほとんどない。ただ、いますぐにパリを出発したとしても、午前二時までにバイユーへ行くのは無理だ。ロイドのいう刻限の八時までにフィッツロイ一家を救出すればいいと、安心するわけにはいかない。すこしでも成功を望むのであれば、監視部隊が疲れてぼんやりし、反応が鈍くなっている真夜中に行動しなければならない。

したがって、シャトー・ローランの防御を破る方法がいくつもあるとはいえ、何時間もかけて警備手段の感触をつかまないと、破るのは容易ではないはずだった。

何時間もの余裕はない。夜明け前にせいぜい二時間観察できるだけだ。

それもいまパリを出発すればの話だが、ジェントリーの計画ではそうすることはできない。

午前一時、ジェントリーは、スフロ通りの若者や美女に混じって、〈カフェ・ル・リュクサンブール〉で今夜二杯目のダブル・エスプレッソを飲んでいた。目の前の小さなハム・サンドイッチは、手をつけていない。コーヒーは苦かったが、カフェインがこれから数時間は意識をはっきりさせてくれるはずだ。それにくわえて、たっぷりと水分補給をするために、一日前の《ル・モンド》を読むふりをしながら、一本五ユーロのミネラルウォーターをごくごく飲んだ。あたりをうかがいながら、通りの向かいの建物、二三番地をたえず見守っていた。

ほんとうのところ、このまま立ちあがって去り、パリでの目的は捨てて街を出たかった。狭い通りの向かいのアパートメントに住む男に会いに行ったら、とてつもなく大きなリスクを冒すことになるとわかっていた。だが、支援が必要だった。自分のためだけではなく、フィッツロイ一家を安全なところへ送り届けるために。通りの向かいに住んでいるファン・ザンというオランダ人は、もとCIAの運び屋で、小型のプロペラ機の操縦にかけては凄腕だった。その男を突然訪ねて、鼻先で札束をちらつかせ、さして危険はないという話をして、午前五時にバイユーまで家族四人と自分を迎えにこさせ、イギリス海峡を低空飛行で越えてもらおうと計画していた。ファン・ザンは知られている支援要員なので、作戦開始時からロイドが電話を盗聴させ、近くに監視員を張り込ませているはずだ。電話できないことはわかっていたが、監視員がひとりやふたりいても、すり抜けて会えるはずだと考えていた。たしかにいい計画だと自分にいい聞かせ、苦いエスプレッソをごくりと飲んで、目の前の新聞に、焦点を合わせていない目を向けた。

だが、実現しないだろうと、やがて気づいた。

監視員ふたりの目をごまかして、ファン・ザンに会うことは可能だ。

ふたりぐらいなら。

しかし、六人もいては無理だ。

エスプレッソをちびちび飲んでいるあいだに、確実に監視員だとわかる人間を五人発見しているし、ひとだかりにも、ひとりだけ浮いている人間がいる。

クソ。もはや、ファン・ザンの家に潜入して話を持ちかける方法がないばかりか、六人の鋭い目がまわりにあり、包囲されて、攻撃されればひとたまりもないと思えてきた。

まず、通りの向かいの〈クォリティ・バーガー〉にだらだらといる若いカップル。白人男性が通るたびに眺めてから、ファン・ザンのアパートメントがある玄関のくぼみに顔を向けている。駐車している車に、男がひとり乗っている。中東人で、音楽を聞いているようにダッシュボードを指で叩き、通り過ぎる人間を見守っている。四人目はリュクサンブール公園の正面にあるバス停に立ち、バスを待っているふうをよそおっているが、バスがとまっても前面の行先表示を見ようともしない。

五人目は三階のバルコニーに立ち、バゲットほどもある望遠レンズを付けたカメラを持って、活気のある交差点を映しているふりをしているが、ジェントリーは一瞬たりとも騙《だま》されなかった。〝被写体〟は通りの向かいの戸口だ。左手の道路の先にある照明の明るいパンテオンではない。ありふれたフランスの産物を売っている屋台や、リュクサンブール公園の美しい鋼鉄の柵でもない。

そして、六人目は女だった。ジェントリーの前方のいくつか離れているテーブルに、ひとりでいる。ジェントリーは奥の席を選んだが、道路に沿っている店の窓から離れないように気を配った。そこなら、新聞で顔を隠しながら店内の客すべてを見張り、なおかつ右手のファン・ザンの家とその周辺にも目を配ることができる。女もおなじように、前方を向いて座っていた。

その六人目の監視員は、巧妙だった。泡立つ大きなモカに八割がた視線を落とし、目を動かすたびに窓を見るということはしなかった。だが、服装と物腰で、過ちを犯していた。女はフランス人だった——服や顔立ちでわかる——それなのに、ひとりきりで、カフェのだれとも知り合いではない。二十代の美しいフランス女が、土曜日の夜に友だちとも交わらず、雑踏にひとりでいる。しかも、自分の知らない地区のなじみでないカフェにいる。

ありえない、とジェントリーは判断した。あの女は街頭似顔絵描き、監視員、尾行者で、金をもらい、雌鹿のような大きな目を瞠《みは》り、そこでじっと観察するよう命じられているのだ。

フィッツロイ一家救出後の安全な脱出路を用意するという遠大な計画をあきらめると、ジエントリーは小さなサンドイッチを食べ、コーヒーを飲み終えた。さっさと逃げてパリを抜け出し、バイユーへ行ってからなんとか算段するしかないと結論を下した。きのうの朝からずっと、気力がどん底に落ち込んでいる――サーボの作業場のカビ臭い立坑に座っていたときよりも意気阻喪《そそう》している――だが、ふさぎ込んで動かずにいることが、いまは最悪の行動だと承知していた。ユーロ札を何枚かテーブルに置いて、奥の廊下にある洗面所へ向かった。用を足すと、そのまま廊下を進んで、いかにも自分の持ち場だというように厨房《ちゅうぼう》にはいってゆき、裏口からムッシュウ・ル・プランス通りに出た。

厨房ではだれも黒いスーツの男に目を向けなかった。

目立たない男《グレイマン》には、ひと目を惹《ひ》かない能力がそなわっている。

五分後、リーゲルは屋根の通路に立ち、銃眼から月明かりの庭を見据えていた。遠くのリンゴ園の香りが、冷たい闇と混じり合っている。ロイド、テック、ベラルーシ人、まだだれも発見していないパリの監視員や、まだだれも殺していない暗殺チームからのひっきりなしの無線連絡から逃れて、頭を澄明にしたかった。ポケットの電話が鳴った。無視しようかと、最初は思った。どうして自分たちのチームが連絡してこないのか、企業の仕事なのに全滅したのはどういうわけかと、外国の情報機関の親玉が問いただすために電話してきたのだろう。この大被害の後始末には数ヵ月、もしくは数年かかるだろうし、それも午前八時にラゴスの契約が成立することが前提になる。だめだった場合のことは考えたくもないが、契約が不成立だったら、職を失うか、すくなくとも確実に降格されるだろう。ローランはあらゆる圧力を駆使して、これに大きく賭けているのだ。

自分の首もロイドの首とおなじように、俎板《まないた》に載っているという気がした。ロイドと文字どおりおなじではない。自分はロイドとはちがい、ロイドを殺せとローランに命じられることはまちがいない。作戦が失敗したら、この大失態のために命を奪われることはないだろうが、恥知らずのクソ野郎のジュリアス・アブバケルが、ローラングループのアフリカでの不法行為を暴露したら、仕事人生はめちゃめちゃになる。

電話がまた鳴った。溜息をついて、夜気に白い息を吐き出すと、リーゲルはポケットから携帯電話を出した。

「リーゲルだ」

「テックです。固定電話に電話がかかっています。携帯に転送できます」

「固定電話？　シャトーの電話か？」

「そうです。名乗りません。英語をしゃべっています」

「ありがとう」カチリという音。リーゲルはきいた。「どちらさまですか？」

「おまえには殺せないとおぼしい男だ」

リーゲルの背すじをさむけが走った。フィッツロイが自分の名前をグレイマンに教えたとは、考えていなかった。

一瞬の間を置いて落ち着きを取り戻すと、リーゲルはいった。「ジェントリー君。話ができて光栄だ。あんたの経歴を調べて、たいへんな強敵だと見なしている」

「お世辞をいっても無駄だ」

「あんたのファイルをずっと読んでいた」

「興味が湧いたか？」

「非常に」

「それじゃ、最後まで読むんだな、クルト。おれのファイルを、死んだおまえの冷たい手から奪うつもりでいるから」

リーゲルが、乾いた笑い声を発した。「なんの用だ？」

「挨拶《あいさつ》しておこうと思ってね」

「これまでの一生、おれはありとあらゆる獲物を狩ってきた。大物も小物も、かなりの数の人間も。殺される前の獲物に挨拶されるのは、これがはじめてだ」

「こっちもだ」

しばし間があった。やがて、リーゲルが大きな声で笑った。シャトーの裏庭にひろがる闇を、その笑い声が渡っていった。「そうか、いまではおれがあんたの獲物か？」

「おまえを殺《や》るために行くのだと、わかっているはずだ」

「来られるものか。たとえノルマンディにたどり着けたとしても、おれのところまでは来られない」

「じきにわかる」

「あんたがパリにいるのは知っている」

「パリ？　なんの話だ。おれはおまえのすぐうしろに立っている」

「おもしろいやつだな。意外だね」リーゲルは、くすりと笑ってそういったが、肩ごしにシャトーの屋根のだれもいない通路をふりかえらずにはいられなかった。「文字どおり数十人の監視員で、あんたのこれまでにわかっている支援要員すべてを見張らせている」

「そうか。おれにわかるわけがない」

「わかるさ。あんたは古い友人をひとりずつ訪ね歩いているにちがいない。おれの監視チームを見分ける能力はあっても、透明人間になる能力はない。だから、援助の源には近づけない。水、水、四方は水なれど、飲める水は一滴もなし（コールリッジの詩「老水夫行」の一説）」

「たいそう得意げだな」

「あんたを見つけるやいなや、われわれは襲いかかる。監視員と同数の殺し屋がパリにいる」

「さいわい、パリにはいないんだ」

リーゲルは言葉を切った。口をひらいたときには、声音が変わっていた。「これだけはいっておきたい。フィリップ・フィッツロイの死は、残念な事故だった。おれはそのときいなかった。起きてはならないことだった」

「プロフェッショナリズムでおれをうっとりさせようとしても無駄だ。おまえを殺《や》るときには、なんの役にも立たない。おまえもロイドも死人同然だ」

「話半分に聞いておこう。ところで、サー・ドナルドが護衛から借りた電話は取りあげたぞ。シャトー内の情報源はいっさいなくなったな」

ジェントリーは、黙っていた。

「どうやらそっちが形勢不利のようだな、友よ」

「そうだな。どこかに消えるとするか。あきらめて」

リーゲルは、しばし考えていた。「それはないだろう。あんたが南のジュネーヴに向かったときには、追っ手を撒《ま》くためかと思った。そうじゃない。あんたはおれとおなじでハンターだ。そういう血が流れている。避けたり逃げたりはしない。自分の獲物、目標、存在理由がはっきりしている。ロイドやおれのようなターゲットがいなかったら、ただのみじめな男だ。あんたは朝霧のなかに姿を消すような男じゃない。おれたちを殺《や》りにきて、その途中で死ぬのさ。それは承知しているはずだが、狩りをやめるくらいなら、あんたは獲物に殺されるほうを選ぶ」

「なにか代案をひねり出せないか」

リーゲルが、にやりと笑った。「ほう。いよいよ電話をかけてきた理由か。ただの挨拶じゃなかったんだな。興味津々《しんしん》で聞こう、ジェントリー君」

「おまえたちは契約は得られない。七時間後もおれが生きていたら、アブバケルはおまえたちと競合する会社と天然ガスの契約を結ぶ。そしてローラングループに関して握っていることを使って、おまえたちを追い込む。それは避けられない。だが、双子と母親を解放し、安全な場所に届けてくれれば、おれは刻限が過ぎてからそこへ行き、おまえの代わりにロイドを殺す。おまえは助けてやるよ」

「おれを?」

「約束する」

「おれはこれまで心の目で、あんたを奥行きのない捕食者として見ていた。単純な殺し屋だと。だが、じっさいは頭の切れる男だった。そうだな? これがべつの状況なら、おたがいに友だちになれたかもしれない」

「おだてようとしているのか?」

「笑わせないでくれ、ジェントリー。だが、あんたの死体を見おろすときには、もっと顔がほころんでしまうだろうな。陳列棚に飾る新しい獲物だからな」

「本気でおれの提案を考えたほうがいい」

「あんたは交渉の材料を過大に評価している。一時間以内に、われわれはあんたを捕捉する」

短い間。「そう思うがいい。よく眠れ、リーゲルさん」

「徹夜になるかもしれない。パリの手先から朗報が届くのを期待している。おやすみ《ボンソワール》、コート」

「あとで《ア・ビヤント》、クルト。もうじき会える」

「もうひとつ、ジェントリー君。プロフェッショナルとしての好奇心からきく。キエフは……

……あんたじゃなかったんだろう？」

電話は切れていた。四キロメートル北の海岸からたったいま吹き寄せたとおぼしい冷気を、リーゲルはふり払った。

28

その監視員は退屈していたが、退屈には慣れていた。おなじ通りの一角で、三軒のカフェでエスプレッソを飲んだ。一杯目と二杯目は、よく晴れた午前中に外のテーブル席で飲み、大気が湿り気を帯びて、通りや舗道から昼間の暖かさが去ると、最後の三杯目は窓ぎわの席で飲んだ。

九時になると車に移動した。小さなシトロエンを一時間単位のパーキングメーター前にとめて、飢えたペットに餌をやるみたいに、硬貨を一日中入れていた。

だが、その男は優秀だったし、退屈で諜報技術が鈍ることはなかった。暖をとるためにエンジンをかけていたが、ラジオはつけなかった。目だけではなく、耳でも獲物の気配を感知できる可能性があるとわかっていた。ラジオは、通り過ぎる無数の人間のなかから見知らぬ男を見つけ出すのに必要な鋭敏さを、五感から奪ってしまう。

この任務の全体像を、男は知らなかった。わかっているのは、自分の役割だけだ。静止監視員、それが自分だった。他の監視員とはちがい、ターゲットの支援要員だとわかっている人物の居場所に張り込んではいなかった。割り当てられていた仕事は、全般的な要所の監視だった。探す相手の写真を持ち、何年も前のA5判の二次元画像と、監視手段に通暁している可能性が高く、監視している人間の視界をさえぎる人ごみにまぎれて移動しているにちがいない活発に動くターゲットを一致させようと、一日あくせく働いていた。

だが、男は楽観していた。この仕事は、そういう思考でやるしかない。見つけられないだろうと疑ってかかったら、自分のささやかな作戦で発揮しなければならない鋭敏な五感が散漫になる。

その監視員は、殺し屋ではなく、よく訓練された目にすぎなかった。遠い昔には、ニースで警官だったが、その後、フランスの防諜機関で街頭似顔絵描きとなり、入れ替わり立ち替わりして前進する監視班のひとりとして、ロシア人やその他の相手を尾行した。スパイの階層では、最下級にあたる。つい最近まではリヨンで私立探偵を営んでいたが、いまではおもにパリでリーゲルの半端仕事を引き受けている。ヨーロッパ大陸ではだれかしら監視しなければならない対象がいるし、たいがいそういう監視チームにくわえられていた。他の監視員よりもずっと年配だったが、指揮官ではなかった。しっかりしているときには、チームの他のものよりも優秀だったが、かつては大酒飲みで、今後もそうなる兆しがあり、長期的な仕事では信頼できない。もっとも、今夜はワインも飲まず、任務に専念していた。

数知れず眺めた写真を手にして、もう一度眺めた。この顔の男がなにをやったのか、発見されたあとでどういう運命が待ち受けているのかということには、関心がなかった。

その顔は人間ではなく、ターゲットだった。

生きている顔ではなく、息をしたり、考えたり、感じたり、傷ついたり、求めたり、愛したりはしない。

顔はただのターゲットで、人間ではない。

現場でターゲットを見分ければ、リーゲルからボーナスがもらえる。監視員には後悔の念や罪の意識は、毛ほどもなかった。

一時半過ぎ、年配の監視員は一滴もこぼさずにペットボトルに小便をして、サンジェルマン大通りにとめた車のすぐそばをなにも知らずに歩いている美しい男女のあいだでそんな卑しい行為をしても、瞬《まばた》きひとつしなかった。ペットボトルの栓を固く締めて、生暖かいそれを床にほうり、顔をあげたとき、街灯の暗い光のなかから、ひとりの男が現われた。通りすがりのひとびとに混じって歩いてはいたが、なぜか監視員の目に留まった。まわりの人間とはちがって男女連れではなく、年もすこし若い。それに、周囲のくだけた服装とはちがうスーツが、浮いて見えた。シトロエンに乗った監視員が目を留めたとき、その男は二五メートルほど離れていた。近づくにつれて、眼鏡、剃《そ》りあげた頭、おおよその顔かたちが、くっきりしはじめた。

監視員は筋肉ひとつ動かさずに、手に握り締められ、湿り、皺《しわ》くちゃになった写真をちらりと見おろした。それから、夜霧のなかを近づいてくる三次元の姿に目を戻した。

可能性はある。一五メートルに近づくと、監視員は目を凝らし、大股で歩いてはいるが、かすかに脚をひきずっているのを見分けたと思った。そうだ。あの男は右脚をかばっている。

一日ずっと新情報を流している、フランス語が話せるイギリス人が、ターゲットは片方の太《ふと》腿《もも》を負傷しているかもしれないといっていた。

そうだ。ターゲットがシトロエンに最接近し、五メートルと離れていないところを通ったとき、監視員はその顔からふたつのことを見てとり、要所の選択と十二時間の張り込みが功を奏したと、確信を強めた。右脚が接地する一歩ごとに、男の頬がかすかにゆがんでいる。それにくわえて、あの目。練度が高い優秀な監視員は、ぶらぶら歩いている若い男があちこちに矢のような視線を投げるのを見た。物腰だけ見れば、この世になんの懸念もないかのように颯爽《さっそう》と歩いているようだが、両眼はたえず落ち着きなく動いている。監視者を探している目だ。シトロエンに乗っていた監視員は、それに気づくとすぐに、観察を中断し、男が完全に通り過ぎるまで、両手に視線を落としていた。動悸《どうき》が急に激しくなったので、監視員はひと呼吸置いてから、バックミラーを覗いた。顔をまわしたり、肩を持ちあげたりせず、首の筋肉すら動かさずに見た。目だけ上を向いて、スーツ姿の男がサンジェルマン大通りを西に向けて歩きつづけるのを捉えた。

監視員はギアを入れて、イヤホンのひとつきりのボタンを押した。

ビーッという音がして、無線がつながったことがわかり、「テックだ、どうぞ」というのが聞こえた。

その監視員は練度が高く、優秀だったが、声音ににじむ興奮を隠すことができなかった。

仕事でもらえる金よりも、こういう興奮が生きがいだった。

監視員はいった。「テック、こちら６３」ほんのかすかな間を置いた。「捉えた。徒歩で東へ向かっている」それ以上いう必要はなかった。テックがＧＰＳで監視員の位置をつかんでいる。

こうした瞬間は監視員を活気づけて、任務が終わるまで酒を遠ざけることができる。大手柄だとわかっていたし、もう家に帰って、お祝いにワインを一本空けてもいい。仕事とおなじやりかたで、祝うことになる。

つまり、たったひとりで。

パリにいる五チームに同時に報せが届くように、監視員６３の報告は通信網全体に流された。テックのこの措置は、失敗だった。当然ながら、競合するチームのあいだで争いが起き、いずれかのチームが後方に撤退して退路を断つという手が打てなかった。だが、テックが勇み足をしたのも無理はなかった。半日ずっと、ターゲットの確実な目撃情報が得られなかったのだ。それに、グレイマンがパリへ行ったというのは、それまでの机上の推測にすぎなかった。だから、ターゲット確認の報せが届いたとき、銃を持った人間をすべてその位置へ送り込んでしまった。

ロイドやリーゲルの前では、ぜったいに認めないはずだったが、ターゲットがジュネーヴから姿を消してから、テックは高まるパニックの波と戦っていた。非合法作戦や暗殺作戦など、さまざまな作戦を管理し、強面《こわもて》の資産《アセット》の後方業務《ロジスティックス》を監督してきたが、自分の身が危なくなることは、一度もなかった。超絶の殺し屋である狩られる男が、作戦指揮所の場所とそこへ到達する方法を確実に知るような筋書きを、上司が意図的に用意したのは、これがはじめてだった。敵はテックが陣取っている場所に来るようにと、浮き彫りの金文字で書かれた招待状を受け取った。そんな馬鹿な話はない。しかし、大きなテーブルにならぶテクノロジーに囲まれていたテックが、必死で眼前の仕事に自分の技倆《ぎりょう》を疎漏《そろう》なく発揮しているのは、その危機感のおかげでもあった。

要するに、この男をシャトーに到達する前に殺すことが、テックの個人的な動機になっていた。だから、確認情報がはいるやいなや、ターゲットの現在位置を全員に伝えてしまった。自分のそういう措置が迂闊《うかつ》だったとテックが気づいたとき、ロイドが突然うしろに現われた。上司がそばに来たことで、テックはすこしびびった。この作戦全体に、怯《おび》えを感じていた。

「リーゲルが無線で聞いた！　やつを捕捉したんだな？」

「サンジェルマン大通りにいた凄腕のベテラン監視員が、隘路《チョーク・ポイント》で発見しました。正直いって、可能性の低い目撃情報です。既知の支援要員リストを見たかぎりでは、どこへ行くのかわからない」

「見失うことはないだろうな？」

「監視員ふたりを付近に移動させています。一流の監視員でないと、グレイマンに確実に見つかるでしょう」

「わかった。追跡にはどの暗殺チームを派遣した?」

テックは逡巡して口ごもった。全員を送ったと知ったら、ロイドはかんかんに怒るにちがいない。だが、テックが答える前に、ロイドがいった。「どうでもいい。これでけりをつける。殺し屋全員にやつを追わせろ。どんな騒ぎになろうが知ったことか。どうしてもそこでやつの息の根をとめる必要がある」

テックは、肺がぺしゃんこになるくらい大きな安堵《あんど》の息をついた。「了解です」

ボツワナ・チームとカザフ・チームが、もっとも近かった。カルチェラタンの両端から駆け出した。走っているときにコートがめくれて武器が見えるのを避けるために、両腕を脇におろし、耳にはめたイヤホンで通信を聞きながら、前方のつぎの障害物を見据えていた。テックが、ターゲットが最後に確認された位置を伝えた。グレイマンは、最初の監視員の視界から出ていたが、街灯似顔絵描き数人が接近していて、情報が届いていた。

五人から成るボツワナ・チームは、それぞれ三二口径の拳銃を所持していた。比較的威力の弱い弾薬だが、最低限の火力を戦術で強化していた。五人は、モザンビーク教練と呼ばれる、三発連射の訓練を受けていた。二発を胸に速射し、三発目は額にとどめの弾丸を撃ち込む。用語も名称もモザンビークでの戦闘に由来する。ローデシア軍兵士が、小口径の拳銃で胸を撃っただけではアフリカ人を斃《たお》せなかったために、念を入れて頭を撃つという方法を編み出した。

カザフ人四人は、太い針金のような折り畳み銃床付きのイングラム小型サブ・マシンガンを、冬物のコートの下に隠していた。四人が走っているのに目を留めた警官がいて、通りを疾走する四人を大声で誰何《すいか》した。外国人四人がよからぬことをやろうとしていると見てとった警官は、手ぶりでとまれと指示した。

暗殺チームそれぞれのひとりが、ブルートゥースで携帯電話に接続したデジタル・ビデオカメラを所持していた。ターゲットを抹殺したのがだれで、どのチームが最高賞金を獲得するかを、指揮所で判断できるようにするためだった。

まだ競い合いはつづいていた。

二チームはともに、ターゲットが最後に目撃された位置に相手チームが反対方向から接近していることを、イヤホンからの通信で知った。そのため、ターゲットが姿を消す前に急迫しようと、どちらもあせっていた。ただの狩りではなくなっていた——激しい競い合いとなっていた。しかも、こうしたチームにとっては、賞金を獲得するのとおなじくらい、プロフェッショナルとしての誇りが重要だった。

「全部隊、こちらテック。ターゲットの最終目撃位置の三ブロック東に、監視員がふたりいる。いずれもターゲットを目撃していない。通り沿いのホテルかカフェにはいったか、南に折れてカルチェラタンに行ったか、あるいは北の新橋《ポン・ヌフ》へ行き、川を渡ったのかもしれない」

テックからの最新情報を聞くと、それぞれが収斂《しゅうれん》する方角に追跡していた二チームは歩度をゆるめ、話し合った。やがてどちらも前進を開始した。ボツワナ・チームは、サンジェルマン大通りを東に走り、カザフ・チームはおなじ通りを西に進んだ。道路の左右を見張るために、二、三人ずつに分かれて散開し、途中の戸口、路地、カフェ、ホテルを覗いた。

キム・ソンパクは、建物の屋根伝いに走り、獲物の最終目撃位置の前方に到達していた。イヤホンから声が聞こえた。遠いビーッという音で、この送信が他のチームや監視員には聞かれていないことを知った。受信しているのは自分だけだ。

「テックから哀哭妖精《バンシー》1へ。受信しているか？」

「受信している」

「通りにおりることができたら、おれが誘導する。やつは他のチームや監視員を見つけて、逃げようとするはずだ。逃げざるをえない。それに、やつは単独の刺客《しかく》がいるとは、思ってもいないはずだ。やつを阻止する位置に、あんたを誘導する」

「わかった」

キムは、六階建てアパートメント・ビルの屋上の縁を越えて、流れるような動作で窓枠に足をかけておりると、雨樋《あまどい》に手をのばして、脚で樋を挟んだ。雨樋は壁にしっかりと取り付けられていなかったので、非常階段に達するまで伝っただけだった。非常階段をおりて、二メートルほど下の地面に跳びおりた。六階から地上まで、一分とかからなかった。

「バンシー1、通りにおりた、テック。ターゲットに誘導してくれ」

「二チームが、そちらよりも近くにいる、バンシー1。ターゲットはビュシー通りにはいり、安全のために人だかりにまぎれていると思われる。二ブロック北に移動し、二チームが発見できなかった場合に、前方をさえぎる位置につけ」

「わかった」とキムは答えたが、その指示に従うつもりは毛頭なかった。グレイマンの考えは読めたと思った。人間狩りは何度もやったことがあり、その経験から、この狩られている男の動きをすべて予知できると思った。土曜日の夜に外国人工作員数チームにパリの中心部で追跡されたとしたら、自分なら気づかないわけがない。グレイマンも当然気づく。静止監視員数十人が通り道にいれば、自分ならただちに見破る。グレイマンもすぐに見破るだろう。グレイマンが敵をひとり残らず見分けることはないとしても、かなりの数の人間が投入されている。グレイマンのような凄腕の戦闘員の目には、全面的な抹殺作戦が進行していることが、ありありとわかる。全力で作戦が行なわれ、従来の交戦規則や規制はいっさい度外視されていることを知るはずだ。となると、雑踏にいても安全ではない。グレイマンに発見されているはずの殺し屋たちは、ターゲットを抹殺するチャンスがくれば飛びつく。ネオンや通行人は、狩られている男にとって、お守りの毛布どころか邪魔者でしかない。

そうとも。グレイマンがいまどういう心境かは、察しがつく。テックの指示ではなく、このターゲットとおなじ心の動きに導いてもらう。ハンターのキムと獲物のグレイマンの意識が融合し、それが霧の降る夜の闇を進むキムの指針となって、三ブロック東の暗い路地へと案内していった。そこは、食事をしたり浮かれ騒いだりしているひとの群れや、騒音や、明かりから、半ブロック離れていた。セーヌ川が一〇〇メートル北にあることがわかっていた。

厳しい監視をグレイマンが察知した場合には、南に向きを変えて、夜陰に溶け込もうとするだろう。北側には橋が二本あるだけで、自然の隘路《チョーク・ポイント》だから、なんとしても避けたいはずだ。

キムは、狭い路地でもっとも暗い場所を見つけた。サンジェルマン大通りから北に二五メートルはいったところで、ビュシー通りの二〇メートル南にあたる。監視員が近くでターゲットを発見した場合には、どちらにも即座に移動できる。だが、この路地が敵との最終対決の場所になるはずだという予感があった。暗い隠れ場所から数十メートルのところには、客がひしめくレストランやナイトクラブがある。それに、競い合う暗殺チームが近くにいる。火器を使って自分の行為に注意を惹《ひ》くのは避けたかったので、MP7は背中のリュックサックに入れたままにした。その代わり、前ポケットから折り畳みナイフを出し、艶《つや》消しの黒の刃を出して、闇の奥に体を押し込み、獲物を待った。

ビュシー通りを東に歩くとき、背中を流れ落ちる汗で黒いスーツが湿ってきたのがわかった。右手に持った傘が、一歩ごとに脇で揺れた。二日前にブダペストで負った裂傷のために足が痛く、傘を杖に使いたくなるのを我慢した。

だが、汗をかいているのは、歩きかたのせいではなかった。三〇メートルほど離れたベンチに、若い恋人同士が身を寄せ合い、話をしながら、じっさいには男の通行人を監視していた。ジェントリーは、自分とおなじような年配の禿頭《はげあたま》の男を見つけて、そのあとをついていった。その男が過度の注意を惹《ひ》くかどうかをたしかめようと、前方に目を向けた。禿頭の男が注目されたとすると、この変装がばれて発見され、無線で人相風体がべつの監視チームに教えられたにちがいない。

若い恋人たちは、たちまち数秒間、禿頭の男に視線を据えた。ひとりが相手にその男の特徴をいい、ターゲットではないと納得したらしく、また視線を配りはじめた。変装がばれたことを、ジェントリーは瞬時に悟った。これまでに監視員を十人以上見つけて、いずれの場合もごまかすことができたとある程度確信していたが、見落としがあったにちがいない。ウィンドウからなかが見えない車に乗っていたか、あるいは通りにいたか、発見できなかった監視員がどこかにいて、その人間がパリ中のすべての監視員とハンターに、外見と歩いていった方向を伝えたのだ。

ジェントリーは、すばやく肩ごしにふりかえった。肌の黒い男が三人、店のウィンドウを覗き込みながら、足早に進んでいた。二〇メートルも離れていない。通りの向かいにもふたりいた。おなじ班の人間にちがいない。通りの北側を調べ、カフェの前の客がひしめくテーブルを眺めている。

クソ。ジェントリーは左に折れて、ランシエンヌ・コメディ通りにある狭い遊歩道にはいり、その闇を伝い進んだ。二〇メートル先のひっそりとした遊歩道からの暗い明かりが、突き当たりを照らしている。監視していることに、こちらが気づいていないと思っているかぎり、監視員たちはセーヌ川左岸の目抜き通りにまばらに配置されているはずだ。

ジェントリーは闇に踏み込み、傘の先で濡れた栗石をこすりながら、前方の明かりを見据えていた。屋根のある暗い遊歩道に、その音が響いた。

メルセデスを取りにいって、バイユーに向かうには、タクシーでサンラザール駅に戻らなければならない。きのうの午後のブダペストと、今朝の午前五時のグアルダとおなじで、今回パリに寄ったのも、まったくの徒労だった。今回は負傷せずに逃げ出せたことがなによりだが、やはり支援が必要なことに――。

近くの闇から、閃光のような動きがあった。左手から人影があっというまに近づいた。電光石火の反射神経がはたらく前に、ジェントリーはさらに低い動きを察知した。腕が下からふりあげられた。右腕でそれをかわそうとしたが、動きが遅すぎた。

遅すぎても、避けようとしただけましだった。

ジェントリーは、ナイフが腹に突き刺さり、左の腰骨の上の柔らかい肉を切り裂くのを感じ取った。

29

午前二時、サー・ドナルド・フィッツロイが眠らずに横たわっていた三階の暗い寝室に、細い光が射し込んだ。ひとりいれば見張れるように、双子とその母親も、おなじ部屋に移されていた。クレアはフィッツロイの左でとぎれがちに眠り、ケイトは右でいびきをかいている。エリーズは薬を打たれていて、周囲のことがわかっているのかどうか、はっきりしない。部屋の向こう側の椅子とオットマンに寝ている。

フィッツロイは、スコットランド人の護衛の人影を見てとった。マクスパッデンという男だ。ひそかに暴行をくわえようとして忍び込んだのだろうか、もしそうならどれだけ耐えられるだろうか、と思った。

マクスパッデンは、ベッドに近づくと、双子には目もくれず、フィッツロイにささやいた。

「取り引きしよう、じいさん。携帯を持ってきた。ベラルーシ人の装備バッグから盗んだ。やつらは全員、戦闘配置についている。この階にいるのはおれだけだ」

「失せろ。わたしは眠ろうとしているんだ」フィッツロイはいった。

「朝になってあんたが死んだら、眠る時間には事欠かないさ」

「罠のにおいにわたしが気づかないと思うのか？　どうしておまえみたいなろくでなしが、わたしに携帯をくれるんだ？」

「それは……おれはその……これが終わったら、ちょっとした配慮がほしいんだよ」

フィッツロイは、立ちはだかっている男の顔がよく見えるように、肉付きのいい顔を傾けて枕に押しつけた。「どんな配慮だ？」

「グレイマン……やつがキエフでやったことを聞いた。キエフの作戦や、ほかにやつがやったといわれてる作戦の半分でも、やつがやったんなら、プラハやブダペストやスイスでチームを叩きのめしたくれえだから……その、ここに来るかもしれねえよな。やつがここに来たら、おれは銃を地べたにほうり出して逃げる。あんな冷酷な殺し屋と戦うのはまっぴらだ。身の回り品を持って逃げる。わかるよな？　それで、やつが現われて、おれが逃げるとき、ドナルド・フィッツロイやそいつが飼ってる戦闘犬に追われるのは、まっぴらごめんなんだよ。わかるだろ？」

マクスパッデンが携帯電話を差し出し、フィッツロイはそれを受け取った。

「信用できるか？」フィッツロイはきいた。

「朝になったら、あんたは死んでるだろう、サー・ドナルド。おれも深く首を突っ込みたくはねえんだ。だが、もしあんたが生き延びたら、ユーアン・マクスパッデンが手助けしたってことを忘れないでくれ」

「忘れないよ、ユーアン」

「あんたの犬に電話して、いってくれ。もし来られたら……グリーンのシャツに黒いズボンの男だっていってくれ。銃は地べたに捨てる。心配は無用だって」

「よく来てくれた、マクスパッデン」

スコットランド人の護衛は、闇に戻っていった。細い光がまた射し込み、やがてそれが細くなって、マクスパッデンのうしろでふっと消えた。


ナイフは、ジェントリーの腹に深く突き立てられていた。すさまじい痛みだった。膝の力が抜け、失禁した。ジェントリーの理解できないなにかが起きていた。そこで下に目を向け、襲撃者の手首に傘の柄をひっかけた。傘の本体を引きおろして遠ざけた。ナイフを引き抜くほどの力はなかったが、刃が五センチ以上食い込むのを妨げることができた。とてつもない激痛に襲われたが、ナイフを刃の根元まで突き刺されて、三枚におろされる魚みたいに下腹を引き切られるよりはましだった。

渾身の力をこめて、ジェントリーは傘を右手で下に引いた。左手を襲撃者のほうにのばした。胸を弱々しく殴った。右腕をめいっぱい使ったせいで余力が残っておらず、腹の底の痛みのせいで力がはいらなかった。襲撃者が殴り返し、頭突きをしようとしたが、ジェントリーは身をそらせてよけた。

体の前に左手をまわしたが、グロックがうまくつかめなかった。それでもベルトから引き出そうとしたが、襲撃者にはたき落とされた。

鋼鉄とポリマー製の拳銃が栗石舗装にぶつかり、カタカタという音とともに闇に遠ざかっていった。

ジェントリーと襲撃者は、あいたほうの手で揉《も》み合った。闇に包まれた襲撃者は、ジェントリーが目をえぐろうとするのをかわした。ジェントリーは、相手の喉仏《のどぼとけ》への平手打ちをそらした。鍛鋼の刃で突き刺されていなくても、それが命中したら落命していたにちがいない。

襲撃者は、胸骨まで上に向けて切り裂いたり、もっと深く刺したりするのをあきらめた。傘の柄に腕をひっかけられているせいで、どちらもができなかった。そこで、下に向けて切り裂き、腰骨に当たると、それをえぐろうとした。

ジェントリーは、悲鳴を押し殺した。痛みのあまり気が変になりそうだったが、ほかの殺し屋が何人も近くにいることはわかっていた。こっちの命を奪おうとしているやつらに悲鳴を聞きつけられたら、ナイフとそれを突き立てている男から逃れて生き延びるわずかな可能性すらなくなってしまう。

ジェントリーは、戦術を変えた。両脚を前に押し出して、小柄な相手の胸を突いた。襲撃者がアジア系だというのが、いまでははっきりとわかっていた。その男を壁に叩きつけたが、ナイフがさらに二センチほど深く刺さっただけだった。

つづいて頭突きをくらわせた。ふたりの額が激突する音は、戦いがはじまってからその路地で聞かれたどんな物音よりもひときわ大きかった。傘はなおもアジア人の右手を下に押し下げていた。ジェントリーが体で相手を押すと、アジア人は路地の向こうまでうしろ向きによろけ、壁にぶつかった。ナイフで相手とつながれていたジェントリーは、それにつれて進んだ。そこのほうが明るく、意識を押し潰そうとしていた苦痛のなかで、ジェントリーはリュックサックのストラップを見て、相手があいた手で背中のリュックからなにを取り出そうとしているかを悟った。

あいたほうの手で、ジェントリーはアジア人の手首をつかみ、煉瓦塀《れんがべい》に叩きつけた。

「なにがある?」ジェントリーはきいた。痛みと力を使っているせいで、声がふるえていた。

「なにがはいっている?」屋根のある遊歩道には、ジェントリーが相手の目を睨《にら》みつけられるだけの明るさがあった。力の限りを尽くしているせいで、ふたりともまぶたがふるえていたが、睨みつける視線は揺れなかった。ひとりが押せば、ひとりが押し返した。「なにがはいっている?」

ジェントリーは、傘を横に強く引いて、すばやくアジア人のバランスを崩させ、その一瞬の隙に、男の背中と壁に挟まれていたリュックサックに手をのばした。そのために腹に力をこめなければならず、苦痛のあまりかすれたうめき声を発した。

アジア人が、ナイフをまわし、深さ五センチの傷が大きくひらいて、ジェントリーの股から両脚の内側に血がだらだらと流れ落ちた。

「アアアア」悲鳴よりは小さかったが、それでも路地に響き渡った。ジェントリーはリュックをつかんで、ジッパーに手をかけていた。キムがその手を頭の横で払った。二度目の頭突きでキムの気が遠くなった隙に、リュックサックをすばやくあけたジェントリーは、左手をなかに突っ込んだ。

「これはなんだ？　これはなんだ？」ジェントリーはいった。顔を涙が流れはじめていた。涙にむせびながらしゃべっている口から飛び散る唾《つば》に、涙がしたたった。言葉とともに、唾が襲撃者の顔に浴びせられていた。「これがほしいのか？　これを出そうとしたのか？　えっ？」ジェントリーは、小さな黒いサブ・マシンガンをリュックサックから引き出し、相手の目にあらたな恐怖が浮かぶのを見た。キムがうしろに手をのばして、ずんぐりした減音器をつかんでから、ナイフの柄を強く押した。ジェントリーはそれを押し戻そうとしたが、押し戻すことができず、刃がさらに一ミリ、下腹に食い込んだ。

ジェントリーは、用心鉄《トリガー・ガード》に指を入れて、MP7を発射した。キムはセレクターを連射に入れていた。ジェントリーでもそうする。銃口はキムのうしろの煉瓦塀に向けられていて、弾丸がそれを吹っ飛ばし、破片がふたりのまわりで飛び散った。ジェントリーは精いっぱい連射しようとした。薬室で弾薬が発火するたびに反動があり、ジェントリーの体ががくがく揺れ、腹のナイフがあらたな肉や骨を削った。三発、五発、十発、二十発。キムが苦しげに悲鳴をあげて、連射によってほとんど白熱していた減音器から手を離した。火傷《やけど》を負った手を、ナイフを握っている手に重ね、両手に渾身の力をこめて、最後のすばやく荒々しい突きで、グレイマンの背骨を貫こうとした。

キムの焼け焦げた指の上に、ジェントリーの血がどくどくとあふれ出した。

ジェントリーは、弾薬が尽きたMP7をすばやい動きでキムの顔に叩きつけ、鼻を折った。

ふたりの体がようやく離れ、ともに栗石舗装の上に倒れた。キムは仰向《あおむ》けで、弾痕だらけの壁に頭をもたせかけ、鼻から血を流していた。火傷をした手は膝に置いていた。激しい動きのせいで、胸を波打たせている。ジェントリーは、路地のまんなかに横向きに倒れ、やはり胸を波打たせていた。黒いナイフの黒い柄が、身の毛もよだつような感じで下腹に突き立っている。

ジェントリーはナイフを引き抜こうとして、悲鳴をあげた。顔を殴られて朦朧《もうろう》とし、力を使い果たしていたキムが、よろよろと膝をついて、冷たい石の上を必死で這い、距離を詰めた。

キムが一メートル半まで迫って跳びあがり、懸命にナイフをつかもうとした刹那《せつな》、ジェントリーが腹のナイフを抜いた。

ターゲットの上に着地するほんの一瞬前に、暗い光のなかで、黒いナイフの刃が、切っ先から根元まですっかり見えた。血にぬれた刃が、ぬめぬめと光っていた。ジェントリーは、それを逆手に持って、目を丸くして落ちてきたアジア人の喉を切り裂いた。動脈から血が噴き出した。

キム・ソンパクは、路地でのたうちまわって死んだ。腹がジェントリーと交差するように着地していた。

ジェントリーは、ナイフを投げ捨て、まだ痙攣《けいれん》している死体の脚を押しのけた。死体はあっけなく裏返り、まったく動かなくなった。ジェントリーは片手でネクタイをはずして丸めた。二度深く息を吸って気を落ち着け、それを腹の傷に押しつけた。白いシャツから舗装に血が流れ落ちた。

「ちくしょう！」悲鳴をあげた。苦痛に歪《ゆが》んだ顔が、涙と唾と鼻汁に覆《おお》われていた。みじめな苦しみのせいで吐き気をもよおしたが、目の前の作業に集中してそれを抑えた。

ふつうならDNAの証拠を残さないようにするのだが、いまはそんなことにかまっていられない。バスタブにいっぱいの漂白剤と清掃作業員五人が丸一日かけないと、この現場から証拠を消すのは無理だ。だから、そういう手間はかけなかった。

腹を動かしてみると、丸めたネクタイの圧力で痛みも抑えられた。それなしでは、立つこともできなかっただろう。だが、ジェントリーは立った。よろけ、路地の壁で体を支え、とぼとぼと歩きつづけた。背後から声が聞こえた。乱闘の物音を通行人が聞きつけたにちがいない。警察と暗殺チームが、まもなくやってくる。よろめきながら角をまわって、商店街に出た。遅いので店は閉まっていたし、ウィンドウショッピングの客もいない。顔には血の気がなく、力の抜けた体で、ジェントリーはおぞましい殺戮《さつりく》の場をあとにした。

寒い夜のなかを北に進むあいだ、生命維持に不可欠な血が脚を伝い落ちて、足もとの舗道にしたたたった。

三十秒後、ボツワナ・チームのひとりが、パニックを起こしている群集をかきわけ、韓国人刺客《しかく》の死体を見つけた。ボツワナ人の戦術懐中電灯の光を浴びた暗い路地は、血みどろのおぞましい見世物そのものだった。ボツワナ人は、テックを呼び出した。

「死んでる男がひとり。アジア系だ。首を切り落とされかけてる」

ボツワナ人のなまりのある英語がスピーカーから聞こえたとき、ロイドとリーゲルはテックのうしろに立っていた。

フェリックスが来ていて、離れて暗がりに立ち、じっと見守っていた。

テックが、目の前の電子機器のスイッチをひとつはじいた。「バンシー1。受信しているか？　バンシー1、感明度は？」

かさこそという音が、スピーカーから聞こえた。ロイドとリーゲルが、期待して視線を向けた。

「いまは無線に出られない。留守電に吹き込むにはおよばないぜ」ボツワナ人が、嘲《あざけ》るようにいった。キムの死体から無線機をはずし、それに向けてしゃべっているのだ。

リーゲルがいった。「その韓国人は、今回の仕事でおそらく最高の人材だった。この作戦でそいつを失ったと知ったら、韓国の組織は激怒するぞ」

「知ったことか」ロイドが語気鋭くいった。「仕事を完全にやれない人間をよこしたほうが悪い。たったひとりしかよこさなかったと知ったときに、本気じゃないというのが読めた」

「おまえは頭が悪いな、ロイド。その韓国人刺客が、これまでにどんな働きをしてきたか、知らないのか？」

「知っている。パリの路地にべとべとの血の染みを残した。それ以外のことなど、知ったことじゃない」

　そのとき、ボツワナ・チームのハンターが、ふたたび連絡してきた。「北につづいている血痕がある。あとを追って、やつを見つける」

「ほら見ろ」リーゲルがいった。「バンシー1は、自分の役目を果たした」

　三分後、監視員のひとりが無線で報告した。「54からテックへ」

「どうぞ、54」

「サンミシェル広場近くの五階の窓にいます。カメラで対象を追跡していると思います。確認のために画像を送れます」

　接続するのに十秒かかった。指揮所のプラズマ・モニターがぱっとつくと、パリの街の灯が明るく輝き、ルーヴル美術館のシルエットが浮かんだ。ちらちらと光るセーヌ川が、街を二分している。カメラは、ことになにかを中心に写しているわけではないように見えた。

「やつはどこだ?」リーゲルがどなった。追跡がはじまり、躍起《やっき》になって獲物を探すうちに、ハンターの血が沸き立っていた。「54、対象に焦点を絞れ」

「ウイ、ムッシュウ」ルーヴル美術館のある対岸に向けて川に架かる新橋《ポン・ヌフ》の画像が拡大された。ダークスーツ姿の人影が、足をひきずり、よろめき、立ちどまって、橋のまんなかで身をかがめている。怪我をした状態で逃走し、左岸からセーヌ川の中州、シテ島に渡ろうとしていることが見てとれた。

「あれを見ろ！　やつはもうおしまいだ！」ロイドが興奮して叫んだ。「近くにはだれがいる?」

ロイドが質問をいい終える前に、テックが答えた。「カザフ・チームが、三十秒の距離にいます。南から橋を渡るのが、じきに見えます。ボツワナ・チームがそれにつづき、ボリビア・チームがセーヌ川の北にいます。スリランカ・チームは、まだ西で十分の距離です」

動画の範囲がひろげられ、セーヌ川左岸沿いのグラン・オーガスタン河岸通りの建物が見えた。数人がその道路を疾走して、右手の橋に折れていた。ひとりが濡れた栗石舗装で転んだが、あとのものたちはしっかりした足どりで、ポン・ヌフの傾斜を駆け登っていた。

「これで片がつく!」リーゲルが、勝ち誇って大声をあげた。「仕留めろと指示しろ。死体を車に載せて、ヘリポートへ向かわせろ。ここへ運んで、フェリックスさんにじっくり検分してもらおうじゃないか」

「それなら大満足だよ、リーゲルさん。ありがとう」モニターの列の前で活気づいてる男たちのうしろで彫像のように立っていたフェリックスがいった。

監視員のカメラが、ふたたびジェントリーに焦点を絞った。ジェントリーがふりむいて、いまや三五メートルも離れていないカザフ人たちと向き合っている。傷ついたアメリカ人は、まっすぐに立っていたが、それがつらいのがありありとわかった。肩ごしに、橋の北側を見やった。

ロイドがいった。「生き延びられないぞ、コート。逃げ道はない。ドジを踏んだな」上機嫌な声だった。

だが、リーゲルはつぶやいた。「クソ」

「どうした？」ロイドがきいた。

「シャイセ」おなじ意味のことを、リーゲルがドイツ語でくりかえした。

「いったいどうした？　やつはもう袋のネズミだ！」

そのとき、グレイマンがコンクリートの欄干《らんかん》に登った。二〇メートルの距離から迫り来る男たちのほうをふりむいた。

「だめだ！」リーゲルの懸念を理解したロイドが叫んだ。「やめろ！　やめろ！　やめろ！」

クルト・リーゲルは、テックのテーブルからマイクを取り、ボタンを押して、叫んだ。「シースト・イーン・ゾフォルト！」興奮してドイツ語で命じたことに気づき、もう一度わめいた。「ただちにやつを撃て！」

だが、時すでに遅かった。ジェントリーは欄干の上で体を傾け、九メートル下のちらちらと輝く川に落ちていった。水面を破ったとき、水晶のように澄んだ水柱が立ち、強い流れがあっというまに鏡のような川面を取り戻したときには、ジェントリーの黒い影は消えていた。

ロイドは、モニターからさっとふりむいた。衝撃のあまり、両手で頭を抱えていた。やがて、黙ってうしろに立っていたフェリックスのほうを向いた。

「見ただろう！　やつの姿を！　やつは死んだ！」

「川に落ちたからといって、人間、死にはしない、友よ。残念だな。大統領には証拠をお見せしないといけないんだ」

ロイドが、テックのほうをふりむき、シャトー中に聞こえるような大声でわめいた。「こんちくしょう！　やつらに、さっさと川にはいれといえ！　死体が必要なんだ！」

プラズマ・ディスプレイが、五秒前にターゲットが跳びおりたポン・ヌフの欄干に集まっているカザフ人たちを映し出した。川面《かわも》を覗き込んでいる。五人が橋にいた。ふたりが欄干から冷たい水に跳び込み、三人が左岸に駆け戻った。

リーゲルが、大声でテックに指示した。「やつはかなりの重傷だし、川に跳び込んで悪化させたはずだ。ボツワナ・チームに行かせろ。ボリビア・チームとスリランカ・チームもだ。死体がすぐに出ない場合のために、船を出せ。両岸を全員で捜索しろ。監視員をすべて下流に移動させ、死体が流れ着きそうなところを探させろ。急いでやれ！」

30

午前二時三十分、弱い雨が降りだした。ノートルダム大聖堂の東南東四五〇メートルにあたるセーヌ川左岸に、闇に包まれた殺伐としたティノ・ロッシ公園がある。栗石舗装の岩壁から一五メートルひっこんでいる芝生の斜面が、低い石壁に沿ってのびている。そこの一本の木と壁のあいだに、膝をすこし持ちあげて、両腕を斜めにのばし、仰向《あおむ》けに横たわっている人影があった。そばを通るものがいて、ずぶ濡れの体を見たなら、川からあがったことは一目瞭然だったろう。昂然《こうぜん》と最後の力をふり絞り、弱った腕で川べりからあがり、濡れたやわらかな芝生へと這っていったのかもしれない。あるいは、一瞬立ちあがったが、腕と脚の力が抜けて、冷たい地面にくずおれたのかもしれない。

その男はまったく動かず、物音もたてていなかったが、やがて濡れた服のせいでくぐもっている電子音が鳴りはじめた。

男はすぐには動かなかった。ようやく肩がぴくりと動き、かすかに首《こうべ》をめぐらして、周囲のようすをあらためて見てとった。つぎの電子音が鳴ったあと、コートのポケットにのろのろと手を入れて、プラスティックのケースを出し、片手で不器用にまさぐった。ケースがパカッとあき、衛星携帯電話が芝生に落ちた。男の目は空に向けられたままだった。

橋から跳びおりたあと、ジェントリーは水面に激しくぶつかった。その衝撃にくわえて、水の冷たさで肺に残っていた空気が吐き出された。ジェントリーは深く潜った。水面に出たときには、ポン・ヌフをくぐって、西の下流に流されていた。一分か二分、空気を吸ったり水を飲んだりしながら浮き沈みしていると、小さなハウスボートがエンジンを響かせて川を遡《さかのぼ》り、近づいてくるのが見えた。ジェントリーは弱っていて、意識を失う寸前だったが、のろのろと航走する黒い船がそばを通るときに、舷側から垂れている梯子《はしご》の最下段に片腕をひっかけた。片手でつかまり、さきほど跳びおりた橋の下をくぐるあいだ、泡立つ航跡のなかで頭を低くしていた。川に跳び込んだ男たちの叫び声がまわりから聞こえた。死体を探し、橋の支柱を懐中電灯で照らしている。

十分後、すぐに発見されるおそれはなくなった。ジェントリーはほとんど残されていなかった力を使い、梯子を昇って甲板に行こうとしたが、落ちた。弱った脚、腹の痛み、濡れた靴、手がかじかむ寒さが、すべて不利に作用し、凍れる水にまた包まれた。船体をつかもうと手をのばしたが、川の水をつかんだだけで、黒いハウスボートは上流へ離れていった。さいわい、岸からそう離れていなかった。左岸にたどり着き、舗道によじ登って、立ちあがったが、ティノ・ロッシ公園の木のそばで、濡れた芝生に倒れ込んだ。

そこに横たわっていた二十分のあいだ、目はあいていたが、焦点は定まらず、降り注ぐ弱い雨の粒が、瞳を叩いてははじけていた。

衛星携帯電話がまた鳴った。ジェントリーはそれを芝生から取ったが、目はいまも、周囲の街の灯に照らされている、とてつもなく低い雨雲に向けられていた。

弱々しく、冷たい声で、ジェントリーはいった。「ああ」

「こんばんは。クレア・フィッツロイよ。ジムさんとお話できる？」

ジェントリーは、目をしばたたいて、雨をふり払った。その代わり、涙が浮かんできた。声をできるだけ落ち着かせようとした。痛み、疲労、絶望、激しい挫折感を、精いっぱい隠そうとした。「もう寝る時間を過ぎているよ」

「わかっているわ。でも、ドナルドおじいちゃんが、電話してもいいっていったの」

「おれを憶えているのか？」

「ええ、憶えているわ。学校に送っていってくれたこと。廊下のちっちゃなベッドで寝ていたけど、ほんとうは眠らないで、夜通しわたしたちのために番をしていたんだって、ママがいったわ。コーヒーを飲んでいて、ママの卵料理が好きだったでしょ」

「そうだよ。チーズを多めにして」ジェントリーの骨盤には突き傷があり、腹壁には穴があいていた。ナイフは内臓を傷つけるほど深く刺さらなかったはずだが、それでも体の芯《しん》が焼けるような痛みは、言葉ではいい表わせないほどひどかった。まだ出血がとまっていないにちがいない。一時間ほど前に川に跳び込んでから、止血のための措置をなにもやっていない。

救急車の甲高《かんだか》いサイレンの音が、ジェントリーの右手を通過した。石壁と闇にさえぎられて、そちらからは見えないはずだ。

「ジムさん、ドナルドおじいちゃんは、ジムさんがわたしたちを助けにくるっていったわ」涙がジェントリーの顔を流れ落ちた。まだ死んではいないが、ほとんど死にかけているような気持ちだった。バイユーに行けないのはわかっているし、たとえ行けたとしても、城の入口で血を流して死ぬほかに、できることはない。

「おじいちゃんはどこ？」

「寝室。いま歩けないの。階段で転んだっていうんだけど、そうじゃないの。ここにいるひとたちに、いじめられたのよ。おじいちゃんが電話を渡してくれて、バスルームのクロゼットにはいって電話しなさいっていったの」言葉を切った。「だからささやき声なの。来られるんでしょう。来られなかったら……パパはロンドンへ行ったから、ジムさんだけが頼りなの……聞いてる？」

フィッツロイらしいやり口だ。フィッツロイが電話してきたのなら、もう完全に負けたといっていただろう。だが、抜け目ないフィッツロイは、こちらが苦境に追い込まれていると承知のうえで、双子のどちらかに励ましの言葉をかけさせ、戦意を失わないように仕向けようとしたのだろう。

「ベストを尽くす」

「約束してくれる？」

ジェントリーは、闇のなかで横たわっていた。冷え冷えとするずぶ濡れのスーツがよじれ、うなじや剃《そ》りあげた頭に冷たい泥が当たっていた。弱々しい声で、ジェントリーはゆっくりといった。「できるだけ早く行くよ」

「約束してくれる？」

ジェントリーは、腹の傷を見おろした。いまはそこを強く圧迫していた。「約束する」そういうと、声にすこし力が戻ってきたようだった。「そっちへ行ったら、おれのためにやってもらいたいことがある。やると約束してくれ」

「なにかしら？」

「大きな音が聞こえたら、自分の部屋に行ってベッドの下に隠れて、じっとしているんだ。やってくれるね？」

「音？　どういう音？　銃の音でしょう？」

「そのとおりだよ」

「わかった」

「おれが迎えにいくまで、そこにいるんだ。妹もおなじようにさせる。いいね？」

「ありがとう、ジム。来てくれるってわかっていた」

「クレア」ジェントリーの声は、わずかながら力強さを取り戻していた。「電話をそっとおじいちゃんに返してくれ。重要なことをききたいから」

「わかったわ、ジム」

「それから、クレア。電話してくれてありがとう。声を聞いてとてもうれしかった」

十六分後、ジェントリーはカルディナ・ルモワヌ通りを歩いていた。雨が激しくなり、あたりにはひと気がなかった。両手を左腹に押しつけて、左脚を棒のようにまっすぐにしたまま蹴りだして歩いているグレイマンには、もっけのさいわいだった。二〇メートルごとに足をとめて、壁や車や街灯に寄りかかり、痛みのために体を折り、数秒で力を取り戻すと、寄りかかっていたものを押すように離れて、またしばらく歩いた。そしてまた、疲労と失血から体を休めた。

フィッツロイに教わった住所を見つけた。当然ながら、ドアは閉じて閂《かんぬき》がおりていた。そこで数軒先のくぼんだ玄関口にはいり込み、ホームレスを装ってダンボールを敷いて座り、首をうなだれてしばし休んだ。パトカーの歌うような抑揚のサイレンが、遠くから聞こえた。もう一・五キロメートル以上離れているにちがいない。警官と暗殺チームと監視員は、すべてセーヌ川沿いを捜索しているはずだ。捜索が上流ではなく下流に集中しているようならありがたい。さらに、その三者の活動が、おたがいの存在に妨げられていることを願おう。

うとうとと眠り込む寸前だった。片方の拳を血まみれの腹に押しつけていると、フィッツロイに教わった家のほうから物音が聞こえた。くぼみから覗くと、施錠されていたドアがゆっくりとあいた。車が来るものと思っていたが、ここで働いている人間は、おなじ建物の上の階に住まいがあるようだ。

舗道に女が現われた。二〇メートル離れた街灯の光で、どうにか見えていた。ジェントリーは立ちあがり、よろよろと進んだ。

「行って《アレ》!」女が鋭くささやいた。「急いで」

ジェントリーは、女の横をよろめきながら通った。ドアの奥は長い廊下だった。力なく揺れている体を廊下の壁で安定させたとき、歩きながら手で血をなすりつけていたことにすぐさま気づいた。女がすばやくジェントリーの脇に頭を入れて、体を支えた。女は長身で痩《や》せていたが、力があった。自分が一歩ごとに女にどんどん体重をあずけていることに、ジェントリーは気づいた。

戸口をくぐり、暗い部屋にはいった。体重七七キロの男を抱えて動きづらくなっている女が明かりのスイッチを入れる前に、ジェントリーは犬がすぐそばで吠えたのでびっくりした。べつの一匹が吠え、じきに十四以上がまわりで同時に吠えはじめた。

頭上の明るい照明がつくと、フィッツロイが教えてくれた救急病院が、じつは動物病院だったことに、ジェントリーはたちまち気づいた。膝の力が抜けて、ジェントリーの体が横の女にもたれかかった。女が少年じみたうめき声を発し、ジェントリーを押して言って、小さな椅子に座らせた。

「パルレ・ヴー・フランセ?」ジェントリーを見おろしながら、フランス語が話せるかと女がきいた。ジェントリーは視線をあげ、そのときにわかに、彼女が美人だということに気づいた。

「パルレ・ヴー・アングレ?」ジェントリーはきいた。

「ええ、すこし。イギリス人?」

「ああ」ジェントリーは嘘をついたが、発音をごまかすつもりはなかった。

「ムッシュウ、フィッツロイさんに説明しようとしたのよ。先生は旅行中だけど、電話しました。いまこっちに向かっていて、あと二、三時間で着く。ごめんなさい。あなたがそんなにひどい怪我をしているとは思っていなかったの。わたしでは手当てできない。救急車を呼びます。あなたは病院へ行かないと」

「だめだ。きみはフィッツロイのネットワークの人間だろう。薬と血液と包帯ぐらいあるだろう」

「ここにはないの。ごめんなさい。ルペン先生なら、近くの診療所で分けてもらえるけど、わたしではだめなの。わたしはここで動物の治療をしているだけだから。病院にいかなければだめよ。なんてこと《モン・デュー》。体が冷たい。毛布を持ってくる」背を向けて出ていき、猫の小便のにおいがする厚いウールの毛布を持って戻ってきた。それをジェントリーの肩にかけた。

「きみの名前は？」ジェントリーはきいた。まだ声がひどく弱々しい。

「ジュスティーン」

「いいかい、ジュスティーン。きみは獣医だろう。似たようなものだ。血液と――」

「獣医の助手なのよ」

「まあ、それでも似たようなものに近い。なんとかやってみよう。お願いだ。手を貸してくれ」

「ペットをお風呂に入れたり、先生が処置するときに押さえているだけなのよ！　助けてあげられない。先生が来るけど、待っているわけにはいかないわ。顔に血の気がないじゃないの。輸血しないと。点滴も」

「待っている時間がないんだ。いいか、おれは戦場医療を知っている。必要なことを教えられる。血液が必要なんだ。O型プラスを二ユニット。抗生剤。それときみの両手。力が弱くなって、痛みがひどくなったら、やらなければならないことを自分でやれなくなる」

「戦場医療？　ここは戦場じゃないのよ。パリなのよ！」

ジェントリーはうめいた。「これをやったやつに、そういってくれ」毛布をどけて、ナイフの刺し傷から手を離した。血圧が下がっているために、腰からどくどく血が流れ出してはいなかったが、にじんでいる血が治療室のきつい照明を浴びてギラギラ光った。

ジュスティーンが、息を呑んだ。「ずいぶんひどいわね」

「この程度ですんでよかった。筋肉を切られて出血しているが、O型プラスをすこし輸血すればだいじょうぶだ。手助けしてくれれば、出かけられる。きみと先生に厄介をかけた報酬は、フィッツロイが払ってくれる」

「ムッシュウ。わたしのいうことを聞いていなかったの？　犬しか診《み》ていないのよ！」

ジェントリーは、意識がしばらく朦朧《もうろう》としていたようで、目を閉じていたが、「おれに毛皮をかぶせたところを想像してくれ」といった。

「よくそんな冗談がいえるわね。出血で死にそうなのに」

「いい合いになっているからだ。その診療所はどこ？　そこへ行って、必要なものを手に入れる。病院には行けない。こうするしかないんだ」

ジュスティーンが、長い溜息を漏らしてうなずき、茶色の髪をうしろでポニーテイルにまとめた。

「それ以上、血がなくならないように、包帯だけさせて」

犬の吠える声が、やみはじめた。

獣医の診察室の手術スペースは汚れていた。金曜日に仕事を終えたあと、あまりきちんと清掃していなかった。

「ごめんなさい、ムッシュウ。あなたが来るとわかっていたら――」

「平気だ」ジェントリーは、部屋のまんなかにある金属製の台に上ろうとしたが、ジュスティーンがそれをとめて、スプレー罎を取り、艶《つや》消しのアルミの表面をざっと塗らして拭いた。

そのあいだ、ジェントリーは包帯の棚にもたれていた。ドアから駆け出していったジュスティーンが、待合室のソファからクッションを取ってきた。

「脚は脇から垂らしてね。人間用じゃないから」

「わかった」

ジェントリーは、最後の力を使い、シャツをむしり取った。ボタンがちぎれて、タイル張りの床で跳ねた。ジュスティーンが雨でぐしょ濡れになった靴を脱がせ、鋏《はさみ》でズボンを切って、パンツ一枚にした。

「わたし……人間の経験はないのよ」ジュスティーンがいった。

「すごくがんばっているじゃないか」

ジュスティーンが、気後れと戦い、ジェントリーを頭から爪先まで眺めた。

「いったいどんな目に遭ったの？」

「脚を撃たれた。二、三日前に」

「銃で？」傷口がひらいている三日前の太腿《ふともも》の銃創《モン・デュー》を見てから、血まみれの腰に視線を戻した。小さな手に、すばやくゴム手袋をはめた。「ひどい」

「そのあと、膝と足を割れたガラスで切った」

「それはわかる」

「つぎに、スイスの山を転げ落ちるときに、肋骨《ろっこつ》を一本折った」

「山？」

「ああ。そのあとで、手錠から抜くときに手首を傷《いた》めた」

ジュスティーンが、黙り込んだ。口をぽかんとあけそうになっている。

「それで、おなかは？」

「ナイフの刺し傷」

「どこで？」

「このパリで、一時間ぐらい前だろう。それから、セーヌ川に落ちた」

ジュスティーンが、首をふった。「ムッシュウ、あなたがどういう仕事をしているのか知らないけど、知りたくない。でも、なにをやっているにしても、ちがった仕事を見つけたほうがいいんじゃないの」

ジェントリーはすこし笑い、刺し傷が燃えるように痛んだ。「おれの技倆《ぎりよう》は、まっとうな仕事には通用しないんだ」

「ごめんなさい。言葉がよくわからない」

「気にしないでくれ。ジュスティーン、ナイフの傷は包帯でおおむね止血できるが、輸血しないといけない。意識を失ってしまう」

「診療所は近くだけど、もう閉まっている」

「あけにいこう」ジェントリーはいった。「行くぞ。おれは一時間以内に出かけないといけないんだ」

ジュスティーンは、ナイフの刺し傷の上に当てた厚い正方形のガーゼを押さえるために、圧迫包帯をジェントリーの腰にきつく巻きつけていた。「出かける？　出かけるなんてとんでもないわ！　何日もじっとしていないと。どれだけひどい怪我か、わかっていないの？」

「わかっていないのは、きみのほうだ。どうしても行かなければならないところがあるんだよ！　出かけられるように応急手当をしなければならないんだ！」

ジュスティーンが歯を食いしばり、目を丸くした。「ムッシュウ、わたしは医師ではないけど、あなたがいま行かなければならないところは、病院以外はどこにもないと断言する。あなたは一時間以内に死ぬかもしれない」

「だいじょうぶだ。死ぬわけにはいかない」

ジュスティーンがかがみ、低い戸棚の鍵をあけて、器具を出しはじめた。「そんなの無理よ！　輸血したら、動くとおなかから血が流れ出してしまう。縫《ぬ》わないと。縫っても、動いたら傷口が破れるだけよ」

ジェントリーは考えていた。腕時計を見ると、午前三時になっていた。「おれは……ノルマンディのバイユーまで行かないといけないんだ」

「これから？　気はたしか？」

「生死に関わる問題なんだ、ジュスティーン」

「そう。あなたの死の、ムッシュウ」

ジェントリーは、ポケットからモーリスに渡された封筒を出した。濡れていたが、奇跡的に川に落ちなかった。車のキイもあった。濡れた封筒を、ジュスティーンのほうに差し出した。「いくらある？」封筒を覗いているジュスティーンにたずねた。

ジュスティーンが、ジェントリーに視線を戻した。「いっぱいある」

「ぜんぶきみのものだ。午前八時までにおれがバイユーに行くのを助けてくれれば」

「車も運転できないのに、行ってなにができるというの？」

「運転できるが、走りながら縫合して包帯を巻いてほしい。輸血も走りながらやる」

ジュスティーンが、ゆっくりと立ちあがり、ひとつずつ単語をならべた。「輸血？　車の？　なかで？」

ジェントリーはうなずいた。

「あなたが車を運転しているときに?」

「そうだ」

ジュスティーンが、ジェントリーにはわからないフランス語をつぶやいた。〝犬〟を意味する言葉だけは聞き取り、こんなとき患者が四つ足だったらどんなにいいだろうといったにちがいないと推測した。

ジュスティーンが腰の包帯を巻き終えて、濡れたシャツをはおるのを手伝った。自分の手先から目をあげずにいった。「日曜日の朝、あなたがぜったいに見逃せないようなことがバイユーで起きるのね。それはいったいなに?」

「教会の聖歌隊で歌うといったら、信じてくれるかな」

ジュスティーンが、笑みも浮かべずに首をふった。「いいえ」

「わかった。それじゃ話そう」ジェントリーは話した。これまでの経緯と、やらなければならないことについて、ジャンボ・ジェット機が通れそうなほど大きな穴だらけの話をした。誘拐された双子の少女と、ふたりを護ろうとして死んだ父親の話をした。外国の戦闘員チームに命を狙われていることを教え、失血と疲労で脳が混乱してくると、クレアの話をして、幼い子供ふたりを護らなければならないとくりかえした。

度重なる殺人の話や、悪辣《あくらつ》な企業の世評を維持するために幼い少女ふたりが殺される危険があることを聞くと、ジュスティーンは恐怖におののいた。たしかに、ジュスティーンが働いている動物病院の獣医には、ときどき説明のつかない時間があって、かなり怪しげな患者の手当てをしていることもあった。ジュスティーンは、フィッツロイとネットワークのこともある程度知っていて、あまり詮索《せんさく》しないほうがいいとわかっていた。だが、この見知らぬ男の話にあるような残虐で冷酷な男たちだとは、夢にも思っていなかった。

「それで……きみはどう思う？」ジェントリーはきいた。

「どうしてわたしを信用するの？」

「死に物狂いになっているからだ。四十五分前には、川岸で死にかけていた。あのときから、きみが唯一の希望になった。きみに裏切られても、いまここで横になっている状態より悪くはならない」

「警察はどうなの？」

「おれ以外のだれかがシャトーにやってきたら人質を殺すと、ロイドはいっている。ああいうやつのことはわかっている。やると脅したことを、そのとおりに実行するだろう。きみに手伝ってもらい、ひとりで行くしかない。きみとはバイユーで別れる。おれの目的地は、村の数キロ北だ。きみは始発列車に乗ってパリに帰るんだ。そうすれば危険から遠ざかれる。約束する」

「あなたをどう呼べばいいの？」

「ジム」

「わかった、ジム。行くけど、ひとつだけ条件がある」

「どんな条件？」

「縫合《ほうごう》の手順として、痛み止めを一錠だけ飲んで。輸血で血圧が正常に戻ったら飲めるような薬を、診療所で見つけましょう。わたしの車で行って、わたしの運転でサンラザール駅にあなたの車を取りにいく。それから出発する。街を出るころには、車はほとんど走っていないでしょう。あなたが運転しているあいだに、わたしが傷を縫う」

ジェントリーは、それについて考えた。意識を曇らせ、五感を鈍らせ、目の前の仕事に完全に集中できなくなるので、どんな薬物も摂取したくないと、体全体が反対していた。痛みは我慢できると思った。

だめだ、ジュスティーンの計画には乗れない。しかし、なぜか信用していた。それに、こちらを見おろしているほっそりした女が、寝ていてほつれた髪をポニーテイルにまとめて、化粧もしておらず、恐ろしげな見知らぬ男の命を救う作業のために上唇に汗をかいていてもなお美人なのを見て、とても反論できる立場ではないとあきらめた。

ジュスティーンがジェントリーを立たせて、ふたりはいっしょに治療室からよろよろと出て、動物病院の裏口へと廊下を進んだ。一歩ごとに、ジェントリーはたじろいだ。一度、気絶しそうになって首ががくんと垂れた。

ジュスティーンが、中庭の壁にジェントリーをもたれさせ、ごそごそとキイを出した。

「これはなんだ？」ジェントリーはきいた。

「わたしの車」

「これが車?」

「どこかおかしい?」

「ちっちゃいな」

「買ったときには、患者を助手席に乗せて運ぶことになるとは思わなかった」

「まあいいさ。上等だ。ひと目を惹《ひ》かないことはたしかだ」

ふたりはちょっとほほえんだが、ジュスティーンがジェントリーを座席に座らせる段になると、笑みは消えた。ジェントリーは苦痛のあまり悲鳴をあげた。苦痛がひどくなると、息が浅くなった。

小さなエンジンを始動するまでに、一分かかった。それまでにジェントリーは眠り込んでいた。ジュスティーンが、ほとんど平らになるまで、ジェントリーのシートをリクライニングさせた。ショック状態に陥るのを防ぐために、かなり苦労して、ジェントリーの両脚をダッシュボードに載せた。モンジュ通りを北に進むとき、ジュスティーンは遠くで川の上空を飛ぶヘリコプターを見た。

エコール通りの診療所の数軒手前に、ジュスティーンは車をとめた。午前三時半で、あたりにはひとっ子ひとりいなかった。ジェントリーは身動きして、まわりを見てから、ボールペンと紙がほしいとジュスティーンにいった。ジュスティーンがハンドバッグのなかをかきまわして、封筒と鉛筆を渡した。

「見つけてほしい薬がある。小児用の薬のところにあるはずだ」

「双子のどちらかが必要なの？」

「いや、おれのだ」封筒に走り書きして渡した。ジャスティーンがそれを見た。

「デキストロスタット？　どういう薬？」（ADHD〔注意欠陥多動性障害〕治療薬。中枢刺激剤。覚醒剤としても使用される）

「役に立つはずだ。とても重要なんだ。探し出してくれ」

ジャスティーンは肩をすくめ、探すと約束した。ジェントリーにはもうなにもいわずに、ちいさなフィアット・ウーノからおりて、後部ラゲッジスペースにまわった。ジェントリーはうしろを向けないので、なにをやっているのか見届けられなかった。数秒後、ジャスティーンが建物のガラス戸に近づき、すばやく四方を見た。右手に持ったタイヤレンチがガラスを砕き、鋭い破片のあいだに手を入れたジャスティーンが、内側からドアをあけた。どうすることもできずにジェントリーが見守っていると、ジャスティーンが暗い診療所のなかに姿を消し、耳をつんざく警報が道路に鳴り響いた。

危険が迫っているというのに、ジェントリーは車のなかでまた眠り込んだ。小さな2《ツー》ドアの車ががくんと発進したときに、はっと目を醒ました。警報の音から遠ざかるとき、頭上でちらついている街灯の光で、ジェントリーはジャスティーンの顔をちらりと見た。決意と真剣さがみなぎっている。

「なにを持ってきた？」ジェントリーはきいた。

「O型を三ユニット、ブドウ糖液ふた袋、モルヒネ、バイコディン（鎮痛剤）、輸血の道具、消毒薬、縫合キット」

「それから？」

「あなたがいった薬」

「よくやった」

「そうね」淡い笑みを浮かべて、ジュスティーンがいった。「おもしろかった」

サンラザール駅の駐車場で、ジュスティーンとジェントリーは大型のメルセデスに乗り込んだ。苦痛でぼうっとし、顔をゆがめて、ジェントリーが運転席でハンドルを握った。だれもいない暗い駐車場で、ふたりは車内にならんで座り、ジュスティーンが輸血とブドウ糖液の点滴をはじめた。液体が落ちるように、輸血と点滴のバッグを上のルームランプにひっかけた。ジュスティーンがジェントリーの上にかがみ込み、包帯と傷に染み込むように消毒薬を腰にたっぷりふりかけたとき、シートのしなやかな革がその動きでくぼんだ。

ジュスティーンが、横になって静かにしているようにとジェントリーに指示して、車をおりた。ジュスティーンの姿が見えなくなると、ジェントリーはひとりじっとして、これからやるべき作業について考えた。この遅れのせいで、シャトーに着くのは午前六時を過ぎるとわかっていた。身を隠して敵地の感触をつかんでいる時間はない。いまとなっては、正面に車で乗りつけ、闇にまぎれてやるつもりだった攻撃を開始するだけの時間しかない。クソ。成功の見込みがけっして高くなかったことは承知していたが、パリで刺されたいま、勝算は予想すらできないくらい低くなった。

そのとき、ジュスティーンが袋に入れたパンとラージサイズのコーヒーを二杯持って戻ってきた。ジェントリーは発泡スチロールのカップをジュスティーンの手から取り、口を火傷するまでごくごくと飲んだ。

「やめなさい《アレテ》！」ジュスティーンが命じた。「もっとゆっくり飲んで」

ジェントリーは、クロワッサンをひとつ取り、かぶりついた。ジュスティーンがバターを塗ろうとしたが、ジェントリーは小さな容器入りのバターをその手から奪い、そのまま食べた。

ジュスティーンが、お説教をした。「ママの自慢の子がだいなしよ。落ち着いて。水分と栄養は、点滴で補給しているのよ。モルヒネを飲んでいて食べすぎると、嘔吐《おうと》するわ。コーヒーはゆっくり飲んで。運転できる？」

「じきにわかる」ジェントリーは、非情な決意を浮かべてそういい、メルセデスを駐車スペースからバックで出し、地下駐車場からゆっくりと出すと、夜の闇に走らせていった。

パリを出るのには、A15を北上した。ジュスティーンが予測したとおり、日曜日の午前四時の道路は、ほとんど車が走っていなかった。街を出て数分後に血液のバッグが空《から》になったのに気づき、ジュスティーンが大きな声で毒づいた。それをはずして、ふたつ目の血液バッグに取り替え、ブドウ糖液のほうも交換して、両方ともできるだけ早く点滴されるようにした。

バイユーへの最短ルートはA13だが、ジェントリーはそれを避けた。シャトーへの主要ルートには監視態勢が敷かれている可能性が高い。したがって、まわり道をすることになり、所要時間が三十分ほど増える。

どうしてもやらなければならないことを、ふたりは一時間ほど遅らせていた。ジュスティーンは家族や友人や六匹の猫の話をした。とりとめのない話をしていることから、不安なのだとジェントリーにはありありとわかった。シャトーまであと一時間というところで、ジュスティーンは黙り込み、ジェントリーの点滴に用心深くモルヒネを少量だけ入れた。動物病院にいたときのように血圧が低いと、モルヒネの投与で心臓が停止するおそれがある。だが、血液を二ユニット半輸血したあとなので、これからジェントリーが耐えなければならないことを考えると、危険を冒して強力な鎮痛剤をすこし投与してもいいだろうと判断したのだ。

闇をついてメルセデスを走らせているあいだに、ジェントリーはだいぶ気分がよくなっていた。鎮痛剤、輸血、ブドウ糖液の点滴が、体力と気力を大きく高めていた。ふたりは縫合の手順を話し合い、ジュスティーンが数分かけて、縫合糸などの道具と包帯を自分の前のダッシュボードにならべた。剃刀《かみそり》のように鋭く、先端が鉤状《かぎじょう》に曲がった縫合針に糸を通し、消毒薬にひたして、滅菌ガーゼに置くあいだ、ジュスティーンは怯《おび》えたようすだった。ジェントリーのシャツの前をあけて、包帯を切り、消毒薬を一本の半分、腹に注いだ。消毒薬がしみて、ジェントリーは体を引いた。

ふたりともシートベルトをはずし、ジュスティーンが助手席で膝立ちになった。ジェントリーは、ジュスティーンが腹に手をのばしやすいように、ハンドルの上のほうを持った。冷えたコーヒーの残りを飲み干し、肩ごしにコップをリアシートに投げた。つぎに、ジュスティーンがジェントリーの小さな懐中電灯を、ハンドルの下側に絆創膏《ばんそうこう》で固定し、両手が刺し傷に影を落とさないかぎり、縫合する場所が照らし出されるようにした。

「まともな状況でも人間にこれをやったことはないけど、猫は何匹か縫合した」

「ちゃんとできるよ」ジェントリーはいった。おたがいに不安を消そうと励まし合っていることに気づいた。

だが、ジュスティーンの勇気が先になえた。ジェントリーのほうを見あげてきいた。「ほんとうにいいの？　傷口を閉じるには、筋肉に深く刺さないといけないのよ。皮膚に刺したら、あなたが動くと裂けてしまうのよ」

ジェントリーはうなずいた。苦痛を味わうのを予測して、すでに涙が出ていた。「ジュスティーン」そっといった。「おれがなにをいおうが、なにをしようが……ぜったいにやめないでくれ」

ジュスティーンが、心を鬼にしてうなずいた。「用意はいい？」

ジェントリーは短くうなずき、はずしてあるシートベルトを引きあげてくわえた。そして、強く噛《か》んだ。

道路は平坦で直線だった。ヘッドライトが行く手を照らしている。

ジュスティーンが、血まみれの傷口から一センチほどのところに、針を刺した。鉤状の針が、腹筋に深く刺さる。切れ目の下を通ると、あらたに出た血が泡のようになっているのが、懐中電灯の光で見えた。鋭い針の曲がった先端が、刺し傷の向かい側の一センチ先で、皮膚から出てきた。

ジェントリーは、くわえているシートベルトで悲鳴を押し殺した。

ジュスティーンは、手袋をはめた手で糸のところを持ち、針を上に引きあげた。モルヒネを定量の四分の一投与していても、最初の縫い目の近くでふた針目を終えたとき、上から落ちてきた涙が腕に当たるのがわかった。

一〇キロメートル走るあいだ、ジュスティーンは縫合をつづけた。手もとから目を離さずに、縫い上げていったが、慰めるために声をかけていた。怪我をした犬に対するのとおなじように、ずっとフランス語でしゃべっていた。上ではジムと名乗った男が顔をゆがめ、うめいていた。ジュスティーンには奇跡的だと思えたが、彼は運転をつづけ、ゆるいカーブでちゃんとハンドルを切り、一度は軽くブレーキをかけることまでやった。前方の道路に神経を集中しなければならないことだけが、頭をはっきりさせているのだろう、とジュスティーンは思った。

縫いながら、ガーゼで血を拭い、血が出ている傷口がよく見えるように股に挟んだ罎《びん》から消毒薬を注いだ。

ようやく、ジュスティーンはいった。「ほとんど終わりよ。あとは締めて結束するだけ。あとほんの数秒」ジムが荒い息をつき、泣いているのが聞こえた。その音のリズムが気がかりになった。いまにもショック状態に陥りかねない。「やるわよ……できるだけそうっとやる」糸を引くと、傷口がみごとに閉じて、たちまち出血が完全にとまった。「いいわ。完璧、あとは結束して——」

下でタイヤが何度も凹凸《おうとつ》を乗り越えた。メルセデスのサスペンションはすばらしい。ジュスティーンは荒れた路面をほとんど感じなかった。だが、数秒後も揺れはとまらなかったので、ジュスティーンはジムのほうを見あげた。

すぐ上にがくんと垂れた頭があり、目を閉じているのを見て、ジュスティーンは驚愕した。

ジムは気を失っていた。

午前五時半、黒いメルセデスは道路をはずれて、事故を起こした。

31

ベラルーシ人の護衛十人が、全員、敷地周辺に配置されていた。六人が戸外、ふたりが一階の窓、ふたりが上の塔。電子監視エンジニアのセルジュとアランは、一階の図書室にいて、建物の周辺の赤外線監視画像を映しているいくつもの画面を、血走った目で交互に見ていた。ふたりは五分ごとにパトロールとウォーキイトーキイで交信した。

付近で游動《ゆうどう》している索敵殺戮《ハンター・キラー》チームは、リビア・チームだけだった。バンに乗ってバイユーをパトロールしながら、疲労と戦っていた。もう賞金にはありつけないと確信していた。ノルマンディのべつのチームは、ターゲット捜索のためにパリに派遣され、五〇〇キロメートル以内の街灯似顔絵描きもすべてパリに送り込まれた。リビア・チームは、スイスの山地でターゲットを斃《たお》す格好の機会をあたえられたが、失敗した。そのため、ここでじっと待つよう命じられた。グレイマンとふたたびまみえる確率は、よくて百分の一だった。

だれひとりとして、グレイマンがバイユーにたどり着くとは思っていない。

リーゲル、ロイド、テック、フェリックスは、照明を落とした指揮所で座ってコーヒーを飲み、パリの監視員や暗殺チームが身につけているデジタル・ビデオカメラの揺れ動く映像を流しているモニターを眺めていた。テックは依然としてセーヌ川周辺の捜索を手配りしていた。もうジェントリーは下流のどこかで川からあがったにちがいないと、リーゲルとロイドは判断し、両岸で捜索の範囲をどんどんひろげていた。

午前五時半、パリから新情報が届き、シャトー周辺の活動が騒然とした。警察無線を傍受していた監視員が、第五区の小さな救急診療所に泥棒がはいったことを知った。ターゲットが川に跳び込んだ橋よりも上流だったが、テックが監視員を派遣し、わかるかぎりのことを調べさせた。診療所の所有者がやってきて、盗まれた薬品と血液は、すべて外傷の手当てに必要なものだったと告げたという。

リーゲルがテックのうしろに立った。「捜索をふた手に分けるしかない。ボリビア・チームとスリランカ・チームは、パリに残せ。ボツワナ・チームは、高速道路でこっちに来させろ。途中でやつを見つけられるかもしれない。カザフ・チームをヘリコプターで迎えにいけ。やつらがいちばん腕がいい。ここに配置したい。敷地の裏の道路をパトロールさせ、動きがないかどうか調べさせる。それから、バイユーのリビア・チームにも警報を発するんだ！　駅と町を通るルートを見張るために、そのまま配置しておかなければならない。万一グレイマンがまだ戦闘可能だとしたら、夜明け前にここに来るだろう」

テックが、ひとりごとをつぶやいた。「やつを見た。刺されたのを見た。川に落ちるのを見たんだ」

ロイドが、テックの頭のうしろを平手打ちし、憤然と出ていった。ターゲットが来るかもしれないということを、赤外線画像を監視しているふたりに知らせなければならない。

「お願い！　お願い、ジム！　起きて！」

ジェントリーは、目をあけた。闇のなかで、こちらにかがんでいる人影が大きく見えた。反射的に手をのばして、人影の首をつかんで押さえ、横の地面に倒して、上にまたがろうとした。

「悪かった」ジェントリーはジャスティーンの上に倒れ込んだ。

濡れた深い叢《くさむら》で、ジェントリーはジャスティーンの上からどきながら、それしかいえなかった。鎮痛薬が体に作用しているらしく、動きが鈍かった。

ジャスティーンも、なかなか起きあがれなかった。あたりは暗く、ジェントリーには、大きく瞠《みは》っているジャスティーンの目がやっと見えていた。ジャスティーンがそばでようやく上半身を起こすと、ジェントリーはきまり悪そうに顔をそむけた。周囲の状況を見てとった。

濡れた叢に座っていた。ふたりともメルセデスのボディに寄りかかっている。そこは野原で、黒いメルセデスのセダンは、灌木《かんぼく》の茂みを五分の四、突っ切っていた。道路は茂みの向こうだろう、とジェントリーはあたりをつけた。月の光は靄《もや》で拡散されているが、車の近くのぬかるんだ野原で、牛の群れが重々しく歩いているのが見分けられた。

空気は冷たかった。

「どうした……なにが……ここはどこだ？」

「あなたを起こすのが間に合わなかった。ここはカーンの西。バイユーまでまだ三十分の距離よ」

「クソ。いま何時だ?」ジェントリーは、徐々に任務のことを思い出した。薬物で混乱した頭から、霧のなかからなにかが現われるようにそれが出てきた。

「七時近い。一時間ぐらいで陽が昇る」

「おれたち、事故を起こしたんだな?」

「いいえ、ムッシュウ。わたしたちじゃなくて、あなたが事故を起こしたのよ」

思い出した。のろのろと記憶が戻った。ジェントリーは腹に手を当てたが、いまはほとんど痛みがなかった。きれいな茶色いシャツを着ている。その下に包帯が固く巻いてあるのが、感触でわかった。

新しいズボンも見おろした。「きみが着せてくれたのか?」

ジュスティーンが顔をそむけて、暗い野原を見た。「車にあったバッグにはいっているのを見つけたの。事故のあとで」

「きみは怪我をしなかった?」

「たいしたことはないわ。打ち身だけ、運がよかったわね。道路をそれて、生垣のあいだの牛の通り道に突っ込んだのよ。それで、あの木にぶつかった。車が動かなくなった。そのあと、あなたにすこし薬を打って、包帯を巻き、服を着せたの。そのあと、ここから動いていない。すこし前にヘリコプターが上を飛んでいった。怖かった。あなたを探しているのかもしれないと思って」

ジェントリーの頭は、たちまちはっきりしてきた。任務に意識が戻っていた。「間に合わないな」

「八時だといったわね。それまでに行けるわ」

「陽が昇る前に位置につかなければならない」ジェントリーは溜息をつき、それ以上はいわなかった。ゆっくりと立つと、思っていたよりもずっと楽に動けるとわかった。「なにを注射したんだ?」

「痛み止めをすこし。それから痛みをすこしでも和らげるために、包帯を精いっぱいきつく巻いた」

ジェントリーは、シャツの上から包帯をたしかめながらいった。「いい感じだ。ほとんど痛くない」

「いまだけよ。じきに痛くなる。もうひとつの薬はまだよ。デキストスタットは。容器に書いてあるのを読んだ。強力な中枢神経興奮剤《アンフエタミン》なのね。一錠のむだけで血圧があがる。わたしの縫合が完全じゃなかったら、ひどい出血が起きる。内出血も。そんな薬を一錠飲むなんて、正気の沙汰じゃない」

「一錠飲むんじゃない。三錠の封を切って、熱いコーヒーに入れる。そうすると、時間がたつと溶ける錠皮が剝《は》がれるから、すぐに効果が出るんだ」

「自殺行為よ!」ジュスティーンがいった。「わたしは医師じゃないけど、それが体にどう作用するかは知っている」

「それで三十分くらい鋭敏でいられる。そのあとで出血してもかまわないんだ。まず仕事をやらなければならない」

ジュスティーンが抗議しようとしたが、ジェントリーはさえぎった。「べつの車がいる。注意を惹《ひ》かないような地元の車だ」

ジュスティーンが、いらだたしげに首をふった。「あっちに農家がある。車を借りてきたら」

ジェントリーは、生垣の脇から七〇メートルほど離れた農家を見やった。もう窓に明かりがともっている。腰の高さまで肥やしや泥の跳ねがついている白い4《フォー》ドアの古い車が、窓から漏れる光を浴びてとまっていた。「そうだな。あの車を借りてこよう」メルセデスのトランクにそろそろと手を入れて、二挺目のグロックを出した。一挺目はパリの遊歩道でなくした。ふりむかずに遊底《スライド》被を二センチ半引いて、弾薬が装塡《そうてん》されていることをたしかめた。

「すぐに戻る」


夜明け前の一時間、リーゲルはシャトーの戦闘員すべてを完全な戦闘配置につけた。グレイマンが来るのであれば、それまでに来ると、一〇〇パーセントの確率で予測していたからだ。ベラルーシ・チームの十人は、ふたりを組ませて五組に分けられた。三組が、カラシニコフAK‐47を持ち、庭と正面ゲートまでの私道をパトロールした。ひと組が、AK‐47を携帯し、シャトーの二階を護る。ひとりが窓から私道を見張り、もうひとりは、やはり窓から裏庭を見張る。

最後のひと組のふたりは、シャトーの高い塔にいた。ひとりが望遠照準器付きのドラグノフ狙撃銃を担当する。フィリップ・フィッツロイの命を奪ったのとおなじ武器、おなじベラルーシ人だ。もうひとりはスポッターで、AR-15を背負い、双眼鏡で四方の闇を見張っていた。

このベラルーシ人十人にくわえて、ロイドがロンドンから連れてきた五人のうち四人が残っている。北アイルランド人がふたり、スコットランド人がふたり。撃ち殺されたもうひとりの北アイルランド人は、地下室でフィリップ・フィッツロイの死体とならんで横たわっている。四人のうち三人が、キッチンにいて、イヤホンで無線を聞き、サブ・マシンガンを膝に置いて、グレイマンが現われたときに予備軍としてリーゲルに呼び出されるのを待っていた。もうひとりがスコットランド人のマクスパッデンで、三階の寝室前の廊下で、フィッツロイ一家を見張っていた。

一階の図書室にはフランス人エンジニアふたりが陣取り、庭のあちこちに配置した赤外線監視カメラの映像に目を光らせていた。いずれも四十代のもと歩兵だった。腰に拳銃を帯び、使いかたも心得ていた。

あとは指揮所のテック、ロイド、フェリックス、リーゲルの四人だった。そのうち拳銃の名手といえるのは、リーゲルだけだった。スエードのジャケットの下で、ショルダー・ホルスターに拳銃を収めていた。ロイドは、周囲の人間にとって物騒であろうがおかまいなしに、小さなセミ・オートマティック・ピストルを携帯していた。弾薬を装塡したウージも一挺、テックのコンピュータ・デスクに置いてあった。もっとも、テックは実弾をこめた銃に、これほど近づいたことはなかった。

ここだけなら、防御陣十九人対攻撃側ひとりだが、それはシャトーの防御陣地の内陣だけだ。リビアのジャマヒリヤ秘密機構の四人編成チームが、一〇キロメートル離れたバイユーにいて、テックと頻繁に連絡をとっている。四人はバイユーの町とシャトーを結ぶ道路と、まもなくあく駅を見張っていた。パリからの考えられるルートは、そこしかない。高高度で8の字を描いている姿のいい黒いユーロコプターには、サウジアラビア・チームの五人が乗っている。そのヘリコプターは、東のカーンからの道路にくわえて、北の沿岸部まで監視していた。ノルマンディ上陸作戦をグレイマンがひとりで再現し、そちらのビーチから魔法のように現われないともかぎらないからだ。

そして、パリから到着したばかりのカザフ・チームが、銃床を折りたたんだAK-47を膝に置き、小さなブルーのシトロエンに乗ってパトロールしていた。田園地帯を走って、早起きのドライバーのうしろにつけ、ナンバープレートを読み、車内をまぶしいライトで照らして、乗っている人間をたしかめた。

カザフ・チームは、無線機を使わなかった。テックが他のチームと交信するのは聞いていたが、受領通知は返さず、テックの無線点呼にも応じなかった。この連中は、グレイマンを殺し、金を儲《もう》けて帰国することだけを考えていた。シャトーの人間と連絡をとるのは、正面ゲート前でグレイマンの死体をほうり出し、金を要求するときだけだ。

リーゲルは、四階の指揮所から全作戦を監督していた。フェアな戦いではないということを、みずから認めていたはずだ。ひどい怪我を負い、資源も乏しく、睡眠もろくにとっていない敵ひとりを、武装した三十人以上が迎え撃つのだ。

だが、リーゲルはハンターだし、フェアな戦いはリーゲルの流儀ではなかった。

32

早朝の淡い輝きがイギリス海峡から反射し、曙光《しょこう》のかすかな前触れが背中をなでるころに、ジュスティーンは白い汚れた4ドアで海岸道路を西へ向かっていた。法定速度を守り、標識を用心深く見ていた。

助手席とリアシートには、アルミケースがいくつか置いてあるだけで、だれも乗っていなかった。

左に折れて、沿岸の村ロング・シュ・メールにはいり、六〇メートル上を黒いヘリコプターが飛んでも、一定の速度を保った。二度、三度と航過をくりかえすと、ヘリコプターは南西に向けて飛んでいって、視界から消えた。

しばらくは、ほかの車は一台も通っていなかったが、ヘリコプターが飛び去った直後に、左手の砂利道から出てきたブルーのシトロエンが、土埃《つちぼこり》と排気ガスを撒《ま》き散らしながら、すぐうしろにつけた。ジュスティーンは思い切ってバックミラーを見たが、明るいヘッドライトしか見えなくなった。シトロエンは、距離を詰めて数百メートルついてきたが、やがて真横にならんだ。懐中電灯で照らされ、それがリアシートに向けられたとき、ジュスティーンは細いハンドルが折れてしまうのではないかと思うくらい、強く握り締めた。やがて懐中電灯が消され、シトロエンが追い抜いていった。ブレーキランプがつくのが見えて、停止しなければならなくなるのかと思った。だが、シトロエンは速度をあげて走り去った。一分もたつと、前方の霧のなかにテイルランプが見えなくなった。

数キロメートル南に進むと、ジュスティーンは膝に置いた地図を見て、ジムが鉛筆でつけた印をたしかめた。もうじき左に曲がる。そこから先は、ライトを消した。その狭い道は一直線で、両側を茂った高い生垣に囲まれていた。闇のなかを三分走ると、道は左に曲がっていた。だが、ジュスティーンは速度を落として、小さな車を道路から出して、濃い茂みをどうにか通れる程度にエンジンをふかした。

茂みの向こう側には、高さ三メートルの大きな石塀がそびえていた、ジュスティーンのところから見ると、フロントウィンドウから見える視界をすべて覆《おお》って、果てしない空につづいているように見えた。塀にバンパーがぶつかるまで進むと、ジュスティーンはエンジンを切った。

狭い道の両側に高い木々があるので、そこは真っ暗闇だった。ジュスティーンは急いで運転席からおりた。ドアを閉める音をたてないように用心した。小さなフィアットのトランクを、四度ゆっくりと叩いた。異状なしを伝えるために決めてあった合図だった。

すぐにトランクリッドが持ちあがった。ジムが狭いトランクからジュスティーンのほうを見あげた。空《から》のコーヒー・カップがそばにあり、両腕に黒いライフルを抱えていた。

「問題はないか?」ゆっくりと起きあがりながら、ジムがきいた。動くと傷口に響いて、苦しげな顔になるのを、ジュスティーンは見てとった。ライフルをトランクに残し、車の横へ行ったジムが、狭いトランクにはいっていてこわばった体をストレッチした。

「あちこちに見張りがいる。車が一台、ヘリコプターが一機。敷地内にも、もっといるはずよ。こんなにおおぜいが待ち構えているなんて、あなたはよっぽど危険な男だと思われているのね」車のうしろの道路に立って、ジュスティーンはいった。

ジムが、助手席側の高い灌木《かんぼく》をかきわけて、後部ドアを引きあけた。「おれの評判は誇張されているのさ」

「えっ?」

「なんでもない。いろいろとやってくれて、感謝している。報酬に見合う働きをしてくれたよ。きみがいなかったら、これをやるのはとうてい無理だった」

ジュスティーンは、暗いなかでほほえんだ。「まだなにもやっていないじゃないの、ジム」

「もっともな意見だね」

「気分はどう?」

「ダブルエスプレッソで覚醒剤《スピード》三錠を飲んだときの気分だ。きみの縫合はちゃんともっている」

なんの前触れもなく、車のヘッドライトがジュスティーンの体を横ざまに照らした。ジュスティーンは光のほうを向き、あわててふりかえって、ジムにどうすればいいのかをきこうとしたが、ジムの姿はなかった。

数秒後にブルーのシトロエンが、うしろにとまり、四人の男がすぐさま出てきた。

ジュスティーンは、まぶしい光のなかに立ち、片手をあげて目を護った。全身を照らされていて、強い光のなかで裸になったような心地がした。四人がヘッドライトの前に出て、シルエットになった。男たちが抱えている長い銃の輪郭《りんかく》が見えた。ひとりがどなったが、なにをいっているのかわからず、声も出なかった。左と右に目を向けたが、どちらも夜明け前の薄暗がりがあるばかりだった。

ジムはヘッドライトの光芒から離れた安全なところに逃げてしまい、目の前の男たちには捕まらないはずだと、ジュスティーンは思った。なんとかして石塀を乗り越えたのだろう。車に満載した装備のことや、いまここにいる理由は、自分ひとりで弁解しなければならない。

全身にみなぎる恐怖で、心臓が胸の奥で破裂するかと思えた。

「ボンジュール」四つのシルエットに向かって、ジュスティーンは、ささやくような声で、おずおずといった。

四つのシルエットが、ひとつの形をなして近づいてきた、銃を前方に向けている。

一五メートル、一〇メートル。近づくにつれて、四つの影が収束する。

そのとき、シルエットの着実な前進が不意に乱れた。疾《はや》く動く横向きの影が、左からシルエットに迫った。長い銃が上を向きかけ、ジュスティーンの正面の亡霊たちが魂消《たまげ》た叫びを発し、高いシルエットがひとつ、くずおれて丸くなった。

あわててあとずさったジュスティーンは、トランクにぶつかり、前方の光と影の踊るような動きを見守った。道の上は混乱状態だったが、パンチを浴びせ、蹴りを入れるときの腕や脚の輪郭は見てとれた。叫び声と、拳《こぶし》が肉を打ち、骨と骨が当たる音のなかで、銃が空を舞い、埃まみれの砂利道にガタンと落ちた。

ふたつ目のシルエットが倒れて、ヘッドライトの光芒《こうぼう》の真下で動かなくなった。ジムではないとわかった。舞いあがる土埃のなかで、また影が重なり、輪郭しかわからない男の体の一部が、まるで触手のように三つ目のシルエットの頭と首に巻きつき、相手の体をくるりとまわして、地面から持ちあげた。おぞましい角度にねじられた頸椎《けいつい》が折れる音が、ジュスティーンの耳に届いた。

テレビのアクション・ドラマでは、素手での闘いを見たことがあった。それとはまったくちがっていた。動きがずっと早く、獰猛《どうもう》で、残忍だった。敵対するもののあいだには殺陣《たて》も詩情もない。振り付けなどない。硬い体のぶつかり合い、急激な反応、うめき声、野獣のような叫び、力を尽くし、狂乱状態になっているための荒い息遣いがあるだけだ。物がはじけるような衝撃音と、熾烈で非情な肉弾戦を見て、目の前の男たちの体が道路にちぎれ飛ぶのではないかと、ジュスティーンは思った。

三人目が斃《たお》されると、四人目がヘッドライトの光芒から駆け出し、地面に落ちて戦いの場から滑って離れていったライフルを拾おうとした。ジュスティーンのところから、いまではジムの姿が見えていた。土埃の立つ道を追いかけて、ジムがその男をうしろから殴り倒した。殴り合いになって、ジムが冷たい道路に仰向《あおむ》けに倒れた。ジュスティーンはトランクをあけて、ジムが置いていったライフルをすばやく出したが、どうやれば発砲できるのか、手順がわからなかった。戦いの場から目を離しているあいだに、ぞっとするような悲鳴が聞こえた。ジュスティーンが大きな銃をかかえてふりかえると、ジムが膝立ちになり、四人目が両目を手で押さえ、転げて離れようとしていた。ジムが、立ちあがり、長い銃を頭の上にふりかぶった。ジュスティーンが見ていると、身もだえしている男を、ジムが銃床で殴りつけた。斧《おの》で薪《まき》を割るように、もがいている男の背中を何度も打ち据えた。男が両手でかばおうとすると、恐怖におののく目に銃床が叩きつけられた。目から血が吹き出し、顎の骨が折れて、胸が悪くなるような感じに口がぱくりとあいた。つぶれた顔をジムが容赦なく十数回殴ると、冷たい道路に仰向けになった男はようやく動かなくなった。ジュスティーンは、それまで目を離すことができなかった。

すべてが終わると、ジュスティーンは、バンパーからゆっくりとずり落ち、地面に座り込んだ。ライフルは前の地面に置き、ふるえる両手で顔を覆《おお》って泣いた。

四人の死体を道からどかすあいだ、ジェントリーは過呼吸をこらえていた。明るくなりつつある空をヘリコプターが飛んでいるのが、音でわかった。生垣が左右にあり、シャトー・ローランの高い石塀の蔭になっているので、真上を飛ばないかぎり発見されないはずだが、この道に一秒でも長くいるのが危険な賭けだということを、ジェントリーは承知していた。

ジェントリーは、使える装備はないかと、シトロエンのトランクをすばやく調べた。レベル3Aの抗弾ベスト四人分が、即座に見つかった。ライフルの口径の銃弾には無力だが、拳銃弾の阻止にはじゅうぶん役立つ。すばやく頭からかぶり、サイドパネルをベルクロでしっかりと固定して腰を覆《おお》った。強化素材の戦術ニーパッドとエルボーパッドもあった。ライフルの弾丸は防げないが、拳銃の射撃なら効果的に食いとめられる。肘の擦過傷《さっかしょう》をこれから数十分のあいだ心配しなくてすむように、それも身につけた。体を保護する装備がせっかくあるのに使わないのは、賢明ではない。

つぎに、シトロエンの運転席に座り、セレクターレバーをドライブに入れて、空から見えないように茂った生垣に突っ込もうとした。下を見ると、ジュスティーンが腹を縫合するのに使った糸が、すべてではないにせよ、何本か切れていることに気づいた。ナイフの刺し傷から血が出て、包帯と抗弾ベストの下のシャツに染みて、ズボンにまで垂れて、シートが濡れていた。「クソ」ジェントリーは悪態を漏らした。またしても、一度拾った命をすり減らして戦わなければならない。

死体とシトロエンを隠し、AK‐47を藪《やぶ》に投げ捨てると、ジェントリーは、いまなお車のそばにしゃがんでいるジュスティーンのところへ行った。ジュスティーンが涙を拭き、乱れた髪を目から払いのけた。ゆっくりと立ちあがった。

あまりうまく隠せていない藪のなかの死体に目を向けた。捨てられているという風情だ。

腕と脚が不自然な角度にひろがっている。「あいつらは悪者なんでしょう?」

「とんでもない悪党どもだ。こうするしかなかった。これから塀を乗り越えて、またやらなければならない」

ジュスティーンは答えなかった。

ジェントリーは、アルミケースの中身を出しはじめた。多用途ベルトを腰にきつめに固定し、右太腿に吊るす拳銃のホルスターをつなぎ、左太腿にはナイロン製の弾倉入れ《サブロード》を取り付けた。「時間がない。もう行かないといけない」M4カービンの負い紐を首から左腕にたすきがけにして、小さなヘッケラー&コッホMP5サブ・マシンガンを銃口を下にして、ブルーのシトロエンから持ち出した金具で抗弾ベストに付けた。太腿のホルスターにグロック19セミ・オートマティック・ピストルを差し込み、破片手榴弾二発をベルクロで抗弾ベストに固定した。フィアットのフロントシートから衛星携帯電話を取り、腰のポケットに突っ込んだ。

三分とたたないうちに、準備が整った。ジェントリーは、無言でうしろに立っていたジュスティーンのほうを向いた。ジュスティーンはいまも、むごたらしいありさまになった死体の脚が突き出しているほうを見ていた。「塀を乗り越えるのに、車のボンネットに乗らないといけない。おれが塀を越えたら、バックして向きを変え、沿岸道路に戻れ。西じゃなく、東へ行くんだ。どこでも最初の駅にとめて、朝いちばんの列車でパリに戻り、うちに帰るんだ。おれのためにやってくれたことすべてに、あらためてお礼をいいたい」

ジュスティーンは遠くを見る目になっていた。素手での戦いで四人が殺されるのを目の当たりにしたのだから、かなり動揺しているはずだ。だれでもショックを受けるだろう、とジェントリーは思った。こういう稼業を歩んでいない、ふつうの人間であれば。

「だいじょうぶだね？」ジェントリーは、やさしくきいた。

「あなたは悪いひとなの、ジム？」戦闘を目撃した目の瞳孔が、まだひらいたままだった。

ジェントリーは、ジュスティーンの腕に手を置いた。やさしいそぶりとはいえ、すこしぎこちなかった。「そうじゃないと思う。悪いことは教わった。すこしは……悪いこともやる。でも、悪いやつが相手のときだけだ」

「そうね」ジュスティーンがいった。すこし頭がはっきりしたようだった。「そうね」ジェントリーのほうを見あげた。「幸運を祈るわ」

「これが終わったら、もしかして、話を――」

「だめ」ジュスティーンがさえぎった。顔をそむけた。「だめ。わたし、忘れようとしたほうがいい」

「そうだね」

ジュスティーンが一瞬ジェントリーを抱き締めた。だが、残虐な暴力をふるったジェントリーを一種の野獣のように見なしているのか、うわの空の仕種《しぐさ》だった。ジェントリーやこの狂気から早く遠ざかりたいと思っているのは、明らかだった。もうひとこともいわずに、ジュスティーンがフィアットの運転席に乗り、ジェントリーはボンネットに登った。眠っているあいだに投与された痛み止めが、すこし効いていた。それでも、塀を乗り越えるのは、手首、脚、肋骨《ろっこつ》はいうまでもなく、腹にひどい怪我を負っている人間にとっては、たいへんな苦行だった。

ジェントリーは、石塀の上を越えると、足をぶらつかせて、やわらかな芝生に跳びおりた。小さな4ドアがバックで離れ、道路で方向転換するのが、音でわかった。ジェントリーは時計を見た。午前七時四十分。

濃い霧がシャトーを覆い隠していた。見えるのは正面のリンゴ園のはずれだけだった。細い幹の低い木が幾重にもならび、その地面に深紅のリンゴが落ちている。

ジェントリーは、装備を最後にもう一度点検し、鈍痛や激痛を抑えるために深く息を吸ってから、リンゴ園を駆け抜けて、灰色の濃い霧のなかへと突進した。

33

「機械を切れ」リーゲルが命じた。

十二時間ぶっつづけで図書室のモニターを見つめていたフランス人ふたりが、指示に従った。左から右へとスイッチをはじき、敷地のあちこちに設置した赤外線カメラの画像を消していった。

ロイドが、三人のうしろ、図書室の戸口に現われた。「なにをしている？」

リーゲルが答えた。「赤外線カメラは、夜間用だ。もう夜が明けた」

「やつは夜に来ると、あんたはいったな」

「ああ、いった」

「だが、まだ来ない。ちがうか？」

「来ていないようだな」ハンターのリーゲルは答えた。困惑と落胆が、声ににじんでいた。

「十五分以内に、フェリックスに見せる死体を用意しなければならない。いったいどうすればいいんだ？」

リーゲルは、年下のアメリカ人のほうを向いた。「ヘリコプターを飛ばし、百人以上の男女がやつを探している。このシャトーでは武装した戦闘員が三十人、やつを待ち構えている。やつを撃ち、刺した。山から追い落とし、橋から跳び込ませた。やつの友人を何人か殺した。やつがひからびるまで血を流させた。ほかになにができる」

そのとき、ふたりの携帯電話のウォーキイトーキイ機能を通じて、テックの声が聞こえた。

「問題がふたつ起きました」

「なんだ？」リーゲルはきいた。

「ボリビア人が競争からおりました。パリから連絡してきて、やめるといっています」

「厄介払いできたな」ロイドが、語気鋭くいった。

「それから、カザフ・チームが点呼に応じません」

リーゲルは、ベルトから電話をとった。「これまでも応じたためしがなかった」

「サウジアラビアのヘリコプターが、道路上でカザフ・チームの車を見つけられないんです」

こんどはロイドが応答した。「グレイマンと戦闘しているんなら、銃声が聞こえるはずだ。心配するな。ボリビア人とおなじように逃げ出したんだろう」

ロイドとリーゲルは、階段を昇って三階上の四階へ行った。ふたりともへとへとに疲れていたが、どちらも相手に弱味を見せようとしなかった。その代わり、こういう手を打てば結果はちがっていたとか、まだ最後の行動は可能だというような議論をした。

指揮所にはいると、フェリックスが携帯電話を耳に当てて窓ぎわに立っていることに、即座に気づいた。数秒後に、スーツ姿の痩《や》せたナイジェリア人は電話を切り、部屋の中央を向いた。フェリックスは、何時間も口をきいていなかった。「みなさん、申しわけないが、時間切れだ」

ロイドが目の色を変えて詰め寄った。「まだだ！　あと十分ある。もうすこし時間をくれ。やつが川に落ちたのは見ただろう。われわれはやつを殺したんだ。どこの溝に這いずり込んで死んだのかを突き止めるには、時間が必要だ。アブバケル大統領に、やつが落ちるのを見たと――」

「死体を見せるというのが条件だ。あなたがたはこの作戦に失敗した。大統領にそう報告した。残念だね。これがわたしの仕事だ。わかってくれ」

リーゲルが、広い肩を落とし、顔をそむけた。グレイマンが生きているとすれば、子供たちを救いにこないというのは信じられなかった。

ロイドがいった。「いまにも現われるはずだ。アブバケル大統領は、一時間後に辞任するまで、契約にサインするのを控えることができる」

「それは見込めないだろう。大統領にあなたがたの作戦の進捗《しんちょく》を報せた……進捗していないことを、というべきかな。いましがた電話しているあいだに、大統領はあなたがたと競合する会社と契約を結んだ。わたしはパリに戻り、追って指示を受けることになっている」

リーゲルは、のろのろとうなずいた。フェリックスにいった。「フランス人エンジニアといっしょにヘリで戻ればいい。一時間以内に出発する」

フェリックスがうなずいて、丁重に感謝を示した。「この一大事業があなたにとってうまくいかなかったのは、まことに残念だ。あなたのプロフェッショナリズムに感謝する。われわれの利害がいつの日か、また一致することを願っている」フェリックスとリーゲルは、たがいにお辞儀をした。フェリックスはロイドを無視して、出発の用意をするために出ていった。

リーゲルは、テックに目を向けた。「チームに通達しろ。終わったと。しくじったんだ。午後にでもそれぞれの組織の親玉におれが連絡して、なんらかの……残念賞を出すよう相談する、と伝えてくれ」

テックが、リーゲルの指示に従った。それから、目の前のモニターの電源を落とした。ヘッドホンをはずし、のろのろとテーブルに置いた。長い髪を両手で梳《す》いた。

指揮所に残った三人は、それぞれの思いにひたり、しばらくじっと座っていた。朝の光が窓から射し込み、失敗を愚弄《ぐろう》するように、床を這って三人のほうへ進んでいるように見えた。夜明けまでにグレイマンを始末することになっていた。それがいま、夜明けが三人をからかっている。

ロイドが、時計を見た。「八時五分前だ。引き延ばしてもしかたがないな」

リーゲルは、コーヒー・カップの底を覗き込んでいた。疲労がはなはだしい。うわの空できいた。「なにをだ?」

「三階のお荷物だよ」

「サー・ドナルドのことか？」リーゲルは背すじをのばした。「おれがやる。あんたがやると、丸一日かかる」

ロイドが、首をふった。「やつだけじゃない。全員。四人ともだ」

リーゲルは、座ったまま見あげた。「なんの話だ？　女を殺したいのか？　子供も？」

「現われなかったら殺すと、ジェントリーにいった。ジェントリーは来なかった。そんなに驚いた顔をするな」

「来なかった。死んだからだ。死人を罰してなんになる、馬鹿者」

「やつは、もっとがんばるべきだった」ロイドが、銀色のセミ・オートマティック・ピストルを腰から抜き、脇でぶらぶらさせた。「邪魔するな、リーゲル。これはまだわたしの作戦だ」

「もうそうじゃない」リーゲルの声には、威嚇《いかく》がこめられていた。

「それならそれでいい」ロイドがいった。「こっちにまだやる仕事があるし、とめる気はなさそうだな。フィッツロイ一家のことで道徳家ぶっているが、われわれは顔を見られているんだぞ。このシャトーのことも知られた。四人とも死んでもらうしかない」リーゲルを押しのけるようにして、廊下に出ていった。

テックのデスクで、サー・ドナルド・フィッツロイの携帯電話が鳴った。ロイドがたちまち戸口に戻ってきた。テックがあわてて座り直し、ヘッドホンをかけた。フェリックスも何事かと思って、アタッシェケースを提げ、ラクダ色のコートを腕にかけて、部屋にはいってきた。

テックが、通話を上のスピーカーに接続した。ロイドがいった。「もしもし」

「おはよう、ロイド。どんなぐあいかな?」

「遅すぎたぞ、コート。契約は他社に奪われた。つまり、おまえはしくじったということだ。もうフィッツロイ一家を人質に使う必要はなくなった。これから下に行って、弾丸を何発かぶち込めばいいだけだ。その音を聞きたいか?」

「おまえは、四人をこれまで以上に必要としている」

ロイドが、にやりと笑った。「ああ、そうかい。その理由は?」

「生命保険」

「そうかね、コート。昨夜、おまえが橋から落ちるのを見た。どこにいるのか知らないが、そんなことができる立場――」

「アブバケルとの契約はどうでもいい。ボスにクビにされるのも気にするな。リーゲルの殺し屋が、寒い晩におまえの家にやってくるだろうということも、忘れろ。近い将来の心配事は、無視していいぞ。たったいま、おまえの世界で唯一の危険は、おれだ」

「どうして危険だと――」

「おれが重武装し、憤怒し、すぐ外にいるからだよ」

指揮所のなかで、無音のあわただしい動きがはじまった。リーゲルがすばやく窓ぎわへ行き、レースのカーテンを指先で押しあけた。テックがよろけるようにしてデスクの前を移動し、ウォーキイトーキイを取って、必死で敷地内の見張りにその情報を伝えた。フェリックスが携帯電話を出し、ボタンを親指で押しながら、廊下に飛び出した。

ひるまなかったのは、ロイドだけだった。足が床にへばりついているとでもいうように、じっと立っていた。「はったりだ。外にいるといえば、フィッツロイ一家を解放するとでも思ったのか。わたしはそんな間抜けじゃない」

「間抜けだよ。余命いくばくもない。ローラングループの死神も、そこで聞いているんだろう。リーゲル、おまえもおなじだ。子供たちかフィッツロイ夫人の髪の毛をなでただけでも、そこで死んでもらう」

リーゲルが口をひらいた。「おはよう、ジェントリー君。表にいるのなら、玄関に来たらどうだ。ラゴスの契約はだめになった。あんたを消す動機はなくなった。暗殺チームに終了を命じたところだ。ゲームは終わった。ほんとうにここにいるんなら、コーヒーを一杯飲みにこないか？」

「おれが近くにいるのを疑うのなら、ブルーのシトロエンに乗った四人の臭い男を呼び出してみるんだな」

リーゲルは、瞬時に悟った。カザフ・チームがどういう車に乗っているかは知らないが、テックが不安げに呼び出しはじめていた。応答がなかったので、テックが目に恐怖を浮かべて、ロイドとリーゲルの顔を見た。

リーゲルはようやくいった。「たいしたものだ。あんたのような状態の人間が、一発も撃たずに第一階層の戦闘員四人を始末するとは。いまもいったが、われわれはもうあんたと敵対していない。こっちへ来て——」

「フィッツロイ一家を解放し、SADファイルをよこせ。さもないと、シャトー内の生きとし生けるものを皆殺しにすると、神に誓う!」

ロイドは、ずっと黙り込んでいた。両手を腰に当て、汗の染みができた袖《そで》を肘までまくっている。だが、そのロイドが動いた。テックのデスクへ突進し、携帯電話のほうに身をかがめた。「やれるものならやってみろ、クソ野郎! ろくに歩けないくせに! それまでに下の馬鹿な子供ふたりを剃刀《かみそり》で——」

リーゲルが、ロイドを携帯電話から引き離し、石の壁に強く押しつけた。携帯電話のほうに身を乗り出し、咳払いをした。「聞こえるか、コート? あんたの提案を相談するから、すこし時間をもらえないか? 会社がどういうものかは知っているだろう。なんでも会議をやらないと気がすまないんだ」

「いいだろう、リーゲル。すこしたったら連絡する。急ぐことはない。じっくりやれ」電話が切れた。

ロイドが、テックに向かって金切り声をあげた。「チームを全員、ここに集めろ! 早く!」

リーゲルが片手をあげて、テックを制し、もっと理性的な口調でいった。「なんのためだ、ロイド？　もう契約は関係ない。ゲームは終わった」

「しかし、グレイマンはまだ外にいる！」

「それはおれたちの問題だ。ローラングループは関係ない。外国の暗殺チームがおれたちを警護する費用を、マルク・ローランが払ってくれるわけがないだろう。もう二千万ドルの賞金も出ない」

ロイドは、それに思い至っていなかったようだった。肩をすくめた。「やつらに伏せておけばいい」

リーゲルは、首をふった。「それじゃ、負傷した男ひとりと戦うよりも、マルク・ローランと六カ国の諜報機関を怒らせるほうがましだというのか？　自分たちの会社と六カ国を敵にまわすことになるぞ。あんたが正気じゃないというのは知っている、ロイド。それは証明済みだ。しかし、自殺願望もあるのか？」

テックが、指示を待って、ふたりのほうを見た。やがて首をかしげて、ヘッドホンに片手を当てた。「待って！　全チームがこっちへ来る！」

「よし」問題が片づいてほっとしたロイドがいった。

「なぜだ？」リーゲルがきいた。

「フェリックスが雇ったんです。グレイマンを殺したチームにアブバケルが二千万ドル払うと提案して」と、テックが答えた。

「完璧だ！」ロイドが叫んだ。「こっちへ来るまでどれだけ――」

「完璧じゃないですよ！」テックがいった。「邪魔をするものはだれでも殺せと、フェリックスが命じた。他のチームも含めて！　われわれも。シャトーでジェントリーの首を取るために、チーム同士が戦うことになる！」

リーゲルは、すかさずいった。「ベラルーシ人護衛チームを全員、屋内に呼び戻せ！　セルジュとアランに報せろ。北アイルランド人ふたりとスコットランド人ふたりもいる。シャトーを脅威から護るんだ！　相手がグレイマンだろうと、暗殺チームだろうと」

テックが、リーゲルのほうを見た。「リビア・チームがもうじき来ます！　サウジアラビア・チームも上空にいる！」

リーゲルは、最後にもう一度、窓の外を見た。「パリ本社に電話しろ。撤退用ヘリコプターを緊急発進させて、迎えにこさせろ！　それから、各暗殺チームに連絡し、まだ協力できると伝えるんだ。ジェントリーがシャトーの外にいるといってやれ。シャトー内にはいる前に殺す必要があると」

テックが、椅子に座ったまま向きを変えて、本社に電話をかけた。

ジェントリーは、もう一度リーゲルに電話するつもりはなかった。攻撃を遅らせれば、シャトー内の防御側に迎え撃つ準備や敷地の捜索をやり、応援を呼ぶ時間をあたえることになる。それに、双子を殺す時間の余裕もできる。

だめだ。いますぐに動かなければならない。敷地の裏のリンゴ園に伏せているうちに、あたりに朝の光がひろがっていった。灰色の霧を透かして、前方にそびえている巨大な建造物の輪郭《りんかく》が、かすかに見分けられた。塀を越えてから四〇〇メートル前進したが、シャトー・ローランまでまだ優に一八〇メートルはある。

前方の見晴らしのいい地面が、ジェントリーにとって最大の懸念だった。木立と濃い霧という遮蔽物《しゃへいぶつ》から脱け出たとたんに、姿をさらけ出すことになる。それに、ヘリコプターが上を旋回している。目には見えないが、ローターの連打音を聞けば、敷地上空にいるとわかる。

体のあちこちに傷を負っていなくても、厳しい状況だったが、みじめな体調にもかかわらず、もう時間を無駄にできないとわかっていた。ジェントリーはニーパッドを付けた膝をつき、ゆっくりと低い姿勢になった。左脚を血が流れるのが感じられ、刺し傷からかなり出血しているのだとわかった。血液にたっぷり覚醒剤を送り込んだせいで、出血が悪化していた。

「気にするな」ジェントリーはつぶやいた。M4を肩からおろし、両腕で抱えた。

立ちあがる。

ありったけの力をこめて、前方へ駆け出した。

グレイマンが外にいると、シャトーの周囲の警備陣にテックが警報を発するやいなや、セルジュはキッチンから図書室に駆け戻り、モニターの電源を入れた。霧のなかにだれかが隠れていても、赤外線カメラで捉えられる。真剣な目で、モニターを一台ずつ見ていった。何度もそれをくりかえした。やがて、ひとつの画像に目が釘付けになった。デスクに置いてあった無線機に、さっと手をのばした。そして、シャトーのすべてのチームに向けて送信した。

「裏に動きがある！　裏に動きがある！　ひとりで、急速に接近している！」

ロイドが応答した。「どこだ？　やつはどこにいる？」

「リンゴ園から出てきた。ちくしょう。やつは走れるじゃないか！」

「リンゴ園のどこだ？」ロイドが、無線で金切り声をあげた。

「どまんなかを走ってる！」

おなじ周波数に、塔のスポッターが割り込んだ。ベラルーシなまりの声は、ロイドの悲鳴とは対照的に落ち着き払っていた。「ターゲットを捉えていない。なにも見えない……待て。見えた。ひとりが、急接近！　おれたちが殺《や》る！」


　モーリスは、ジェントリーにすばらしい装備を用意してくれた。だが、モーリスは昔気質《かたぎ》の人間なので、ジェントリーは自分の入用《いりよう》には理想的でないものを使わざるをえなかった。いま持っているコルトM4カービンには、金属照準器《アイアン・サイト》しかない。ジェントリーが武器に取り付けたい望遠照準器《スコープ》やホログラフィック・サイトのようなハイテク装備はなかった。困難な一歩一歩を踏み出して、霧のなかを突進するうちに、頭上の塔の輪郭が見えてきた。そこがスナイパーの隠れ場所にちがいないと気づいた。最高の技倆《ぎりょう》、最高のスコープ、最高のライフルを備えたスナイパーがいるはずだ。この馬鹿げたワンマン強襲は阻止される可能性が高い。
だから、ジェントリーは全力で走りながら、カービンを肩当てした。走りながら的を捉えて撃つのは、アイアン・サイトではまず不可能だ。塔にできるだけ多くの弾丸をばら撒《ま》き、敵が頭をひっこめているあいだに、シャトーの壁までたどり着くのが目的だった。シャトー内に自分と肩をならべられるほど近接戦闘訓練や経験を積んだ人間がいないことはわかっていた。成功を見込むには、近接戦闘に持ち込めるほど接近するまで、生き延びなければならない。

正面の霧のなかからターゲットが飛び出すのを、スナイパーは見た。走っている男のうしろで、たなびく霧が渦を巻いている。三十歳のベラルーシ人スナイパーは、狙いを修正し、疾走する男の胸に十字線《クロスヘア》を合わせた。すばやく上半身を撃とうとして、引き金に指をかけた。ターゲットが戦術ベストの下に抗弾ベストを着ているのに気づき、ドラグノフの床尾を一ミリ下げて、走っている男の額に狙いを移した。重めの引き金に指を押し当てようとしたとき、ターゲットが第一の武器を持ちあげるのが見えた。銃口から閃光がほとばしり、ライフルの銃声が響いた。メタルジャケットの高速弾が数百年を経た石造りの建造物に激突して、石や木がはじけ、飛び散る音が聞こえた。周囲の空気に煙のまじった土埃《つちぼこり》が舞った。左でスポッターがわめいたが、スナイパーは修練を重ねていた。スナイパー・ライフルの銃床から頬を離さず、スコープから目を遠ざけなかった。

自信たっぷりに、突進してくる男に狙いをつけ、引き金を絞った。

34

ジェントリーは、精いっぱい速く接近しながら、頭上にそびえる塔めがけて弾倉の三十発の大半を発射した。最後に二発ぐらい狙いすまして塔の上を撃ちたかったので、把手《キャリー・ハンドル》の丸い照門《ゴースト・リング・サイト》を覗いて、なんとか照準をつけようとした。そのとたんに、カービンが顔に叩きつけられ、両手からもぎ取られて、宙を舞った。

ジェントリーは、なにも持たずに駆けた。

濡れた芝生を四、五歩進んだところで、目の下に銃床がぶつかった顔が、ひりひり痛みはじめた。Ｍ４カービンは高性能ライフルの弾丸を一発くらったにちがいない、と気づいた。第一の武器は失ったが、それが頭を狙っていたスナイパーの銃弾をそらし、命を救ってくれたのだ。一歩も無駄にすることなく、ジェントリーは下に手をのばして、胸に取り付けてあったＭＰ５サブ・マシンガンを手にした。もう九〇メートル以内に近づいていた塔に向けて、ふたたび射撃を開始した。見晴らしのいい場所を疾走しながら、照準もつけずに遠くの小さな窓に向けて撃った場合、ＭＰ５は蠅たたきほどにも有効ではないが、敵が頭をひっこめてくれることを願った。

スナイパーは、走っている男が被弾の衝撃でよろめくのを見てから、相棒のスポッターのようすを見るために、スコープから目を離した。スポッターは、石の破片を顔に受けていた。眼鏡が割れ、額から血が出ていたが、意識はあるし、ひどい怪我ではなかった。そのとき、裏庭からまた銃声が湧き起こった。びっくりしたスナイパーが下を見ると、たったいま一発くらったはずの男が、なおも突撃していた。手にした銃の発射音からして、グレイマンは口径九ミリのサブ・マシンガンに切り換えたらしい。スナイパーはいそいでドラグノフのうしろのテーブルに戻った。二秒とたたないうちに位置についてスコープを覗いた。突然、あらたなライフルの銃声が湧き起こった。こんどは、スナイパーの背後にあたる、シャトーの反対側からだった。一瞬、なにが起きたのかわからなかったが、テーブルに置いた無線機から、下にいるベラルーシ・チームのひとりの声が聞こえた。

「リビアのやつらだ！　正面ゲートに来た。スナイパー、そいつらを排除しろ！」

スナイパーはしぶしぶ大きなドラグノフをテーブルから持ちあげて、塔の正面側へ行った。グレイマンはもうほかのだれかの問題だ。こんどはもっと遠いターゲットのリビア人と交戦しなければならない。

グレイマンは、もはや遠くにはいなかった。接近していた。

スナイパーのいる塔のすぐ横に来ていた黒いユーロコプターが、屋根の通路のすぐ上でホヴァリングしていた。戦術装備を身につけた重武装のサウジアラビア人戦闘員四人が、一八

○センチの高さから、シャトーの東の平らな屋根につぎつぎと跳びおりた。正面でくりひろげられている銃撃戦には目もくれず、見通しのきく裏庭とそこを走るひとりの男を見おろす装飾のほどこされた銃眼の蔭に陣取った。

目標に接近するにつれて、ジェントリーは、頭上の塔からまばゆい銃口炎がまたたいた二階の窓へと、射撃の狙いを変えた。一本目の弾倉を、正面の窓に向けて打ち尽くした。窓のまわりの壁があばたのようになり、御影石《みかげいし》が埃まみれの塊となって折れた。ガラスが砕け、レースのカーテンが左右に激しく揺れた。弾丸が窓を抜けてたまたま奥にいた相手に命中すると、ジェントリーがでたらめに発射した弾丸が窓を抜けてたまたま奥にいた相手に命中すると、

ジェントリーがでたらめに発射した弾丸が窓を抜けてたまたま奥にいた相手に命中するため、精確に狙うのは不可能だった。窓からは銃口炎が見えなくなったが、優美な黒いユーロコプターが、上空前方でホヴァリングし、数人がそこから跳びおりていた。

「ちくしょう！」遮蔽物《しゃへいぶつ》まで、まだ六〇メートルある。黒いヘリコプターから跳びおりた男たちが射撃位置につく前にできるだけシャトーに接近しようと、ジェントリーは必死で脚を動かした。この平らな芝生では、狙いすました射撃には格好の的になる。

ジェントリーは、破片手榴弾を取りはずしながら走り、ピンを歯で抜くと、レバーを飛ばした。真正面の四階の窓に、ブロンドの大男が姿を現わし、拳銃を構えて、ガラス越しに撃った。それを避けるために、ジェントリーは濡れた青々とした芝生に身を投げ、右肩で着地して、前転した。前転を終えると、立っていた。疾走して前転したせいで、すさまじい勢い

がついていた。その勢いを利用して、手榴弾をできるだけ高く投げた。ジャガイモほどの大きさの手榴弾が、距離四〇メートルから投じられ、シューッという音を発しながら弧を描いて、胸壁の縁を越え爆発した。戦闘からできるだけ遠ざかろうとして上昇したユーロコプターは、きわどいところで直撃をまぬがれた。サウジアラビア人たちの上で爆発した手榴弾で、ひとりが即死し、もうひとりが首と背中を負傷した。あとのふたりは物蔭に逃れたが、芝生のターゲットを障害物なしに撃つ絶好の機会を逃した。

シャトーの正面では、ベラルーシ人とリビア人がそれぞれふたりずつ、すでに死んでいた。ベラルーシ人の護衛は、正面ゲート近くで殺された。安全なシャトー内にはいろうと走っていたとき、リビア・チームが乗ったバンが、鉄のゲートを突破した。走っているバンから、リビア人がスコーピオン・サブ・マシンガンを発射した。砂利の私道で急停止したとき、リビア人ふたりが落ちた。塔のスナイパーが、助手席のリビア人の顔を撃って殺し、スライディングドアから跳び出した最初のリビア人が、シャトーの表にふたりだけ残されたベラルーシ人の発射したAK-47の弾丸を三発くらった。

生き残りのリビア人ふたりが、そのベラルーシ人ふたりを射殺し、シャトーの正面玄関に接近した。左右の窓にスコーピオンの連射を浴びせ、適切な間隔をあけて、隠れろと叫び、弾倉を交換して、位置についた。

厚いオークの扉の蝶番《ちょうつがい》ふたつに、ナンバー2が弾倉の半分を連射し、扉を蹴りあけた。

リビア人が弾倉を交換しているあいだに、目の前の扉が建物の内側に勢いよく倒れた。その瞬間、ロビーにいた北アイルランドの護衛が放った二発速射《ダブル・タップ》をくらい、リビア人はきりきり舞いをして地面に倒れた。最後の生き残りのリビア人が、スコーピオンで応戦した。ロビーの奥の白い壁に血や組織が飛び散り、北アイルランド人が倒れた。

リーゲルは、そんなものを目にしたことは一度もなかった。グレイマンを照準に捉えた。焦茶色のシャツの腰のあたりに血の染みができ、右太腿には拳銃のホルスター、左太腿には弾倉入れ《サブ・ロード》。黒いベスト、腰に構えたサブ・マシンガン。頭は剃《そ》りあげ、四〇メートル以上離れていても、目に宿る獰猛《どうもう》な敵意が認められた。

リーゲルが拳銃を抜き、走っている男に狙いをつけたとき、拳銃の射撃には遠すぎるとわかっていた。だが、熟練の射撃名人のリーゲルとしては、はずすことは考えられなかった。ところが、相手は絶好のタイミングで銃弾をかいくぐり、転がってから立ちあがると、手榴弾を空高く投げた。リーゲルは反射的にテックのそばの床に身を投げた。自分のほうに投げたと思ったのだ。爆発が起きた場所は、すぐ上の屋根だった。叫び声や悲鳴が窓から聞こえると、リーゲルはすかさず窓ぎわの位置に戻り、接近するグレイマンに何発か浴びせようとした。

だが、窓から外を見たときには、グレイマンは姿を消していた。もはやグレイマンがシャトー内に侵入するのを阻止するすべはない。

信じられない。

昨夜、グレイマンが電話でいい放ったように、獲物が捕食者になった。

ジェントリーは、背中をシャトーの壁に押しつけ、太腿の弾倉入れ《サブロード》から新しい弾倉を出して交換した。真上の四階には拳銃を持ったブロンドの男。その上にはヘリコプターから降下した射手が何人かいる。敵勢をかなり減らすことができたとはいえ、屋根の脅威を払拭したというような幻想は抱いていなかった。

左と右に、腰の高さの窓がある。ジェントリーがさきほどMP5で撃ったので、ガラスが砕け、それを始末しないと、窓枠を越えるのは危険だった。左側には裏口の階段があり、左手の角をまわれば正面の私道で、なぜかそちらでも戦闘が行なわれている。右手は長い裏の壁で、窓がいくつもあり、小さなドアがある。頭上の射手から見えないように、肩を石壁でこするようにして、壁沿いを急いで進んだ。

近づいたとき、なかからドアがあけられた。勢いよくドアがあいたとき、ジェントリーはMP5を構えて、木のドアごしに連射しようとしたが、最後の瞬間にためらった。フィッツロイ一家のだれかだったら？　自分が救出作戦に最高の人材ではないと気づいた。戦闘状況で、動くものをなんでも撃つという習性がある。いまはターゲットを識別するために、一瞬の手間をかけなければならない。

ドアの縁から顔が出てきた。大男のスラブ系で、銃身がドアの縁を越えたとたんに、まちがいなくターゲットだとジェントリーは判断した。そちらへ突進しながら、ドアごしに八発撃った。閉じると自動的にロックされる仕組みのドアだったが、死んだばかりの用心棒がドアストッパーの代わりをつとめてくれ、ジェントリーは暗い廊下にはいった。

裏の芝生から最初の銃声が聞こえたとき、クレアとケイトは、眠っているママに駆け寄り、揺すり、叫んで、目を醒まさせた。エリーズ・フィッツロイは、立ちあがるとよろめいた。双子がそれを両手で支えて、ドナルドおじいちゃんが天蓋《てんがい》付きベッドで体を起こして座っている、部屋の反対側へ連れていった。全員ベッドの下にはいるようにというジムの指示をクレアが伝え、ドナルドおじいちゃんが賛成した。ママは倒れて、硬木の床にうつぶせになって眠り込んだ。クレアとケイトは恐怖にかられて身を寄せ合い、ベッドの上掛けの下から、廊下に通じているドアのほうを覗いた。ドナルドおじいちゃんは、ベッドの上に残った。

二階上の屋根で大きな爆発が起き、ドナルドおじいちゃんが大声で見張りを呼んだ。「マクスパッデン！　マクスパッデン！」

スコットランド人の見張りのブーツが部屋のなかで動くのを、クレアは見た。上の話し声は聞こえたが、すべての意味はわからなかった。

「おまえはもう逃げたほうがいいぞ。銃を一挺もらえると助かる」

「じょうだんじゃねえよ、フィッツロイ。もう逃げるのは間に合わねえ。あんたの戦闘犬を追い払うのに銃がいる。無線で、もうなかにはいったといってる」

「マクスパッデン、わたしの戦闘犬に出会ったら、おまえが持っているその銃なんかで命を拾えるわけがないだろう。白いパンツを脱いで白旗代わりにふったほうがましだ。それまでにクソまみれになっていなければな。なあ、おまえの敵がどんなやつか、よく考えてみろ。わたしたちを助けるのが、おまえが助かるたったひとつの方法だ」

逃げようとしている男がブーツをひきずるように歩くのが、クレアの目にはいった。だが、男はおじいちゃんのところに戻ってきた。手をおろして、ズボンの片方の裾をめくり、銀色に光る銃を抜いた。

クレアは、ケイトの口を手でふさいで、悲鳴が漏れないようにした。

「予備を置いていく。ちっぽけな六連発だ」

「それでいい。さあ行け。リーゲルが、あの頭のいかれたロイドがようすを見にくるといけないから、外でドアを護ってくれ。グレイマンを見たら、わたしの味方だというんだ」

「わかった。おれが口をきくまでやつが待ってくれりゃ、それでうまくいくかもな。おれはひでえドジを踏んだよ、フィッツロイ」

見張りが踵《きびす》を返し、部屋を出ていった。すぐにドナルドおじいちゃんがベッドから滑りおりて、三人の横に這い込んだ。肉付きのいい手に、光る銃を握り締めている。

「だいじょうぶだ、お嬢ちゃんたち。もうじき終わる。ジミー・ボーイが来てくれる」

リーゲル、ロイド、テックは、依然として四階の指揮所にいた。ロイドは廊下との境のあけ放ったドアのそばに立ち、拳銃を持った右手をぶらぶら揺らしていた。埃にまみれたブルーのシャツは襟があいて、ネクタイの結び目がその下にあった。

リーゲルとテックは、ガラスの砕けた窓の近くで、部屋の出口二カ所の中間にあたるデスクで、コンピュータに向かっていた。シャトー内の生き残りのベラルーシ人や、二階のフランス人ふたりと、無線で連絡をとっていた。スコットランド人ひとりの所在がわからなかったが、もうひとりのスコットランド人と北アイルランド人ひとりは、部署についていた。

突然、屋根の上で銃声が湧き起こった。ユーロコプターから跳びおりたサウジアラビア人と塔のスナイパーたちが交戦しているのだろうと、リーゲルは判断した。スコットランド人の護衛を呼び出し、四階にあがってきて、指揮所の外の廊下を警備するよう命じた。

そのとき、ベラルーシ・チームのひとりが、スリランカ・チームが到着し、正面の私道を近づいてくると告げた。塔のスナイパー・チームに連絡したが、応答がなかった。

しかも、グレイマンがどこへ行ったのかが、だれにもわからない。

自分の唯一の任務は、自分が生き残ることだと、リーゲルは悟った。グレイマンに死んでもらう必要はない。その任務は時間切れで終了した。つまり、仮にジェントリーが右手の廊下に通じるドアか、左手の螺旋《らせん》階段に通じるドアからはいってきたり、だれかがどこかからはいってきたりした場合には、この大きなステアーの弾丸を三発、だれだか見分ける前に撃ち込むことになる。

本社から救助のヘリが到着するまで、ここを護ればいいだけだ。

シャトーのなかを進むとき、ジェントリーは腰をかがめたかったが、腹の激痛のためにそれができなかった。いざという場合には――どうせそうなるだろうが――伏せ、転がり、這い、やらなければならないことを、なんでもやる。だが、しゃがんだり床に身を躍らせたりした場合、起きあがれないのではないかと心配だった。だから、感覚のない左脚をひきずるようにして、直立して歩いた。

広いキッチンにはいると、上の四階か屋根から銃声が聞こえた。二階のロビー近くでも、ジェントリーの熟練した耳がひとり対多数だと聞き分けている戦いの音がしていた。その戦いが終わって、新手の脅威が到着した。おそらく四対四の勝負だろう。AK-47と一二番径のショットガンそれぞれが、独特の発射音を響かせている。いっぽうはロシア語のような言葉を叫んでいた。

ジェントリーは、キッチンを横切った。銃撃戦とは反対側にあたるシャトーの裏手に出るドアの前まで行ったとき、茶色のスーツを着た黒人が、正面の戸口から現われた。

目を丸くしている男に、ジェントリーはMP5を向けた。「おまえはだれだ?」

「執事です。撃ち合いとは無関係です」

ジェントリーは、男の喉をつかみ、壁のほうを向かせた。やせた男の首にMP5の熱した銃口を押しつけ、すばやくボディチェックをしたが、武器は見つからなかった。所持していた携帯電話を、そばのコンロにかけてあった鍋の水のなかにほうり込んだ。身許がわかるものはなかった。

「名前は？」

「フェリックス」

「当ててみよう。ナイジェリア人の執事フェリックスだな？」

「ちがいます。カメルーン人です」

「ああ、そうなんだろうよ」

ジェントリーは、キッチンの裏のドアに向けて男を押した。男が両手をあげたままで歩き、ジェントリーはすぐうしろをついていった。金メッキの縁取りの暖炉がある華麗な装飾のダイニング・ルームを通り、巨大なオークのテーブルをまわった。壁には綴《つづ》れ織りと肖像が飾ってあった。すぐ左手にドアがある狭い廊下に出ると、ジェントリーは前の黒人の耳もとでささやいた。「向こう側はなんだ？」

ためらった。「その……寝室です」

「はっきりわからないのか？ 間取りを知らない執事がどこにいる？」

「いまいったように……寝室です。わたしは来たばかりなんです。怖くて」

「あけろ。おまえのいうとおりかどうか、たしかめよう」ジェントリーは、グロックを抜いて、うしろの廊下に向け、右手のMP5はフェリックスの頭に押しつけたままにした。

フェリックスがドアをあけ、ジェントリーのほうに向き直った。ジェントリーはフェリックスの肩ごしに見た。床から天井まである棚に、シーツや毛布が積んである。寝室ではなく、広いクロゼットだった。

「おまえが執事なら、できそこないの執事だな」

フェリックスは黙っていた。シャトーの正面では、間断なく銃撃がつづいていた。

ジェントリーは、グロックをホルスターに収めて、最後の破片手榴弾をベストからはずした。ピンを抜いてポケットに入れ、レバーを押さえたまま、汗ばんでいるフェリックスの手に握らせた。ちゃんと握っているのをたしかめると、こういった。「落とすなよ。それから、おれのほうに投げようとは思うな。導火線は六秒だ。おまえを撃ち殺して、隣の部屋に跳び込み、爆発から逃げる時間は、たっぷりある」

フェリックスの声はかすれていた。「これをどうすれば――」

「ただ前をあるいてくれればいい。目的の場所へ行ったら、返してもらって、おまえには手を出さない。心配するな。じきにカメルーンの家に帰れる」

廊下が左に折れ、両開きの大きなドアが突き当たりにあった。ジェントリーは、困惑しているフェリックスの背中を押した。フェリックスがアフリカなまりの英語で二度しゃべりかけ、二度ともジェントリーが黙らせた。「あのドアをあけろ」廊下の角の蔭から、ジェントリーは命じた。

「でも――」

ジェントリーは、フェリックスの頭にサブ・マシンガンの銃口を向けた。

フェリックスがのろのろと向きを変えて、手榴弾を持った左手をうしろに隠し、右のドアをあけた。

ほとんど同時に、拳銃の乾いた銃声が前方の部屋から響き、厚いドアからオークの破片が飛び散った。フェリックスが立ったままきりきり舞いをして、戸口に顔を向けて倒れ込んだ。ジェントリーは体をまわして火線から逃れ、ニーパッドに覆《おお》われた膝をついてうめき、六つ数えた。

セルジュとアランは、射撃姿勢をとって図書室のドアへと進んでいった。ふたりとも、ベレッタを握った両手を突き出していた。

たったいま殺したばかりの男を、アランが識別した。「ナイジェリア人だ」

「クソ《メルド》」セルジュがいった。ウォーキイトーキイのボタンを押そうとしたとき、死体のそばの床に転がっていた手榴弾が爆発した。

三階下から手榴弾の爆発音が聞こえ、ロイドとテックはびっくりして跳びあがった。熾烈な銃撃戦がくりひろげられているロビーではなく、建物の裏手から聞こえた。しかも、無線機のスピーカーからも聞こえた。リーゲルは、思い切ってもう一度窓の外を覗いた。南に飛び去ってゆくユーロコプターが、朝霧のなかを見え隠れしている。眼下では、庭の大理石の噴水の近くで、身を低くした男がふたり動いていた。ふたりとも小柄な黒人で、サブ・マシンガンを持ち、黒いスキージャケットを着ている。

「ボツワナ・チームが到着した。いや、リビア人かもしれない」感情のこもらない声で、リーゲルが指揮所のふたりに告げた。

「国連加盟国のクソ野郎どもがほぼ勢ぞろいしたな」ロイドが、うしろからいった。

芝生を横切って裏口の階段に向かっているアフリカ人ふたりを、リーゲルは見守っていた。グレイマンがシャトー内に侵入したいま、ボツワナ人は障害にはならず、役に立つかもしれないと思った。

リーゲルはいった。「この部屋をバリケードでふさごう。パリからヘリコプターが来るまで、おれたち三人で護り切るしかない」

「これを生き延びても、あんたはわたしを殺すんだろう？」ロイドがいった。

リーゲルが、答える代わりに拳銃をジャケットの下のショルダー・ホルスターに収めた。

「ジェントリーのいったとおりだ。いまのあんたには、おれ以外にもっと心配すべきことがある。手を貸せ」椅子を持ちあげて、螺旋《らせん》階段に通じるドアの前に置いた。

「それはそうかもしれないが」ロイドがいった。「わたしはどんな脅威でも、最高のチャンスに乗じて対処するほうを好むんでね」

リーゲルは、ロイドに背中を向けていた。立ちどまって椅子を置き、肩をそびやかして、ゆっくりとふりむいた。ロイドの銀色のセミ・オートマティック・ピストルが、リーゲルの胸に向けられていた。距離は六メートル。

「銃をおろせ。やめろ！　こんなことをやっているひまはないんだ！　作戦の後始末をする時間は、ここから脱出したあとでたっぷりある」

デスクに向かって座っていたテックは、ふたりをじっと見ていた。ひとことも発しなかった。

ロイドがいった。「やつを殺《や》れたはずだった。契約が取れたはずだった。おまえが作戦に失敗したんだ。わたしじゃない」

「あんたがそういうんなら、ロイド」

「そうじゃない……おまえがそういうんだ。携帯をゆっくり出せ。ローランに電話して、自分の計画は大失敗でしたといえ。この責任をとれ」

「そのあとでおれを撃つのか？　考えてもみろ、ロイド！　おれが脅されてしゃべっていることがわからないはずがないだろう」四階ではじめて銃声が聞こえた。廊下の先のほうから。

「この部屋をはやく密封しないとだめだ！　話はそのあとだ」

「携帯を出せ。電話をかけろ。妙なまねはするな」

リーゲルが溜息をつき、ゆっくりとジャケットの下に右手を入れた。ロイドを見ている目が鋭くなった。電話ではなくステアーのグリップを握った。リーゲルがステアーを抜きながらロイドが発射するはずの弾丸をよけるために、横に身を投げようと身構えたとき、ロイドが視線をはずし、リーゲルの背後のなにかに焦点を合わせた。リーゲルはその隙にステアーを抜き、ロイドの胸に狙いをつけた。注意がそれているロイドを撃とうとしたとき、うしろから声が聞こえた。

「都合が悪いときに来合わせたかな?」

35

「ずいぶんだらだら血を流しているな、コート」ロイドがいった。あいたままになっていた、四階の廊下に出るドアに背を向け、銃口はリーゲルの方角を指していたが、両眼は戦術装備を身につけた血みどろの男に据えられていた。グレイマンは向かいにある螺旋《らせん》階段のドアから音もなく現われ、ロイドがジャケットの下に入れたリーゲルの手を見守っているあいだに、先手をとって銃の狙いをつけていた。恐ろしげな角ばったサブ・マシンガンを目の高さに構え、ロイドの胸に照準を合わせていた。

「銃を捨てろ」ジェントリーはいった。

「だれに向かっていってるんだ?」グレイマンに背中を向けていたリーゲルがきいた。うしろを見るには、ロイドから目を離さなければならない。そうするつもりはなかった。

ジェントリーは答えた。「おまえが手に銃を持っているんなら、おまえに向かっていっているんだよ」

ロイドがいった。「長くはもちそうにないな、コート、昔の相棒。顔が真っ蒼だ。弱々しい。血で床を汚しているぞ」

「おまえを叩きのめすまで生きていられればいいのさ。銃を捨てろ。テーブルの前のおまえ、ゆっくり立て」

最初に指示に従ったのは、テックだった。両手を頭の上に高くあげ、恐怖にふるえていた。ロイドが、拳銃をおろしはじめた。リーゲルもおなじようにした。リーゲルが一瞬ロイドから目を離し、テックを見た。

その刹那《せつな》、ロイドがリーゲルの胸に一発撃ち込んだ。

大男のドイツ人は傷口をつかんで、横ざまに倒れた。ステアーが硬材の床をはずんで離れていった。

テックが恐怖のあまり悲鳴をあげた。

グレイマンはロイドめがけて一連射を放ったが、ロイドは戸口を抜けて廊下に姿を消していた。

ジェントリーは、気が遠くなりそうになるのをこらえた。血圧の低下でどうしてもそうなる。膝ががくがくして、目がかすんだ。頭脳が再起動したような感じで、頭が明晰《めいせき》になると、MP5を脇に垂らしていたことに気づいた。ヘッドホンをかけてコンピュータをならべたデスクのそばに立っているポニーテイルの男に、すばやく狙いをつけた。高くあげた手がふるえていたが、それを除けば、男は微動だにしなかった。ほんの一瞬だったが、自分は鳥の羽根で突かれても倒れるような状態だったと、ジェントリーは気づいた。ポニーテイルの男が怯《おび》えていてそれができなかったのは、さいわいだった。

「おまえはだれだ？」

「ただの……ただの技術者です。通信とかをやっています。歯向かうつもりはありません」

「執事のふりをしないだけましだな」

「えっ？」

ジェントリーは、男のほうに近寄った。そのあいだずっと、廊下に銃口を向け、リーゲルのそばを通りしなに、ステアーを遠くへ蹴とばした。テックのデスクにＳＡＤファイルがあるのを見つけた。「これでぜんぶか？」

「おれの知るかぎりでは、そうです」

「バックアップは？　コピーは？」

「ないと思います」

ジェントリーはそれをまとめて、暖炉にほうり込んだ。テックに燃やすよう命じた。

書類が燃えはじめると、テックをふりむかせて、通信機器の前の椅子に座らせた。「おれを追っているやつらと通信しているんだな？」

「ちがいますよ！　おれじゃない！　おれはただ電子――」

「つまり、おまえを痛めつける必要はないわけだな？」

テックがすかさずうなずいた。一瞬にして口調が変わった。「そうです！　通信すべての管理と街灯似顔絵描きと戦闘員の調整をやっています」

「よし。全員に連絡しろ。グレイマンは窓から跳び出し、裏のリンゴ園を抜けて逃げたというんだ」

「すぐにやります」テックが大きく両手をふって、無線機器のスイッチをはじき、全チャンネルを同時に呼び出した。「全部隊に告ぐ、こちらテック。対象《サブジェクト》はシャトーから脱出した。徒歩でリンゴ園を抜けて、北に向かっている」

「よくやった。では、ベルトをはずせ」

テックがあわてて指示に従い、ベルトを差し出した。

「きつく噛《か》め」

「はあ?」

「噛め!」

目を丸くして、テックがベルトをくわえた。

「噛んでいるか?」ジェントリーがきいた。

テックがうなずいた。

「よし」ジェントリーは、テックのこめかみにサブ・マシンガンの銃床を叩きつけた。テックが椅子から落ちかけたが、ジェントリーはその頭をつかみ、テーブルに伏せさせた。それから、弾倉の残弾すべてを、デスクのコンピュータと無線機に撃ち込んだ。

また気が遠くなりかけたが、回復し、弾倉を交換した。暖炉で燃えている書類の焼けぐあいを確認した。作戦の一部に成功したことに満足して、小さなサブ・マシンガンを前方に構え、四階の廊下に出た。

ドアの外の足音を最初に聞きつけたのは、クレア・フィッツロイだった。数分前に、近くから銃声が聞こえた。表のようでもあった。だが、そのあとはずっと静かになった。しかし、だれかが近づいてくる。クレアは怖くなって、ドナルドおじいちゃんの肩をぎゅっとつかんだ。ストレスのせいで小さな目をしばたたいていたが、それでも廊下に出るドアの下のほうを見据えていた。

金属が木に当たるカタンという音がして、ひきずるような足音がまた聞こえ、掛け金が鳴った。ドアがゆっくりとあき、ドナルドおじいちゃんの銃を握っているほうの太い腕に力がはいるのが感じられた。部屋にはいってきたふたりの足に、狙いをつけている。

うしろにいる男の左のブーツが濡れて、赤かった。

「ユーアンです、サー・ドナルド。撃たないで」

クレアは、ドナルドおじいちゃんとともに這い出ようとしたが、押し戻された。すぐにおじいちゃんが立ちあがり、話しているのが聞こえた。

おじいちゃんがいった。「よく来てくれたな！」

「双子は？」

クレアは、ジムさんの声だと気づいた。我慢できなくなって、ベッドの下から這い出した。立ちあがると、ジムさんのほうに突進し、脚と腰にぶつかった。これまでのどんなハグよりも強く、ジムさんを抱き締めた。ほんの数秒で体を離して、見あげた。ジムさんは黒いベストを着て、ベルトから銃やバッグが垂れさがっていた。両手にも銃を持ち、顔も剃《そ》りあげた頭もパーチメント紙のように真っ白だった。茶色のズボンが血で染まっている。

目は赤く、うるんでいた。

顔から汗が雨水のように流れ落ちている。

ドナルドおじいちゃんが、ジムさんの服の染みに気づいた。

「それはきみの血か?」

「いや、ちがう。ひとの血を借りているんだ」

「ひどいな。医者に診《み》てもらわないと」

「だいじょうぶだ」ジェントリーは、かたわらのスコットランド人護衛のほうを示した。

「あんたの味方だといっているが」

「ユーアンはずいぶん助けてくれた」

「武器を渡してもいいぐらい信用しているか?」

短い間があった。「信用している」それから、「気をつけるんだぞ、マクスパッデン」

「わかってます」

ジェントリーは、首から吊っていたMP5をマクスパッデンに渡した。自分は腰からグロックを抜き、脇に構えた。「ロイドはどこだ? 当たったと思ったが、逃げた。人質をとりに、ここへ来るはずだと思ったんだが」

「あのクソ野郎の姿は見ていない」ドナルドおじいちゃんがいった。ジェントリーは、クレアとケイトに目を向けた。

「ドン。言葉に気をつけて」

「すまん」

ジェントリーはあたりを見た。「エリーズは?」

マクスパッデンとフィッツロイが、エリーズをベッドの下から引き出した。マクスパッデンがエリーズを肩にかつぎ、MP5を前方に構えて、進んでいった。ステンレスのリヴォルヴァーを持ったフィッツロイが、痛めつけられた脚をひきずりながらつづいた。双子は祖父のあとをついてゆき、ジェントリーはしんがりを護った。いまでは遅れがちになり、廊下の壁や階段の手摺で体を支えていた。クレアが手を貸そうとしたが、ジェントリーはにっこり笑い、だいじょうぶだからおじいちゃんのそばを離れないようにといった。

子供と怪我人と意識を失ったひとりがいるので、一行はのろのろと進んだ。ようやく二階のロビーに通じる階段に出た。ジェントリーがうしろから叫んだ。「子供たち! おじいちゃんの背中だけを見ているんだ。よそ見はしない。わかったね? きょろきょろするんじゃないよ」硬材と石でできた広大なロビーは、陰惨なありさまだった。打ち破られたドアのすぐ内側には、死体が四体あり、まんなかにも血まみれの死体が二体ある。一行が下っていた階段でも、ふたりが死んでいた。幼い少女ふたりは泣き出した。火薬のにおいと、吹っ飛ばされた石の埃と、燃える木の煙で、ケイトが咳をした。階段の下で、腹這いになっていた人影が動き、身をよじった。顎鬚《あごひげ》のアラブ人だった。横向きに倒れ、まだ生きていた。マクスパッデンがそのそばを通り、フィッツロイたちも通った。負傷した男のそばを、最後にジェントリーが通った。一瞬、目が合ったが、ジェントリーは足をとめて手当てしようとはしなかった。

グレイマンは、敵に情けはかけない。

一行はロビーからひろびろとした客間にはいった。そこは戦闘で荒らされてはいなかった。壁には一族の大きい肖像画がいくつも飾ってあった。エリーズを抱え直すためにマクスパッデンがちょっと立ちどまり、ジェントリーは壁にもたれてほんの一瞬休んだ。そのとき、シャツも着ていない男が、奥の戸口からはいってきた。ベラルーシ人護衛のひとりだった。首の怪我にタオルを巻いていたが、AK-47を右手に持っていた。目の前に何人もが現われたのに驚き、男がすばやくAK-47を構えた。フィッツロイがリヴォルヴァーで撃ち、男は戸口からうしろ向きに吹っ飛ばされて、仰向《あおむ》けになった。

双子が目を覆《おお》って、悲鳴をあげた。

すべてが終わったときに、ジェントリーはのろのろと顔をあげた。その脅威《こうべ》に気づいてもいなかった。ロイドがうしろに立っているにちがいないと思い、あわてて首をめぐらしたが、だれもいなかった。

膝の力が抜け、うしろによろけて、狭いテーブルの上に仰向けに倒れ、テーブルをひっくりかえした。フィッツロイと双子が駆け寄り、ジェントリーを立たせた。バランスを取り戻すまで、三人で支えていた。

「だいじょうぶだ。行こう」

一行は横手のドアから出て、裏にある砂利地の円形駐車場に通じる小径《こみち》を進んだ。意識を失っているエリーズを肩にかついだマクスパッデンが、やはり先頭に立った。霧に包まれた遠くのリンゴ園から、まばらな銃声が聞こえた。暗殺チーム同士が霧のなかで交戦しているのだろう。フィッツロイが、イグニッションにキイを差したままになっている、大型の黒いBMWのセダンを見つけて、急いで乗るよう全員に命じた。ジェントリーはだいぶ遅れていた。クレアが向き直って駆け寄り、支えたが、こんどは断わられなかった。ロイドはいないかと、ジェントリーは二度うしろを見た。そのたびに頭がくらくらして、眩暈《めまい》が起きた。蝸牛《かたつむり》の歩みで、よろめきながら進んでいた。それも八歳の女の子のささやかな力を借りて。

クレアは、懸命にジムさんを支えようとした。クレアの肩にかかる重みが、一歩ごとに増えるような気がした。大きな黒い車に向けてふたりで砂利の地面を進むあいだ、ジムさんはうめき、顔をゆがめた。スコットランド人の護衛が、銃をドナルドおじいちゃんに渡し、ママをリアシートに乗せていた。ケイトがいっしょに乗った。スコットランド人が運転席に座り、おじいちゃんが助手席に乗った。エンジンがかかり、ジムさんが早く車のほうに走っていけとうながした。いわれたとおりにクレアは走り、リアシートに乗って、自分たちを助けてくれたジムさんに手を貸そうと、うしろを見た。ジムさんは数歩遅れていたが、来ようとはしなかった。目が合うと、弱々しくほほえんだ。

シャトーから、一発の銃声が響き渡った。クレアがジムさんを見ていると、目が見ひらかれ、体が前のめりになって、車のほうに突き進んできた。でも、まだ届かない。ジムさんが砂利の地面に膝をつき、運転席のスコットランド人のほうを見てどなった。「行け！」

大きな車が勢いよく発進した。その動きで、クレアの側のドアが勢いよく閉まった。クレアは甲高《かんだか》く叫び、向きを変えてリアウィンドウから見た。ガラスを小さな手で叩いた。

うしろの砂利の地面で、ジムさんが膝をついたままぐらりと傾き、顔から倒れ込んだ。砂利を噛《か》むタイヤが捲《ま》きあげる土煙が、取り残されたジムさんを見ていたクレアの視界を白く塗りつぶした。

36

ジェントリーは、両腕だけを使い、弱々しくみじめな格好で砂利の私道を這っていた。脚は両方ともほとんど動かず、小石が額と顔の血にへばりつき、頭のてっぺんの汗にも混じっていた。濡れた芝生まであと五メートル。そこからリンゴ園のきわまで一八〇メートル。この進みぐあいでは、なんとか遮蔽物《しゃへいぶつ》にたどり着くころには、日が暮れているかもしれない。

絶望的だったが、理性ではなく本能で体を動かしていた。殺戮地帯《キル・ゾーン》から脱するのだ。目的地がどこかは、どうでもよかった。

「おい！　タフガイ。どこへ行くつもりだ？」ロイドの叫び声が、うしろから耳に届いた。つづいて砂利を踏む靴の音。足音が近づいてきた。

「認めてやろう……誇大宣伝どおりの働きだったな。SADファイルを燃やし、しかもフィッツロイ一家を逃がした。みんなを助けてやったが、自分を助けることだけはできなかったようだな」

ジェントリーは、血まみれの前腕で這いつづけて、濡れた冷たい芝生に達した。ロイドがついにジェントリーの背中を踏みつけ、這うのをやめさせた。ジェントリーは顔をゆがめ、肩ごしに見た。ロイドが小さなベレッタを突き出している。左の腕と肩が血まみれで、足をひきずっていた。そんな傷にも動じていないようだった。

「おまえをうしろから撃ったのは、高潔とはいえないな。おまえが抗弾ベストを着ているとは知らなかった。それでもかなり痛むだろう？」ロイドがいった。

ジェントリーは、ゆっくりと仰向けになった。シャトーに侵入したころよりも、空がだいぶ青くなってる。十五分ぐらいたっているだろうか。ロイドが立ちはだかり、まっすぐに見おろしていた。倒れたときにグロックがどこかへ滑っていったことはわかっていた。首をあげて探す力もなかった。

「まだおまえのことが思い出せないんだがね、ロイド」かすれた咳をしながら、ジェントリーはいった。

「それじゃ、地獄で思い出すがいい。わたしの顔は、おまえが見る最後の光景になるはずだからな」

ロイドが、ベレッタを構え、ジェントリーの顔に狙いをつけた。銃声が鳴り響いた。

ロイドが、わけがわからないというように、小首をかしげた。よろめいて半歩進んだ。ロと鼻から血が出てきた。目はジェントリーに向けたまま、半眼になった。体を安定させ、ジェントリーの胸にふたたび狙いをつけようとした。

その背後でまた銃声が響き、さらにもう一度響いた。そのたびにロイドの体が痙攣《けいれん》するように見えた。ベレッタが発射されたが、体の脇に垂らしていた。仰向けでじっと見守っていたジェントリーの脚のあいだで、銃弾が白い小石をはじき飛ばした。

ロイドが、ベレッタを砂利の地面に落とし、その上にくずおれて、死んだ。

数秒のあいだ、ジェントリーはひたすら空を見あげていた。ようやくどうにか首を持ちあげ、シャトーのほうを向いた。リーゲルが、ガラスの砕けた四階の窓の奥にいて、こんどはジェントリーを拳銃で狙っていた。

リーゲルは、ゆっくりと脇にその拳銃をおろした。

ふたりはしばし見つめ合っていた。ふたりとも弱っていて言葉が出ず、アイコンタクトには距離が遠すぎた。だが、たがいの姿を見ることで、敬意を示し合った。戦士ふたりが、たがいの労苦を認めていた。

クルト・リーゲルが仰向けに倒れ、見えなくなった。

ジェントリーは、ふたたび頭を芝生にあずけた。耳鳴りがするなかで、まごうかたのないヘリコプターの音を聞きつけた。黒いユーロコプターの爆音ではない。もっと大型のヘリコプターが、東から接近している。

ジェントリーは、露に濡れた芝生から頭を持ちあげることができなかったが、右にまわすと、大型の白いシコルスキーが七〇メートル離れたところに着陸するのが見えた。ローラングループのロゴが、機体側面にブルーで描かれている。武装した男たちがつぎつぎとおりてきた。五、六人というところだろう。シャトーに向けて用心深く進んでいった。つぎに、オレンジ色のジャケットを着てリュックサックを背負った男三人がおりた。医師か、ＥＭＴ

（救急救命士）か、緊急治療を行なう人間だろう。最後に、腰をかがめてローターの風をくぐり、スーツ姿の男が三人出てきた。ひとりは手帳のようなものを持ち、もうひとりは大きなブリーフケースをふたつ抱えている。そのふたりよりも年配の三人目は、スーツのジャケットをマントのように肩にかけていた。

フランス人がよくやるように。

ジェントリーは、そちらの動きに興味をなくして、美しい空をふたたび満喫した。一分後、いや十分後だったろうか、ライフルを持った男がそばに立ったが、横に転がっているロイドの死体のほうに興味を持ったようだった。そのフランス人が、無線機でがなった。

ほどなく、スーツ姿の三人がやってきた。ジェントリーは、三人が近づくと肘を立てて体を起こした。

ジャケットをマントのようにはおっている男に見おぼえはなかったが、その態度とあとのふたりをかしずかせていることから、ほかならぬマルク・ローランにちがいないとジェントリーは思った。

「ムッシュウ・ジェントリーだね？」

ジェントリーは黙っていた。手帳を持っていた小男が進み出て、高そうな靴で蹴った。ジェントリーは痛みを感じなかった。全身が無感覚になっている。「ムッシュウ・ローランがなにかきいたときには答えろ！」

「いいんだ、ピエール。彼はぐあいが悪いんだよ」ローランが、周囲の死体やガラスの破片や、シャトーの屋根からもくもくと立ち昇っている煙を眺めた。「ピエール、メモをとってくれ。今年はよその施設をクリスマスの重役用保養所に使わなければならないだろう。それまでにここを整頓できるとは思えない」

「ウイ、ムッシュウ・ローラン」

「ジェントリー君。ロイドはここにいる。これでは、役に立たないのはいままでどおりだな。ひょっとして、ヘル・リーゲルがどこにいるか知っているかな？」

ジェントリーは、おずおずと低い声で答えた。「ロイドに撃たれた。死ぬ前にリーゲルはロイドを撃ち殺した。あなたが到着する前に、会社の部門同士、内輪もめがあったようだ」

「なるほど」ローランが肩をすくめた。部下が死ぬのはめずらしいことではないし、取り立てて心配もしていないというような態度だった。

「ここで起きたことについて、わたしはまったくなにも知らなかった」ローランがいった。

ジェントリーは答えなかった。権力の座にある人間が、だれにでもわかる虚偽を口にするときの口調だった。相手が信じるかどうかはどうでもいい。法律上の義務を果たすふりをして、そういっているだけだった。

根拠のあやふやな否認権というやつだ。

つぎにローランの口から出た言葉は、ジェントリーには意外だった。「人材がひとりほしい」まぶしい朝の風景を見まわした。「それが厄介でね。長年ビジネスで重要な関係を結んできた相手が、もうあてにできなくなった。それどころか、わたしとわたしの事業にとって外聞が悪いかもしれない情報を、その相手が握っている。その男にいまのような行状をつづけさせることは、だれの利益にもならない」

マルク・ローランは、辟易《へきえき》しているというようすを見せた。マニキュアをほどこしたばかりの指先を見た。「そして、たまたま、きみはそういう問題を解決できる人材だと思われる。仕事の手はあいているかな？」

ジェントリーは、濡れた芝生に両肘をついた。左右に顔を向けて、一瞬、ロイドの死体を見た。

口をひらいた。「いま、ちょっと巻き込まれていることがあって」

どうでもいいというように、ローランが手をふった。「ああ、それはこっちで始末する」

「それはありがたいですね」ジェントリーは、ひどく控え目にそういった。

「それに、前大統領でいまは一般市民となったジュリアス・アブバケルには、きみもひょっとして個人的に関心があるかもしれないと思ってね。噂では、きみが前大統領の弟を片づけ、それで前大統領がきみの命を狙おうと企てているとか」

ジェントリーは、二度瞬《まばた》きをしてから答えた。「その噂は聞きましたよ、ローランさん」

ローランがうなずいた。「アブバケルは、わたしをあれこれと非難している。むろん事実無根だ。わたしは一点の曇りもない真っ正直な価値観を基本にビジネスをやっている」

ジェントリーの表情は、すこしも変わらなかった。「まちがいなくそうでしょう」

「それでも、世間を騒がすような非難が、実体を持ってしまい、無用の関心を招き、とどまるところを知らない詮索《せんさく》が行なわれることがある。できればそれを避けたい」

「それで、前大統領を殺せというのですね」

ローランがうなずいた。「報酬はたっぷり払う」

ジェントリーは、いいよどんだ。「ご提案に、ひとつだけ些細《ささい》な問題があるのですが」

ローランが、片方の眉をあげた。「どんな問題だ？」

「出血で死にそうなんです」

ローランがくすりと笑い、指を鳴らすと、オレンジ色のジャケットを着た三人が、車輪付《ストレ》き担架《ツチャー》を持ってやってきた。

「問題はないよ、きみ」ローランがいったので、ジェントリーは肘の力を抜き、意識を失った。いまのやりとりを夢のなかで反復し、その後、これほど奇想天外な夢は見たことがないと思った。

エピローグ

クリスマス休みまで、あと四日しかなかったし、学校に戻るのは年が明けてからでいいと、ママがいった。ケイトはママのいいつけに従ったが、クレアは断わった。子供にとってふつうの毎日のくりかえしは大切だし、早く調子を取り戻したかった。

たぶん、忘れるのにも役立つだろう。

パパのお葬式、フランスのシャトー、銃と流血のやかましい音と恐怖を忘れてしまいたかった。ジムさんを置き去りにしたのを、忘れてしまいたかった。ジムさんは逃げたとドナルドおじいちゃんがきっぱりいったが、あれ以来、ドナルドおじいちゃんのいうことは、ひとことも信じられないようになった。

ジムさんはパパとおなじように死んだのだと、わかっていた。

クレアは、ハイド・パークにはいった。学校へ行くのに、いつも近道をする。ノース・キャリッジ・ドライブをきびきびと歩き、南に折れて遊歩道を進み、ノース・ロウへ渡る。そこからノース・オードリー通りの学校までは、ほんの短い距離だ。ママは送っていこうとしたが、クレアは断わった。なにもかも、パパがいたときとおなじようにしたかった。ひとりで学校へ行き、ひとりで家に帰る。

遊歩道のベンチに、男が座っていた。クレアは男になんの注意も払っていなかったが、通りかかると名前を呼ばれた。

「やあ、クレア」

足をとめたクレアがそっちを向くと、目の前にジムさんがいた。ショックで膝ががくがくし、教科書を道に落とした。

「怖がらせるつもりはなかったんだ。おれがだいじょうぶだというのを信じていないと、おじいちゃんがいうから、元気な姿を見せにこようと思って」

クレアは、ジムさんを抱き締めた。意識はまだそこにジムさんがいるのを、ちゃんと受け入れられなかった。

「ジムさん……ひどい怪我をしていたのに。よくなったの?」うれし泣きをしながら、クレアはきいた。

「すっかりよくなった」ジムさんが立ちあがって、笑みを浮かべ、遊歩道を数歩進んでから、戻ってきた。「ほら、歩くのにもうきみに手伝ってもらわなくてもいい」

クレアは笑い、もう一度ジムさんをハグした。目から涙があふれた。「いますぐうちに来ないと。ママは会ってよろこぶわ。ジムさんがフランスにいたことも憶えていないのよ」

ジムさんが、首をふった。「悪いけど、もう行かないと。あまり時間がないんだ」

クレアは眉根を寄せた。「いまもおじいちゃんの仕事をしているの？」

ジムさんが、遠くを見つめた。「いまはべつのひとの仕事をしている。おじいちゃんとは、そのうち仲直りをするよ」

「ジムさん」クレアはベンチに座り、ジムさんがそれにならった。「あのひとたち、わたしのパパを殺した。ジムさんはあのひとたちを殺したのね？」

「あの連中は、もうだれにも危害をくわえないよ、クレア。はっきりいっておく」

「そんなこときいていない。ジムさんが殺したのね？」

「おおぜいが死んだ。いいひとも悪いひとも。でも、もうすべて終わったんだ。おれにはそれしかいえない。それをきみにちゃんと説明することはできない。だれか、ほかの人間なら説明できるかもしれない。だといいんだが。でも、おれではだめだ。ごめんね」

クレアは、公園のほうを見た。「おじいちゃんがジムさんに嘘をつかなければよかったのに」

「おれもそう思う」

しばらく沈黙が流れた。ジムさんが座ったまま、もぞもぞした。

クレアはいった。「もう行かないといけないのよね？」

「ごめんね。飛行機に乗らないと」

「いいの。わたしも学校にいかないと。ふつうの毎日がだいじなのよね」

ふたりは立ちあがり、もう一度ハグした。「妹とママの面倒をみてあげるんだよ、クレア。きみは強い子だ。きっと元気になる」

「わかってる、ジムさん。メリークリスマス」クレアはいった。それから、ふたりは別れの言葉を口にした。

ジェントリーは、ゆっくりとハイド・パークを出て、グロヴナー・スクェアの北側へ行った。クレアには隠していた脚をひきずる歩きかたに戻っていて、一歩ごとに顔をしかめた。ゲートの前で黒いプジョーのセダンが、エンジンをかけてとまっていた。ジェントリーは、車内の男たちにはなにもいわず、すばやくリアシートに乗った。

フロントシートのスーツ姿のフランス人ふたりが、ジェントリーのほうを向いた。プジョーが車の流れに乗ると、ひとりがショルダーバッグを渡した。ジェントリーは黙ってジッパーをあけ、中身を確認すると、ジッパーを閉じた。

助手席に乗っていた中年のフランス人がいった。「スタンステッドでジェット機が待っている。フライトは三時間。昼過ぎにはマドリードに着く」

ジェントリーは答えなかった。窓の外を見つめていた。

「アブバケルは六時にホテルに到着する。準備の時間はじゅうぶんにあるんだろうな？」

ジェントリーは、なおも黙っていた。

「やつのスイートの真下の部屋を予約してある」

ジェントリーは、窓外を過ぎる公園をじっと見ていた。子供たちが親と遊んでいる。恋人たちが抱き合っている。

助手席のフランス人が、ぼんやりしている召使いを叱るように、ジェントリーの目の前でぶしつけに指を鳴らした。「ムッシュウ、聞いているのか?」

グレイマンは、フランス人のほうをゆっくりと見た。はっきりした目つきになっている。

「了解した。問題はない。時間はたっぷりある」

年配のフランス人がどなった。「失敗は許されないぞ」

「あんたの助言もいらない。おれのショウだ。時間と場所は連絡する」

「おまえはおれの所有物だ、ムッシュウ。おまえを快復させるのに大金を使った。指示どおりにやれ」

ジェントリーは、反駁《はんばく》したかった。フロントシートに手をのばし、助手席の男の首をへし折りたかった。だが、その強い衝動をこらえた。クルト・リーゲルの後任は、リーゲルにも勝るケツの穴野郎だが、上司は上司だ。

一時的とはいえ。

「わかりました」ジェントリーはいったが、もう口をききたくなかった。窓に顔を向けて、ハイド・パークの南のはずれ、恋人たち、子供、家族、自分とはかけ離れている他人の生活を、最後に一瞥《いちべつ》した。

プジョーがピカデリーへ左折し、ハイド・パークをあとにして、ロンドンの朝の通勤時間の混雑した往来に溶け込んだ。

訳者あとがき

超絶の暗殺者（übelkiller）グレイマン登場！

本書『暗殺者グレイマン』*The Gray Man*（2009）を第一作とするこの新シリーズは、戦闘《アクション》の荒々しさといい、スピーディでスリリングな展開といい、スケールの雄大さといい、あまたの冒険小説を凌駕《りょうが》している。

主人公のグレイマンことコート・ジェントリーが今回使用する武器は、多岐にわたる。五〇口径のバレットM107アンチマテリアル・ライフル、AK－47アサルト・ライフル、M4カービン、AR－15カービン、ヘッケラー&コッホMP5サブ・マシンガン、セミ・オートマティック・ピストルはブルーノCZ、ベレッタ92、ワルサーPPK、グロック19の四種類、さらに破片手榴弾等々。いうまでもなく、グレイマンは、狙撃手《スナイパー》として最高の技倆《ぎりょう》が具《そな》わり、素手での戦闘能力もきわめて優れている。凄腕の刺客《アサシン》であるだけではなく、容易に正体をあらわさないことから、ひと目につかない男《グレイマン》という異名をとっている。

CIAの極秘部門SAD（特殊活動部）に属していたジェントリーは、理由は定かでないが、あるとき解雇通知《バーン・ノーティス》が通達され、つづいて、"目撃しだい射殺《シュート・オン・サイト》"指令が出た。ジェントリーは、かつての同僚たちに付け狙われることになった。

追跡から逃れて地下に潜ったジェントリーは、サー・ドナルド・フィッツロイというイギリス人が経営するチェルトナム・セキュリティ・サービス（CSS）に活路をもとめた。CSSは表向き、海外で業務を行なうイギリスや欧米の企業に経営陣の警護・施設警備・戦略情報サービスを提供する民間警備会社だが、それ以外にも闇の仕事を引き受けていた。ジェントリーは、そういった依頼のひとつとして、ナイジェリアのエネルギー大臣をシリアで暗殺した。

その直後、CSSの顧客である多国籍企業ローラングループの弁護士ロイドがフィッツロイのもとを訪れ、ナイジェリア大統領がグレイマンの首を要求していると告げる。大統領はエネルギー大臣の兄で、かたきをとるようローラングループに強要していた。グレイマンの首を届けることができないと、ローラングループはナイジェリアでの大規模エネルギー開発契約が得られなくなる。

ロイドは、ジェントリーの雇い主であるフィッツロイに、ジェントリー暗殺作戦への協力を無理強いするために、フィッツロイの息子夫婦と双子の孫娘を誘拐し、ノルマンディのシャトーに幽閉した。

シリアからイラクを経て、かろうじてヨーロッパに逃れたジェントリーは、ローラングループがヨーロッパに送り込んだ、第三世界十二カ国の特殊部隊を中心とする暗殺チームに命を狙われながら、双子やフィッツロイを救出するために、シャトーへ行かなければならなくなった。プラハ、ブダペスト、スイスの寒村、ジュネーヴ、パリ――ジェントリーはヨーロッパ大陸を横断しつつ、暗殺チームと凄絶な戦いをくりひろげ、満身創痍《そうい》になり、裏切りと陰謀の網をかいくぐって、ノルマンディを目指した。そこに死の罠が仕掛けられているのは百も承知で……。

ここで本邦初登場の作者の略歴を紹介しよう。

マーク・グリーニーは、国際関係・政治学の学士号を得ている。スペイン語とドイツ語に堪能。『暗殺者グレイマン』執筆のための取材で、数多くの国々を旅し、軍人や法執行機関関係者とともに銃火器使用・戦場医療・近接戦闘術の高度な訓練を受けた。スキューバ・ダイビングの資格も持っている。現在、テネシー州メンフィス在住。

なお、本書と第二作の ***On Target***（2010）はバリー賞最優秀スリラー賞最終候補にノミネートされた。グレイマン・シリーズは、現在、第三作の ***Ballistic***（2011）まで刊行されているが、これも二〇一二年度の同賞最終候補にノミネートされている（発表は十月）。第二作、第三作ともに、早川書房で近刊予定である。乞うご期待！

二〇一二年八月

窓際のスパイ

Slow Horses

ミック・ヘロン
田村義進訳

ミスをした情報部員が送り込まれるその部署は〈泥沼の家〉と呼ばれている。若き部員カートライトもここで、ゴミ漁りのような仕事をしていた。もう俺に明日はないのか？　だが英国を揺るがす大事件で状況は一変。一か八か、返り咲きを賭けて〈泥沼の家〉が動き出す！　英国スパイ小説の伝統を継ぐ新シリーズ開幕

ハヤカワ文庫

レッド・スパロー（上・下）

Red Sparrow

ジェイソン・マシューズ
山中朝晶訳

ＳＶＲ（ロシア対外情報庁）に入り、標的を誘惑するハニートラップ要員となった美女ドミニカ。彼女はロシア国内に潜むアメリカのスパイを暴くため、ＣＩＡ局員ネイトに接近する。だが運命的な出会いをした二人をめぐり、ロシアとアメリカの予測不能の頭脳戦が展開する！　元ＣＩＡ局員が描き出す大型スパイ小説

ハヤカワ文庫

鷲は舞い降りた〔完全版〕

The Eagle Has Landed

ジャック・ヒギンズ

菊池 光訳

〔映画化原作〕チャーチル首相を誘拐せよ！ ヒトラーの密命を帯びて、歴戦の勇士シュタイナ中佐ひきいるドイツ落下傘部隊の精鋭はイギリスの片田舎に降り立つ。使命達成に命を賭ける男たちの勇気と闘志を謳う戦争冒険小説の最高傑作――初版刊行時に削除されていたエピソードが追加された完全版！ 解説／佐々木譲

ハヤカワ文庫

訳者略歴　1951年生，早稲田大学商学部卒，英米文学翻訳家　訳書『レッド・プラトーン』ロメシャ，『無人の兵団』シャーレ，〈暗殺者グレイマンシリーズ〉グリーニー（以上早川書房刊）他多数

HM=Hayakawa Mystery
SF=Science Fiction
JA=Japanese Author
NV=Novel
NF=Nonfiction
FT=Fantasy

暗殺者《あんさつしゃ》グレイマン

〈NV1267〉

二〇一二年九月二十五日　発行
二〇二一年九月二十五日　九刷
（定価はカバーに表示してあります）

著者　マーク・グリーニー
訳者　伏《ふし》見《み》威《い》蕃《わん》
発行者　早川　浩
発行所　株式会社　早川書房
郵便番号　一〇一 - 〇〇四六
東京都千代田区神田多町二ノ二
電話　〇三 - 三二五二 - 三一一一
振替　〇〇一六〇 - 三 - 四七七九九
https://www.hayakawa-online.co.jp

乱丁・落丁本は小社制作部宛お送り下さい。送料小社負担にてお取りかえいたします。

印刷・中央精版印刷株式会社　製本・株式会社川島製本所
Printed and bound in Japan
ISBN978-4-15-041267-8 C0197

本書は活字が大きく読みやすい〈トールサイズ〉です。